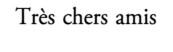

Très chers amis

Du même auteur

Traité de savoir-vivre à l'usage des jeunes Russes
Éditions de l'Olivier, 2005
Points n° P1432

Absurdistan
Éditions de l'Olivier, 2008
Points n° P2774

Super triste histoire d'amour
Éditions de l'Olivier, 2012
Points n° P2972

Mémoires d'un bon à rien
Éditions de l'Olivier, 2015
Points n° P4320

Lake Success
Éditions de l'Olivier, 2020
Points n° P5302

GARY SHTEYNGART

Très chers amis

Traduit de l'anglais (États-Unis)
par Stéphane Roques

ÉDITIONS DE L'OLIVIER

L'édition originale de cet ouvrage
a paru chez Random House en 2021,
sous le titre : *Our Country Friends.*

ISBN 978.2.8236.1975.1

© Gary Shteyngart, 2021.
© Éditions de l'Olivier pour l'édition en langue française, 2024.

À E.W.

Dramatis Personae

ALEXANDRE (SACHA) SENDEROVSKI – *Écrivain et propriétaire terrien.*

MACHA LÉVINE-SENDEROVSKI – *Son épouse, psychiatre.*

NATACHA (NAT) LÉVINE-SENDEROVSKI – *Leur enfant.*

KAREN CHO – *Inventrice d'une célèbre application de rencontres pour smartphone et amie de lycée de Senderovski.*

VINOD MEHTA – *Ancien professeur vacataire et cuistot, également ami de lycée de Senderovski et de Karen Cho.*

ED KIM – *Un gentilhomme.*

DEE CAMERON – *Écrivaine et ancienne étudiante de Senderovski.*

L'ACTEUR – *Décrit par la* Neue Zürcher Zeitung *comme le plus grand comédien du monde.*

Divers VILLAGEOIS AMÉRICAINS.

ACTE I

La colonie

1

La Maison sur la Colline était en effervescence.

Une procession de camionnettes d'ouvriers occupait la longue allée de gravier. On avait fait venir deux équipes de plombiers, chacune en provenance d'un côté différent du fleuve, pour rouvrir après l'hiver les cinq bungalows derrière la maison principale, et elles s'ignoraient mutuellement. Il fallait changer en toute hâte les vitres cassées d'un bungalow, et une famille de mulots avait rongé le câble d'alimentation électrique d'un autre. L'homme à tout faire, qui n'habitait pas la propriété, était si tourneboulé par la situation qu'il s'était réfugié sur la grande véranda pour y mastiquer pensivement de grandes bouchées d'un sandwich au fromage. La maîtresse des lieux, Macha, avait baissé les stores de son bureau du rez-de-chaussée pour échapper à la cacophonie des outils modernes et aux jurons sonores des campagnards. Par moments, elle jetait un coup d'œil dehors pour prendre note des surfaces qu'il faudrait nettoyer après le départ des ouvriers. Natacha (qui aimait se faire appeler Nat), sa fille de huit ans, était à l'étage, éclairée par un écran dans l'obscurité de sa chambre, dans son monde public et solitaire.

Le seul membre heureux de la maisonnée était Alexandre Borissovitch Senderovski, Sacha pour les intimes. « Heureux », entre guillemets, devrait-on écrire. Il était aussi agité qu'excité. Une tempête avait fait tomber les lourdes branches de deux arbres morts qui flanquaient l'allée, jonchant la vaste pelouse de bois blanchi et pourri. Senderovski aimait s'attarder sur la nature « entropique » de son domaine, la façon dont tout y poussait librement, le sumac jouant des coudes avec les plantes les plus enracinées, le lierre grimpant dans tout le périmètre, les marmottes semant la destruction dans les jardins. Mais l'éparpillement du bois mort donnait à la Maison sur la Colline des airs d'apocalypse, cela même que les invités de Senderovski venaient fuir ici. L'homme à tout faire affirmait avoir le dos fragile et n'était pas disposé à tout faire au point de ramasser lui-même les branches, et le soi-disant élagueur était introuvable. Senderovski, en pantalon de survêtement et robe de chambre tape-à-l'œil, tenta bien de déplacer l'une de ces branches d'apparence préhistorique, mais craignit de s'être donné une hernie dès le premier effort de levage.

« Oh, et puis merde », dit-il avant de monter dans sa voiture. Un mot à propos de la voiture. Enfin… moins de la voiture que de sa façon de la conduire. Senderovski n'avait obtenu son permis que trois ans plus tôt, à l'âge symbolique de quarante-cinq ans, et après avoir roulé dans les seules limites des routes de campagne. La voie rapide de l'autre côté du fleuve le déstabilisait. C'était un très mauvais conducteur. Les petites routes à moitié désertes l'incitaient à faire ronfler le moteur de sa robuste mais peu maniable voiture suédoise, et pour lui les lignes jaunes au milieu de l'asphalte étaient faites pour les « conducteurs moins expérimentés », quels qu'ils soient. Comme il ne croyait pas au marquage au sol ni à certains aspects de la relativité, le concept d'un virage sans visibilité continuait de lui échapper. (Sa femme ne lui permettait plus de prendre le volant quand leur fille était à bord.) Le pire, c'est qu'il s'était entiché de l'expression « aller faire un tour ».

C'est ainsi que Senderovski partit faire les courses, ne levant le pied qu'à l'approche des radars, installés avec une prédictibilité assommante aux abords des villes et des écoles, où le montant des P-V pouvait doubler. D'abord, il rendit visite à ses bouchers, deux anciens modèles de catalogue en provenance de la ville, désormais mari et femme, qui exerçaient leur activité commerciale dans une grange si rouge qu'elle en était presque patriotique. Les deux magnifiques jeunes gens de vingt-cinq ans, dents éclatantes et salopette, lui tendirent un colis contenant des saucisses italiennes, des steaks hachés, et son arme secrète : des côtelettes d'agneau filet, si fraîches qu'elles n'avaient d'égales que celles d'un restaurant du quartier des abattoirs de Rome dont Senderovski chantait les louanges. La seule vue de la viande pour le repas de demain lui inspira une joie qui, chez un jeune homme, passerait pour de l'amour. Non pour la viande elle-même, mais pour les conversations qu'ils auraient pendant la marinade, la grillade et le service, malgré les restrictions croissantes liées à la distanciation. D'ici demain midi, ses meilleurs amis, ceux qu'il avait eu tant de mal à faire venir lors des étés précédents, seraient enfin ensemble, réunis par les prémisses d'une tragédie annoncée, sans aucun doute, mais réunis néanmoins, dans son lieu préféré au monde, la Maison sur la Colline.

Bien sûr, il y aurait aussi quelqu'un d'autre. Quelqu'un qui n'était pas un ami. Quelqu'un qui faisait boire Senderovski plus qu'il ne buvait déjà.

Dans cette perspective, il fonça au magasin de vins et spiritueux du village le plus riche du district, dans l'ancienne église réhabilitée en local commercial. Il prit deux caisses de riesling autrichien au transept sud, une autre de rosé au transept nord, et une quatrième caisse de beaujolais, qui n'était absolument pas de saison mais restait un motif de nostalgie pour lui et ses amis de lycée, Vinod et Karen. Ed, comme toujours, serait le plus dur à satisfaire. Tout au fond de la sacristie, Senderovski prit une bouteille d'un alcool de dix-huit ans d'âge trop chère pour lui, deux bouteilles de cognac et de rye, et, pour montrer sa frivolité, du schnaps ainsi qu'un curieux single malt tyrolien. Le patron, WASP hirsute au nez couperosé qui dépassait de son masque flottant, eut l'air ravi de taper le prix des nombreux achats de ses doigts protégés par une paire de gants noirs jetables.

« Je viens de recevoir un coup de fil des autorités, dit-il à Senderovski. Ils peuvent m'obliger à fermer à tout moment en tant que commerce non essentiel. » Senderovski soupira et acheta une caisse supplémentaire de riesling et deux bouteilles d'un gin artisanal dont il n'avait jamais entendu parler. Il voyait déjà Ed avancer les lèvres en direction du verre et le déclarer « buvable ». Quand le reçu final, qui se montait à quatre chiffres, sortit de la caisse en longs jets successifs, la main de Senderovski eut toutes les peines à tracer les arabesques de sa signature. *Une occasion spéciale,* se dit-il pour se consoler.

Son coffre désormais plein de bouteilles et de viandes, il conduisit jusqu'à un autre village, une vingtaine de kilomètres au nord, pour quelques courses supplémentaires, après quoi il irait déposer la viande et passerait prendre Ed à la gare. À la sortie menant au pont qui traversait le fleuve, il s'arrêta derrière une file de voitures. Rien n'irritait plus Senderovski que la version locale d'un embouteillage. Il importait son impatience de citadin à la campagne. Ici, il était impoli de klaxonner, mais Senderovski klaxonna. Il baissa la vitre, sortit son long visage émacié et klaxonna de plus belle en appuyant avec la paume de la main, comme il avait vu des hommes le faire au cinéma. La voiture devant lui ne bougeait pas. Son bas de caisse frôlait le sol, une brouette rouillée remplissait le coffre, un drapeau national flottait à la fenêtre côté conducteur, et un autocollant en partie décollé sur le pare-chocs annonçait JE SOUTIENS MON PRÉSI… Senderovski comprit qu'à ce rythme il n'aurait jamais le temps d'aller au magasin et de rentrer déposer la viande avant l'arrivée du train d'Ed. Au mépris du marquage au sol très explicite avertissant contre toute manœuvre interdite, il zigzagua et se retrouva quelques minutes après au bout de sa longue allée, maudissant une fois de plus les branches d'arbres tombées qui gâchaient le paysage à l'approche de la Maison sur la Colline. Tout en jetant avec fracas la viande dans le freezer de taille industrielle de la vaste cuisine blanche (la maison était jadis la propriété d'un chef), il téléphona au petit jeune qui venait de l'autre côté du fleuve pour tondre la pelouse, et le supplia de le débarrasser des branches. Mais le petit jeune avait d'autres engagements. « Quels engagements ? » le défia Senderovski, menaçant de le payer deux fois plus. Sur la véranda, il mit face à ses responsabilités l'homme à tout faire, qui écoutait de la vieille musique sur une jolie radio rouge, mais eut pour toute réponse : « Ma femme m'interdit de porter du poids à cause de mon dos. »

Celle de Senderovski fit son entrée sur la véranda dans son caftan, bras écartés, doigts appuyés dans les parties tendres de son abdomen. « Je ne peux pas travailler avec un bruit pareil, dit Macha en russe à son mari, consciente de la présence de l'homme à tout faire. C'est une journée de travail, pour moi. Mes patientes ne m'entendent presque pas et elles sont assez agitées comme ça.

– Quel bruit ?

– Il y a un bruit de perceuse du côté des bungalows, et tu jettes de la viande dans le freezer et hurles sur le jeune qui tond la pelouse.

– Chérie », répondit Senderovski, utilisant un diminutif ampoulé du terme : *dorogouchka*. Il connaissait sa femme depuis l'enfance. Le russe était une langue construite autour de l'expression de la chaleur et de la douleur, mais ces derniers temps, Senderovski trouvait les déclarations d'amour qu'il faisait à sa femme maniérées, comme s'il lisait une pièce de théâtre. « Les ouvriers arrêteront à trois heures, comme toujours, dit-il. Et je n'ai plus qu'à passer prendre Ed et faire les courses. »

L'homme à tout faire les observa comme les extraterrestres qu'ils étaient. Quand il avait commencé à travailler pour eux trois ans plus tôt, ils avaient à peu près le même gabarit, deux silhouettes plutôt petites, profs de fac très probablement (une fac minuscule mais très active était à portée de voiture de Senderovski), aux exigences agaçantes et aux dépenses frugales, mais qui parlaient avec une pointe d'accent de la ville. Maintenant, l'épouse avait forci, elle ressemblait plus aux femmes du coin rapport à la taille et aux bras, alors que pour le mari c'était le contraire, il avait rétréci et s'était décharné, avait perdu presque tous ses cheveux, n'ayant plus comme traits saillants que son nez pointu et un front rectangulaire, au point que l'homme à tout faire le croyait malade. Suite à un énième retournement, le mari semblait plus heureux aujourd'hui, malgré les sons sifflants de la langue qu'ils parlaient, et c'était elle qui avait hérité de sa brusquerie à lui. Quoi qu'il arrive au cours du week-end, pensa l'homme à tout faire, ça ne lui disait rien qui vaille. Il avait aussi entendu dire que le réparateur d'appareils électroménagers qui travaillait de l'autre côté du fleuve n'avait pas été payé depuis des mois alors même que le réfrigérateur de la maison principale ne cessait de tomber en panne de toutes les façons possibles et imaginables.

La conversation se poursuivit, montant d'un ton, jusqu'à ce que la femme se tourne vers l'homme à tout faire et lui dise : « Pourriez-vous tailler les haies autour de la piscine ? Tous les autres sont occupés.

– Je ne suis pas vraiment qualifié pour ce genre de travail », répondit l'homme à tout faire. Malgré le froid qu'il faisait pour un mois de mars, il portait un short en jean d'un bleu ciel démodé, et l'une de ses jambes était couverte d'une iconographie qu'aucun des deux Senderovski ne comprenait, aigles, serpents et symboles énigmatiques, dont ils espéraient qu'ils ne soient pas un signe d'affiliation à quelque mouvement radical. L'année où ils avaient acheté la Maison sur la Colline, après avoir installé leur sapin de Noël non confessionnel, l'homme à tout faire avait dit au mari : « J'aurais pas cru que vous étiez du genre à faire un sapin de Noël. » En prononçant ces mots il avait souri, mais ils avaient eu du mal à trouver le sommeil ce soir-là, se demandant ce qu'il avait bien pu vouloir dire.

« Les taille-haies sont au garage, dit la femme à l'homme à tout faire. Nous vous en serions très reconnaissants. » Encore un changement noté par l'homme à tout faire ces dernières années : le mari était indécis, alors que la femme parlait désormais sur un ton péremptoire, en faisant claquer un élastique autour de ses doigts.

Senderovski déposa un baiser maladroit sur le front de sa femme et courut à sa voiture. Il fonça sur l'allée à soixante kilomètres-heure, laissant derrière lui des traînées dégarnies dans le gravier, et déboula sur la route sans regarder si d'autres véhicules arrivaient. Quand il accéléra devant la bergerie voisine, il entendit un cliquetis à l'arrière, et s'aperçut qu'il avait oublié de sortir les caisses d'alcool. Il se demanda ce qui se passerait s'il rapatriait une bouteille de whisky à l'avant. Lors de visites précédentes, Ed et lui s'étaient envoyé quelques lampées sur le chemin, impatients de reprendre le cours de leur amitié. Aujourd'hui, heureux de l'arrivée de ses amis, et angoissé par celle de son ennemi juré, Senderovski voulait se rafraîchir le gosier avec une boisson alcoolisée, pour s'abrutir à la façon de ses ancêtres.

Le parking de la gare était plein de voitures européennes en attente de passagers. Senderovski fit signe à un professeur en études calabraises à la fac du coin et au patron d'un café-librairie étonnamment animé qui attirait tout ce que la ville sur l'autre rive comptait de gens à la mode. Voir ces visages amicaux mit Senderovski de bonne humeur. C'était une figure respectée, dans les environs. « Tu as une famille charmante et une maison charmante », lui avait dit son agente de Los Angeles lors d'une visite quelques années plus tôt, après qu'un autre projet télé fut tombé à l'eau.

Le train avait vingt minutes de retard, mais finalement sa silhouette grise et désuète apparut et s'accorda à celle du fleuve qui était d'un gris similaire. Les citadins grimpèrent les marches menant du quai à la gare, essoufflés par l'âge. Senderovski repéra son premier invité, relativement jeune et souple. Ed Kim portait un sac de cuir Gladstone, des lunettes de soleil aviateur, et faisait en sorte d'avoir toujours les cheveux noirs. Depuis leur rencontre, à l'époque où ils n'avaient pas plus d'une vingtaine d'années, Ed rappelait à Senderovski un film qu'il avait vu sur le dernier empereur de Chine, et plus particulièrement la période dissolue de sa vie où le héros était vêtu d'un smoking et n'était plus qu'un dirigeant fantoche de la Mandchourie.

Senderovski bondit hors de sa voiture. Il portait toujours sa robe de chambre, un cadeau qu'Ed lui avait acheté dans une boutique de Hong Kong, The Armoury. Les deux hommes s'observèrent au bord du trottoir, Senderovski dans le rôle du chien et Ed dans celui du chat. D'habitude, il serrait son ami dans ses maigres bras et Ed lui tapotait le dos comme pour lui faire faire son rot. « Alors, on fait comment maintenant ? se lamenta Senderovski.

– J'en ai ma claque des checks du coude, dit Ed. Attends, que je te regarde. » Il abaissa ses lunettes noires, comme le font certains oncles en saluant leurs jeunes nièces. Les pattes-d'oie autour de ses yeux semblaient être là depuis sa naissance, et l'expression de son visage était à la fois distante et amusée. Karen, l'amie de Senderovski qui avait un vague degré de parenté avec Ed via un ancêtre dévoyé de Séoul, avait parfois la même expression, mais n'était arrivée à s'en débarrasser que récemment, depuis qu'elle avait réussi professionnellement.

Ed parvint à allumer une cigarette d'une main tout en ouvrant le coffre pour y déposer son sac vintage. « Bon, dit Senderovski, Macha m'a demandé d'avertir tout le monde qu'il est interdit de fumer dans la voiture. En fait, dans toute la propriété. D'après elle, ça peut faire empirer le virus si on l'attrape.

« Mais, ajouta-t-il, j'ai laissé un cendrier sous le lavabo de ton bungalow.

– Attends, je tire trois taffes », dit Ed. Sacha le regarda prendre trois bouffées clownesques et exhaler la fumée dans la grisaille ambiante. Quand il était plus jeune, Sacha rêvait d'être comme Ed. Il n'arrêtait pas de s'imaginer partir un an faire le tour du monde avec lui dès que sa fille aurait fini sa coûteuse école new-yorkaise pour enfants sensibles et compliqués.

« Autre chose, continua Senderovski, elle veut que personne ne s'asseye sur le siège avant. Pour respecter la distanciation sociale.

– Ça on s'en fout, dit Ed, ouvrant la portière avant côté passager. Les gens en font vraiment trop avec ce truc. Je me cacherai quand on arrivera à la maison. » La voiture s'emplit de l'arôme du tabac frais, ce qui donna envie à Senderovski de s'en griller une. Ed posa la main sur la boîte à gants pour contrer la force centrifuge à laquelle le propriétaire terrien s'apprêtait à le soumettre. « Qu'est-ce qui s'est passé ? » Il montra le rétroviseur extérieur qui pendouillait.

« Les places du garage sont trop étroites », dit Senderovski. Après seulement quelques secondes, la gare était déjà loin derrière eux, et ils fonçaient, faisant des embardées, passant devant le squelette de ce qui, trois mois plus tard, deviendrait un stand de produits de la ferme. « Il faut que je les fasse élargir.

— C'est quoi déjà, le proverbe russe à propos des incompétents qui rejettent la faute sur autrui ? »

Senderovski éclata de rire. « Un mauvais danseur est toujours gêné par ses couilles.

— Mmh.

— Ça t'ennuie si on passe faire quelques courses ? Pour l'instant, je n'ai acheté que la viande et l'alcool.

— Je ne suis pas pressé », dit Ed, et Senderovski pensa immédiatement à une épitaphe qui allait bien à son ami : ICI REPOSE EDWARD SUNGJOON KIM, IL N'ÉTAIT PAS PRESSÉ. Il prit la direction du nord et accéléra sur une étroite route départementale avec vue sur la chaîne de montagnes violettes de l'autre côté du fleuve, chacun de ses sommets portant un nom américain cocasse. Peekamoose était le préféré de sa fille. Pendant que Senderovski déblatérait sur la météo, la politique, les spéculations autour du virus, les mérites comparés des saucisses italiennes douces et épicées, Ed vit surgir à l'horizon un vaste front polaire d'ennui, d'interminables conversations des classes moyennes, de Negroni rustiques et mal préparés, de clopes fumées en cachette. Qu'y pouvait-il ? Son ami l'avait supplié de venir, et New York désormais réduit au silence était encore plus déprimant.

« Alors, y a qui d'autre ? demanda Ed. En dehors du Grand Exalté. » Il faisait référence au célèbre acteur qui venait quelques jours travailler avec Senderovski sur un scénario, source de toutes les angoisses de son ami. « Karen, tu disais.

— Et aussi Vinod.

21

– Y a un bail que je l'ai pas vu. Il est toujours amoureux de Karen ?

– Il a perdu un poumon à cause du cancer il y a quelques années. Et puis il a perdu son poste au City College.

– Ça fait beaucoup de pertes.

– Macha tenait à ce qu'il vienne, parce que son système immunitaire pourrait être affaibli.

– J'aimerais être assez tragique pour plaire à ta femme.

– Continue, tu es sur la bonne voie.

– Qui d'autre ?

– Une de mes anciennes étudiantes. Elle a publié un essai l'an dernier. *Le Grand Livre de la compromission et de la capitulation.* Ça a fait sensation.

– Bon, au moins elle est jeune. J'apprendrai peut-être un ou deux trucs. Comment va ta fille, à propos ?

– On ne peut mieux », dit Senderovski.

Ils arrivèrent dans une ville qui n'en était plus une. La sélection du Rudolph's Market, sa seule activité, comprenait des articles dont ni Ed (né à Séoul en 1975) ni son hôte (Leningrad, 1972) n'avaient pu profiter dans leurs jeunes années non américaines : des bonbons au goût de violette, du pain si enrichi qu'on pouvait l'utiliser comme isolant. À côté de ces articles empreints de nostalgie sur lesquels le patron se faisait une marge éhontée, on trouvait des produits d'importation encore plus chers, qu'Ed empila sans distinction dans un panier. Des sardines fraîches et entières qu'il pourrait faire griller avant la viande, des olives grecques en forme de dirigeables importées d'îles de l'Antiquité, des fromages si gorgés d'herbes aromatiques qu'ils inspiraient (à Senderovski) des souvenirs fictifs, les ingrédients d'un simple *vitello tonnato* qui se montèrent, allez savoir comment, à plus de quatre-vingts dollars, sans compter le veau. « Je crois qu'on a assez, dit Senderovski avec inquiétude. Je ne veux pas que des choses finissent pas se gâter. »

Ils attendirent dans la longue file de propriétaires de résidences secondaires. Quand le spectaculaire montant apparut sur l'écran tactile, ils détournèrent tous deux le regard, jusqu'à ce que la vieille dame derrière la caisse tousse, à titre informatif, dans son poing ganté. Senderovski soupira et sortit sa carte bleue.

Bientôt, ils soulevaient le gravier en remontant l'allée. Il n'était que quatorze heures, mais les ouvriers étaient déjà partis avec leurs puissantes camionnettes ornées du nom des vieilles familles du coin. « Pardon pour tout ce bois mort, dit Senderovski. J'essaie de m'en débarrasser.

– Quel bois mort ? » Le regard d'Ed se perdit sur son nouveau chez-lui, les bungalows qui se dressaient derrière la grande maison tel un arc de cercle de lunes en orbite. Le ciel avait la couleur d'un écran de projection à l'ancienne que l'on aurait tiré en bordure des collines lointaines, maculé de pâtés laissés par la main tachée d'encre d'un enfant.

Pendant ce temps, dans son bureau, Macha avait entrouvert un lourd rideau orné de perles. Elle vit Ed descendre de la voiture de son mari avec la nonchalance qui lui était coutumière. Naturellement, il ne s'était pas assis à l'arrière, comme elle l'avait demandé. Elle poussa un grognement qui lui rappela instantanément ceux de sa grand-mère, une survivante des camps. *Et voilà*, aurait dit sa grand-mère. Le premier enfant était là. Encore des enfants dont Macha allait devoir s'occuper, en plus de celle qui regardait des vidéos de boys bands asiatiques à l'étage, bouche bée, les yeux rougis de fatigue, pacifiée. La propriété en serait bientôt pleine, de ces grands enfants sans enfants. Tous ses amis à elle étaient mariés, contrairement à ceux de son époux (et aucun n'était assez fou pour se rendre chez quelqu'un à un moment pareil). Macha éteignit son écran, pensa retirer son caftan pour Ed, mais décida de descendre exactement comme elle était.

Ed marchait en faisant craquer le cuir du Gladstone sur son dos. Macha avait en partie grandi dans le New Jersey et avait vu des hommes puissants porter des sacs de golf de cette façon. « Comment c'était, le train ? cria-t-elle, sur un ton qu'elle trouva un peu trop quémandeur.

– Charmant, dit Ed. J'avais un siège avec vue sur le fleuve. » Il savait qu'il fallait en passer par quelques remarques préliminaires. « Merci mille fois de m'inviter dans un moment pareil. Je vous en suis très reconnaissant. » Il se força à prendre une grande inspiration exagérée d'air humide. « Mmh, fit-il. Exactement ce que m'a ordonné de faire le ministre de la Santé. Vous êtes resplendissants, tous les deux. Sacha a vraiment perdu du poids. »

Son commentaire sur le poids, il s'en rendit vite compte, pouvait être mal interprété par Macha, qui était belle mais lui rappelait désormais le portrait d'une dame de la noblesse qu'il avait vu l'année précédente à la galerie Tretiakov. Le caftan n'y était sans doute pas pour rien. Les deux hommes montèrent en silence les marches de cèdre de la vaste véranda, qui était rattachée à la maison principale et dominait les bungalows, le cœur de la propriété et aussi son joyau, un monde ceint de moustiquaires à l'intérieur d'un autre monde.

« Si ça ne t'ennuie pas, je vais être un peu doctorale, dit Macha. Si ce mot existe.

– Pas du tout », répondit Ed. Ça ne l'ennuyait pas du tout ? Ou « doctorale » n'existait pas du tout ? Macha se posa la question, ce qui était peut-être l'effet recherché.

« J'ai édicté certaines règles, dit-elle. Comme tu as pris le train, tu devrais peut-être te changer avant de t'asseoir. Mais avant ça, j'aimerais nettoyer certaines surfaces que nos ouvriers ont touchées dans ton bungalow. Il y a encore beaucoup de choses que nous ignorons à propos de ce virus.

– La sécurité avant tout. »

Elle n'aimait pas le ton qu'il employait. Senderovski était à côté d'eux, tassé sur lui-même. Il avait joué les diplomates pendant des dizaines d'années entre ses parents qui passaient leur temps à se disputer. « Et dans les parties communes comme la véranda ou la salle à manger, continua Macha, je vais tâcher d'espacer tout le monde et d'attribuer une place à chacun. Pardon de jouer les rabat-joie.

– Il n'y a pas de bonne ou de mauvaise façon de faire, dit Ed. Il faut que chacun reste soi-même en ces temps de crise. »

En réalité, il y avait bien une bonne et une mauvaise façon de faire. Ed lui rappelait les parents de son mari. Discuter avec eux, c'était comme discuter avec un adversaire qui vous sourit mais garde une poignée de cure-dents empoisonnés dans la poche. Chaque fois qu'on baissait la garde, on sentait une piqûre vive dans le derrière.

« Encore une question que je dois te poser. Et c'est vraiment un compliment, parce que tu voyages sans cesse. Peux-tu me dire où tu as voyagé depuis, disons, décembre dernier ?

– Depuis décembre ? Hmmm. » Ed leva les yeux sur le revête-ment de stuc de la maison, d'un gris neutre comme celui du ciel. Les gens d'une certaine classe, surtout les immigrés, n'aimaient pas faire de vagues. Le palier du premier et une fenêtre contiguë étaient éclairés par un rayon de lumière jaune et oblique, comme dans un tableau de Mondrian – la fenêtre du haut était celle de la chambre de leur fille, sans doute. Ed avait oublié comment elle s'appelait.

« Je suis allé à Addis pour le festival de jazz, dit-il. Ensuite je suis allé à AD rendre visite à Jimmy qui est prof là-bas. » Ed traça une ligne en l'air entre (peut-être) Addis-Abeba et (peut-être) Abu Dhabi. « Je suis rentré à Séoul à Noël. Non, attends. » La ligne traversant la mer d'Arabie s'arrêta brusquement, et les doigts d'Ed formèrent un cercle, se délestant d'un peu de carburant. « J'ai vu Suketu à Bombay, le temps d'un week-end, et puis j'ai poussé jusqu'à Séoul. » Sacha suivit la ligne imaginaire avec le plus grand intérêt, se voyant lui, et non Ed, faire ces voyages, un whisky classe affaires à la main. Il y avait de cela très longtemps, après la fin de sa relation d'enfance avec Macha, mais avant le début de sa relation d'adulte avec elle, il avait travaillé comme auteur pour une revue de voyages, arpentant les deux hémisphères avec rien d'autre qu'un carnet de notes et un peu de vocabulaire. Cette période comprenait certaines des plus belles années de sa vie, les notes de frais, l'humidité des villes tropicales, l'esprit de camaraderie alcoolisée de tous les Ed du monde.

« Quand as-tu quitté Séoul ? lui demanda Macha.

– Ah, je vois où tu veux en venir. Je suis parti juste après Noël, avant que la situation ne s'aggrave là-bas. Et de là... » L'index d'Ed était prêt à faire un grand saut. « Je suis allé sur la Grande Île.

– En l'honneur de notre bungalow ! » dit Sacha d'un ton joyeux. Le bungalow réservé pour Ed était la réplique de celui où Macha et lui avaient logé lors de leur lune de miel sur la Grande Île de Hawaii, et présentait une caractéristique dont aucun autre ne disposait – une douche extérieure aux parois ornées de coquillages.

« Oui, dit Ed. Mon ami Wei possède un bungalow près du Mauna Kea. Je vais de bungalow en bungalow.

– Wei Li ? demanda Senderovski.

– Wei Ko. Il bosse dans la biotech. J'imagine que c'est une période dorée pour lui.

– Et ensuite tu es revenu en ville, dit Macha.

– Pas vraiment, non. Mon frère a acheté un domaine viticole en Hongrie. » Senderovski se rappela le riesling autrichien et l'assortiment d'alcools qui continuaient de cliqueter dans son coffre, et pria pour qu'il n'y ait pas eu de casse au cours de ses nombreux trajets, surtout la bouteille de dix-huit ans d'âge qu'il avait achetée pour la partager avec Ed et l'Acteur. « Je suis allé sur les bords du lac Balaton, poursuivit Ed. Vos familles y allaient, dans le temps ? Vacances soviétiques ? Ils boivent de la piquette, mais j'ai mangé un délicieux foie de veau au beurre et au paprika, j'aimerais bien savoir comment ça se prépare. Et après, Londres.

– Londres pour une raison particulière ? » demanda Macha. Sacha se dit qu'elle parlait comme un agent du service d'immigration de Heathrow pendant l'interrogatoire d'un ressortissant du tiers-monde.

« Non, juste pour... Londres, dit Ed.

– Dernière question, c'est promis. Tu es allé en Chine ou dans le nord de l'Italie ?

– Non », répondit Ed. Il posa son sac Gladstone, qui émit

un bruit de frustration assourdi. « Attends, en fait j'ai pris une correspondance à Linate.

— Ça, c'est Milan », dit Sacha.

Les deux hommes notèrent le regard que jeta Macha à son mari. Mais ce n'était pas le fait que son mari suggère qu'elle manquât de considération qui l'irritait. *Ils m'obligent à être quelqu'un que je ne suis pas*, se dit Macha. Ils confondent vigilance et autoritarisme, et ne me laissent pas d'autre choix que de me conduire comme un Staline en tablier de cuisine. Mais ai-je le choix s'il me revient d'éviter à ces crétins de tomber malades ?

« C'était une très brève correspondance, dit Ed de son passage dans le nord de l'Italie. Je suis sûr de ne pas l'avoir attrapé. » Quand Ed Kim était tendu lors d'une conversation, il enroulait sa main droite derrière l'oreille, comme s'il la transformait en coquillage. C'était un tic de nervosité que tout le monde remarquait, et dont lui-même était tout à fait conscient, sans pouvoir s'empêcher de prendre son oreille dans la coupe de sa main lorsqu'il se sentait angoissé en société.

« J'en suis sûre, dit Macha. Je déteste vraiment devoir en passer par là. C'est pour Natacha. » Voilà comment s'appelait leur fille. Sacha, Macha, Natacha. Ils ne se compliquaient pas la vie, ces Russes. « On n'est jamais trop prudent, ajouta-t-elle. Tu as des demandes particulières pour le dîner ?

— Ne t'en fais pas, dit Ed. C'est moi qui cuisine, ce soir. Repose-toi. J'ai entendu dire que les parents en bavent pas mal, en ce moment. Et je suis sûr que Sacha n'en fout pas une.

— On a acheté des choses incroyables, dit Senderovski. On sait que tu adores les sardines fraîches. » Macha sourit. Même s'il n'était sans doute pas vrai qu'ils avaient pensé à elle, le mensonge était attentionné. Elle s'en contenterait. Ed crut déceler un éclat de sa jeunesse passée quand elle leur sourit. La rondeur nouvelle de son menton lui rappela une Grecque dont il était tombé amoureux, presque dix ans plus tôt jour pour jour, l'une des dernières fois qu'il avait vraiment aimé quelqu'un, avait senti des parties

27

oubliées de lui-même, le dessous de ses chevilles, ses cils, vibrer sans raison. Senderovski posa les deux mains sur la vallée fertile entre ses seins et sa gorge, heureux que son ami et sa femme s'entendent bien. Il régnait désormais une immobilité complète, en dehors des sons émis par une rainette surexcitée et l'homme à tout faire qui taillait bruyamment les haies autour de la piscine couverte, comme pour protester contre son sort.

Un sentier de galets reliait les bungalows, Senderovski souhaitant recréer l'atmosphère d'un joli petit village européen, du genre qui n'aurait jamais accueilli ses ancêtres à bras ouverts. Les bungalows formaient un croissant autour de la maison principale, certains surplombant une prairie classique, d'autres un bois envahi d'animaux bruyants. Ils étaient confortables en hiver, comme doit l'être tout petit logement digne de ce nom, et pratiques en été, mais il leur manquait l'élégance visuelle d'une cheminée qui fume ou la baie vitrée d'une véranda. Le luxe était censé être partagé : des mets savoureux et une conversation encore plus savoureuse. Il y avait eu pénurie de rires et d'idées brillantes les premières années de la vie de famille de Senderovski, et même s'il allait désormais au restaurant et à des soirées littéraires en ville, rien ne le ravissait plus qu'être le meneur de sa ménagerie de campagne. Sans parler du vif étonnement qu'il éprouvait à arpenter les hectares du domaine Senderovski, sur un continent qui avait signé ses papiers d'adoption.

Une fois seul, Ed rangea ses affaires, son ordinateur (il se souvenait maintenant qu'il n'y avait pas de réseau dans le bungalow), ses chargeurs, ses paquets de caleçons coréens neufs roulés en boule que lui avait offerts la femme de ménage de sa mère, ses polos, une veste en lin (resterait-il vraiment jusqu'à l'été ?), deux cravates et une pochette. Il s'assit sur le lit Art déco doux et confortable, et fut pris de ce qui était sans doute une crise de panique, respirant par courtes bouffées comme s'il aspirait l'air d'un ballon de baudruche sous la menace d'une arme.

L'unique fenêtre laissait entrer une lumière plus grise que

jamais, une idée du temps qui passe sur Terre digne d'une intelligence artificielle. Il était si près et pourtant si loin des ciels mouvants du port de New York. Voyait-on parfois des traînées blanches au-dessus du toit de cèdre ? Des avions suivre le cours du fleuve jusqu'à l'aéroport ? Il entendit la voix sévère et nasale d'un chef de cabine, venue de ce qui lui semblait déjà être une autre époque : *Meine Damen und Herren, wir begeben uns jetzt auf den Abstieg nach Berlin-Tegel.* Combien de ses amis dans la même situation que lui partout dans le monde regardaient par une fenêtre à double vitrage ou levaient la tête sur un haut plafond en cèdre pour tenter de se tranquilliser avec des incantations du même ordre ?

Au-dessus de la tête de lit était accrochée la luxuriante photographie d'une coulée de lave du volcan Kīlauea de la Grande Île dans le Pacifique. Ed se dit que la composition était banale mais belle, voire interplanétaire, mais grimpa sur le lit et inclina le cadre d'environ vingt degrés. Il froissa les draps lissés avec soin comme si deux amants venaient de s'y livrer à leurs ébats. Il repéra deux statues de bois sculpté représentant des ananas sur le bureau moderniste (se rappela que seules les îles Maui et Oahu disposaient d'importantes cultures d'ananas, pas la Grande Île) et en renversa une, ajoutant un peu d'asymétrie à l'ordre mortifère digne d'un hôpital qui régnait autour de lui.

Que dirait sa mère depuis son immuable cocon de Gangnam, la gorge picotant sous l'effet du thé d'orge brûlant qu'elle avait coutume de boire ? Elle lui donnerait un conseil qu'elle-même n'avait jamais suivi. Sois fort pour tes amis.

Une femme – Macha, ce ne pouvait être qu'elle – criait depuis la longue véranda. Ed crut entendre « Natte ! Natte ! Natte ! » Elle demandait une natte ?! Ed s'allongea sur le lit, sortit une Gauloise de son paquet fripé, et regarda fixement le clignotement du détecteur de fumée au-dessus de lui. Être fort pour ses amis ? La vélocité était son amie. Les paysages qui défilent étaient ses amis. Il se souvint que Sacha lui avait laissé un cendrier sous le lavabo de la salle de bains. La cigarette rebelle eut tôt fait de lui remonter le moral. Il restait du temps avant le dîner, non ? Ed avait oublié ses boules Quies mais il parvint à s'endormir.

2

Karen Cho engagea sa voiture de location dans les innombrables pentes et virages en épingle de la route de campagne qu'elle connaissait bien, sa conduite à peine moins débridée que celle de Senderovski. Elle avait choisi une station de la radio par satellite qui passait les chansons de sa jeunesse, et tentait de les prendre au sérieux, comme le faisait toujours Ed qui se donnait à fond au karaoké, même avec les morceaux les plus bêtes. Et cette chanson était loin d'être bête.

Christine, the strawberry girl.
Christine, banana split lady.

La conduite lui manquait depuis qu'elle était revenue de la côte Ouest, mais contrairement à Senderovski elle n'avait jamais identifié le frisson que cela lui procurait, cette impression d'être un peu plus américaine parce qu'elle pilotait un mastodonte de plusieurs tonnes à une vitesse excessive, bourrait le coffre d'un paquet format familial de serviettes hygiéniques, activait le métronome hypnotique d'un clignotant. La conduite s'accordait à son nouveau sentiment de puissance que, pour être tout à fait franche, elle ne comprenait toujours pas complètement. « Qu'est-ce que ça fait ? » n'avait pas arrêté de lui demander Senderovski quand elle avait vendu sa prétendue société, qui ne comprenait rien de plus qu'une idée, un développeur informatique (un ami et membre de son ancien groupe de musique) et deux avocats spécialistes en droit de la propriété intellectuelle qui lui avaient demandé une avance sur honoraires. Elle lui répondit qu'elle pouvait désormais s'en prendre ouvertement à un homme blanc en pull à capuche hors de prix, sans craindre de perdre son argent une fois qu'elle aurait fini de lui gueuler dessus.

Now she's in purple, now she's the turtle.
Disintegrating.

Karen pila. « Ouah ! » fit-elle. Depuis le divorce, elle s'était mise à parler toute seule. Une colline verte à l'arrondi parfait lui rappela le dos d'un dinosaure. Un dos couvert de petites tiques duveteuses. Elle se souvint alors qu'une partie de la propriété de Sacha abritait une bergerie, se rangea sur le bas-côté et descendit au son des soupirs et des bips de la voiture. Les moutons étaient alignés comme s'ils appliquaient pour eux-mêmes la distanciation sociale qu'on exigeait de leurs propriétaires. Ils avaient récemment été tondus et ressemblaient désormais à un troupeau d'ados dégingandés. Certains avaient de l'herbe plein la bouche, mais la plupart regardaient quelque chose de l'autre côté de la clôture séparant la bergerie de Senderovski Land. Karen voulut sortir son téléphone pour prendre une photo, mais s'arrêta. Récemment, elle s'était juré de cesser de poster des photos sur le réseau social qui avait fait d'elle une millionnaire, pour profiter de l'instant présent au lieu de le capturer.

Karen s'avança vers la clôture, parmi des tas d'herbe coupée de frais. De l'autre côté de la route, près d'une nouvelle demeure grandiose, elle remarqua des chevaux vêtus de pulls. Des chevaux en pull, quelle vie. Il semblait presque impossible que les propriétaires des maisons délabrées qu'elle avait vues au bord de la route, ces « merdes néoclassiques », comme Ed les avait un jour décrites à sa façon, respirent le même air de prospérité champêtre que Sacha et certains de ses voisins. Elle s'étonna que l'atmosphère même de la nation n'ait pas déjà été étiquetée par quelque algorithme et découpée en parcelles en fonction de son contenu. Certains de ses coreligionnaires de la Silicon Valley planchaient sans doute sur le sujet. Elle respira bien fort un forsythia en fleur, puis un autre, comme une citadine soudain reconnaissante. Ce serait bientôt Pâques, mais sa mère était toujours morte.

Un chien de berger arpentait le périmètre, aboyant de toutes ses forces après quelque chose, les moutons derrière lui, patients témoins du tapage, rassurés par la présence de leur chef. Karen distingua une minuscule silhouette solitaire qui se déplaçait dans la lumière tombante, côté Senderovski, et s'avança vers elle, fascinée. Pourquoi était-elle venue ? Officiellement, pour voir ses amis qu'elle avait l'impression d'avoir négligés depuis son triomphe. Même si la dernière fois qu'elle avait parlé à Vinod, elle avait eu du mal à contenir sa tristesse. Et sa colère. Même après avoir perdu un morceau de poumon à cause du cancer, il continuait de travailler dans la cuisine graisseuse de son oncle. Comme s'il se moquait d'elle en lui montrant ce qu'était devenue sa vie. Elle était à deux doigts de lui proposer de l'argent ou un petit boulot – autrement dit, de lui briser le cœur. Mais ça valait peut-être mieux que de détruire ce qui lui restait de poumon. Son cœur s'était avéré très résistant au fil des ans malgré tout ce que Karen lui avait fait subir. Donc, encore une fois, pourquoi était-elle venue ?

La version qu'elle se racontait, la non-officielle, était qu'elle voulait voir l'Acteur. Il est vrai que dans sa nouvelle vie elle croisait beaucoup de célébrités, mais elle l'aimait depuis son premier film à la fin des années 1990, celui où il dansait nu coiffé d'un chapeau ridicule, qui avait instantanément fait de lui le chouchou de sa génération. L'idée de mêler l'Acteur au charme désespéré de la colonie de bungalows de Sacha l'avait poussée à louer une voiture et quitter la ville mise sous clé. Même durant le trajet sur l'autoroute pittoresque et désertée, elle s'était surprise à poser la main sur l'intérieur de sa cuisse, le souffle étonnamment chaud, un parfum de printemps sur sa lèvre supérieure.

Il y avait donc une raison officielle à sa visite et une autre officieuse. Mais comme ne manquerait pas de le demander Vinod, l'ex-prof vacataire et désormais cuistot, laquelle était la vraie ?

La silhouette sautillante gagna en netteté : c'était celle d'un petit garçon, et il semblait faire… quoi donc ? Sa vue empirait, surtout dans la pénombre. Elle avait un an de plus que Sacha et Vinod, autrement dit ce n'était plus qu'une question de mois et non d'années avant qu'elle ait cinquante ans. Mais non, c'était clair comme une fin de journée à la campagne, le garçon sautillait, dansait, tapait des mains, frappait l'air de ses poings façon arts martiaux, tout en chantant d'une voix haut perchée pendant que le chien de berger aboyait ses avertissements dans le vide et que ses protégés regardaient, subjugués, trop stupéfaits pour bêêêêler.

Quand elle entendit les paroles, Karen éclata de rire, exactement comme quand son désormais ex-mari Leon lui avait donné les papiers du divorce ou que son avocat lui avait présenté la première offre pour le rachat de sa société. Son enfance s'était passée presque sans surprise, en un perpétuel va-et-vient d'insultes proférées par ses parents et de culture populaire, semblable au mouvement d'un pendule ; elle s'était fait crier dessus au rez-de-chaussée et avait pansé ses blessures à l'étage. (Au moins, comme le lui avaient fait remarquer ses parents, elle avait un escalier à disposition, contrairement à ses amis plus pauvres dans leurs apparts exigus d'Elmhurst.) Elle reconnut à n'en pas douter sa langue maternelle dans les paroles chantées par le garçon, suivies d'un refrain en anglais : *I'm so sick of this fake-ah love, fake-ah love, fake-ah love.* C'était un tube de boys band qui datait peut-être d'il y a deux étés. Elle se souvint de l'avoir entendu passer en boucle tout en faisant les courses pour ses bons à rien de parents au Lotte World, quand elle était allée à Séoul recevoir pendant une semaine les louanges de la presse après être devenue une représentante d'exception de son peuple, une enfant prodige de Daehan Minguk.

Le petit proto-Coréen portait un joli cardigan blanc à col en V, un pantalon beige, et ce qui ressemblait à une cravate d'adulte qui lui tombait sur les cuisses. Un uniforme d'écolier coréen qui serait parti en vrille. Karen fut surprise mais pas tant que ça. Tout ce qui arrivait dans l'orbite de Senderovski était un peu étrange. « Bonjour ! » cria Karen au petit garçon. Sans réponse. Peut-être ne parlait-il pas anglais (en dehors de « *fake-ah love* ») ? « *Annyong-ghaseo !* » cria Karen. L'enfant leva les yeux, lui fit signe, puis se remit à sautiller et chanter. Le chien de berger remarquant désormais la présence de deux ennemis, dont l'un était plus grand que lui, se mit à grogner, sa colère prenant un air de menace, et les moutons commencèrent à bêler, même si certains continuaient de mastiquer des bouchées d'herbe malgré la panique. Et là, Karen reconnut quelque chose chez le garçon, l'ovale du visage, les jambes longues mais massives, l'écartement des narines, le même enfant qu'elle avait vu assis sur les genoux de Senderovski des années auparavant sur la véranda, quand il avait expliqué – d'une façon qui fleurait le racisme – à quel point sa fille présentait toutes les caractéristiques de la région de Harbin, près de la frontière russo-chinoise, où elle avait été adoptée.

« Natacha ? » dit Karen. L'enfant continuait de danser. Le chien de berger et son troupeau avaient désormais entamé un dialogue courroucé, à la fois avec leur ennemi apparent et entre eux, un néolibéral indécis contre un néolibéral endurci. « Natacha !

– On m'appelle Nat, maintenant », répondit l'enfant entre deux couplets, bombant le torse, avançant les lèvres en une moue chaste, ses mouvements trop étudiés pour être sincères. Karen se souvint spontanément de la chanson du générique de la série télé qui s'intitulait curieusement *Happy Days*, et de l'importance que cela avait eu pour elle de danser dessus dans sa chambre voilà près d'un demi-siècle, le ventre plein des *ramyeons* de sa mère. *Saturday, what a day, groovin' all week with you.*

« Nat, où est ta maman ? lui demanda Karen. Et ton papa ? » ajouta-t-elle.

35

L'enfant fit signe en direction de la Maison sur la Colline. « J'aime bien ta nouvelle coupe au carré », dit Karen. Pas de réponse. « Si on rentrait manger un morceau ? J'arrive tout juste de New York et je meurs de faim.

– Non, merci. » L'enfant semblait à bout de souffle, mais répondait avec fermeté. Cela faisait peut-être des heures qu'elle était dehors.

« Tes parents vont s'inquiéter », dit Karen. Elle fit un pas en avant et prit une petite main. « J'insiste », dit-elle. L'enfant leva les yeux, la bouche pincée de colère. « Je suis ta tante Karen. On a joué ensemble avec mon téléphone sur la véranda la dernière fois que je suis venue. Tu t'en souviens ?

– On est parents ? » C'était une question d'adulte. Mais Karen comprit d'où elle la tenait.

« Oui, d'une certaine façon.

– Mon papa dit que mon oncle Ed doit venir, mais il n'aime pas jouer avec les enfants.

– Non, c'est vrai.

– Mais je ne me souviens pas du tout de toi.

– Monte dans ma voiture, je vais te raccompagner à la maison.

– Maman dit que je ne dois jamais monter dans la voiture d'un inconnu.

– Maman a absolument raison. Mais je ne suis pas une inconnue.

– C'est ce que disent les inconnus. » La logique était de son côté.

« C'est vrai. Mais je crois vraiment qu'ils doivent s'inquiéter pour toi. Il va faire nuit d'un moment à l'autre.

– D'accord, mais il faut que je dise au revoir aux moutons et au chien de berger.

– Super. Je suis curieuse de voir ça. »

L'enfant s'approcha de la clôture qui la séparait des aboiements et du bêlement des animaux. « Au revoir, les moutons. Au revoir, Luna », dit-elle. Puis elle s'inclina avec raideur, comme le membre d'un boys band qui reçoit un prix. Les animaux semblèrent se calmer instantanément, comme s'ils avaient déjà assisté à ce rituel.

Luna, qui grognait désormais d'une voix éraillée et sourde, les suivit jusqu'à la voiture tout éclairée dont la radio par satellite diffusait de lestes voix mancuniennes.

« Je ne sais pas vraiment comment attacher la ceinture d'un enfant, admit Karen, autant pour elle-même que pour Nat. Et aussi, je me dis qu'on ne devrait pas se tenir trop près l'une de l'autre.

– À cause du virus, dit Nat.

– Oui, jusqu'à ce que tout ça soit fini. Très bientôt.

– Ou pas », dit la petite fille. *Intelligente comme sa mère*, se dit Karen, *et tout aussi optimiste*. Elle lui attacha la ceinture sur la banquette arrière, et se rendit compte qu'elle n'avait encore jamais senti l'odeur de transpiration d'un enfant et que tout ce qu'on disait à ce propos était vrai. « Merci, tante Karen », dit poliment la petite. La dernière fois qu'elle avait vu Senderovski, il avait passé son temps à se plaindre des difficultés de sa fille et des cinquante-neuf mille dollars de frais de scolarité d'une école qui non seulement tolérait les différences mais, d'après sa brochure, les encourageait, au point que Karen s'était tournée vers son ami puis, avec un roulement des yeux qui faisait partie de son vocabulaire, lui avait dit : « Mince, tu ferais peut-être mieux de la renvoyer en Chine. »

Elle remonta lentement la longue allée, vérifiant dans le rétro que tout allait bien pour sa passagère. Même au crépuscule, elle repéra la pâleur des branches qui jonchaient la pelouse comme dans un Gettysburg arboricole. Après toutes ces années, Senderovski était toujours incapable de se prendre en main. Cette pensée la fit sourire. Ce bon vieux Sacha. Ses phares capturèrent une silhouette inconnue courant dans leur direction en provenance de la maison, criant très distinctement « Nat ! Nat ! Nat ! » et la passagère de Karen annonça : « C'est ma maman. » Karen plissa les yeux. Elle avait conservé l'image de Macha aux premiers temps, quand tout le monde s'inquiétait du fait qu'elle ne mange pas assez. Macha, dans sa hâte toute maternelle, faillit foncer tête la première dans la voiture, ce qui obligea Karen à se ranger dans l'herbe et à faire craquer une branche de chêne sous sa roue.

Macha ouvrit la portière arrière, déboucla la ceinture de sa fille dans la précipitation, et dit en criant et pleurant : « Où étais-tu passée ? Où étais-tu passée ? Où étais-tu passée ?

– Elle chantait pour les moutons », dit Karen d'une voix posée, ayant appris à réagir en présence de parents malheureux lors de son stage de formation, même si ce n'était pas juste pour Macha. « C'était mignon. » Tout le monde était descendu de voiture à présent, Macha était à genoux sur le gravier qui lui piquait les pieds, et tenait l'enfant par les épaules.

« Ne fais pas ça ! » cria-t-elle. Elle prit la longue cravate, qui appartenait très probablement à Sacha, et entreprit de la détacher de ses doigts tremblants.

« Non ! cria Nat. Maman, laisse-la !

– Tu vas t'étouffer », dit Macha en arrachant la cravate, qu'elle fourra dans la poche de son caftan. La fillette se mit à pleurer très fort. Karen vit Sacha venir de la maison en robe de chambre, aussi incroyable que cela puisse paraître. Elle ne comprenait pas la frayeur de Macha. Avait-elle vraiment cru que leur fille s'était enfuie de chez eux ? Pour aller où ?

« Je ferais mieux d'aller garer la voiture, dit-elle.

– Ah ! Ah ! Ah ! cria Senderovski. Karen ! Nat ! » Il était débraillé, émacié, avait une tête de quinqua depuis ses dix-huit ans. « Tu l'as trouvée ! dit-il à Karen. Ah, merci. On a cru qu'elle avait fugué. On a failli réveiller Ed pour qu'il parte à sa recherche avec nous.

– Ed ne serait pas capable de se retrouver lui-même, dit Karen. Et il a cherché littéralement partout. »

Senderovski éclata de rire. « Ça fait vraiment plaisir de te voir, dit-il. Si seulement on pouvait se serrer dans les bras. »

Karen lui envoya un baiser. Ils regardèrent sa femme et sa fille sur le gravier. Macha lui murmurait quelque chose en russe, des mots que seul Senderovski pouvait comprendre, un mantra apaisant qu'elle utilisait seulement dans les circonstances les plus extrêmes : « J'ai une famille et des amis merveilleux. Je peux tout faire si je travaille dur et si je suis gentille avec les autres. »

Le mantra fonctionnait visiblement. La fillette se pencha en avant et embrassa sa mère plusieurs fois sur le front, baisers qui lui furent retournés. Senderovski, avec un *oï* russe grinçant, se baissa et fit de même, sa robe de chambre désormais maculée de boue. « On fait ça pour vérifier qu'on est les bons chiens de prairie, expliqua la fillette à Karen.

– Pardon ?

– Les chiens de prairie sont si nombreux qu'ils sont obligés de s'embrasser pour vérifier s'ils sont parents, dit Senderovski.

– Est-ce que je peux embrasser tante Karen, alors ? demanda l'enfant. Je crois qu'on est parents. »

Karen s'avança, pleine d'attente, mais Macha leva la main. « Tante Karen vient d'arriver de la ville, alors il faut lui donner un peu de temps », dit-elle. Puis à Karen : « Merci beaucoup d'avoir retrouvé cette petite folle. J'ai cru perdre la tête.

– Quel âge ça lui fait ? demanda Karen.

– Huit ans ! cria l'enfant. Regarde le bracelet d'anniversaire que ma maman m'a offert avec huit perles de laine mérinos, une pour chaque année. Chaque perle porte une lettre N-A-T-A-C-H-A et un point d'exclamation. Natacha ! Mais on m'appelle Nat. Et aussi, je me désigne par des pronoms féminins, même si je me réserve le droit d'en changer plus tard.

– Elle a huit ans mais va sur ses quatre-vingts, dit Senderovski à Karen. Bref, pardon pour le psychodrame de notre premier acte. Je te promets que tout ne sera plus que calme et volupté à partir de maintenant. Macha va t'aider à t'installer ; il faut que je passe prendre Vinod à la gare routière.

– Tu ne comptes pas m'aider à calmer ta fille ? demanda Macha avant de s'apercevoir qu'elle parlait dans la mauvaise langue. C'est quoi ton problème ? ajouta-t-elle en russe.

– Je ne peux pas laisser Vinod en plan à la gare. Pas dans son état de santé. Et elle va bien, là. Elle a eu son bisou de chien de prairie. »

Karen reprit le volant jusqu'au garage en haut de l'allée pendant que Senderovski marchait à côté de la voiture comme un vassal obéissant. Le véhicule futuriste alla se garer tout seul dans un espace libre avec brio. Senderovski était triste que son amie soit arrivée dans un tel tumulte, et Karen ravie d'avoir été promue au rang de « tante ». Elle savait qu'elle se noierait bientôt dans les nombreux soucis de ses amis. Contrairement à sa sœur cadette, et à sa mère, quand elle était encore de ce monde, ces deux-là, au moins, l'écouteraient.

3

Une fois de plus, la voiture de Senderovski s'attaqua à la pauvre boîte aux lettres innocente de la route du pont, altérant un peu plus l'œuvre d'art naïf, un lapin de Pâques intemporel qui se régalait d'un champ de trèfles. Une fois de plus, Senderovski imagina un enfant pleurer – « Ils ont renversé le lapin ! » – et un parent consolateur – « Ils ne l'ont pas fait exprès. C'était juste un mauvais conducteur. » Et une fois de plus, la fonction d'avertissement de distance bipa, mais le carnage avait déjà commencé. Senderovski accéléra. Un jour, il achèterait au propriétaire de la maison une nouvelle boîte aux lettres ornée d'un lapin dessiné par un artiste de la ville, un objet destiné à prendre de la valeur s'il était bien imperméabilisé, mais aujourd'hui il se contenterait de présenter ses excuses en silence sous la forme d'un marmonnement d'autojustification : « Trop de soucis en tête. »

Les vingt minutes d'absence de Nat avaient été brutales, la voix paniquée de Macha criant à pleine gorge (rien de plus effrayant pour Senderovski qu'entendre une psychiatre paniquer) – « Natachen'kat ! » – et sa voix plus hésitante, moins autoritaire – « Nat ? » – résonnant dans la propriété. Même si ni l'un ni l'autre n'avaient été assignés à la surveillance de Nat qui, supposait Senderovski, était toujours à l'étage en train de regarder ses vidéos, il savait que Macha l'accuserait formellement d'être responsable de la disparition. « Elle est déjà dysrégulée à cause de l'école en distanciel, et voilà que tu invites cinq personnes à traîner, faire du bruit et Dieu sait quoi d'autre. » « C'est bien pour elle d'avoir une vie sociale. » « Avec des enfants de son âge, pas ces gens-là. » « Ces gens-là… Ce sont mes meilleurs amis. » « Oui, ça je sais. Je ne le sais que trop bien. » « Ils peuvent aussi lui servir de figures parentales. Tu adores Vinod. » « Vinod a besoin de repos, pas d'endosser les devoirs paternels auxquels tu as renoncé. » « Donc tu dis qu'elle a fugué parce que des gens viennent chez nous ? » « Les nouveaux visages l'inquiètent. Ne fais pas comme si tu ne savais rien des troubles anxieux généralisés. » « Si seulement j'avais pu vaincre mes peurs sociales quand j'étais petit. J'irais beaucoup mieux que maintenant, ça c'est sûr. » « Je me souviens de toi en colo quand tu avais huit ans. Tu étais très amical. [Elle passe au russe.] Impossible de te faire taire. » « Absolument. C'est la même chose pour Nat. C'est sa colo à elle. » « Sans les enfants de son âge. Alors qu'elle souffre [repassant à l'anglais] de problèmes d'identité. » « Tu veux dire : alors qu'elle apprend qui elle est. » « Et c'est Ed Kim qui va l'accompagner dans cette découverte ? » « Il m'a bien aidé, moi. » Pour que tout soit clair, cette conversation n'a jamais eu lieu. Mais elle aurait pu, jusqu'à la dernière de ses tournures de phrases thérapeutiques. Comme Senderovski enviait les écrivains qui avaient fait de leur vie conjugale leur sujet d'étude principal.

Pire encore, il avait perdu la face devant Karen. Depuis que les contributions de Karen à la civilisation avaient éclipsé les siennes, Senderovski éprouvait encore plus le besoin de recevoir son approbation. Avoir « une famille charmante et une maison charmante », pour citer son agente de Los Angeles, était la preuve que, contrairement à son amie divorcée et sans enfant, il « avait tout ». Et voilà que Karen avait vu sa fille fuguer, chanter pour les moutons. (Même si elle avait peut-être pris cela comme une preuve de l'imagination et de l'indépendance de l'enfant. C'est ce que la jeune Karen aurait fait.) Quelques incidents supplémentaires du même ordre, et il s'ensuivrait sans doute une conversation diagnostique, suivie de considérations sur son école qui regorgeait des profs les plus perspicaces à avoir jamais manié un morceau de craie et où, malgré leurs nombreuses interventions, Nat ne s'était toujours pas fait le moindre ami.

Et pendant qu'il cherchait Nat dans la propriété, il avait reçu un vague message de l'Acteur annonçant qu'il serait en retard, ou qu'il ne viendrait peut-être pas ce soir, ou ne viendrait pas du tout, ce qui, si c'était vrai, signifiait qu'ils n'avanceraient pas sur le scénario, avec pour conséquence de faire s'évaporer la moitié des cinquante-neuf mille dollars de frais de scolarité de Nat que devait Senderovski. Sans parler de ce que cela coûterait de nourrir ses invités pour une durée indéterminée et de chauffer et refroidir leurs bungalows. D'un autre côté, Senderovski savait qu'une fois que l'Acteur serait là, l'atmosphère changerait et que le Séjour en Colonie de Bungalows de Luxe chez Sacha deviendrait une Soirée avec l'Acteur dans un Cadre Bucolique. Soit il aurait du mal à se faire entendre dans le magnifique silence entretenu par l'Acteur, soit il remplirait le rôle de boîte à rires, ce qui revenait au même en fin de compte.

Trois voitures étaient arrêtées au carrefour de deux grandes routes nationales. Senderovski, ayant oublié les règles de priorité en pareil cas, supposa qu'elle lui revenait et mit les gaz. De la même façon, cinq cents mètres plus loin, il arriva devant un cédez-le-passage, mais refusa de céder. À l'approche du pont, il ralentit à cause de la présence possible d'un véhicule de police (son rétroviseur pendouillait toujours), appuya sur la pédale de frein et entendit un grand remue-ménage dans le coffre qui se termina par le bruit reconnaissable entre tous d'une symphonie de verre cassé. *Et merde.* Une fois de plus, il avait oublié de sortir les caisses d'alcool. Il se gara au dépose-minute. Il ouvrit le coffre, qui empesta aussitôt l'alcool. Il soupira. Était-ce la bouteille de dix-huit ans d'âge qu'il avait achetée pour impressionner Ed et l'Acteur (qui, il l'avait oublié, n'était pas un grand buveur) ? Il fouilla dans les caisses et se coupa superficiellement sur un éclat de verre. Il se suça le doigt un moment. Et finit par oser regarder. La bouteille hors de prix était intacte, mais deux bouteilles de rye s'étaient entrechoquées et avaient déversé leur contenu dans la caisse. Senderovski porta le carton à ses lèvres, l'inclina et but, filtrant avec sa langue les petits morceaux de verre. Il était désormais dans son état naturel, modérément ivre en robe de chambre, sa femme et son enfant à des années-lumière. Si le droit de l'État ou le droit fédéral ou le droit intergalactique le lui avaient permis, il aurait passé l'heure suivante au dépose-minute pour y picoler dans des proportions tragi-comiques avant de foncer retrouver son ami en voiture. Il jeta les restes des bouteilles sur le bas-côté, observant le défilé des voitures sur le pont, leurs conducteurs noyés dans l'électronique de leur habitacle, petits, flous, non préparés pour ce moment de l'Histoire.

La ville sur l'autre rive était récemment devenue à la mode, mais restait pour les étudiants en urbanisme un exemple édifiant de ce qu'il ne fallait pas faire. Des voies rapides conçues pour de bien plus vastes métropoles avaient été construites pour séparer ses quartiers selon des critères ethniques et, telle une souris de laboratoire pas très fute-fute, Senderovski se retrouvait souvent pris au piège de ses échangeurs en trèfle et de ses ronds-points. La gare routière, qui abritait les cars d'une obscure compagnie officiant dans tout l'État, se trouvait au cœur de l'ancien quartier noir, désormais branché, près du nouveau café-librairie en plein boom et d'un ensemble de restaurants aux éclairages tamisés et aux tarifs sophistiqués.

Senderovski tomba sur Vinod qui l'attendait seul et debout près du bâtiment miteux, deux valises en plastique à ses pieds, comme une version légèrement améliorée de son père au moment où il avait émigré d'Inde à un âge trop avancé pour réussir dans le Nouveau Monde en tant que propriétaire d'une boutique d'informatique. Macha avait insisté pour surclasser son ami fauché et changer son billet de car en billet de train, persuadée que c'était plus sûr pour sa santé, mais Vinod avait refusé son aide avec la même politesse obstinée dont il avait usé pour refuser celle de Karen.

Senderovski se gara à quelques centimètres des valises de son ami et bondit hors de la voiture. Les deux hommes se dévisagèrent. L'espace d'un instant, ils eurent de nouveau quinze ans, comme lors de la journée d'orientation des élèves de troisième du collège pour jeunes étrangers battus et précoces. Vinod avait un casque de cheveux grisonnants qui lui cascadaient sur les épaules, une moustache tendance poivre et une barbe tendance sel, et, quelque part au milieu de cette profusion, des yeux jadis ardents qui s'étaient récemment, poliment, éteints d'eux-mêmes.

« *Bhai*, dit Vinod, le mot quittant ses lèvres comme une courte et belle déflagration.

– *Bhai* », répondit Senderovski. Cela signifiait « frère » en hindi. Pendant et après la fac, ils avaient habité ensemble une dizaine d'années dans un quartier en pleine croissance très semblable à celui où ils se trouvaient désormais (jusqu'à ce que le quartier atteigne l'âge adulte et qu'on leur demande de bien vouloir débarrasser le plancher), et tout au long de ces années, Vinod avait appelé Senderovski *bhai* ou *bhenchod*, à savoir un homme qui aimait avoir des relations avec sa sœur. (Même si *bhenchod* était aussi utilisé comme un simple explétif, à la façon dont les Russes utilisaient le mot *blyad*, ou « putain », pour décrire le monde impitoyable qui les entourait – « Quand est-ce que cette putain de tempête de neige va s'arrêter ? »)

Senderovski écarta les bras. « Je ne peux pas te serrer contre moi, dit-il. Et, histoire de te prévenir, Macha est obsédée par l'épidémiologie.

– Elle est médecin, dit Vinod.

– Psychiatre. » Senderovski pouvait exprimer ses reproches à Vinod d'un seul mot, ce qu'il lui était impossible de faire avec ses amis plus prospères, ceux qui avaient l'esprit de compétition.

« Je monte à l'arrière, dit Vinod pendant que Senderovski déposait ses valises rutilantes parmi les caisses d'alcool.

– Tu es sûr ? Tu n'es pas obligé. Je suis en très bonne santé. Même si j'ai perdu du poids.

– Je ferai comme si je prenais un taxi et que tu étais mon chauffeur. »

Ils tournèrent vite la situation en un sujet de plaisanterie, prenant l'accent de leurs parents ou, dans le cas de Vinod, un accent dont il ne s'était jamais complètement départi. « À cette heule du joul, je plendlais Belt Parkvey, dit Senderovski avec son accent de Leningrad le plus bourru.

– Monsieur, essayes-tu de mi voler ? » protesta Vinod. Senderovski n'avait pas remarqué que, contrairement à la plupart de ses passagers, Vinod ne s'était pas enfoncé dans son siège quand il avait accéléré, n'avait prié aucun dieu ni agrippé aucune poignée de maintien quand Senderovski avait fait une embardée à son entrée sur le pont sans même ralentir au péage. Il entendit un bâillement très sonore, comme il n'en avait jamais entendu avant que son ami se fasse diagnostiquer un cancer dix ans plus tôt. Avant la maladie, il pouvait passer la nuit debout, galvanisé par une cartouche de Marlboro et une convivialité qui rivalisait avec celle de Senderovski, mais trouvait sa source à la même fontaine de solitude.

« On sera à la maison dans dix minutes », dit son chauffeur, mais Vinod savait exactement où ils en étaient de leur trajet, la voiture comme en suspension au-dessus du fleuve, le continent s'éloignant dans le rétroviseur. Il regarda derrière lui pour entrapercevoir la toute dernière lueur du jour. C'était comme porter une nouvelle paire de lunettes. L'herbe verte, le ciel gris virant au bleu profond à l'horizon, un écran de montagnes d'un violet parfait. Si tout cela était une simulation d'ordinateur, alors c'en était une très bonne. Quelqu'un, quelque chose, dans quelque version interstellaire de Bangalore, avait vraiment donné le meilleur de soi-même dans cette construction.

Vinod avait appris la Déclaration d'indépendance au CE2 pour prouver aux petites terreurs identitaires de l'école que sa place était ici. Au cours de ces deux dernières semaines, quand les gens s'étaient mis à mourir en masse et qu'il avait compris la gravité de ce qui risquait de lui arriver, à lui et à d'autres, puis *lorsque, dans le cours des événements humains, il devient nécessaire pour un peuple de dissoudre,* Vinod s'était dit pourquoi pas moi. Il avait pris l'invitation de son ami à la campagne comme une chance de dissolution, moins dans l'alcool et les drogues douces que dans les histoires qu'il partageait avec les autres. Et s'il fallait en arriver là, il avait glissé des documents au fond de sa valise, des actes notariés, pour parer à toute éventualité.

Malgré la conduite nerveuse de Senderovski, il s'endormit, rêvant de la Buick de son père et de tous les lieux où elle avait tenté d'aller. Senderovski regarda Vinod dormir à l'arrière, le visage appuyé contre la vitre suédoise teintée, et ne put échapper à la force de ses sentiments, à l'éclat non teinté d'impureté de son amour. Une fois n'est pas coutume, il leva le pied pour profiter du moment.

4

Vinod attendit près du garage que Sacha sorte ses valises. Citadin de naissance (Ahmedabad, 1972), Vinod ignorait quels composants donnaient sa douceur à l'air, ignorait l'effet d'une tempête sur nos sens. « Pardon pour tout ce bois mort, dit Senderovski. J'essaie de monter une brigade pour le ramasser. »

Vinod n'avait aucune idée de ce qu'il racontait. Il leva les yeux sur la maison principale, la cuisine éclairée, et vit deux silhouettes en mouvement, une aux cheveux châtains, l'autre aux cheveux noirs. C'était sans doute elle. Il rit secrètement. Tous ces romans qu'il avait lus, et celui qu'il avait écrit, et toujours pas moyen de résumer les éternels sentiments d'amour non réciproque. « Tu es vraiment un *bhenchod* », lui avait dit Senderovski sur une sinistre jetée jonchée de capotes usagées à New York, en 1991, quand il lui avait avoué son amour pour leur amie mutuelle, leur sœur. Mais désormais, le besoin de caresses fantômes (voire pire) était passé. Il voulait simplement lui parler, lui demander comment elle allait à cette heure tardive.

Ils passèrent devant la cuisine, la véranda, mais Vinod ne courut pas à l'intérieur pour la saluer, même s'il entendit sa voix nasale (ç'avait quelque chose à voir avec les mérites du chou chinois, par opposition au chou que les Russes aimaient), fut saisi par sa banalité et son manque de musicalité ou de magie. Il voulait savourer sa solitude un court instant de plus. Il logeait au même endroit que d'habitude, le Cottage aux Berceuses, dont les murs étaient décorés de berceuses que les amis de Senderovski avaient écoutées dans leur enfance, leurs paroles tracées à la main dans des couleurs vives par un artiste britannique remarquable (et remarquablement cruel) qui n'avait plus les faveurs du public. Senderovski avait écrit l'introduction d'un catalogue pour une exposition de l'artiste avec du liège et des fourmis démembrées, et l'artiste avait peint les murs du Cottage aux Berceuses en guise de remerciement.

Vinod regarda sa propre contribution en gujarati, inscrite juste au-dessus de la tête de lit, en typo devanagari safran.

Il va se promener et je pars à sa recherche.
Quelqu'un l'a vu entrer dans l'arbuste à fleurs.
Taillons l'arbuste et ramenons-le à la maison.

Dors, mon bébé, dors.
Mon bébé aime se faire bercer dans son lit.

« Je pense que tu as le temps de faire un somme avant le dîner, dit Senderovski, dépliant un porte-bagage pour poser la valise sur ses lanières tressées, le front perlé de sueur, essoufflé par la conversation. Tu as raté le service de couverture de notre hôtel, j'en ai peur.

— C'est pas la seule chose que j'ai ratée.

— Pardon ? »

Vinod sourit et découvrit les chicots de dents jaunies par le tabac de son ancienne vie de fumeur. « Je tiens simplement à te remercier de m'avoir invité. Je remercierai Macha tout à l'heure.

— Je regrette que tu ne sois pas venu l'été dernier.

— Je ne suis pas rancunier. Et je suis honoré de faire partie des élus dans un moment pareil.

— Tout le monde est aux anges que tu sois là.

— Tout le monde ? Je suis passablement en bisbille avec notre brillante amie. »

Senderovski remarqua que Vinod avait détourné le regard en disant cela. Son amour pour Karen rappela au propriétaire un vieux proverbe russe, à propos de la Grande Guerre patriotique contre les Boches, pendant l'avancée des troupes allemandes : *Personne n'est oublié, rien n'est oublié.*

« Elle s'est emportée contre l'un de nous deux au téléphone, dit Senderovski. Quoi de neuf sous le soleil ? Je crois bien qu'elle a passé toutes les années quatre-vingt-dix à me gueuler dessus. En tout cas, dès que ses soirées et ses week-ends étaient planifiés.

– C'était ma faute. J'aurais dû accepter son aide.

– Je crois que c'est dur pour elle d'être riche. Si j'avais tout cet argent, j'attraperais sans doute la goutte et je mourrais le lendemain.

– Je m'attendais à ce que tu dises : "Elle s'inquiète pour toi."

– Elle a des raisons de s'inquiéter ? »

Vinod le dévisagea de ses yeux éteints et polis. « Non. »

Senderovski fut satisfait par la fermeté de sa réponse. « Tant mieux.

– Allez, *bhai*, je me rafraîchis et on va dire bonjour à ces dames. »

Senderovski s'inclina tel un majordome après le retour de son maître de la capitale.

« Une petite chose, dit Vinod. Le simple fait de poser la question me fait peur.

– Je suis ton fidèle esclave, comme on disait au bon vieux temps.

– C'est gênant.

– Il n'y a rien de "gênant" entre nous. À propos, la baignade sans maillot commence le 20 mai. Pour l'ouverture de la piscine. Aucun désistement n'est autorisé. »

Contrairement à Senderovski, et malgré le fait que son corps était couvert d'une toison de poils si épaisse que n'importe quelle nana y réfléchirait à deux fois, Vinod n'avait jamais été pudique.

« Tu te souviens du roman que je t'ai donné il y a un million d'années ? dit-il. Celui que tu m'as heureusement empêché d'envoyer à un agent ? Ce dont je te serai éternellement reconnaissant. »

Senderovski regardait par la fenêtre du bungalow. Malgré l'isolation phonique, il crut entendre le pic qui avait élu résidence chez eux prendre exceptionnellement son service de nuit, peut-être déboussolé par tous les éclairages illuminant la propriété. « Ça me dit quelque chose.

– Tu es bien le seul, répondit Vinod. Je ne me souviens même plus du titre. Je suis sûr que c'était lourdingue. Mais j'aimerais y jeter un œil. Pas pour le faire lire, mais pour me souvenir de mon état d'esprit quand je l'ai écrit. Vu qu'on est tous réunis.

– Ça ressemble à une cérémonie des adieux, dit Senderovski. Tu sais que tu nous enterreras tous.

– Tu n'aurais pas gardé la copie que je t'avais donnée, par hasard ? »

Ce n'était certainement pas par hasard qu'il l'avait gardée. Pas plus loin qu'à une cinquantaine de mètres du lieu où discutaient les deux amis, tout au fond du coin nord-est des combles de la maison principale, entre deux autres boîtes à chaussures contenant les lettres d'amour au papier jauni envoyées de l'étranger par les lectrices de Senderovski au cours de la période folle qui avait suivi la publication de son premier roman, se trouvait une boîte de sandales Teva. Elle contenait les deux cent quatre-vingt-sept pages tapées en lignes serrées du manuscrit de Vinod, accompagnées d'une disquette bleue, l'une des dernières du genre.

« C'est pas sûr, dit Senderovski. Je l'ai peut-être archivée à New York.

– Ah, soupira Vinod. C'est logique. Ça m'étonne même que tu ne l'aies pas jetée.

– Je ne jetterais pour rien au monde un souvenir de Vinod Mehta. Je vais tâcher de me rappeler où je l'ai mise. Bon allez, va te laver ! »

Macha et Karen portaient un masque à la demande de Macha, l'une à la cuisinière, l'autre à l'évier. Vinod ne s'attendait pas à ne voir que la moitié du visage de Karen quand il poserait les yeux sur elle, mais la profondeur de ses yeux noisette et marbrés, et la concentration intense qui se lisait sur son front brillant lui suffirent. Il s'abandonna au bonheur, surtout quand elle s'écria « Vinod ! » derrière le masque qui étouffait le son de sa voix. « J'ai trop envie de te prendre dans mes bras.

– Le docteur l'interdit », marmonna Senderovski à part soi. Il était encore perdu dans ses pensées à propos de la boîte de sandales Teva et de la disquette bleue qui contenaient la prose soignée de Vinod.

« Le voyage en car s'est bien passé, entendit-il Vinod dire. Chaque passager avait un rang pour lui tout seul. Il y en avait une qui éternuait au fond, mais elle a dit qu'elle était allergique.

– On va te chouchouter comme jamais, dit Karen.

– Absolument, dit Macha. Vinod aura tout ce qui se fait de mieux pendant son séjour.

– Je vais super bien, dit Vinod. J'ai l'intention de passer au travers des gouttes comme un champion. Si vous êtes aux petits soins avec moi, vous risquez de m'énerver. »

Karen était une visuelle, elle n'accordait pas tant d'importance que ça au langage. Mais lui revinrent les merveilleuses délicatesses sonores du verbiage et de l'accent de Vinod : Ahmedabad et Bombay mâtinés de Corona, dans le Queens. Le *r* était un *l*. Le *d* était un double *t*. Sa façon poétique de dire « tlavel » pour « travers ». « Au tlavel comme un champion. » « Champion », et pas « *champ* » comme disent les Américains. N'ayant jamais grandi dans une banlieue pavillonnaire, il avait passé son enfance parmi de trop nombreux oncles et tantes qui hurlaient tous en tandem à propos des prix du lait et de la soie. Encore aujourd'hui, remarqua-t-elle, sa voix continuait de se fissurer aux endroits où on n'avait jamais posé ni laissé durcir le ciment.

Senderovski se rappela soudain quelque chose. « Mais qu'est-ce que vous faites ? C'est Ed et moi qui étions censés préparer le repas, les sardines et le *vitello tonnato*, les saucisses et les côtelettes filet.

– Ed est sans doute crevé après avoir fait une heure et demie de train depuis New York, dit Karen. Le décalage horaire, tout ça. »

Vinod éclata de rire. Elle était si féroce. Le rire de Vinod fit sourire Senderovski. Macha s'ordonna de faire preuve de bienveillance à l'égard de l'amitié naturelle qui unissait les trois autres personnes présentes dans la cuisine. Karen avait été si gentille avec Nat, et Vinod était toujours adorable. Et, comme son thérapeute l'aurait dit, c'est avec elle que son mari avait choisi de passer sa vie. « Je vais réveiller maître Kim, dit Senderovski.

– Ne t'embête pas, on a presque fini avec les pâtes, dit Macha. Et on a le jambon et les olives en entrée. Et du fromage pour le dessert.

– Alors quand est-ce qu'arrive notre invité spécial ? demanda Karen.

– Il se peut qu'il n'arrive pas ce soir », annonça Senderovski.

Les deux femmes masquées échangèrent un regard depuis leurs postes respectifs. Peu de gens savaient que Macha était abonnée à tous les magazines people et gardait leurs onglets ouverts sur son ordinateur, y compris pendant ses séances de thérapie en ligne. Senderovski adorait ça chez elle, le trouvait même étrangement excitant. Toutes les engueulades qu'ils avaient eues à propos de la possibilité de faire venir des gens de la ville infectée s'étaient conclues par Senderovski sortant la carte maîtresse de son jeu. « Si le grand comédien peut venir, pourquoi pas les autres ? »

Il y eut un regain d'activité quand Nat, toujours dans son costume d'écolière coréenne, sans la cravate, traversa la cuisine en boulet de canon, braillant quelque chose comme « *form-ah of love* » (c'est du moins ce que Vinod crut entendre) tout en jouant toute seule à la version fille unique de cache-cache.

« Salut, Natacha ! lui cria Vinod.

– Elle veut qu'on l'appelle Nat, maintenant, dit Senderovski.

– À deux mètres des invités, ma chérie ! » lui cria Macha. Puis en russe : « *Dva metra.*

– Je vais mettre la table, dit Vinod.

– Les gants, s'il vous plaît », dit Macha. Elle en avait acheté un carton avant même le début de la calamité. Les hommes enfilèrent leurs gants sans un mot et portèrent les boîtes de couverts jetables sur la véranda. « Qu'est-ce que ça fait de retrouver les garçons ? » demanda-t-elle à Karen qui touillait une bonne quantité de précieuses *pasta nel sacco* que les Lévine-Senderovski avaient achetées à Urbino durant un de leurs rares séjours de vacances à l'étranger.

« Je crois qu'il faudrait qu'ils mangent un peu plus », dit Karen.

Ce genre de commentaire mettait Macha en rogne. C'était trop familier. Elle ne se voyait pas dire ça aux autres, même au sujet de son mari. Les mêmes vieilles idées lui vinrent à l'esprit en repensant à la Bande des Trois et à leur enfance pourrie, entre une mère gueularde et acariâtre et un père cogneur : était-ce la faute de Macha si ses parents avaient été si gentils avec elle, si peu exigeants ? Et aussi, Macha s'en rendit compte, depuis la mort de sa sœur de la même maladie qui avait épargné Vinod (alors qu'Inna n'était même pas une fumeuse, non que l'univers en ait quelque chose à faire), ça l'agaçait de voir Karen jouer les pseudo-sœurs aînées avec son mari et son ami. Chaque année en novembre, par exemple, Senderovski oubliait de souhaiter un bon anniversaire à Vinod, et chaque année Karen le lui rappelait.

« Je crois qu'il t'aime encore, dit-elle à Karen en passant.

– Qu'il m'aime ? Je ne pense pas que Vinod soit aussi prévisible. » Mais elle se dit que ça ne la dérangerait pas, si tel était le cas. Et qu'elle serait triste si tel n'était pas le cas. La dernière flamme perpétuelle de sa vie finalement éteinte.

Vinod posa huit sets de table, tous espacés selon un intervalle requis par Macha, sur les deux tables de jardin, sept d'entre eux illustrés par des reproductions de l'American Folk Art Museum, le huitième par la photo de sept jeunes Asiatiques tirés à quatre épingles, comme pour un soir de bal de promo au paradis. Il posa une cuillère et une fourchette fluo d'enfant sur celui-là. Une galerie couverte reliait la maison principale et la véranda, mais elle se fondait essentiellement dans le paysage forestier derrière la maison et jouxtait le demi-cercle de bungalows. Les animaux qui gambadaient dans la forêt y jetaient parfois un coup d'œil, fascinés par la soudaine apparition de cette grande structure brillante, un poêle allumé faisant rougeoyer des braises dans son coin nord-ouest, le cèdre et le treillage de ses parois camouflés par le sumac et les plantes grimpantes. Nombre de grandes propriétés grouillaient de chasseurs, mais en dehors de ce danger-là, la cinquantaine d'hectares de celle de Senderovski servait de pensionnat aux jeunes animaux du coin. Les coyotes y perfectionnaient leur hurlement frénétique, les vautours apprenaient à chercher leur proie dans les hauteurs du grand capital, les marmottes apprenaient à leurs petits à manger la racine de coûteux sapins qui cachaient à Senderovski la vue de la bergerie quand il sirotait du xérès sur son fauteuil à bascule. Quant à la véranda, elle surplombait un grand amphithéâtre naturel et sonore. Vinod entendait ce qui était sans doute des oies sauvages caqueter, même s'il était difficile de savoir où, à cause de l'acoustique, les rainettes et les oies vagabondes exécutant une symphonie apocalyptique et, dans la propriété voisine, les moutons faisant leurs adieux à la journée, chaque profond bêlement semblable au cri de protestation d'un vieillard en maison de retraite. (Vinod pensa aux tristes nouvelles en provenance de l'État de Washington qu'il avait lues à bord du car.)

« Tu sais quoi », dit Senderovski à Vinod avec une caisse d'alcool sur les bras, enfin décidé à vider son coffre. « À propos de ton roman, il me semble que l'un des garde-meubles a été vidé par accident. Et que ton roman s'y trouvait. Je regrette vraiment, *bhai*.

– C'est possible de faire ça ? demanda Vinod. Le vider, sans prévenir ? Tu avais oublié de payer ? »

La tristesse de sa voix était évidente. « Sans doute une erreur administrative, dit Senderovski. Ce pays part à vau-l'eau. Je les appelle demain matin à la première heure.

– Y a pas vraiment urgence », dit Vinod, mais il n'en fut pas moins blessé. Il avait entendu parler d'une technologie sur laquelle on travaillait dans le secteur de Karen, permettant de figer notre condition physique pour que nous puissions plus tard réinitialiser notre corps de jeune homme ou femme et reprendre le cours de notre vie où on l'avait laissé. Ça ne semblait pas moins impossible que tout ce qui se passait de nos jours. Quel que soit le sujet de son roman, Vinod croyait que ça lui permettrait d'effectuer une opération du même genre, voire de sauter les obstacles qui entravaient son âme.

La porte de la véranda s'ouvrit en grand, les deux amis se retournèrent et virent Ed. Il portait la même veste de coton bleu qu'à son arrivée, un chino, des richelieus, et avait la mine reposée. « Salut, Vinny, dit-il. Karen est arrivée ? On peut toujours compter sur les Asiatiques question ponctualité. »

Vinod fit signe à Ed. Ces deux-là étaient de drôles d'amis, un peu comme des chiens sans laisse capables de marcher côte à côte sur des distances infinies sans échanger un seul regard.

« Où est-ce que t'étais passé ? demanda Senderovski à Ed. On n'a toujours pas préparé le *vitello*, ni les sardines préférées de Macha, ni les saucisses ou les côtelettes filet.

– Ah merde », dit Ed. Il se frotta les yeux. « C'est trop tard ? Que va bien pouvoir manger notre Splendeur d'Amberson quand il sera là ?

– Il ne viendra peut-être pas ce soir, dit Vinod.

– Ce qui ferait de Senderovski le convive le plus célèbre de la tablée, fit Ed. Ça tombe bien.

– Macha gardait une *pasta nel sacco* pour une occasion spéciale, dit Senderovski. Et Karen est beaucoup plus célèbre que moi, en ce moment.

– Ah, de la truffe blanche. » Ed sourit au souvenir glorieux du restaurant Les Marches. « Dans ce cas, je vais préparer les Gibson.

– Mets un masque à la cuisine, lui cria Senderovski.

– Tu te souviens du jour où il m'a écrasé avec une voiturette de golf ? » dit Vinod après le départ d'Ed, qui oublia de refermer la porte de la véranda derrière lui, un papillon de nuit en profitant pour virevolter vers la lueur des bougies.

« J'espère que tu ne lui as jamais pardonné. »

— Tu me connais, dit Vinod. Regarde. » Il montra du doigt la pelouse et ce qu'il prenait pour une assemblée de lucioles activant leurs avertisseurs lumineux juste au-dessus du niveau de l'herbe, comme pour signaler leur présence à une forme d'intelligence avancée dans le ciel. Mais Vinod avait une très mauvaise vue, et la saison des lucioles ne commencerait pas avant plusieurs mois. Au-delà de la grande pelouse et des lucioles sorties de son imagination, la route formait un virage, et son bitume fissuré par l'hiver était simplement balayé par des phares en approche.

5

Dee Cameron conduisait comme une enfant des deux Caroline, autoroutes et chemins vicinaux formant une extension naturelle de ses pieds chaussés de sandales. Elle avait traversé les banlieues résidentielles du Nord-Est à toute allure, comme s'il s'agissait des forêts de pins de Caroline ; elle sentait toujours la présence de la police sur la route et se tenait prête à dégainer son sourire aux dents d'une blancheur éclatante, au cas où.

À l'entrée de la route menant à la colonie de bungalows de Senderovski, elle avait remarqué une série de véritables bungalows aux couleurs primaires décaties, des bouteilles de gaz posées sans cérémonie à côté de la porte, les rangées de boîtes aux lettres pleines de prospectus, sur lesquelles on lisait l'inscription APPARTEMENT I et ainsi de suite, comme s'ils appartenaient à des citadins et non aux ruraux les plus pauvres. Ça regorgeait de drapeaux ornés d'obscures rayures et d'un nombre contestable d'étoiles, certains niant visiblement le statut d'État à l'Alaska ou à Hawaii, voire à l'Arizona. ENTRÉE ABSOLUMENT INTERDITE ! proclamait une inscription tracée d'une main rageuse sur un panneau. DEMI-TOUR ! Et Dee se souvint du féroce sens de la protection des propriétaires les plus modestes qu'elle avait connus en grandissant dans un bungalow en tout point semblable à celui devant lequel elle venait de passer, dans ce milieu blanc et pauvre qui servait justement de matière à sa récente réussite professionnelle, avec son grand défilé monotone d'écriteaux. Les propres Mémoires d'immigré de Senderovski présentaient des similitudes avec ça (même s'ils contenaient un peu plus de voyages en avion et d'hommes hystériques). C'est pour cette raison qu'elle s'était inscrite à son cours quand elle était étudiante à New York, à l'époque où Senderovski enseignait encore.

« Dans trois cents mètres, tournez à gauche. Vous serez arrivée à destination », annonça la voiture non sans grandiloquence. Vraiment ? En dehors de l'Acteur, dont elle ne doutait pas qu'il soit un vrai crétin, elle ne savait pas qui était invité ni à quoi s'attendre. Mais la femme qui avait conçu l'application Tröö Emotions était censée être là, une amie de lycée, apparemment.

Elle serait peut-être obligée d'adopter un comportement agressif, pour démontrer sa force. Ses essais étaient l'équivalent littéraire du détenu fraîchement condamné qui débarque en taule et en colle une au caïd de la prison. Il y avait dans son écriture un mépris des bons sentiments, mêlé d'observations implacables sur les membres de la classe sociale qui l'avaient récemment accueillie au sein de leurs trépidants immeubles de pierre brune. Parfois, sa prose se faisait l'écho du parler traînant du Sud et de ce qu'une critique avait baptisé le « m'est-avisme ». Par conséquent, elle possédait une magnifique paire de bottes de cow-girl des années 1970, d'un rouge profond, ornées de coutures arc-en-ciel qui ressortaient comme autant de rayons de soleil (bien qu'aucun de ses proches n'ait jamais porté ce genre de choses). Comme elle était grande, avait le visage anguleux, et que ses yeux étaient d'un bleu azur profond, elle savait que les bottes et un vêtement simple comme un chemisier paysan susciteraient toute la gamme des réactions pavloviennes auprès d'un large panel d'hommes cultivés de la côte Est. Tout ce qu'elle avait à faire, c'était ouvrir la bouche et semer le trouble. Elle avait toujours eu des idées politiques assez vagues et parlait souvent du fait qu'au même âge Joan Didion – qui était le modèle stylistique de Dee, les régionalismes en moins – soutenait Nixon au début des années 1960. « L'animosité que je vous porte se nourrit d'elle-même, avertissait-elle le lecteur au début de son recueil d'essais, alors m'est avis que vous feriez mieux de remiser vos préjugés. Je ne me laisserai pas cataloguer. »

Et pourtant elle était seule. Le virus se mettait tout juste à transformer son quartier de Brooklyn en zone morte, sans rien d'autre que des sirènes d'ambulance et la virée potentiellement fatale à l'épicerie du coin. Elle commençait à se sentir responsable de sa situation. Elle avait des amis, mais ils semblaient préférer discuter entre eux plutôt qu'avec elle en ces temps difficiles. Peut-être ne l'avaient-ils jamais considérée comme digne de confiance.

Dans le meilleur des cas, ce séjour serait un prolongement de l'atelier d'écriture de Senderovski, qui s'apparentait à un accident de voiture en état d'ivresse. Quand elle avait étudié sous son autorité, ou plutôt à ses côtés, il était au sommet de son pouvoir et de sa célébrité. Mais il n'avait jamais été intimidant, du moins pas pour elle. Chaque fois que quelqu'un lui posait une question sérieuse sur le travail d'un étudiant, il affichait une expression qui semblait signifier : *Qu'est-ce que je fais là ? Dans cette merveilleuse institution ? Moi, Senderovski ?*

Et puis elle avait essayé Tröö Emotions lors d'un premier rendez-vous avec quelqu'un qui, croyait-elle, lui plaisait, un journaliste barbu spécialisé dans le secteur des montres de luxe, et ça n'avait marché pour aucun des deux. Alors le plus probable, c'était que l'amie de son prof soit une autre de ces arnaqueuses de Palo Alto.

« Tournez à gauche », lui rappela sa voiture, dont la personnalité semblait être celle d'un beagle qui ne tient pas en place. Ce n'était pas une voiture haut de gamme, mais elle était payée, son prêt remboursé, et elle symbolisait le fait d'avoir les moyens de posséder une voiture à New York et de cracher à l'occasion les frais de stationnement en ville. Elle tourna le volant avec la main droite, de minuit à sept heures. Dans le faisceau des phares, les herbes hautes de la pelouse se balançaient dans le vent comme les Juifs de son quartier pendant la prière. La couche de gravier de l'allée était profondément irrégulière, et de gigantesques branches d'arbres

60

jonchaient le sol, telles les chutes d'un documentaire consacré aux coraux blanchis de la Grande Barrière. Tout cela – l'herbe qui n'était pas tondue, les branches de bois mort – était-il censé évoquer la désinvolture du riche citadin aristocrate qui se moque délibérément des apparences ? Il fallait qu'elle comprenne la situation, qu'elle sache qui étaient ces gens au cas où elle n'aurait d'autre choix que de les attaquer.

La vue de la maison principale et des bungalows qui la flanquaient fut plus déconcertante qu'intimidante. Elle les avait vus en photo dans les pages immobilier du journal, Senderovski ayant eu l'occasion de qualifier sa propriété de « folie », mais la maison principale était petite et ordinaire, et la seule chose intéressante dans ces constructions – aucune n'étant beaucoup plus grande que leur version pauvre le long de la route – était leur nombre inhabituel. Elle épia plusieurs personnes dans l'éclairage tamisé de la véranda (des bougies ?), qui créait à lui seul une atmosphère poétique. Les phares de sa voiture balayèrent les herbes broussailleuses, les insectes qui dansaient dans leur lumière, toutes choses vaguement mythiques et fondamentalement du Sud. Dee repensa à un baiser échangé sur le parking de son lycée, aux mains gercées et rugueuses posées sur son soutien-gorge, à la bouche dangereuse d'un alcoolique de dix-huit ans, à la bannière déchirée et battue par le vent à la gloire de l'équipe dont elle n'était pas allée voir un seul match dans les tribunes debout et qui proclamait, OUSTE, LES CHIENS !

Senderovski descendit les marches en bois de cèdre pour l'accueillir. Il portait une espèce de peignoir. Il se présentait donc sous ce jour en ce moment critique. Il avait perdu beaucoup de poids et de cheveux depuis la dernière fois qu'elle l'avait vu à une soirée littéraire si fastueuse et guindée qu'on les avait choisis pour y incarner des figures de la diversité. Elle ouvrit sa portière et enfonça une sandale dans le gravier. « Salut, professeur », dit-elle, se prenant elle-même dans ses bras pour lui montrer qu'elle l'aurait serré fort s'ils s'étaient vus quelques semaines plus tôt.

« Dee Cameron ! Gnome de Dieu ! répondit Senderovski, se serrant lui aussi dans ses bras. Tu as réussi. Youpi ! Et je ne suis plus prof. Un simple péquin. Ils ont brisé mon sabre, façon Dreyfus. »

Dee avait deux bons diplômes, mais certaines références de culture générale appréciées des générations précédentes lui échappaient. Ça ne la dérangeait pas. Même en cours, Senderovski divaguait, nerveux, dissipé – parfois, elle ajoutait un troisième adjectif, charmant –, pendant que les étudiants tapotaient l'écran de leur téléphone sous la table de réunion géante. « J'ai apporté de l'armagnac, dit-elle.

– Oh là là !

– Je me souviens que tu t'en envoyais des lampées en cours. »

Il souleva ses sacs mais les reposa aussi sec. Sa prochaine hernie le guettait.

« Pardon, j'ai pris trop de choses, dit-elle. Des trucs de fille. Je te donne un coup de main.

– Non, non, non. » Senderovski s'éloigna en ahanant. « Comment s'appelle cette école pour jeunes filles, déjà ? Miss Porter's School. Appelle-moi Mister Porter. » Là non plus, Dee ne comprit pas de quoi il parlait, encore un truc européen ou d'origine indéterminée, très probablement, mais elle rit quand même en contournant avec lui la grande véranda jaune, les silhouettes à l'intérieur toujours indistinctes, mais deux regards masculins la suivant manifestement des yeux.

« Elle est étonnamment belle, dit Ed.

– Je vois pas bien dans le noir », répondit Vinod.

Elle était logée dans ce que l'article de journal avait décrit comme « le Cottage de l'Écrivain ». La banalité de la vision qu'avait Senderovski de la « vie d'écrivain » lui brisa le cœur. Il y avait, compta-t-elle, sept vieilles machines à écrire et peut-être une de plus à la salle de bains. Elle imaginait son ancien prof posant la dernière Underwood sur l'étagère de bois blond à côté d'une affiche de Joan Didion jeune – à sa décharge, c'était le premier prof qui lui avait donné une copie du *White Album* – et se disant : Voilà. Tout est comme il faut.

« C'est le plus petit cottage, mais aussi le plus confortable, dit Senderovski.

– Ça ressemble à une mansarde en forêt, déclara Dee, un mot qu'il avait souvent prononcé en cours.

– Exactement ! » s'écria Senderovski. Cette détonation mineure les fit tous deux reculer d'un pas. Senderovski crut sentir une odeur de parfum, mais c'était peut-être un shampooing aux fleurs. Ça faisait bien vingt ans qu'il n'avait flirté avec personne, et pendant la période de flirt officiel avec Macha, il n'avait jamais vraiment catalogué les odeurs de sa future femme. Elle sentait la maison, depuis le début (des débuts tragiques, il s'en rendait compte aujourd'hui).

« Prends le temps de te rafraîchir, et on ira rejoindre la bande, dit Senderovski.

– Je t'accompagne, dit-elle. Je vais juste faire pipi, avant. »

Senderovski s'assit sur le lit minuscule – dans son souvenir, aucun de ses invités n'avait jamais fait l'amour dessus, ces écrivains étaient d'une chasteté de moines – et entendit le son étouffé mais vigoureux d'un jet en provenance de la salle de bains. Il était excité par les nombreux chapitres de cette journée, mais déjà fatigué à l'approche du dîner, l'événement principal, et à cause de l'incertitude qui planait sur l'arrivée de l'Acteur et, par conséquent, sur tout le reste dans sa vie. *Une étudiante qui fait pipi*, se dit-il, sans concupiscence, mais le rangeant dans un coin de son esprit pour une éventuelle future référence.

Dee se demanda si elle devait se laver les mains deux fois, avant de faire pipi et après, mais décida de ne pas être trop précautionneuse et se les lava seulement une fois qu'elle eut fini. Senderovski entendit le bruit d'une jeune femme qui tire la chasse et se souvint qu'autrefois cela avait eu une signification précise. Dee lut la citation encadrée près du vieux miroir rouillé que mari et femme avaient acheté pour une bouchée de pain en ville, de l'autre côté du fleuve.

L'AMOUR FAIT TOMBER LES MASQUES SANS LESQUELS NOUS CRAI-
GNONS DE NE POUVOIR VIVRE MAIS AVEC LESQUELS NOUS SAVONS
NE PAS POUVOIR VIVRE. — JAMES BALDWIN

« Eh, cria-t-elle à Senderovski dans un bruit de mains qu'on
savonne, tu viens de faire encadrer la citation de Baldwin ?

– Non ! répondit Senderovski. Elle est là depuis le début. Une
heureuse coïncidence ! »

À leur arrivée sur la véranda, tout le monde était assis en pull
et veste à une distance conforme au protocole sanitaire, tels les
membres d'une organisation criminelle ou des dignitaires de la
Société des Nations. Senderovski, sa femme et sa fille étaient tous
trois regroupés, Macha coupant une tranche de jambon ibérique
pour Nat qui s'agitait sur ses genoux. Dee compta quatre Asiatiques sur les sept personnes présentes, une majorité qui lui sauta
aux yeux. La personne la plus importante était la femme asiatique,
mais c'était l'homme d'origine extrême-orientale qui s'habillait
comme s'il était important. Personne n'était particulièrement
moche ou séduisant. Elle ne tirait aucune conclusion de cette
revue d'effectif, pensa Dee, elle prenait note, voilà tout.

Ce matin-là, elle avait jeté un coup d'œil sur leurs pages de
réseaux sociaux. Celle de l'Acteur ressemblait à un temple bâti à
la sueur du front de ses fans. Karen n'en avait pas, ce qui, étant
donné sa position controversée dans l'univers de la tech, était
surprenant. Les réseaux sociaux de Sacha, elle les suivait déjà ; il
y lançait généralement des appels au secours nocturnes en état
d'ivresse, et de sobres plaidoyers matinaux en faveur de la pon-
dération. Sa femme n'avait pas de compte, à sa connaissance. Elle
n'avait jamais entendu parler de Vinod.

Senderovski la présenta comme son étudiante préférée et une
autrice à succès. Tout le monde lui fit signe à distance, même
Vinod, qui était en train de servir des verres de vin rouge sombre
avec l'aide prophylactique d'un gant de cuisine. Quand son ancien
prof arriva au terme de son soliloque, personne ne sut quoi dire à la

nouvelle venue. « M'est avis que vous avez tous l'air franchement détendus à la lumière des bougies », déclara Dee, piochant dans son répertoire sudiste habituel. Ed lui sourit. Ou, plutôt, il appuya son sourire, sa main droite en suspens à proximité de l'oreille.

« Vinod va attraper froid, dit Macha. Quelqu'un devrait faire du feu.

— Je vais bien, dit Vinod. Et on n'attrape pas froid à cause du froid.

— Oui, c'est une superstition de bonne femme, dit Senderovski. On a encore le droit de dire ça ?

— On peut, fit Dee.

— Vin, je vois ta chair de poule d'ici, dit Karen.

— "Chair de poule", c'est drôle ! cria Nat.

— Oui, ma chérie, mais ne parle pas trop fort, dit Macha. Mais vraiment, quelqu'un devrait allumer le poêle. Peut-être un homme viril ?

— Je m'en occupe », se surprit à répondre Ed, sans quitter des yeux la nouvelle dans son jean moulant et sa polaire. Il fonça sur le poêle et s'affaira. Il avait déjà fait ça un tas de fois, sur un tas de vérandas, lors d'un tas de couchers de soleil, mais cette fois c'était différent. Ses doigts étaient comme des barres de plomb. Il avait abandonné un plateau de Gibson, dont personne n'avait voulu et qu'il devrait sans doute boire à lui tout seul. « Prends-toi un Gibson, Dee », cria-t-il à la jeune essayiste, en détachant ses syllabes avec élégance.

Il se demanda ce qui ne tournait pas rond chez lui.

« Merci, répondit-elle, laissant le vermouth lui emplir la bouche, et l'oignon grelot mariné éclater. C'est excellent !

— Alors, il était comment, Sacha, comme prof ? demanda Karen.

— On appelait ça "le Show Sacha Senderovski". Je manquais me faire pipi dessus à chaque fois.

— Elle a dit pipi ! cria Nat, recrachant de petits morceaux de jambon.

— Couvre-toi la bouche, dit sa mère.

– Ça, c'est drôle, ma puce », lui fit Dee. Et à Macha : « On a le droit d'utiliser ce mot ? » La mère hocha la tête sans conviction.

« Ma fille est une vraie pile électrique, dit Senderovski. Mais elle se conduit très bien, ce soir, parce que c'est chouette d'avoir des invités, hein ? »

Nat ne répondit pas, se contenta de rire à part soi, la bouche pleine de jambon. Précocité mise à part, elle adorait l'humour pipi-caca que ses parents ne prenaient pas au sérieux. *Pipi.*

Vinod s'aperçut que Karen observait la fillette, sans prêter attention au reste de la tablée. Karen se disait que Macha l'avait logée dans le plus grand des bungalows familiaux à deux pièces pour souligner le fait qu'elle n'avait pas d'enfant et n'en aurait désormais sans doute jamais. (Comme Leon l'avait dit de façon si théâtrale lors de leur pénultième dispute dans un jet privé qui allait de nulle part à nulle part : « Dieu merci. Toi comme mère... ») À moins que Senderovski ne l'ait mise là parce qu'elle était désormais une personnalité et méritait plus d'espace. La dernière fois, elle s'était retrouvée dans une étrange petite chambre aux murs griffonnés de paroles de berceuses un peu flippantes. Et voilà que Nat, à deux mètres de là, n'arrêtait pas de chuchoter le mot « pipi » d'une voix monotone et concentrée en construisant une maison de pauvres en A avec des morceaux de baguette. Karen voulait prendre la petite sur ses genoux, lui passer les mains dans les cheveux noirs coupés au carré de sa mémoire. Elle avait été séparée de sa petite sœur avant même que Tröö Emotions ne « mue », et ne savait même pas où se trouvait Evelyn à l'heure actuelle, ni si elle était en sécurité.

Elle se souvint que Macha avait perdu sa petite sœur. Un cancer, non ? Elle observa la véranda d'un regard pensif que Macha prit à tort pour un regard de colère et non de chagrin. Quelle raison aurait-elle d'être en colère, se dit Macha.

« Ça avance, ce feu ? cria Macha à Ed.

– Pas de chance, pour le moment. Le petit bois est humide. » Ed regarda Dee, qui suçait une olive grecque oblongue.

« Un mauvais danseur est toujours gêné par ses couilles, cria Senderovski à Ed.

– Allons lui donner un coup de main, dit Vinod à Senderovski.

– Toi, reste assis », lui dit Karen, mais Vinod se rebella.

Tous les hommes s'affairaient désormais autour du poêle, Ed et Sacha au mépris des règles de distanciation sociale, mais aucun d'eux ne savait vraiment comment l'allumer, pas même le propriétaire.

Finalement, Macha soupira et se leva. « Poussez-vous s'il vous plaît », dit-elle, prenant le tisonnier de la main de son mari. Une fois le feu allumé (il fallait ouvrir une petite trappe d'aération pour assurer la réussite de l'entreprise), Senderovski s'aperçut que Macha avait mis Vinod à sa place à table pour qu'il soit le plus près possible de la chaleur du feu, son visage au teint cireux éclairé par une lueur biblique.

« Macha est incroyable, dit Ed à Dee après avoir repris sa place devant son Gibson.

– Tu lui as sans doute préparé le terrain », répondit-elle.

Ed et Senderovski avaient créé une expression à New York, il y a longtemps, après une journée de mai passée à picoler sur un toit terrasse de la Cinquième Avenue : un temps parfait pour une robe d'été. L'air était encore férocement froid mais, pour Ed, la grande et mince Dee était l'essence même du temps parfait pour une robe d'été. Il se demanda de combien de centimètres elle était plus grande que lui, même en chaussures plates.

« Ce n'est pas du serrano, disait Senderovski après son deuxième verre de vin à l'autre bout de la table, c'est du montaño.

– Qu'est-ce qui les différencie, professeur ? » demanda Dee. Les titres n'étaient pas son truc, mais les Russes semblaient en être friands.

« D'abord, les tranches sont plus épaisses », expliqua Ed. Il n'avait pas remarqué qu'il formait une coupe de sa main droite autour de l'oreille en lui parlant, mais ses amis, si.

« Tu voyages beaucoup ? lui demanda Dee, d'une voix plus

forte, puisque sa main en coupe semblait indiquer qu'il était dur d'oreille.

– Oh, ici et là.

– Une fois que tout ça sera fini, j'ai bien l'intention de plier bagage, moi aussi. »

Ed imagina une scène très précise : une chambre modeste et défraîchie à La Canée, en Crète, la vue à son unique fenêtre entièrement occupée par la mosquée à plusieurs dômes qui se dressait dans le port, l'éclat de sa blancheur atténué par la mer, posée comme une ponte de calmar au bout d'une rangée hétéroclite et multicolore de tavernes chrétiennes. Et au bureau (parce que la seule pièce de leur logis minimaliste aurait quand même un bureau), cette femme, Dee, attachait un collier d'argent qu'il lui avait acheté à Athènes, au terminal satellite de l'aéroport, il faut l'avouer, parce que même après avoir tenté de la dissuader – « Si tu ne trouves rien de mieux sur l'île, et je peux te jurer que tu trouveras, on l'achètera au retour » –, elle avait déjà pris sa décision, et l'argent du pendentif brillait à présent sur sa peau brûlée par le soleil. « Je vais te mettre un peu d'aloe », disait l'Ed fictif à cette Dee imaginaire. Il avait envisagé toutes les éventualités.

Ed, sa main autour de l'oreille, était sur le point de se lancer dans un soliloque enflammé et sincère à propos des voyages, quand Senderovski repoussa bruyamment sa chaise rustique en arrière et se leva devant les invités, en robe de chambre, verre de vin rouge à la main.

« Oh non, dit Karen. Il va parler.

– Papa était professeur avant ma naissance ! dit Nat.

– C'est vrai, et j'étais son étudiante, ajouta Dee.

– Je pense que quelqu'un de très bête aurait beaucoup à apprendre de papa ! » dit Nat.

Cela fit rire tout le monde, et Senderovski se demanda si cette remarque allait faire passer sa fille pour une enfant bizarre ou intelligente. « Même si nous sommes techniquement à l'extérieur, on se sert de sa voix intérieure, lui conseilla Macha. Et on réfléchit avant de parler » – en russe – « pour ne blesser personne ».

Sacha observa ses invités. Ed s'abstenait délibérément de regarder Dee. Dee regardait Senderovski comme si elle passait un examen. Macha respirait à l'unisson de la fillette assise sur ses genoux, dans l'espoir, comme toujours, de se fondre dans les pensées de Nat. Karen tirait la langue à Senderovski, ce qui fit rire Nat, ce qui fit rire Karen de plus belle.

Karen s'habillait toujours comme si elle venait de sortir d'une machine à remonter le temps, aujourd'hui une marinière dénichée à l'Armée du Salut et un pantalon de velours à fines côtes. (Elle avait retiré sa veste de la Bundeswehr à cause de la chaleur produite par le poêle, ou peut-être à cause de Vinod.) Elle avait meilleure mine quand elle quittait la ville, semblait plus apaisée. Comme tous les autres.

« Mes chers amis, dit-il. Bienvenue à la Maison de l'Amitié entre les peuples, comme on disait en Union soviétique. Nous vivons un moment effrayant. » Macha montra Nat et se posa un doigt sur les lèvres. Il avait oublié le trouble anxieux généralisé de sa fille, même si elle jouait désormais aux billes avec ses noyaux d'olives et ne l'écoutait plus vraiment. « Un moment effrayant, mais aussi un moment amusant, rectifia Senderovski. Nous avons abandonné notre ville pour nous retrouver entre nous, et nous nous sentons peut-être coupables d'avoir délaissé des gens qui pourraient tomber gravement malades. » Une fois de plus, Macha indiqua sa fille et son profil comportemental. « Mais pas trop coupables, ni trop malades, parce que nous sommes tous des gens bien et que nous sommes là pour nous mettre à l'abri. Je connais chacun de vous depuis… »

Il se peut que Senderovski ait prononcé d'autres phrases toujours plus passionnées, voire qu'il ait senti les larmes lui monter aux paupières, mais personne n'entendit ses paroles ni ne fut ému par le liquide chaud qui coulait doucement de ses orbites.

Une minuscule voiture rouge faisait crisser le gravier. Elle s'arrêta à hauteur des branches mortes, comme pour les examiner d'un œil critique, puis reprit son chemin. Elle rappelait à Senderovski les petits véhicules qu'on avait donnés aux invalides de la Grande Guerre patriotique. Ed supposa correctement qu'il s'agissait d'une Lancia.

« C'est lui, dit Macha.

– Qui ? » demanda Nat.

Mais personne ne répondit.

6

L'Acteur descendit de voiture. Il fut aussitôt conscient de la présence de spectateurs ajustant leurs lorgnettes. Il n'était pas d'humeur. Le trajet sur cette route pittoresque s'était avéré interminable, et il avait passé la plupart de son temps à se disputer avec sa petite amie au téléphone. Elle lui avait parlé avec un accent de Glasgow très prononcé, il lui avait donc été difficile de comprendre tout ce qu'elle disait, mais la dispute semblait liée au moment choisi par l'Acteur pour aller à la campagne, et s'était fermement logée dans une zone le plus souvent réservée aux sinusites. Senderovski se hâtait dans sa direction, vêtu de ce qui ressemblait à une robe hassidique, ses lèvres violettes à cause du vin, les dernières touffes de ses cheveux mal coupés penchant bizarrement d'un côté comme les plaques osseuses d'un stégosaure au repos. « Tu es là ! dit-il au dernier de ses invités. J'avais peur que tu ne viennes pas. À cause de tous tes messages. » L'Acteur pencha la tête et regarda au loin comme pour dire : Des messages ? Quels messages ? « Je portais justement un toast, je vais recommencer. Mais d'abord, allons à ton bungalow, non ?

– À toi de me dire. » Le sourire de Senderovski fondit dans la chaleur de l'indifférence de son invité.

« C'est tout ce que tu as comme bagage ? » demanda le propriétaire. L'Acteur avait jeté un sac marin sur lequel était inscrit le nom d'un hôtel-domaine viticole californien qu'Ed méprisait.

« Je viens seulement pour quelques jours.

– Bien sûr, bien sûr. » Ils passèrent devant la véranda plongée dans le silence et ses nombreuses paires d'yeux. Macha entendit le blabla obséquieux de Senderovski et s'en attrista. « L'objectif de cette propriété, l'objectif un peu fou, je devrais dire, était de créer des bungalows sur le même plan que la maison principale. Les bungalows font entre quarante-cinq et soixante-quinze mètres carrés, le plus grand est prévu pour accueillir une petite famille, et la maison principale contient des chambres d'une taille à peu près équivalente prévues pour trois personnes, moi, ma femme et ma fille. Je vais te les présenter dans un instant, ma femme t'adore. Il y a aussi des espaces communs à tous les résidents, une cuisine, une salle à manger et un salon avec un piano à queue. (Je crois t'avoir entendu en jouer sur scène.) Ici, il n'y a pas de statut social. Tout est un peu communautaire. Ajoute au nombre d'invités présents une autre entité, notre petite société dans son ensemble. Quand j'étais enfant, mes souvenirs les plus heureux sont ceux d'une colonie de bungalows de l'autre côté du fleuve ouverte aux immigrés russes, des logements sommaires mais propres, des gens merveilleux, une telle chaleur ! Et nous voilà, aujourd'hui. »

Ils étaient à l'entrée d'un bungalow, orné du même stuc gris que la maison principale. Un détecteur de mouvement ne cessait d'ignorer Senderovski mais se réveilla subitement à l'approche de l'Acteur, le faisceau d'un halogène l'éclairant lui, et lui seul. « Même si je dois bien avouer, continua Senderovski, que si tous les bungalows ont été créés égaux, celui-là est mon préféré. Et celui de ma femme, aussi. Tu verras pourquoi dans une minute. »

Il ouvrit la porte et alluma la lumière. L'Acteur ne vit pas pourquoi. Peut-être parce que la minute n'était pas encore écoulée. Les murs étaient couverts d'étagères bricolées aux bords irréguliers, remplies de volumes, certains vieux et en langue étrangère. Il y avait des esquisses et des photos encadrées d'une ville qu'il ne reconnut pas (Copenhague, peut-être ?), un immense pont levé au passage d'un paquebot carnavalesque, une brochette d'avortons en casquette de base-ball agitant la main sur le pont, un château orange enserré par deux canaux gelés et ployant sous une couche de neige que personne n'avait demandée, un plan de métro présenté dans un alphabet inconnu, le croisement de ses lignes verte, rouge, bleue et violette formant parfois un parallélogramme ou un 4 à l'envers.

« C'est le bungalow Pétersbourg, annonça Senderovski. La ville où ma femme et moi sommes nés !

– Ah, dit l'Acteur. Est-ce qu'il y a *Crime et Châtiment* dans le lot ?

– C'est celui-là ! dit Senderovski, tapotant de l'index le dos d'un livre en cyrillique. Et là c'est sa traduction, à côté de ton lit. Tu peux, bien sûr, lire tout ce que tu veux. Faire un petit pique-nique si tu le souhaites et t'asseoir dans la prairie pour lire. Y a pas mieux. »

L'Acteur sourit avec les yeux. Il était sur le point d'annoncer une mauvaise nouvelle à Senderovski, et éprouva soudain une dose de compassion pour l'homme dont il adaptait le livre depuis six ans. Senderovski – ou « Sansluirovski », comme lui et Elspeth l'avaient surnommé après avoir rejeté un grand nombre de ses versions – semblait avoir une autre voix qu'à New York ou à Los Angeles. L'Acteur ne s'était pas rendu compte que la nature bilingue du temps qu'il passait avec sa femme et sa fille lui inspirait une bande-son différente.

Pendant ce temps, Senderovski profitait du sourire de l'Acteur et de la façon dont sa présence habitait les quarante-cinq mètres carrés du bungalow Pétersbourg. À l'école primaire, lieu terrifiant pour un enfant comme le petit et maladroit Senderovski, les élèves collectionnaient des cartes documentaires sur papier glacé avec des photos d'animaux. La carte la plus recherchée était celle d'un puma qui posait la tête sur ses pattes, la blancheur de la fourrure autour de sa gueule et le jaune de ses yeux traduisant le degré de réflexion et de repos de l'animal. Au verso, le puma se léchait les babines après avoir tué sa proie, sa langue atteignant son museau, à côté d'une série de statistiques démontrant la vitesse du puma, sa perception, sa beauté et la crainte qu'il inspirait. Chaque fois qu'il passait du temps avec l'Acteur, avec ses yeux pensifs et la blancheur de ses dents, il se rappelait la carte du puma sur papier glacé.

Le sac marin du vignoble tomba par terre avec un bruit étonnamment sourd. « Écoute, lui dit l'Acteur, j'ai un truc à te dire. J'ai lu la dernière version de ton scénar. Je ne veux pas te faire perdre plus de temps. Je crois qu'il vaut mieux laisser tomber ce qu'on a et tout reprendre à zéro.

– Du début ? » Senderovski sentit sa robe de chambre s'ouvrir, et le sein qui lui couvrait le cœur avec modestie s'offrir au regard de l'Acteur, surtout la capsule rose de son téton. « Mais tu disais qu'on y était presque.

– J'ai enfin mis le doigt dessus, dit l'Acteur. Je l'ai décortiqué. Le ton est à côté de la plaque pour un pilote. On ne peut pas tout miser sur l'humour. Il faut y aller progressivement tout au long des trois premières saisons.

– Mais la chaîne s'attend à…

– Je me fiche de la chaîne. Ils bossent pour nous. C'est à eux de nous rendre des comptes. »

Il s'agissait, pensa Senderovski, d'une très mauvaise interprétation de la situation.

« Je vais pisser », dit l'Acteur. Pour la seconde fois ce soir-là, Senderovski entendit le son limpide de la miction, la profonde cuvette des toilettes de campagne fournissant une acoustique digne d'une cathédrale.

Il observa le plan encadré du métro d'une ville autrefois nommée Leningrad. Il n'avait pas connu Macha durant les sept premières années de sa vie, comme elle ne l'avait pas connu durant ses onze premières, mais ils étaient liés par la cruciale ligne bleue, officiellement connue sous le nom de M2. La station de métro de Senderovski, Elektrosila, littéralement « Électricité », se trouvait tout au bout des quartiers austères et sans charme du sud de la ville (un de ces quartiers donnerait au pays son actuel président à vie), alors que la station de Macha était Petrogradskaïa et ses immeubles Art nouveau du nord de la ville, le genre d'endroit où quelqu'un pouvait dire : « Tiens, voilà un authentique intellectuel de Petrogradski en pantoufles et robe de chambre. »

Évidemment, elle avait eu les parents que Senderovski aurait rêvé d'avoir, le genre qui ne regardait pas les chaînes publiques de leur pays d'adoption et leurs bandeaux déroulants tape-à-l'œil, leurs austères invités blonds, leurs mensonges meurtriers et dépourvus d'imagination. Macha adorait ses parents, adorait la langue de ses parents, et voulait « faire cadeau » à Natacha de la culture de son pays. Mais Senderovski, malgré ses affectations dignes de Petrogradski, serait toujours un homme d'Elektrosila. Il savait qu'il était né dans un pays malade, un pays qui avait désormais l'intention de refiler sa maladie à d'autres par le biais des réseaux sociaux et sous le couvert de la nuit – son vrai cadeau du moment. Il savait que malgré les bonnes intentions de Macha, Nat, l'enfant sauvage de Harbin qui vivait sous leur toit, n'aurait pas de place pour le kvas fermenté, le caviar rouge, les sandwichs au beurre, la poésie de Joseph Brodsky et les bungalows comme celui-là.

Et il savait désormais qu'il ne ferait jamais le scénario du pilote. Qu'on ne lui signerait jamais de chèque à Los Angeles. Que d'ici quelques mois, une année tout au plus, la colonie de bungalows de Sacha Senderovski fermerait ses portes, comme la multitude de colonies de bungalows russes sur l'autre rive du fleuve, comme celle où il avait rencontré sa bien-aimée l'année de l'arrivée de Macha dans ce pays, fraîchement débarquée de la ligne bleue du métro de Leningrad, ses cheveux châtains toujours attachés comme par le *bant* blanc qui accompagnait l'uniforme des écolières.

Que pouvait-il faire ? Comment satisfaire l'Acteur ? Comment faire vivre son étrange rêve ?

Sur la véranda, ils avaient parlé bruyamment de ses films, de sa petite amie du moment et de celles du passé, de l'éclat de ses yeux, de la coupe de ses costumes, de sa présence aux soirées de remise de prix (Macha savait même le nom du chausseur italien qui l'avait approvisionné lors de la dernière), puis ils s'étaient brusquement tus quand il avait monté les marches, son Sancho Pança russe à ses côtés. « Bonjour », dit l'Acteur, qui agita la main comme s'il appareillait à bord du *Queen Mary*.

On fit les présentations. Le temps ralentit pour tout le monde sauf Nat. Comme elle avait senti l'ambiance changer, et l'importance du nouvel invité, elle sauta des jambes de sa mère et se mit à courir sur la véranda en criant : « Elle a dit qu'elle a failli se faire pipi dessus ! Elle a dit qu'elle a failli se faire pipi dessus !

— Vous avez un enfant adorable, dit l'Acteur à Karen et Ed.

— Oh non ! » s'écria Dee.

Le silence s'abattit sur la véranda. Nat avait cessé de courir. « Non, c'est eux mes parents, dit-elle, montrant son père et sa mère non asiatiques. Ils s'appellent Sacha et Macha.

— T'oh », fit l'Acteur. Il se tapa la tête du plat de la main si fort qu'il se fit sans doute mal. Tout le monde éclata de rire. « Ne me dénonce pas, s'il te plaît », dit-il.

Vinod fit mine de rédiger un message sur son téléphone : « Je mets à jour mon fil d'actualité… tout de suite !

— En tout cas, dit-il à Macha, vous avez un fils adorable.

— En fait…, commença Macha, mais Sacha s'approcha d'elle et lui passa le bras autour des épaules.

— Merci d'être venu, dit-il. La plupart d'entre nous sommes de vieux amis, mais grâce à ton travail, on a l'impression de déjà te connaître. Et même si tu n'es pas prêt à devenir notre ami, nous on sera les tiens. »

L'Acteur hocha du chef : ça lui semblait assez juste. Il s'assit au bout de l'une des tables, avec Dee d'un côté et Ed un peu plus loin. Vinod lui offrit un verre de rouge, mais il déclara qu'il n'en prendrait pas. « L'alcool perturbe mon sommeil. » Sa présence, à l'inverse, poussa tous les autres à boire avec un abandon teinté de nervosité. Ed tripota la jolie radio rouge jusqu'à ce que du jazz éthiopien sophistiqué en sorte. L'ambiance était à la fois héroïque et tendue.

Les moutons se mirent à bêler dans la propriété voisine. « Je n'ai pas grandi à la campagne, dit l'Acteur, mais ils ne sont pas censés dormir ?

— On les a réveillés parce qu'on écoute de la musique fort, cria Nat.

— Et peut-être parce que tu cries, dit Macha.

— Tu savais que c'est des Border Leicester ? » demanda Nat à l'Acteur, s'approchant de lui plus qu'il n'était permis. Il ne cilla pas, mais sa mère accourut pour le tirer en arrière. « Leur laine ressemble à celle des mérinos, comme mon bracelet d'anniversaire » – elle brandit son bracelet pour que l'Acteur l'inspecte – « mais elle est plus longue et crêpée, alors en général on fait du filage avec.

— Tu en sais des choses, lui dit Karen. Vous auriez dû l'entendre chanter de la pop coréenne aux moutons tout à l'heure.

— J'adore BTS ! » cria Nat. L'Acteur en déduisit que c'était le nom d'un groupe, et aussi que le garçon n'en était peut-être pas tout à fait un, du moins pas encore. « Je fais partie de la BTS ARMY. C'est l'acronyme d'Adorable Représentant MC pour la Jeunesse.

— Elle nous jouera peut-être quelque chose au piano, tout à l'heure, dit Macha. Elle apprend avec la méthode Suzuki.

— Suzuki ? fit Ed. Je n'ai même pas encore appris la sonate Hyundai. »

Les immigrés rirent. « Oh, Ed », dit Karen.

Dee se força à sourire. Les références lui échappaient plus souvent que d'habitude. *Les ignorants blancs comme moi*, se dit-elle, *c'est nous les immigrés d'aujourd'hui*. Elle regarda l'Acteur, qui haussa les épaules.

« Alors, dit Macha à l'Acteur, je crois comprendre que vous êtes moitié irlandais mais aussi un quart turc ?

— Le quart manquant doit être du Gujarat, dit Vinod. Comment peut-on être aussi beau gosse, autrement ?

— Vous en savez beaucoup sur moi, dit l'Acteur à Macha.

– C'est juste qu'on a du bœuf séché turc dans le garde-manger, dit Macha. Du *basturma*. On en mange aussi en Russie, où une bonne partie de la population est arménienne. » Elle avait passé une demi-heure à tenter de savoir quoi mettre pour l'arrivée de l'Acteur, un laps de temps qu'elle n'avait plus consacré à sa garde-robe depuis ses vingt ans, et avait fini par porter son choix sur une robe en forme de longue voile blanche qui, pensait-elle, la neutralisait du mieux possible.

L'Acteur admira ses yeux. Combien de dizaines d'années avait-elle passé avec Senderovski ? Il tâcha d'imaginer ce que cela lui avait coûté de beauté. « Je crois me souvenir de quelque chose comme ça chez ma grand-mère. Et d'une espèce de pain plat.

– Du *lahmacun*. »

Il claqua des doigts. « Voilà ! » Tout le monde rit.

« Je croyais que nous étions une tablée internationale, dit Ed, mais notre dernier invité contient des multitudes. Prends ça, Walt Whitman.

– Prends ça, prends ça, prends ça ! » hurla Nat, son affect trop agressivement masculin aux oreilles de Macha. La fillette avait d'abord voulu qu'on l'appelle Nate, mais Macha l'avait convaincue que Nat, diminutif de son prénom, était plus cool. Ada Horowitz, dans sa classe, s'était déjà proclamé·e non binaire, mais son père était le deuxième directeur de fonds d'investissement le plus riche de la ville. Et Ada était un ange, d'une parfaite sociabilité en tous points, libéré·e du vocabulaire et des angoisses de Nat, angoisses dont Macha savait par expérience professionnelle qu'elles se changeraient un jour en dépression. Macha savait que l'enfance de son mari avait été difficile. Parfois, elle regardait sa fille, perdue dans un monologue avec BTS ou une conversation spontanée avec les moutons Leicester et, sous l'effet de ses propres angoisses et de son vieux fond soviétique, se demandait simplement : Est-ce que quelqu'un aimera un jour mon enfant autant que moi ?

« Il faut croire que je suis la seule prolo blanche, ici », disait Dee. L'Acteur la remarqua pour la première fois. Elle lui rappela une de ses anciennes assistantes, grande Texane qui parlait toujours à tort et à travers et avait fait long feu dans l'industrie. Senderovski donna une explication interminable sur les raisons de l'importance de Dee, mentionnant un prix prestigieux qu'elle venait de recevoir, le Jeune Lion Littéraire. (*J'ai un lion et un puma à ma table*, se dit Senderovski.)

« Il faudra que j'y jette un œil, dit l'Acteur. Je cherche toujours des choses intéressantes à adapter. Du moins quand j'en aurai fini avec le livre de Sacha. D'ici là je ferai sans doute de la pub pour l'Association américaine des retraités. »

Les rires furent moins francs, cette fois, mais lui furent acquis, Senderovski lui-même ricanant longuement, poing serré sous la table pour son bénéfice personnel. L'Acteur aimait faire de l'humour aux dépens des autres. Pour Senderovski, c'était un défaut. Il avait seulement vu une poignée de films avec son maître dans le premier rôle. (Il n'était pas cinéphile ; les séries télé à élaboration lente étaient sa forme d'expression préférée.) L'Acteur pouvait incarner des personnages pleins de défauts, ses dons étaient inestimables, il pouvait pleurer à la demande sur une version de lui-même qui n'existait que partiellement, mais il n'était guère capable de comprendre ses propres défauts. Il était, en un sens, profondément dépourvu de la présence de Jésus. Tel un petit réacteur nucléaire endommagé, il était capable de générer son propre éventail de « sentiments », qu'il libérait dans l'air comme une irradiation de rayons gamma. Tout le monde à table, à l'exception de Senderovski, tout le monde sur la planète, à vrai dire, en voulait une dose.

Senderovski revint à la conversation. « Des études ont été menées sur les amitiés qui se forment à l'école primaire et au collège entre quatre groupes particuliers, disait Vinod de sa plus belle voix d'ancien prof vacataire. Les Coréens, les Gujaratis, les Africains de l'Ouest et les Juifs soviétiques. Les adolescents de ces groupes tendent à créer un lien inhabituel, bien que nous ne sachions pas précisément pourquoi.

– Ç'aurait été chouette d'avoir une jeune Nigériane cool dans notre bande, dit Karen. Ou un jeune Nigérian.

– Ils sont arrivés un peu après notre génération, dit Vinod.

– Alors vous vous êtes connus au collège tous les trois ? demanda l'Acteur.

– En troisième, dit Vinod.

– Je n'ai presque pas d'amis blancs », dit Senderovski. Et, voulut-il ajouter fièrement, l'identité de genre de ma fille est probablement fluctuante.

« Merci, Monsieur Paralogisme », dit Ed.

Macha avait commencé à servir la *pasta nel sacco* avec ses gants bleus jetables. Les pâtes étaient collantes, pensa Senderovski, certainement pas *al dente*, et la truffe blanche, bien que goûteuse, faisait une sorte de bouillie. Le propriétaire lui-même savait à peine faire bouillir de l'eau.

« Si vous aviez vu ces deux-là quand je les ai connus, disait Karen à propos de Senderovski et Vinod. Les trucs qu'ils portaient. Je passais mon temps à leur faire la leçon. "Quand vous portez ce qui vous plaît dans une soirée, les gens vous trouvent bizarres. Quand vous portez ce que je vous dis de porter, les gens vous trouvent charmants. Oui, je sais, c'est effrayant à quel point cette ville est superficielle !"

– Qu'est-ce qu'ils portaient ? demanda Dee, entre deux bouchées de pâtes qu'elle trouvait délicieuses. Donne-nous quelques détails.

– Oui, qu'est-ce qu'ils portaient ? demanda Nat d'une voix chantante.

– Ton père portait des colliers hawaiiens ! »

Tout le monde rit, y compris Nat, qui ignorait de quoi il s'agissait. Macha y vit un comportement social approprié – un besoin d'appartenance au groupe.

« Je vois ça d'ici, dit l'Acteur.

– Et Vinny était à fond dans les sandales Teva.

– Oh, dit Macha. J'ai justement vu une boîte de ces sandales au grenier. Elles sont peut-être à toi. »

Senderovski et Vinod échangèrent un regard. « Je croyais que cette boîte était au garde-meuble », dit Senderovski. Il faillit baisser les yeux sur ses pieds pour cacher son expression, se dit que ça le trahirait, et se tourna finalement vers un arbre entre les bungalows où un oiseau mystérieux à épaulettes jaunes sommeillait.

« Quel garde-meuble ? demanda Macha.

– J'ai loué un garde-meuble en ville. »

Senderovski n'était pas doué pour le mensonge, mais sa femme fut quand même disposée à le croire. Vinod, bien qu'ayant été élevé par ses parents comme un immigré craintif, n'était pas soupçonneux par nature.

« Pourquoi tu as fait ça ? demanda Macha. C'est pas l'espace qui manque, ici.

– On devrait fouiller dans tous ces vieux trucs, dit Karen. Je viens de retrouver des photos de nous à mourir de rire dans mon ancien appart de Crown Heights.

– Karen est notre archiviste, dit Vinod. Ce qui est dingue quand on y pense, vu son emploi du temps.

– Qu'est-ce que vous faites ? » demanda l'Acteur à Karen. Il se montrait amical. Participait. On ne pouvait pas dire qu'il était indifférent. Il balaya ses cheveux en arrière, au cas où.

« Elle travaille dans la tech ! cria Nat. Sa société a une licence d'exploitation avec BTS. Au lieu de "Fake Love", ils chantent "Real Love". Je viens de le lire.

– C'est vrai ? dit l'Acteur, qui sembla reprendre du poil de la bête.

– Elle a créé l'application numéro un de l'année passée, dit Vinod sur le ton de la vantardise, comme s'il parlait d'un parent ou de son enfant. Vous avez essayé Tröö Emotions ?

– C'est énorme ! » L'Acteur regarda Karen de l'autre côté de la table avec un sourire d'étonnement feint qui semblait vouloir dire : Qu'est-ce qu'on fait là, tous les deux ? « Ma petite amie a voulu le faire avec moi. Il a fallu que je douche ses espoirs.

– Trop effrayé ? demanda Karen.

– Comment pourrait-on être plus amoureux qu'on ne l'est ? dit l'Acteur.

– Oh, c'est adorable, dit Macha, qui interpréta mal le ton de sa voix.

– Je ne suis même pas sûr de savoir comment ça marche, dit l'Acteur.

– Ça ne marche pas toujours, dit Karen. On se fait poursuivre en justice par un tas de pas si joyeux drilles. Même si l'application est gratuite. » Elle oubliait de mentionner les personnes mariées qui avaient perdu leur moitié à cause de l'application et lancé une autre action de groupe.

« On se prend en photo en regardant quelqu'un droit dans les yeux ? demanda l'Acteur.

– Et bam ! dit Ed. On tombe tous les deux amoureux.

– Parfois, dit Karen.

– Comment on fait pour avoir une idée pareille ? s'émerveilla l'Acteur, levant les mains en l'air.

– Karen se baladait sur son ordinateur, dit Senderovski.

– On ne dit pas "se balader" dans ce sens, dit Karen.

– Elle se baladait et l'idée lui est venue. »

L'Acteur était toujours stupéfait par sa compagne de table. « Mais qu'est-ce qui déclenche une vision pareille ? demanda-t-il. On vous a attribué le rôle de Puck dans une version du *Songe d'une nuit d'été* au lycée ?

– Disons que quelqu'un n'a pas reçu d'amour quand il était petit », dit Ed. Il marqua une pause pour ménager son effet. « Ce garçon, c'était moi. »

Dee éclata de rire. Ed remarqua qu'elle avait de grandes incisives. Il était sorti avec une fille qui avait les mêmes dents en Italie, et qui faisait presque trente centimètres de plus que lui. Elle avait porté un Ed inerte dans ses bras dans les rues de Bologne, dans le cadre d'une performance artistique qu'elle avait appelée *La Pietà mobile*. C'était il y a près de trente ans. *Il y a une génération de cela*, pensa Ed. On avait éliminé la plus grande part de l'étrangeté et de la sauvagerie du monde, avant même le virus. Peut-être faisaient-elles leur retour.

« Vous devriez essayer, fit Dee à l'Acteur.

– Moi ? Avec qui donc ? Ça se dit, "avec qui donc" ? » Il regarda Senderovski, qui haussa les épaules. La grammaire n'était pas sa spécialité. Il ne maniait l'anglais qu'à vue de nez, comme un pilote volant sans l'aide d'instruments.

« Vous devriez essayer tous les deux, dit Vinod à Dee et à l'Acteur. Ce sera mignon.

– Est-ce qu'on pourrait dîner ne serait-ce qu'une seule fois sans sortir nos téléphones ? » demanda Ed.

Karen releva le ton de sa voix, le regarda puis regarda Dee et retour, étonnée. Ed n'affichait jamais ses sentiments. « Ou alors vous deux, vous pourriez l'essayer, dit-elle en montrant du doigt Dee et Ed. Vous êtes déjà assis l'un à côté de l'autre.

– Je ne crois pas que l'on puisse réaliser cette expérience, à cause de la distanciation sociale, dit Macha.

– Ça, c'est Tröö, dit Ed.

– Tu dois en avoir ras le bol, fit Dee à Karen.

– Mais si Dee est partante, je veux bien tenter ma chance, déclara Ed.

– Macha a raison d'insister sur la distanciation, dit Karen. On se retrouve dans une situation compliquée avec le confinement. On a lancé un avertissement : Réservé à un usage domestique.

– Je suis vraiment tenté d'essayer », dit l'Acteur. Il regarda autour de lui. « Je veux dire, on s'ennuie tellement ces derniers temps. En plus, la créatrice est parmi nous. Dee, qu'est-ce que tu en penses ? Que pourrait-il nous arriver de si terrible ?

– Ça me va, dit-elle. Je ne tomberai pas amoureuse, de toute façon.

– C'est exact, dit Senderovski. Tous les étudiants de l'atelier d'écriture en pinçaient pour elle, mais elle les a ignorés. »

Dee tendit son téléphone à Karen, puis se leva et s'approcha de l'Acteur ; allez savoir pourquoi, il était impossible que ce soit lui qui le fasse. « Ils font ça une seule fois et ça ne prendra qu'une seconde, dit Macha à Nat. En dehors de ça, ils garderont leurs distances.

– Pas si l'application fonctionne », dit Ed.

L'Acteur faisait une bonne tête de plus que Dee. Il portait une veste en jean qui n'avait pas l'air d'être une marque mais en était une. Avec la polaire sport et les grands yeux bleus de Dee, pensa Senderovski, ils avaient tout l'air d'être une affaire qui roule. Elle et son physique de WASP, lui et ses multiples origines ethniques, un sourire sincèrement gêné d'un côté, une impression de gêne savamment projetée de l'autre. « Alors, qu'est-ce qu'on fait ? dit l'Acteur.

– Ne vous respirez pas dessus, les avertit Macha.

– Tournez la tête de trente degrés, dit Karen depuis son siège de réalisatrice. Et regardez-vous dans les yeux.

– Comme si on était amoureux ? demanda Dee.

– Ça, c'est à l'algorithme de le déterminer. »

Dee leva les yeux sur le bel homme à côté d'elle. Ils auraient pu se rencontrer dans son bar préféré de Canal Street qui, comme la véranda, était éclairé à la bougie et bruissait de jazz éthiopien. Il aurait pu n'être qu'un charmant inconnu de plus parmi tous les charmants inconnus qu'elle avait croisés dans sa vie. « Salut, dit-elle.

– Bonjour », répondit l'Acteur. Il sentit son haleine chargée de beurre et de parmesan et se demanda s'ils n'étaient pas trop près l'un de l'autre, s'ils ne s'exposaient pas trop au virus. Il imagina ses volumineuses nécrologies. Son expression se teinta d'un chagrin que Dee prit pour du désir.

« Dites ouistiti ! cria Nat pendant que Karen les prenait en photo.

– Et maintenant, qu'est-ce qui se passe ? demanda l'Acteur.

– Ça charge, dit Karen. Un instant.

– Tu te souviens du film *Une créature de rêve* ? » dit Senderovski à sa femme, qui était assise à côté de lui, Nat à califourchon sur sa chaise, perchée dessus comme un fantassin (inaptitude à rester assise et immobile, nota Macha). « On l'avait projeté à la colonie de bungalows. » Il ajouta à voix basse, en russe : *Tu t'en souviens ?* Mais Macha ne quittait pas des yeux le téléphone de Dee, comme tous les autres. La véranda tout entière était désormais figée comme sur une peinture à l'huile, la vision à la Goya d'une maison de vacances aux portes de Madrid, pleine de courtisans et de domestiques, leur expression trahissant leur véritable nature : perdus, frustrés, tyranniques, optimistes, désireux, désirés.

« Voilà », dit Karen. Elle rendit le téléphone à Dee.

Dee regarda la photo améliorée. Ils avaient l'air heureux à la lumière des bougies, heureux comme de vieux amis qui ne se sont pas vus depuis un bail, heureux comme le trio formé par Senderovski, Karen et l'Indien. L'Acteur avait l'air niais, comme elle s'y attendait, un beau niais à frange rideau. Mais la photo n'était rien de plus qu'une de ces fabrications en vogue sur les réseaux sociaux. Elle souffla de soulagement, se sentit en sécurité. Rien ne l'écarterait de l'inflexible cours de son existence solitaire.

« Un Tröö-plein d'amour ? demanda Ed, la main fermement collée au lobe de son oreille.

— Il va me falloir encore un peu de temps pour le traiter, déclara Dee.

— Ce n'est pas instantané, dit Karen.

— Mmh. Ah. J'appelle l'association de défense des consommateurs, dit l'Acteur.

— Elle était peut-être déjà amoureuse de toi », dit Senderosvki. Macha le regarda et secoua la tête avec tristesse. *C'est mon gagne-pain*, eut-il envie de lui dire. Dee fit le tour de la table, gardant ses distances mais tendant le téléphone pour que tout le monde puisse le voir. Un consensus poli se formait. Ils étaient très mignons ensemble. Ils ressemblaient à un couple. On aurait pu croire qu'ils étaient amoureux. C'était l'effet produit par leur jeunesse relative. (L'Acteur avait dix ans de plus que Dee, mais restait plus jeune que Senderovski et ses compatriotes.) *Oh !*

« Et voilà, fit Dee, téléphone tendu sous les yeux de l'Acteur.

— Est-ce que je dois faire publier le premier ban ? » demanda l'Acteur. Macha grommela à part soi.

« Regardez les yeux », dit Karen. L'Acteur crut qu'elle parlait des yeux de Dee et les examina quelques secondes. Elle avait le regard aguicheur, coquin, qui tentait peut-être de dissimuler une forme de malignité. Elle tentait de se maîtriser, pensa l'Acteur, tâchait de rester à distance de ses charmes, ce qui en soi était un compliment. Il était prêt à dire quelque chose de poli.

Et puis il regarda ses propres yeux. À l'autre bout de la table, Karen vit son expression changer. Ses yeux, sur la photo améliorée, n'étaient pas les siens. Ce n'étaient pas ses yeux photogéniques. Ce n'étaient pas les yeux qu'il avait dans sa chambre. Ils n'appartenaient pas à Getty Images. Ils n'appartenaient pas à son moi insondable. Peut-être à cause du commentaire que Senderovski avait fait quelques instants plus tôt, il repensa aux films des années 1980, à un contact extraterrestre qui éluciderait tout, à un flot de lumière et de compréhension. Cet homme souriant devant lui était celui qu'il avait besoin d'être, la version finie, et cette femme, qui tenait le téléphone devant lui, avec sa mèche rebelle rouge fraise et ses sourcils non épilés, était celle qui lui permettait de monter sur cette scène. Il se concentra sur ses yeux comme il se concentrait sur son texte. La Méthode était comme une carte topographique, mais personne ne savait comment ni pourquoi un personnage prenait forme.

Karen se rappelait maintenant que sa présentation marketing pour Tröö Emotions avait commencé avec une photo de l'Acteur et de la Walkyrie avec qui il sortait à l'époque. Même s'il n'avait jamais été l'ambassadeur d'aucune marque, il avait toujours symbolisé les grandes lignes de l'algorithme.

« Alors ? fit quelqu'un.

— Bien, très bien », dit l'Acteur en riant. D'autres rirent avec lui. Dee aussi. Mais Karen reconnut le ton de sa voix.

« Oh-oh », dit-elle à voix basse, suffisamment loin des autres pour que ses mots passent inaperçus, même si Ed réussit à lire sur ses lèvres.

Dee retourna s'asseoir sur sa chaise. « Elle est chouette, ton app, dit-elle à Karen. Que ça marche ou pas, ça fait réfléchir à ce que les gens attendent les uns des autres.

– C'est vrai », dit l'Acteur, toujours ailleurs. Il regarda Dee à l'autre bout de la table, dont le corps n'était qu'une tache de chaleur vert et orange dans la noirceur de sa vision nocturne. « Si ça ne te dérange pas, lui dit-il, pourras-tu m'envoyer la photo ? »

7

L'alcool est une bénédiction pour tout récit, et tout écrivain frémit d'excitation en entendant le *pop* d'un tire-bouchon. Les protagonistes se révèlent enfin. C'est l'heure des rires et de l'amour débridés. Les premiers rôles flirtent et se font cruellement rejeter, et ceux qui ne sont pas aimés soupirent dans leur verre et tentent de se rappeler ce que ça faisait d'être désiré.

Une heure après, tous les adultes en dehors de l'Acteur et de Macha passablement ivres, Senderovski prit une autre bouteille de primitivo entre ses jambes et se démena pour l'ouvrir. « Ça ne peut pas être sans risque ! cria un Vinod ivre.

– Mes cuisses n'ont pas attrapé le virus ! hurla Senderovski.

– Docteur ? demanda Vinod à Macha. Votre avis de professionnelle ?

– Ce serait une voie de transmission difficile. Même si on ne sait pas encore ce qui est possible. » Elle entendit le poêle crépiter dans le coin, appelant une main forte, qui serait forcément la sienne.

« J'ai vu ça sur le quai de votre gare », dit Ed en brandissant son téléphone pour que les autres se penchent et jettent un coup d'œil, l'un après l'autre. C'était la photo d'un autocollant rouge, blanc et bleu avec une espèce d'iconographie extraterrestre, une croix gammée déconstruite enserrant les morceaux d'un serpent qui siffle et les mots LIGUE DE DÉFENSE PATRIOTIQUE. SLEGS BLANKES.

Senderovski et Macha repensèrent aux nombreux tatouages qui ornaient les chevilles de leur homme à tout faire. « J'ai déjà vu ce genre de trucs dans le coin, c'est effrayant, dit Macha. Au bord de la route, quelqu'un a sorti devant chez lui le drapeau d'un aigle assis sur un globe. Et le globe est traversé par une ancre.

– J'ai trois oncles dans cette organisation, déclara Dee.

– La Ligue de défense patriotique ? demanda Macha. Ça fait peur !

– Non, les Marines.

– Ah, dit Macha.

– Vas-y, petite, fit un Ed ivre à Dee. Va leur dire ! À bas les élites qui nous gouvernent !

– Pour info, dit Karen, Ed est l'héritier d'un chaebol.

– Un petit chaebol, dit Ed. Et je suis le mouton noir de la famille. Ils me tiennent à l'œil, ces temps-ci.

– Quand on utilise un mot étranger, c'est bien d'en expliquer le sens, si on veut éviter à certains d'entre nous de se sentir stupides, déclara Dee.

– C'est vrai », fit l'Acteur. Il regarda Dee dans un flamboiement d'hétérosexualité.

La définition de « chaebol » fut patiemment expliquée à Dee par les deux Coréens. « Mais ma famille n'est pas propriétaire de Samsung ni rien de ce genre », la prévint Ed. Il était ivre ; n'avait plus la main collée à l'oreille. Une part de lui voulait que Dee comprenne qu'il avait de l'argent à disposition. Assez pour mener une vie confortable, assez pour La Canée.

Macha pensait toujours à l'autocollant fasciste sur le quai de la gare, aux bougies de shabbat qu'elle n'avait pas allumées (on était vendredi), et à sa fille asiatique. « Qu'est-ce que ça signifie, *slegs blankes* ? demanda-t-elle.

– Réservé aux Blancs, dit Ed. C'est de l'afrikaans.

– Génial, dit Macha. Vraiment génial.

– Resservez-nous du vin, professeur ! demanda Dee.

– Je vais te couper l'approvisionnement », dit Senderovski, même s'il remplit son verre à ras bord, tout en observant l'Acteur du coin de l'œil. Il avait remarqué que l'Acteur dévisageait Dee et voulait savoir ce que tout cela présageait.

Dee but cul sec le grand cru opaque et fruité. Ed lui vendait à voix basse sa vision de ce qui constituait un voyage mémorable en Crète, mais elle semblait avoir autre chose en tête. Elle se tourna vers Senderovski. « Tu sais, au lieu de construire tous ces cottages ou je ne sais pas comment tu appelles ça, et d'inviter tes amis, tu pourrais faire connaissance avec les gens du coin. Je veux dire, ce sont des gens aussi, non ? Des ex-Marines, tout ça.

– C'est vrai, dirent Ed et l'Acteur.

– Toi, tu es un sacré numéro, dit Macha.

– Sacha ne sait pas vraiment comment se faire de nouveaux amis », dit Karen. Elle montra du geste la tablée conviviale. « Tout ça n'est qu'une ruse.

– C'est pour lui que tu devrais faire une app, déclara Dee. Pour rendre service à un frère.

– J'y crois pas, dit Ed.

– Elle était toujours comme ça, en cours, dit Senderovski. Surtout après quelques verres.

– J'ai traîné avec des nazis quand on faisait des recherches sur *München am Hudson*, dit l'Acteur.

– Ce film était effrayant, dit Macha.

– *"I think they got cum in 'em*, rappa Dee dans son verre de vin, *'cause they nuthin' but dicks."* »

Senderovski et ses amis reconnurent immédiatement le morceau de rap que Dee s'appropriait et sourirent avec nostalgie. C'était un passage obligé des soirées que Senderovski et Vinod organisaient dans leur studio exigu où ils menaient une vie chaste après avoir obtenu leur diplôme au City College. La première fois que l'Acteur l'avait entendue, il était au lycée. Dee devait avoir quoi, sept ans à sa sortie ? L'Acteur réfléchit à cela. Son comportement, sa personnalité, lui arrivaient par vagues successives. Elle se dressait contre son ancien prof, contre l'ennui dont il était un représentant, la tiédeur et le manque d'audace. (C'était précisément ce qui n'allait

pas dans l'interminable succession des réécritures de son scénario.)
Regarde-moi ! criait l'Acteur dans sa tête, si fort que les bruits qui
l'entouraient disparurent, le bruissement des branches d'un arbre
nu, le jappement des coyotes qui flairaient dans le vent l'odeur
des phéromones de la peur que produisaient les moutons d'à côté.
Pourquoi tu ne me regardes pas ? Si tu me poses la question, je te
répondrai. Si tu cherches à savoir, je t'expliquerai. Si tu veux sentir
la caresse de mes doigts, le picotement de ma barbe de trois jours,
la torsion de ma langue, je te les offrirai. *Mais d'abord, il faut que
tu me regardes comme je te regarde !*

Macha posa les mains sur les oreilles de Nat. « Bon, dit-elle, je
crois qu'il est temps que quelqu'un aille se coucher.

– Pardon, Nat, fit Dee. Je n'aurais pas dû dire de gros mots.
Dicks est un gros mot. »

Et elle sait quand faire acte de contrition, pensa l'Acteur. Elle
reste maîtresse de la situation, même quand elle est bourrée.

« Ne t'en fais pas, dit Senderovski. Il faut bien qu'elle apprenne
un jour l'anatomie masculine, pourquoi pas ce soir ? Mais allez,
au lit, *sladkaïa.* » Ma douce.

La force du hurlement fut inattendue. « Non ! cria Nat, réduisant même au silence les coyotes qui faisaient des repérages autour
du périmètre de la bergerie. Je veux pas aller me coucher ! » Elle
courait sur la véranda, se rapprochait dangereusement des autres.
Le monde était un tourbillon de réjouissances et d'injustices ;
elle voulait enfouir sa tête contre le ventre de maman, frotter la
barbe naissante de papa, frôler le velours à fines côtes de Karen,
qu'elle imaginait aussi doux que le héros de *Tu ne dors pas Petit
Ours*, d'ailleurs pourquoi était-elle désormais trop grande pour
lire ce livre ? Et qu'était-il arrivé à leur petit appartement new-
yorkais, et qu'était-il arrivé à Dennis le portier et au dos froissé
de son costume, et qu'était-il arrivé à sa salle de classe à l'éclairage
éblouissant, et aux mondes que ses camarades s'étaient construits,
mondes dans lesquels elle n'était pas invitée mais qu'elle observait
et cataloguait depuis l'île d'Elbe qu'était son Tapis d'Apaisement,

et qu'était-il arrivé, qu'était-il arrivé, qu'était-il arrivé ? Senderovski regarda son enfant courir, hurler, incontrôlable. Il ne connaissait pas ses pensées, mais il constatait un trouble déficit de l'attention avec hyperactivité, à la limite de l'autisme, de la perte des fonctions exécutives, du trouble de la communication sociale pragmatique – tous les thérapeutes et les écoles spécialisées voulaient un peu d'elle, tous avaient des idées novatrices sur ce qui ne tournait pas rond, mais le seul diagnostic qui ait jamais collé était leur diagnostic ashkénaze à lui et Macha, le trouble anxieux généralisé. À un degré inimaginable. Le seul rêve qu'il avait pour son enfant : qu'elle ne souffre pas des humiliations d'une immigrée. Mais même si elle ne partageait pas leur patrimoine génétique incestueux, il ne pouvait la délivrer de cette douleur-là.

Macha avait rattrapé sa fille qui hurlait, et elle la serra dans ses bras. Elle parla d'une voix autoritaire. « Tu ne veux pas aller te coucher, hein, Nat ? » La voix thérapeutique. « Ce doit être très frustrant pour toi.

– Oui ! gargouilla Nat à travers ses larmes. C'est très frustrant.

– Qu'est-ce qui pourrait te faire plaisir ?

– BTS !

– Pas d'écran avant d'aller au lit. Qu'est-ce que tu dirais d'un bisou de chien de prairie ? »

Karen observait la scène avec mélancolie. Elle parvint presque à sentir les lèvres sèches de l'enfant sur son propre front. « C'est comme ça qu'ils savent que ce sont bien eux », dit-elle tout haut. Vinod voulut tendre le bras de l'autre côté de la table pour prendre la main de Karen. Il avait pleuré en apprenant qu'elle divorçait, même s'il ignorait qui, d'elle ou de lui, le faisait pleurer.

« Qu'est-ce que ça veut dire ? marmonna Dee. C'est quoi un bisou de chien de prairie ? » Mais Karen ne le lui expliqua pas. Elle le garda pour elle.

Une fois que Nat et Macha eurent tiré leur révérence, Dee se leva et dit : « Bon, il vaut mieux que je me conduise comme une gentille fille et que j'en reste là pour ce soir.

– Pas de dernier verre ? demanda Ed.

– Quel est votre e-mail, pour que je vous envoie la photo ? »
demanda Dee à l'Acteur. Il l'écrivit sur une serviette en papier,
posant une main sur celle qui écrivait pour la stabiliser.

Ils la regardèrent descendre les marches de cèdre, écoutèrent le
claquement de ses sandales. (Ne faisait-il pas un peu froid pour
porter des sandales ? pensa l'Acteur.) Il n'y avait pas de réseau dans
les bungalows, elle alla donc au salon pour envoyer à l'Acteur la
photo de Tröö Emotions. C'était une pièce austère en dehors d'un
Steinway et des moulures d'origine en bois de châtaignier de ses
fenêtres, les photos de ses habitants tournées vers l'extérieur en
direction des bungalows. Il y en avait une dans un cadre en argent,
de Senderovski et Macha à l'âge de douze ans dans la colonie russe
de l'autre côté du fleuve. On avait l'impression qu'ils étaient assis
sur une meule de foin, et leur maigreur teintée d'innocence surpas-
sait celle de Dee au même âge. Senderovski avait assez de dents de
travers pour remplir la moitié d'un sourire. Il dévorait Macha des
yeux, exactement comme l'Acteur l'avait fait avec Dee. Et Macha
était une beauté svelte avec un petit quelque chose qui n'était pas
complètement européen, et trouvait peut-être son explication dans
un pavé russe posé sur une étagère près du piano qui traitait des
conséquences de la conquête mongole de la Rus' de Kiev. Dee
sortit, passa devant la véranda (une fois de plus, deux paires d'yeux
masculins se posèrent sur elle, même si ce n'étaient pas les mêmes
que la première fois), et se dirigea vers son bungalow, qui était
comme assis sur ses talons de bois et baignait dans l'éclat du givre.

« Moi aussi, je vais me pieuter », dit l'Acteur après que Dee eut
fermé la porte de son bungalow, la petite maison éclairée d'une
lueur ambre. Il se leva et se prit tout seul dans ses bras, comme
s'il remettait son cœur à sa place, une cavité à la fois.

« Mais il y a encore le fromage, dit Senderovski.

– On a beaucoup de travail, demain », dit l'Acteur à Senderovski
d'une voix qui, espérait-il, révélait son rang et son autorité mais qui,
vu son brusque état d'abattement, échoua à convaincre quiconque.

8

« *You smoke*, chanta Karen, tendant un micro imaginaire à Vinod.

– *I smoke*, chanta Vinod à son tour, lui rendant le micro.

– *I drink*, chanta Karen.

– *Me too*, chanta Vinod.

– *Well good*, chanta Karen, *cuz' we gon' get high, tonight.* »

Senderovski et Ed étaient assis sur l'un de ces canapés de style bord de mer qui résistent aux moisissures (ils avaient été conçus pour une maison de plage), et regardaient leurs amis danser à la lumière des bougies. « La première fois qu'on a entendu cette chanson, dit à Ed l'historien de la maison Senderovski, c'est le soir où on a fait connaissance. C'était en 2001, année célèbre, dans cet immeuble de pierre brune de Fort Greene où Suj et moi on habitait. Tu te souviens de Suj, mon ex ? Je me demande ce qu'elle est devenue. » Ed haussa les épaules. « Y avait un type qui courait en armure, et un maire adjoint ou un délégué de je ne sais plus quoi qui sniffait de la coke dans la salle de bains du deuxième avec toi ! C'est comme ça qu'on s'est connus, non ? Quand je suis entré et que je suis tombé sur toi et le maire adjoint.

– C'est pas ce soir-là que tu as retrouvé Macha ? » fit Ed. Il avait sifflé une bouteille de vin et les quatre Gibson que Dee n'avait pas bus.

« Il s'en est passé, des choses, pendant cette soirée, dit Sende-rovski. Elle a été fondatrice. »

Karen et Vinod s'affalèrent en même temps sur le canapé face à eux, celui qui avait une vue idéale sur la bergerie et ses construc-tions rustiques, une colonie de bungalows pour quadrupèdes. Ils ruisselaient de sueur et riaient, se tendaient les mains, avides de se toucher. Vinod se perdait dans l'éclat des pommettes et le *cac-cac-cac* du rire bébête de quadra de Karen, qui sentait s'évanouir le poids des années. Quand elle tendit la main vers son verre posé sur une table d'appoint, on eût dit qu'elle attrapait une carafe de beaujolais bon marché dans leur restau préféré à l'époque, la brasserie Florent, la forteresse chromée de leur histoire originelle. Aujourd'hui, elle avait peur de la compression du temps, peur de l'innocence invoquée par Vinod. On ne cessait de lui dire qu'à par-tir de maintenant, et seulement maintenant, sa vie atteignait enfin « une infinité de possibles ». Mais tous ces possibles lui semblaient s'accompagner d'un grand nombre de conditions et d'astérisques, reposer sur des actions dont la valeur restait indéterminée et non sur la compréhension d'autrui. La trajectoire était claire : chaque année qui passait renforcerait sa solitude, jusqu'à ce que le miroir de la salle de bains lui-même, dans son loft de White Street, finisse par la repousser, et lui montre le visage d'une autre.

« Vous êtes adorables, tous les deux ! cria Senderovski. Vinod, tu te souviens de cette soirée à Fort Greene, quand on a fait la connaissance d'Ed ? Et que j'ai retrouvé Macha vingt ans après ? »

Le sourire de Vinod s'effaça. Il croisa les jambes. « Oui, dit-il sans émotion. Une sacrée soirée. » Il ne voulait pas remonter le temps, surtout pas jusqu'à cette soirée-là. Il repensa à la boîte de sandales Teva et au roman qu'elle contenait.

« *Noona*, dit Ed, les yeux mi-clos, à Karen. Tu pourrais me préparer une assiette de fromages ? S'il te plaîîît. Je ne peux pas marcher. »

Karen soupira et s'approcha de la table, où divers cheddars du coin au goût prononcé, époisses crémeux et greenswards parfumés au bacon et coulants sous la croûte étaient réunis autour d'un champ de raisin. Elle observa son parent éloigné, dont la chemise ouverte révélait un triangle de poils, sa pochette de costume, ses richelieus. Il se croyait peut-être charmant, mais il lui rappelait un cadre moyen qui débarque à la gare Apgujeongrodeo de Séoul juste avant le départ du dernier train, et rentre chez lui retrouver son impitoyable prêt immobilier et son impitoyable femme.

« *Noona*, dit Ed une fois le fromage servi. Tu as dû essayer l'application pour toi, non ? Ça marche pour toi ? Tu l'as essayée avec Leon avant votre séparation ?

– C'est un peu personnel, *bhai*, dit Vinod.

– Quoi, personnel, on est tous de vieux amis, non ?

– Je suis ravie que tu aies toujours la capacité de tomber amoureux après tant d'années, dit Karen, mais Dee n'est pas la femme qu'il te faut.

– Oh, je t'emmerde, *noona* », dit Ed. La phrase le fit rire. Il aimait la qualifier de « grande sœur ». Senderovski était ravi de ne pas avoir sorti la bouteille de dix-huit ans d'âge, qu'Ed aurait éclusée en une minute et oubliée dès le lendemain. « Je suis censé me chercher une gentille petite Macha coréenne, hein ? Ben, tout le monde n'est pas fait pour ça. Ne le prends pas mal, Sacha.

– Eddie. » Senderovski tendit la main, même si cela contrevenait aux règles de distanciation sociale de Macha. « Débarrassons-nous de cette pochette de costume et allons enfiler un pyjama, qu'en dis-tu ? »

Ed renâcla et regarda autour de lui. « *Faces look ugly, when you're alone*, dit-il.

– Debout, Jim Morrison. » Quand ils quittèrent la véranda d'un pas hésitant, Karen sortit de sa poche quelque chose que Vinod, avec sa mauvaise vue, eut du mal à identifier. Se pouvait-il que ce soit... ?

« Bon, c'est peut-être une très mauvaise idée, dit-elle. Mais je propose qu'on allume cet enfoiré. Exactement comme dans la chanson.

– Tu veux dire, tous les deux ? demanda Vinod. Qu'est-ce que Macha va dire ? On n'a pas le droit de faire tourner un joint. »

Ils firent tourner le joint. Macha était dans la grande salle de bains à l'étage, et regardait la véranda. Aussi secrète que les marranes sous l'Inquisition, elle avait chuchoté « *Lehadlik ner shel shabbat* » au-dessus des bougies pour ne pas réveiller Nat dans la chambre attenante, les avait toutes éteintes d'un souffle expert, et observait un homme à qui il ne restait plus qu'un poumon *fumer un joint qui venait de toucher les lèvres d'une autre.* Qui plus est, son mari traînait Ed en direction du bungalow de la Grande Île, ce dernier tenant Sacha par les épaules, alors qu'ils suintaient de sueur alcoolisée.

Ces pauvres crétins.

Après avoir déposé Ed, son mari retourna sur la véranda où on lui passa le joint. La musique sur la véranda était forte, la fenêtre de Nat donnait heureusement de l'autre côté, mais la musique était maintenant couverte par leurs éclats de rire de pauvres crétins, leur karaoké des maudits.

Une demi-heure plus tard, Senderovski grimpa l'escalier et entra dans leur chambre, d'humeur joyeuse, les yeux rougis. Il retira enfin sa ridicule robe de chambre et se planta devant elle en pantalon de survêt et chaussettes blanches. « Lave-toi les mains ! lui dit Macha d'une voix furieuse.

– Bien sûr, bien sûr, fit Senderovski. Tiens, regarde. » Elle était en peignoir et le regarda se laver les mains pendant vingt secondes dans la salle de bains, où l'odeur de marijuana était aussi forte que celle d'une panière de linge sale.

« Alors, dit-elle, combien d'entre nous devront-ils mourir pour te permettre de rejouer ta petite version personnelle des *Copains d'abord* ?

– Pitié, fit Senderovski. Ces dernières années ont été difficiles avec les scénarios pour la télé, tout ça. Tu as entendu comment ton cher acteur s'est payé ma tête pendant le dîner ? Je suis le seul qu'il traite comme ça. Il sent ma faiblesse. Laisse-moi profiter d'une ou deux minutes de joie avec mes amis. S'il te plaît, Macha. J'en ai besoin.

– Est-ce que Vinod en a besoin ? Et toi, tu es asthmatique. Je t'ai entendu tousser dans ton sommeil la nuit dernière.

– C'est le reflux gastrique.

– Tu es médecin maintenant, comme notre président ?

– Ça fait trois ans que Vinod est en rémission. Il n'en était qu'au stade 2. »

Macha se mit à pleurer. Elle avait horreur du mélodrame consistant à pleurer, un souvenir de sa lointaine enfance, et même à l'époque, c'était sa regrettée sœur, Inna, qui attirait plutôt l'attention des autres avec ses larmes, en tant que petite dernière. Mais c'était son seul moyen d'apparaître à son mari sous les traits d'une femme blessée, d'une femme qui soit autre chose qu'un « Staline en tablier ».

« Macha », dit Senderovski. Toutes ses émotions atteignaient leur point culminant. Il avait demandé à Karen quel était son pronostic pour l'Acteur, rapport à Dee, et elle lui avait répondu qu'il serait sans doute plus accommodant, désormais, un peu perdu, désorganisé, cherchant sa voie. Tout cela pouvait s'avérer profitable, pouvait rendre l'Acteur vulnérable en ce qui concernait le scénario du pilote. Était-ce pour cela qu'il avait invité Dee et Karen ?

Il suivit sa femme en pleurs dans la chambre. « Machen'ka, dit-il.

– Ne me touche pas. Tu pourrais me le refiler.

– Mais on dort dans le même lit, dit-il en russe.

– Je ne sais même pas si c'est une bonne idée », répondit-elle en anglais. Il était rare qu'elle utilise la langue non mélodique de leur pays d'adoption à l'approche de minuit. Senderovski sut qu'il était dans la mouise. Au lit, il se recroquevilla sur le côté, lui tournant le dos, le sang battant dans son front dur comme la brique avec la force de l'Elektrosila. Les gens de sa classe sociale étaient à la fois trop riches et trop pauvres pour divorcer. Certains avaient même cessé de se disputer par précaution.

« Tu ne m'aimes pas, dit-elle.

– Si, *sladkaïa*.

– Tu n'aimes personne, en réalité. »

Il ne répondit pas. « Qu'est-ce qu'il y a dans cette boîte de sandales Teva ? demanda-t-elle. Qu'est-ce que tu caches à ton soi-disant ami ? Qu'est-ce que tu as encore fait ? »

Senderovski ne répondit pas.

9

Vinod était allongé en T-shirt et jean sous la berceuse gujarati. Il sut qu'à la seconde où il fermerait les yeux, il rêverait du tube. Il marchait avec le tube enfoncé au fond de la gorge, essayait de le retirer avec les mains, s'étouffait. Il avait lu quelque chose à propos d'un habitant de La Nouvelle-Orléans beaucoup plus jeune que lui et en bien meilleure santé qui avait été terrassé par le virus et s'était réveillé en essayant de hurler, de le faire sortir, les yeux écarquillés par la peur, plus démuni que Vinod l'avait été quand on lui avait annoncé que l'atroce brûlure d'estomac qu'il croyait être liée à un piment qu'avait mis son oncle dans l'un de ses *shaaks* affreusement épicés était en fait un cancer des poumons. À moins que tout cela ne soit qu'un rêve et qu'il soit déjà intubé. La danse avec Karen, le joint maculé de rouge à lèvres qu'elle avait fait tourner, le soin et l'inquiétude de Macha envers ses amis, les montagnes d'un pur violet qu'il y avait derrière lui quand il flottait au-dessus du fleuve, la présence spectrale de l'Acteur ? Comment tout cela pouvait-il ne pas être un rêve ? Il allait se réveiller d'un instant à l'autre et se retrouver plongé dans l'horreur de la situation.

Karen était sous la douche. Elle savait qu'il n'y aurait plus d'eau chaude le lendemain matin, la colonie de bungalows de Senderovski ne s'étant toujours pas débarrassée de tous ses attributs soviétiques. Elle sentit sa main droite entre ses jambes. Ne pas se toucher après s'être retrouvée assise en face de l'Acteur, c'était un peu comme se rendre dans un grand magasin d'ameublement suédois sans céder au plaisir bon marché d'y manger quelques boulettes de viande. Il lui fallut quand même beaucoup de temps, le rythme de l'eau sur son dos la soutenant jusqu'à la ligne d'arrivée, son front appuyé contre le linoléum de la cabine de douche, son corps tout entier soumis à un sentiment de culpabilité et de petitesse. Elle prit encore un peu de savon liquide au creux de sa main. Elle imagina Vinod rire comme un adorable geek tout droit sorti d'un film des années 1980, totalement défoncé. Même quand il riait, il avait un accent. Elle entendit le sifflement d'un radiateur contre les plinthes comme s'il se plaignait d'elle. De tous les invités, elle était la seule à disposer de deux pièces. Deux pièces pour une personne. Une pensée lui vint. Elle courut dans la chambre et prit son téléphone, s'imaginant que sa sœur lui avait laissé un message. Mais il n'y avait pas de réseau dans les bungalows, et sans connexion le téléphone n'était qu'un monolithe noir, son écran une rétine liquide de fausses étoiles.

Dee aussi glissa la main sous l'élastique de sa culotte. Autant le faire, se dit-elle. Elle ne s'était pas amourachée de lui, mais n'avait-elle pas pleuré devant l'un de ses films ? C'était à l'époque où elle avait quitté son trou à rats dans une banlieue du Sud pour un studio qui puait l'encens à Bushwick, et passait ses journées dans un état de vulnérabilité décuplée. Il était une source d'inspiration, non ? Combien de jeunes femmes comme elle avait-il portées sur ses épaules de la petite à la grande ville ? N'avait-elle pas commencé à écrire pour pouvoir un jour rencontrer quelqu'un comme lui ? Ce fut quand même laborieux, sa respiration ne coopérait pas, la colère dont elle se nourrissait d'ordinaire la retenant, cette fois. Portrait d'une classe sociale, pensa-t-elle amèrement avant de laisser échapper un dernier soupir, son bassin cessant de trembler en silence, Joan Didion baissant les yeux sur elle avec compassion du haut de sa photo encadrée. Après coup, elle fut prise de vertige, comme si elle avait gagné un modeste prix littéraire ou un débat enflammé dans la section commentaires d'un site Internet. « Tu as de la chance », s'entendit-elle dire dans l'obscurité de sa petite chambre. Pourquoi avait-elle dit ça ? Parce qu'elle s'était échappée de la ville en pleine épidémie ? Parce qu'elle plaisait visiblement à l'Acteur ? Parce qu'elle faisait partie d'un monde où il y avait plusieurs sortes et appellations de jambon ibérique ? Quand elle ferma les yeux, les dents d'immigré tachées de vin de Senderovski lui apparurent, de travers et paternelles. « Gnome de Dieu ! » s'exclamait-il.

Macha se fichait de savoir si son mari l'entendait, mais il l'entendit. Elle écarta les jambes, le lit plein de son odeur qui, si son mari s'en souvenait encore, était délicieuse. Elle seule avait un fantasme concret avec l'Acteur, lui au-dessus d'elle, dans une position tout ce qu'il y a de banal (elle compensait son manque d'imagination par un excès d'ardeur), sur ce lit même, et elle appuyait les mains sur sa poitrine à lui parce qu'elle ne pouvait pas s'ouvrir d'un coup à son corps tout entier. On avait tant écrit sur la souplesse de ses cheveux et la couleur de ses yeux que pour s'approprier une nouvelle partie de lui elle se concentra sur le blanc miroitant de ses yeux. Le blanc est la couleur de l'infini, avait déclaré Malevitch. Après ça, elle passa une bonne heure le regard perdu dans l'obscurité, jusqu'au moment où elle parvint à discerner la totalité de la pièce, la moulure en bois de châtaignier de la fenêtre, les suspensions en papier bas de gamme, le rectangle tout simple de l'interrupteur. Quand avait-elle eu pour la dernière fois l'impression de se sentir aussi bien et en même temps d'avoir aussi peur ? Le hall d'aéroport où flottait une horrible odeur de petit pain à la cannelle, son mari tendu à ses côtés, observant le tableau des départs pour Pékin, imaginant déjà la correspondance pour Harbin, l'effervescence d'un nouveau pays fourmillant, le premier regard sur sa fille en chair et en os.

Dans son bungalow, Ed rêva de La Canée. Malheureusement, son degré d'ivresse avait éradiqué toute forme de mémoire immédiate, et Dee n'était pas là pour donner vie à son récit de voyage.

Le rêve lui apparut sous la forme d'une quête sans fin. Il voulait rentrer à son hôtel mais se perdait dans le dédale des rues grecques où régnait une chaleur de rôtisserie en été. Il fallait qu'il apporte un cadeau magnifiquement emballé à sa mère, qui l'attendait dans le hall de l'hôtel, mais il ignorait ce qu'il y avait dedans. Tout ce qu'il devait faire, c'était le lui donner, après quoi la femme de ménage de sa mère lui remettrait un paquet de caleçons roulés en boule. Le cadeau n'était qu'un détail ; c'étaient les caleçons qui comptaient. En l'état, Ed se promenait dans la rue les fesses à l'air.

Quand il entendit sa femme ronfler, l'aube n'était déjà plus très loin. Senderovski monta à pas de loup dans le grenier dont il émergea bientôt avec une boîte de sandales Teva, étirant des fils de toile d'araignée derrière lui. Alors qu'il sortait de la maison par la porte de devant et se retrouvait dans le jardin avec ses branches de bois mort et blanchi, l'Acteur, qui n'arrivait pas à dormir, entrait par la porte de derrière avec son téléphone, pour capter le signal de la maison principale, et utiliser le mot de passe que Macha avait laissé sur le tableau noir du réfrigérateur de sa plus belle écriture postcyrillique. Il téléchargea la photo de Tröö Emotions et tout ce qu'il put à propos de Dee, y compris son *Grand Livre de la compromission et de la capitulation*. Il avait fait l'objet de pas moins de quatre cents recensions par les médias, de Cleveland à la Catalogne. Chaque fois qu'il voyait la même photo promotionnelle d'elle, il zoomait dessus avec le pouce et l'index. Elle ne s'épilait pas les sourcils et son regard était plus intense quand elle était sobre que quand elle était ivre. Récemment, elle s'était retrouvée au centre d'un petit scandale. Elle était associée à des crapules de la droite la plus discutable : « Certaines de ces personnes sont très érudites, on ne peut pas les snober comme ça. Elles incarnent l'état d'esprit des prolos blancs dont on se plaît à penser qu'ils n'ont pas le moindre esprit. » Ses contradictions lui coupèrent le souffle. Il téléchargea la photo où elle était la plus séduisante, une toute simple prise par un téléphone lors d'une lecture, sur une estrade, en petite robe à bretelles et frange courte, sous des halogènes. À bout de souffle, il retourna en courant dans son cottage, avec ses livres inutiles, son plan du métro de Leningrad et son lit neuf et ferme qui l'appelait aux délices du corps.

Senderovski était au milieu des branches blanches, encerclé par la mort, le roman de Vinod bien calé dans sa boîte, comme il l'était depuis vingt ans. Les poubelles étaient au bout de l'allée, couvertes de rosée, dans l'attente du passage des éboueurs. S'il mettait son plan à exécution, les mots de Vinod seraient perdus à jamais. Senderovski rumina cette éventualité dans sa tête. Qu'il la détestait, maintenant, sa robe de chambre, et tout ce qu'elle représentait, la pleurnicherie, la pose. Tout cela était à l'opposé du roman de Vinod, un portrait de ses parents quand ils étaient encore à l'université en Inde, à l'époque où ils étaient encore amoureux. Cette chose rare et impossible : le roman d'un jeune homme dont le sujet n'était pas lui-même.

Senderovski était immobile sous le ciel gris de mars comme s'il attendait d'être jugé, un homme qui se dégarnissait et avait besoin de se faire couper les cheveux. Non, il ne pouvait pas faire ça. Mais il était hors de question qu'il rapporte le manuscrit au grenier maintenant que sa femme savait que la boîte s'y trouvait et se doutait de ce qu'elle contenait. Il regarda autour de lui. La propriété était partagée par de nombreuses marmottes, mais son locataire le plus irascible avait été surnommé « Steve » par sa fille. Steve était une créature en surpoids dotée d'une fourrure aux reflets orange et, comme un riche multipropriétaire américain, il s'était creusé plus d'un trou dans la terre. Il passait l'été dans celui près de la piscine, allant parfois jusqu'à se vautrer sur les lattes de son rebord dans un état de stupeur béate. Quand la bise venait, les mois les plus difficiles, il logeait près des sapins qui flanquaient le côté ouest de la propriété, dont les racines d'une exquise douceur constituaient ses repas hivernaux. C'est de ce trou que Senderovski s'approcha avec la boîte de sandales Teva sous le bras.

Il pensa à une chose : Steve mangerait-il de la littérature ? Les pages n'étaient-elles pas faites du même bois que les arbres ? Ce ne pouvait être qu'une solution temporaire. Quand il enfouit le roman de Vinod dans l'hôtel particulier souterrain de la marmotte, Senderovski vit un pick-up noir passer sur la route, dont les phares éclairaient les premières lueurs de l'aube. Un coin de la boîte Teva dépassait encore. Senderovski prit une grande quantité de terre dure dans ses mains délicates de citadin et tenta de la mouler autour de la boîte comme un château de sable improvisé.

Une fois de plus, il entendit le grondement d'un moteur. Le pick-up noir avait apparemment fait demi-tour et repassait dans l'autre sens. Il s'arrêta à l'entrée de l'allée, dans l'axe de la maison. Une vitre s'abaissa, d'où émergea une main qui tenait un téléphone. Sacha la vit prendre en photo sa colonie de bungalows. La vitre remonta. Sacha plissa les yeux sur le pick-up quand il s'éloigna. Y avait-il un autocollant à l'arrière ? Les vestiges déconstruits d'une croix gammée ? *Slegs blankes* ?

Dans sa chambre, Nat s'éveillait au jour nouveau. Elle se frotta les yeux comme nous imaginons que le font les enfants, même si son esprit cavalait à la même vitesse que celui d'un adulte. La pelouse verte s'étendait sous ses yeux, la suppliant de sortir pour venir la piétiner. L'image mentale qu'elle se faisait du terrain fut perturbée par un intrus inattendu. Son père était à genoux en robe de chambre, et enterrait quelque chose dans le palais d'hiver de Steve. Comme s'il se prenait pour Steve.

La vie avec papa était une rencontre sans fin avec une pâquerette. Il l'aimait, il ne l'aimait pas. Mais il était, et maman n'avait jamais changé d'avis sur ce point, très drôle. Le Show Sacha Senderovski, comme la nouvelle fille sympa, Dee, l'avait appelé pendant le dîner de la veille. La maman de Nat l'aimait tout le temps, mais Nat n'était jamais assez parfaite pour elle. Il y avait la Nat dont elle habitait le corps, mais aussi une autre Nat (qui s'appelait *Natacha*), qui habitait un autre pays (qui s'appelait *Rossiya*), dans une autre ville (qui s'appelait désormais *Sankt-Peterburg*), et ressemblait sans doute en plus jeune à sa maman ou à sa tante Inna, qui était au paradis (qui, comme l'en avait informée une camarade de classe dont la famille possédait des chevaux, n'existait pas).

Mais hier soir, quelque chose avait fait forte impression sur Nat, peut-être la plus forte de sa courte existence. Sa mère avait raison de dire que beaucoup de conventions sociales échappaient encore à Nat, mais certains faits étaient incontestables. En l'occurrence, l'Acteur était important. Son importance était au moins égale à celle d'un Jin ou d'un J-Hope. Le père de l'une de ses camarades de classe était acteur, et l'école s'était transformée en une institution tout à fait différente quand il avait daigné apparaître pendant les spectacles familiaux pour chanter une version calypso d'« Au clair de la lune ». Et hier soir l'Acteur avait sous-entendu ce qu'elle savait depuis toujours. Que ses parents n'étaient pas ses vrais parents. Ou qu'ils n'étaient pas complètement ses parents. Comme elle n'était pas complètement la personne que sa « mère » croyait qu'elle était. Et que si elle ne leur appartenait pas, elle n'appartenait peut-être à personne.

Et aussi, il avait dit qu'elle était « adorable ».

Nat alla se brosser les dents à la salle de bains avec sa brosse BTS d'importation (le sourire boudeur de Jin étant une formidable façon de commencer la journée) puis alla réveiller sa mère pour lui dire la nouvelle drôle de chose que faisait papa dans le jardin. En recrachant le vortex de saccharine de son dentifrice pour enfant, l'image de son père à genoux devant la tanière de Steve la fit rire. Elle regarda son reflet, le dentifrice multicolore sur sa lèvre supérieure, comme toujours étonnée par le fait que la nuit soit passée, mais que la Nat du miroir soit toujours là.

ACTE II

Mésaventures

1

La propriété n'avait pas bien dormi. Mouchoirs et autres articles traversaient à présent les conduites d'évacuation de la fosse septique, malgré les écriteaux que Macha avait disposés dans les toilettes des bungalows demandant aux invités d'ÉPARGNER LA PLOMBERIE DE NOS CAMPAGNES. Après deux douches (Dee et Ed), la réserve d'eau était sur le point de tarir pour la journée, ce qui aurait au moins une conséquence désastreuse, comme nous le verrons bientôt. Divers oiseaux se rassemblèrent dans le dense paysage arboré derrière la véranda pour y tenir une conférence publique sur la grande tempête qui arrivait de Terre-Neuve. Une marmotte qui passait la tête de derrière un cornouiller observait son bienfaiteur et ennemi, le propriétaire, utiliser son trou hivernal comme espace de rangement, sans être prête pour un changement pareil dans leur relation.

Pendant ce temps, les résidents des bungalows, hormis Vinod qui dormait encore, se retrouvèrent sur la pente de la colline pour observer un rituel rural : un homme équipé d'une tronçonneuse, de lunettes de sécurité et d'une large ceinture en cuir de vache autour de la taille transformait les branches d'arbres blanchies de la période jurassique qui jonchaient la pelouse en rondins, qui seraient ensuite entassés sous la forme d'un triangle de Pascal près de la véranda, prêts à se faire engloutir par le poêle.

« À partir de maintenant, on va vraiment s'amuser ! déclara

Senderovski. Je peux enfin faire tondre la pelouse. Et après, vous savez ce qu'on fera ? On installera un filet de badminton ! Il y a des tiques mortelles dans l'herbe, mais rien ne nous empêche de jouer si on met des chaussettes montantes. Le hockey sur pelouse, vous connaissez ? » (Il n'existait aucun sport répondant à ce nom.)

« Salut Dee, fit Ed. Ça te dit d'aller faire un tour ? Je peux te montrer la rue de Sacha.

– On appelle ça une route, ici, dit Senderovski.

– Merci, Sacha le fermier, dit Ed.

– Bien sûr, fit-elle. Je veux dire, qu'est-ce qu'il y a d'autre à faire ? »

L'Acteur, mal rasé et des restes de sommeil autour de ses yeux ottomans, était malheureux. Il aurait voulu faire un tas de choses avec Dee, de l'extatique au terre à terre. Peut-être pouvait-il les suivre ? Non, il donnerait l'impression d'être désespéré. Et ce n'était pas tout. Un peu plus tôt, Karen et lui, Ed et Dee, s'étaient brièvement fait visiter leurs bungalows, et l'Acteur avait découvert certaines choses déconcertantes. Le bungalow de Karen disposait de deux pièces aux murs de la même couleur que ceux d'un cabinet dentaire de banlieue résidentielle, mais néanmoins de deux fois plus de pièces que lui. Senderovski avait affirmé que le bungalow de l'Acteur était unique, mais soit il n'était unique que pour lui, soit c'était une tentative de rétrograder l'Acteur.

Nat était sortie de la maison en courant et se dirigeait vers eux. « Tante Karen ! Tu veux visiter la maison d'hiver de Steve la marmotte avec moi ?

– Distanciation », ordonna Macha. Nat lui avait dit que son mari stockait des choses dans le trou de la marmotte, ce qui semblait au-delà de l'acceptable, même pour lui. Elle se demanda si la clinicienne en elle devait mener l'enquête.

« Bien sûr, ma chérie », dit Karen.

L'Acteur se tourna vers Senderovski. « Mon bungalow, dans vingt minutes », ordonna-t-il au maître des lieux.

Le coupeur de branches réduisit sa scie au silence le temps de se livrer à une inspection en règle de Dee quand elle passa devant lui. Elle lui rendit la politesse. Un beau visage, un sourire timide découvrant quelques dents cassées, peut-être le résultat de bagarres dans des bars routiers, du temps de sa folle jeunesse. Mais elle décida de peindre sa biographie à grands traits rustiques, cela même qu'elle détestait chez son lectorat urbain. Peut-être s'était-il cassé les dents après être plusieurs fois tombé d'un arbre. Ed voulut dire quelque chose à propos de la scie du type, mais ne savait plus trop s'il s'agissait d'une scie mécanique ou circulaire, et ne voulait pas se tromper de terminologie. Il était encore vexé d'avoir dit « rue » au lieu de « route ».

Ils traversèrent l'allée plantée de chênes et d'ormes sans feuilles et tournèrent au coin de la bergerie. Ils marchaient chacun d'un côté de la route, pour maintenir la distance, leurs voix couvrant celles des rainettes. Ed balaya d'un geste de la main les collines parsemées de moutons et déclara : « Ça rappelle à beaucoup la campagne anglaise. » Il se rendit compte qu'il avait dit ça sur un ton aussi pompeux que Senderovski.

« Je n'y suis jamais allée, dit-elle.

— Ton livre n'est pas sorti en Grande-Bretagne ?

— Si, mais je n'ai fait qu'une lecture à Londres.

— Bien sûr, bien sûr. » Elle portait un pantalon de survêt serré, la même polaire que la veille, et avait remplacé ses sandales par des chaussures de course. Ed rumina sur tout cela, tâchant de maintenir ses rêveries à distance, leur ridicule voyage à La Canée, le collier en argent autour du cou brûlé par le soleil. Il faisait encore frais, on venait à peine de changer d'heure, mais le soleil posait sa main chaude sur sa clavicule. Et celle de Dee. Une rangée de moutons dans leurs habituelles bottes noires qui montaient jusqu'au genou traversa d'un bond un ruisseau, fléchissant les pattes arrière comme des chevaux. Deux vrais chevaux de l'autre côté de la route, vêtus de leur pull en laine, les observaient comme les membres d'un jury olympique.

« Tout ça est très beau, dit-elle, presque comme si elle le lui concédait.

– Ça ressemblait à ça, là où tu as grandi ?

– Plus ou moins. Je crois qu'on va atteindre cette partie le plus en haut de la route.

– La campagne anglaise laisse place aux Appalaches », dit Ed. Il s'aperçut qu'on pouvait se sentir insulté par ce qu'il venait de dire, mais ça la fit rire.

« J'ai l'impression d'être dans une émission de télé-réalité, dit-elle. Comme si on était suivis par un camion qui nous filme.

– J'adore la version japonaise.

– Je parie que Sacha n'a même pas la télé.

– Tu as raison.

– Et toi, tu es d'où ? » demanda-t-elle. À son tour de se sentir gênée. La question pouvait sous-entendre qu'il n'était pas américain, malgré la perfection de son accent. C'était arrivé à Dee lors d'une lecture à Minneapolis avec une personne laotienne dans le public (une Laotienne américaine, se souvenait-elle, ou peut-être une Hmong américaine), et elle avait eu honte de son ignorance, de l'image qu'elle avait donnée d'elle et de ses semblables. Elle avait pleuré dans sa chambre d'hôtel, puis de nouveau devant son repas, une bière artisanale et des filets de poulet pané offerts par l'organisation ; une première dans son cas, pour les larmes de culpabilité comme pour la note de frais. Mais la Laotienne américaine, étudiante dans une coûteuse école d'art, aurait pu se montrer plus gentille avec elle, aurait pu la corriger au lieu de la critiquer. « Je veux dire, de quelle partie du pays ? fit-elle.

– Pas facile comme question. J'ai fait mes études ici, mais pour tout dire je ne suis pas un citoyen américain.

– Tu parles mieux anglais que moi », dit-elle d'un accent exagérément traînant. Ils passaient devant une petite propriété, la pente douce de sa pelouse bleu-vert plantée d'un écriteau annonçant LA HAINE N'A PAS SA PLACE ICI dans plusieurs langues, y compris les trois avec lesquelles Ed avait grandi. « Mais hier soir tu as dit que tu étais coréen, non ?

– Pas officiellement. J'ai la nationalité suisse, britannique et canadienne. Il va falloir que j'en décroche une dans l'Union européenne après le Brexit. Des tas de gens deviennent maltais. » Donc les princes du pétrole et les orangs-outans russes tout bronzés étaient des *gens*, maintenant. Qu'est-ce qui ne tournait pas rond, chez lui ?

« Mais tu passes du temps ici ? À New York, j'entends.

– Oui, beaucoup. Je suis ici chez moi, même loin de chez moi.

– Et tu n'as jamais eu envie de devenir américain ? » Elle ignorait pourquoi elle insistait tant sur ce point.

« C'est bon pour ceux qui n'ont pas d'autre solution. Pardon, je veux dire... » Sa phrase resta en suspens.

« Non, je comprends. Ce pays est en chute libre. Où est-ce que tu as fait tes études ?

– À l'Institut des Affaires étrangères à Washington. Ma mère voulait que je devienne diplomate. Mais je n'ai pas accroché.

– C'est-à-dire que tu n'es pas super diplomate », dit-elle. Il la regarda de l'autre côté de la route. Elle souriait. Toujours le même souvenir : Bologne, son année de licence, cette petite amie ridiculement grande qui l'avait porté dans ses bras, *La Pietà*. « Mais je parie que tu as un tas d'amis diplomates.

– Enfants de diplomates. » Il s'aperçut qu'il fallait trouver un point commun avec elle à ce moment de la conversation. « Senderovski est une des rares personnes que je connaisse qui se sont faites toutes seules. Lui et ses amis de lycée. »

La propriété progressiste continuait de défiler sous leurs yeux. Dans un étang creusé par une main humaine précautionneuse, un canard qui glissait dans l'eau, la tête irisée, fanfaronnait à la cantonade. Des poules de riches traversaient la route, la tête haute. La route filait en montée, s'éloignait des parfaits pâturages et rejoignait la départementale. Le soleil disparut derrière un châle de prière.

« Pourquoi Sacha fait tout ça ? demanda Dee. Tous ces cottages ? Ça doit coûter une fortune à entretenir.

– Tu en as parlé au dîner », dit Ed. La petite côte l'essouffla. Il fallait qu'il arrête de fumer. Et pourtant, il éprouvait le besoin éperdu de fumer. Il sortit son paquet de Gauloises.

« J'étais ivre et je me suis mal conduite, hier soir, fit-elle. J'en suis pas très fière. Je peux t'en piquer une ? »

Ils se retrouvèrent au milieu de la route, et tendirent tous deux le bras. Ed lui passa un briquet, mais après réflexion s'approcha d'elle, dangereusement près, et alluma la cigarette qui pendait aux lèvres de Dee. Tous les bungalows étaient équipés du même shampooing floral bon marché, et même si Ed le détestait pour avoir transformé ses cheveux en une touffe huileuse (pas plus tard que ce matin, il avait commandé un shampooing de meilleure qualité), son odeur sur Dee lui donna l'impression qu'ils étaient des compagnons de voyage qui faisaient connaissance sur la route, des pèlerins destinés à se rencontrer. Elle détourna la tête pour souffler la fumée, mais il voulut la suivre, l'aspirer dans ses propres poumons tapissés de nicotine. Il fallait qu'il trouve quelque chose à dire au sujet de Senderovski pour construire la confiance entre Dee et lui. Il savait qu'elle était curieuse de son ancien prof, comme nous le sommes tous de nos mentors.

« Je ne crois pas que ses finances soient très saines, s'entendit-il dire. Je crois qu'il est en difficulté. »

Cette phrase eut l'effet recherché. Dee hocha la tête tout en fumant, plongée dans ses pensées. « Sa femme gagne beaucoup d'argent ? » demanda-t-elle.

Sa question trahissait l'innocence d'une bosseuse. « Elle travaillait dans un cabinet privé, avant, répondit Ed, mais maintenant elle bosse dans une association à but non lucratif pour venir en aide à de vieilles Russes qui souffrent d'instabilité psychologique. Sa sœur est morte il y a quelques années.

– C'est terrible.

– C'est à ce moment-là qu'elle a changé de poste.

– Je crois que Sacha l'a qualifiée un jour de "conscience morale de la famille". » Ils éclatèrent de rire. « Elles sont fortes, ces cigarettes.

– Sacha essaie de couvrir le manque à gagner avec son boulot à la télé, dit Ed, qui prenait plaisir à ces potins, finalement.

– Même s'il n'a pas la télé.

– *Ding, ding, ding !* C'est peut-être pour ça que ses séries ne voient jamais le jour.

– Pauvre Sacha.

– Il n'est pas fait pour cette époque », dit Ed. Cette conversation les mettait de bonne humeur. « Mais ça part d'un bon sentiment. »

Ils passèrent devant des pavillons aux façades vert-gris rouillées, les parcelles uniformément carrées, rappelant certains quartiers de la périphérie de New York, avec un demi-hectare en plus. Un écriteau rouge sur une pelouse dont l'herbe avait été tondue à deux centimètres proclamait TOUTES LES VIES COMPTENT.

Quelques maisons plus bas, une corgi engrossée traversa une pelouse en courant et aboya sur Ed et Dee. Sa maîtresse, une quadragénaire en rollers, la suivait et criait : « Bessie ! Ne va pas sur la route !

– Retourne près de ta maîtresse, ma belle », lui fit Dee de sa voix traînante, et la chienne s'arrêta aussitôt, fascinée, prête à remuer la queue.

La femme en rollers dévisagea Ed. « Au pied, tout de suite ! » cria-t-elle, vraisemblablement à la chienne, mais sans quitter des yeux le monsieur aux trois passeports. Quand la chienne fit demi-tour et repartit, son ventre frôlant l'herbe, sa maîtresse se tourna vers Dee et déclara : « Pardon de vous avoir dérangés.

– Pas de souci, répondit-elle. Elle est trop mignonne. Elle va bientôt éclater. »

Le visage de la maîtresse semblait avoir rougi à la suite de la brève apparition matinale du soleil, à moins qu'elle ne fût alcoolique. Son regard continua d'aller de l'un à l'autre des deux membres de ce couple invraisemblable, peut-être pour tenter d'identifier ce que portait l'homme (une veste noire droite façon Nicky Larson). « Si vous voulez des chiots », dit-elle à Dee. Puis elle fit demi-tour et se dirigea vers la maison, la corgi lui léchant les pieds avec amour, sans savoir que ses propres petits venaient d'être offerts à une inconnue.

« Conclusion ? dit Ed tandis qu'ils s'éloignaient.

– Elle a dit "Ne va pas sur la route" à la chienne. Pour aller sur la route, il faut sortir de chez soi. Ce n'est pas sa propriété. »

Ed hocha la tête. « Ton type anthropologique est sain, dit-il. Tu aurais dû voir le regard qu'elle m'a lancé à moi.

– Les Asiatiques ne reçoivent pas beaucoup de témoignages d'amour de la part des médias, ces temps-ci.

– Les Asiatiques ? Je suis anglo-helvéto-canadien. » Ils éclatèrent de rire. Dee remarqua un drapeau américain personnalisé, aux rayures noires, bleues et blanches, signe là encore d'affiliation à l'extrême droite, flotter à l'arrière d'un pick-up noir à l'arrêt. Peut-être Macha n'avait-elle pas tout à fait tort sur la nature de ce coin particulier, même si ces gens, elle l'admettait, ne feraient jamais de mal à sa famille. Le fonctionnement d'une petite ville du Nord comme celle-là ne le permettrait pas, du moins pas à l'encontre d'un couple de Blancs. D'un autre côté, l'état de la nation changeait vite.

« Faisons peut-être demi-tour », dit-elle.

Un petit filasse sautait sur un trampoline et il exécuta un salto spectaculaire comme s'il passait à la télévision. Il sourit et fit signe à Dee une fois la figure accomplie. « Bien joué ! » lui cria-t-elle. Ed tira sur les manches de sa veste Nicky Larson.

Ils rentrèrent en silence jusqu'à ce qu'elle lui demande une autre cigarette. « Je vais redevenir accro à cause de toi », dit-elle, et Ed crut entendre une suavité de miel dans sa voix. Quand elle glissa la cigarette entre ses lèvres, qu'elle plissa les yeux en aspirant la nicotine, que le briquet vintage d'Ed enflamma le bout de la cigarette, Ed posa la main sur son épaule à l'os saillant, une fois, puis deux fois, d'une façon qui lui semblait amicale. Ça se faisait – à savoir, allumer la cigarette d'une personne, et lui tapoter l'épaule. Presque une façon de garder l'équilibre en levant le briquet. En même temps, il y a plusieurs années de cela, dans une gare de campagne en Slovaquie, c'est comme ça qu'un bel homme avait fait des avances à Ed, avec une cigarette – briquet, tape sur l'épaule, deuxième tape sur l'épaule – et lui, désireux de vivre de nouvelles expériences, avait pesé le pour et le contre.

Qu'est-ce qu'il fabriquait, maintenant ? Ses émotions ressemblaient à une corgi engrossée qui s'échappe sur la route. C'était peut-être l'époque qui voulait ça. Les célibataires avaient peur de mourir seuls. Il se souvint de son angoisse à son arrivée dans le bungalow de la Grande Île, en découvrant le peu de choses qui l'attendait. Peut-être n'avait-il plus rien à perdre. (Même si ce matin, à son réveil, en pensant à elle, il avait redressé le cadre de la photo du volcan Kīlauea accroché au-dessus de son lit, au cas où Dee lui rende une longue visite.) Deux chiens leur grognèrent dessus derrière une clôture électrique. Seul Ed sursauta ; Dee continua simplement de fumer. La prochaine fois qu'ils verraient quelque chose de beau, il lui poserait la question.

Le soleil réapparut dès qu'ils parvinrent à la portion de route où les maisons appartenaient à des progressistes, où il n'y avait « pas de place » pour la haine. Ils passèrent devant un ruisseau dont le babil était peut-être le signe de l'arrivée du printemps, ou d'une rupture de canalisation plus loin sur la route. Elle était bordée de massettes qui pliaient dans le vent et scintillaient comme du blé. Le moment semblait bien choisi. « J'ai envie d'essayer l'application Tröö Emotions avec toi », dit Ed. Elle leva les yeux, étonnée, et comme Ed crut qu'elle s'apprêtait à lui opposer un refus poli, il continua : « Uniquement pour des raisons scientifiques, pour être sûr. Je suis exactement comme toi. Je ne tombe pas amoureux. Pas depuis vingt ans, en tout cas. Et ça ne fonctionne pas non plus avec toi, de toute évidence. » Il babillait comme le ruisseau.

« Donc tu veux seulement prouver que ça ne marche pas ? demanda-t-elle.

— Peut-être bien. J'ai tellement l'impression que nos existences sont soumises à la technologie, de nos jours.

– Mais je crois que ça marche pour certains. » Ed supposa qu'elle parlait de l'Acteur. Était-elle consciente des sentiments qu'il éprouvait pour elle ? Apparemment, tous les autres en étaient conscients.

« Laisse tomber, dit Ed. C'était une idée stupide. Je m'ennuie, il faut croire. Ce n'est qu'un passe-temps, en fin de compte.

– Je ne sais pas. Ça a quelque chose d'agressif. Une "soumission à la technologie", comme tu dis. On renonce à nos droits, et en échange Karen se fait un fric de dingue. Et pour quoi ? On fait tellement d'efforts pour canaliser nos émotions loin de l'amour facile.

– Exactement ! » fit Ed. Ils se ressemblaient tellement, en un sens. Mais il fut abattu qu'elle n'envisage pas d'essayer l'application avec lui et qu'elle ne soit pas à la recherche de l'« amour facile ». Ils étaient devant une grange pourrie par des décennies de crises économiques, son toit si troué qu'on voyait les montagnes de l'autre côté du fleuve. Les nuages jetaient des ombres sur les montagnes, comme des taches sombres sur une radiographie. Ils étaient à moins de deux mètres l'un de l'autre, et il ne voulait rien d'autre dans la vie que sentir l'odeur de son shampooing floral bon marché. S'il tendait le bras et la prenait par la main, il imagina qu'elle serait rêche, calleuse, pas à cause du travail à la ferme de ses ancêtres, mais de l'angoisse tenace qu'elle éprouvait dans sa vie de citadine, du frottement constant de son pouce contre l'index.

Il vit qu'elle regardait fixement la grange transparente et fumait, fumait. Elle pensait qu'elle n'avait jamais rencontré quelqu'un comme Ed. Il était tellement en dehors du système qu'il en était sans doute l'incarnation même. Il lui rappelait un peu le journaliste spécialiste des montres de luxe qui avait tenté de sortir avec elle, celui qui mâchouillait tellement le côté gauche de sa moustache qu'elle se recourbait. Ils étaient tous deux pointilleux sur leur tenue vestimentaire, leur vocabulaire et leurs postures, cette façon de se tenir droit comme un I mais de s'avachir à l'intérieur. Une personne satisfaite vivait-elle dans ces coquilles soignées ? Quand il lui avait allumé sa cigarette, les deux fois, il avait au même moment envoyé des signaux de timidité et de concupiscence, c'est d'ailleurs pour cela qu'elle lui en avait demandé une deuxième. Aucun algorithme en action, rien qu'un type qui bat son jeu de cartes à la recherche d'un atout. Pourrait-elle coucher avec lui, puis s'en débarrasser ? Ce serait dur vu la configuration « émission de télé-réalité japonaise » qui les attendait dans les semaines ou les mois à venir au sein du domaine Senderovski.

Et aussi, c'était quoi cette habitude qu'il avait de prendre son oreille dans le creux de sa main ? Recevait-il des instructions de ses maîtres extraterrestres ?

Mais elle s'inquiétait surtout pour d'autres raisons. Même avant le virus, son livre n'avait pas été assez attaqué. Récemment, il avait fallu qu'elle prenne les choses en main, qu'elle tente de créer la controverse pour se faire inviter dans une émission matinale, mais la situation ne cessait de changer, et sa marge de manœuvre était réduite. Devait-elle flatter cette étudiante laotienne-américaine de la coûteuse école d'art de Minneapolis ou la provoquer ?

Ils rentrèrent à la maison, tous deux perdus dans leurs pensées.

En passant devant la bergerie, le conducteur d'un pick-up noir aux vitres teintées, qui fonçait sur la route à une vitesse deux fois supérieure à la limite, pila et roula au pas jusqu'à ce qu'il arrive à leur hauteur, le moteur grondant sous le capot, dans les craquements sonores du liquide de refroidissement. Une silhouette aux contours imprécis, apparemment masculine, fit signe à Dee puis, comme elle ne lui répondait pas, appuya sur le champignon et frôla Ed, qu'il enfuma dans les gaz d'échappement.

Il agita la main dans sa direction avec un air de défi.

2

« Je relisais l'*Odyssée*, ce matin », dit l'Acteur.

Oh non, pensa Senderovski.

« Je pensais à ce qui me rapproche de l'*Odyssée*. Et de Micha. » Micha était le nom du personnage que l'Acteur était censé jouer dans l'adaptation de l'un des premiers romans de Senderovski. C'était le fils d'un oligarque russe qui tentait de s'enfuir en Occident au terme d'un long périple qui l'emmenait dans une ancienne république soviétique secouée par une guerre civile. « Moi, Micha et l'*Odyssée* avons beaucoup de choses en commun, disait l'Acteur. On a de l'expérience, de l'ingéniosité, on est des flibustiers. Mais on se bat sans cesse contre notre orgueil. Et par orgueil j'entends le fait de se croire tout permis, ce qui est la même chose. »

Ah bon ? se demanda Senderovski.

« Oui, je me crois tout permis, disait l'Acteur, mais c'est ce qui m'a tout de suite attiré dans ce rôle. C'est l'explication la plus naturelle de la personne que je suis à ce moment de ma vie. C'est l'un des rares rôles qui me permettent de plonger tête la première en moi-même.

– Je vois, dit Senderovski.

– Vraiment ? Parce que… »

Les trois petits points ci-dessus donnent peut-être l'impression au lecteur que l'Acteur s'interrompit, mais la seule interruption qui se produisit eut lieu dans la conscience de Senderovski. Ses yeux regardaient l'Acteur aller et venir, tel un puma, comme tout le monde savait qu'il faisait quand il était excité, de long en large dans l'espace exigu du bungalow, balayant sans relâche les cheveux qui lui obstruaient la vue comme un voile antique. Ed avait recommandé à Senderovski une émission de télé-réalité japonaise, et il se souvint de la façon dont les jeunes femmes qui participaient à l'émission balayaient aussi constamment leurs cheveux de leur joli minois comme une ponctuation quand elles parlaient. Senderovski se souvint aussi de sa classe. Pas celle où il avait enseigné pendant dix ans, qu'il était impossible de rabaisser en lui accolant une épithète telle que « didactique ». (Un de ses étudiants avait bu tellement d'armagnac pendant un séminaire qu'il avait fallu le transporter à l'hôpital universitaire.) Il repensa à ses premières années dans ce pays, assis dans une salle de classe sans parler anglais, tâchant de suivre les raisonnements décousus d'un éducateur mal préparé et angoissé, pendant que son esprit se remémorait Leningrad, son métro, le sifflement du caoutchouc des pneumatiques, les rebondissements du roman jeunesse qu'il imaginait déjà dans son esprit surchargé. Nat se souvenait-elle de l'orphelinat de Harbin, malgré le fait qu'elle n'avait pas encore quatre ans à son arrivée dans ce pays ? Il prévoyait de lui poser la question beaucoup plus tard, effrayé par ce qu'elle pouvait lui révéler.

« C'est moi qui retourne à Ithaque, disait l'Acteur, moi qui prépare mon arc et ma flèche pour occire les prétendants de Pénélope, mais ces prétendants, c'est moi. Ou plutôt, ils sont la part de moi qu'il faut occire. »

Senderovski crut avoir compris. « Tu veux occire l'impression que tu as de te croire tout permis, dit-il.

— Non ! cria l'Acteur. Tu m'écoutes ? L'impression que j'ai de me croire tout permis, je m'en nourris. C'est le sac qui contient tous les vents que je ne sais plus qui offre à Ulysse. Ça fait de moi le flibustier qui trompe les Cyclopes. Tu sais de quoi il manque, ce scénario, de quoi manquent tous tes scénarios ? En un seul mot. De sous-texte.

– J'ai dirigé un séminaire de troisième cycle consacré au sous-texte, dit Senderovski.

– C'est ça ta ligne de défense pour un scénar de merde ? Le monde académique ? »

L'Acteur se lança dans un autre soliloque, celui-là plus passionné que le précédent, brandissant parfois une main devant son visage et parlant à sa paume, comme s'il avait besoin d'un crâne. Senderovski l'avait déjà vu agité, mais à ce point-là jamais. *Il est vraiment amoureux d'elle*, pensa-t-il. Comment pouvait-il tourner cela à son avantage ? D'après Karen il était sans doute « perdu, désorganisé, en quête de sens ». Et s'il demandait à Dee de s'investir à un degré infinitésimal dans la réécriture du scénario ? Cela satisferait-il sa quête de sens ? Cela permettrait-il au scénario d'arriver jusqu'à la chaîne ?

« Au lieu de commencer sur Micha qui taille en pièces une langouste à mains nues tout en rappant sur sa richesse, assis sur un canard gonflable, on commence par une séquence de rêve dans lequel il fait tourner un globe, la Russie, l'Europe, l'Atlantique, l'Amérique, la Russie, l'Europe, l'Atlantique, l'Amérique, la Russie » – *Ça va*, pensa Senderovski, *j'ai compris* – « pendant que des yeux planent à l'horizon, comme sur la couverture de *Gatsby le Magnifique*. Et ce n'est que dans le onzième épisode que le public comprend ce qu'il savait inconsciemment depuis le début. Que ce sont les yeux de la mère de Micha, qui est morte.

– Mais c'est ridicule ! » L'exclamation avait quitté toute seule les lèvres de Senderovski. Il n'y avait pas moyen de la faire retourner d'où elle venait.

« *Qu'est-ce que tu as dit ?*

– Pardon, se reprit Senderovski. Tout ce que je veux dire, c'est que ça reste une comédie. C'est ce que la chaîne a acheté. Les rêves de mères mortes n'ont rien de foncièrement drôle. Pourquoi ne pas rire un peu avec le public ? Surtout dans la période actuelle. Est-ce que ce n'est pas égoïste de notre part de s'en priver ?

– Je ne peux pas travailler avec toi », dit l'Acteur. Il alla à la salle de bains et ouvrit le robinet à pleine puissance. Cela donna à Senderovski le temps de réfléchir aux possibilités qui s'offraient à lui et de faire le point. Une fois le point fait, il se redressa et bomba le torse. Quand l'Acteur revint, il était prêt à dire la chose suivante :

« Si mes scénarios ne te plaisent pas, tu es libre de partir quand tu veux. »

Senderovski ne se serait jamais cru capable de prononcer ces mots-là – la majeure partie de ses revenus reposait sur l'Acteur et le scénario – mais il l'avait fait. Pourquoi les avait-il prononcés ? Parce qu'il savait que l'Acteur ne quitterait pas la Maison sur la Colline, son Tröö-plein d'Émotions dans son sillage ? Senderovski se leva et se dirigea vers la porte.

« Va chez toi et réfléchis à ce que je t'ai dit, fit l'Acteur. Réfléchis à la façon dont tes émotions sabotent ce projet. Et tant que tu y es, réfléchis à la place que tu m'as réservée par rapport à tes autres invités. » Senderovski crut que c'était une image, mais l'Acteur balaya du geste son logement.

« Tu veux que je déplace un de mes amis pour que tu loges dans un bungalow qui te convienne mieux ? dit Senderovski. Je peux demander à Dee. Son cottage est fait pour les écrivains. Ça pourrait t'inspirer. Tu veux que je lui demande d'échanger avec toi ? »

L'Acteur ne répondit pas, mais les yeux de puma étincelèrent.

3

Karen descendait la colline en courant, et faisait des mouvements d'hélice avec les bras. L'enfant volait un peu plus bas, devant l'ombre grise et basse des chênes, des peupliers et des trembles, sur l'étendue centrale de la pelouse aux faux airs de parc, et vers la rangée de sapins qui montaient la garde pour dissimuler la bergerie aux regards et atténuer les incessants bêlements de ses occupants.

« Le voilà ! cria Nat. Tante Karen, regarde ! » Elle tomba à genoux devant un trou. Elle portait une longue jupe jaune toute simple sur un large jean pour garçon tenu à la taille par un affreux élastique. Quand Nat tomba au sol, Karen tira sur la jupe de chaque côté pour éviter les taches d'herbe, et sentit dans ses bras les mouvements fantômes de sa regrettée mère.

« Regarde ! dit Nat, après avoir retiré de la terre. Y a une boîte ! »

Karen se baissa à côté d'elle. Il était absolument impossible de respecter la distanciation sociale voulue par Macha. Le trou était superbement creusé, un cercle au contour parfait qui rappelait le fouissage industriel des pattes d'un animal. « C'est Steve la marmotte qui a apporté la boîte jusqu'ici ? demanda Karen.

– Non, Steve n'est pas capable de porter une boîte. Il plante des graines de tournesol dans la pelouse.

– Steve fait du jardinage ?

– Il met les graines de tournesol dans sa bouche et puis il les disperse partout sur la pelouse, comme ça on aura plein de tournesols si on reste ici pendant des années et qu'on ne retourne jamais en ville. »

Nat continua de discourir sur Steve et l'apocalypse, et Karen tendit le bras dans le trou pour en extraire soigneusement une boîte de sandales Teva toute flapie et en partie déchirée, dont les couleurs étaient un regrettable mélange de brun, jaune et marron, le *v* de « Teva » prenant la forme d'une paire d'ailes déployées sur les lettres voisines. Qui avait eu l'idée de cette typographie ? Macha et Senderovski n'avaient-ils pas justement parlé de la disparition de cette boîte hier soir ?

« Mais alors, dit Karen, si ce n'est pas Steve qui a apporté cette boîte ici, c'est qui ? »

Nat regarda Karen avec des yeux inquiets. Son angoisse se signalait par une sensation de sécheresse au fond du palais. Ça déclenchait en elle un flot de paroles incontrôlable, qu'elle avait entendu sa mère qualifier de monologue. Le dilemme : Est-ce que c'était bien de révéler un secret sur son papa à tante Karen ? Au cours du dîner, tante Karen avait dit un tas de choses à propos de son père, le genre de commentaires qui « dépassaient les bornes », pour les maîtres et maîtresses de Nat à l'Académie de la Bonté, et que Nat écoutait souvent avec grand intérêt depuis son carré sur le Tapis d'Apaisement. Mais maman lui avait expliqué avant l'arrivée des invités que les grandes personnes aimaient bien « se moquer », c'était leur façon de se montrer leur amour, en faisant des blagues qui semblaient parfois cruelles – par exemple, que papa « s'habillait mal ». Karen était très portée sur ce genre de blagues, mais maman lui avait expliqué qu'elle était adorable, sous la surface. (Quelle surface ?)

Et la boîte Teva faisait sans doute partie d'un jeu, d'une chasse au trésor pour les grands. Alors ce n'était pas grave de révéler la vérité.

« C'est papa qui l'a cachée dans le trou de Steve.

– Quoi ?

— Et il n'a même pas demandé à Steve sa permission, chuchota Nat.

— Voilà qui est très intéressant », dit Karen. Elle se releva, et ses articulations craquèrent. « Tu sais ce qu'on devrait faire ? » Nat secoua la tête, tout excitée d'être intégrée au jeu. « Emportons la boîte secrète dans mon bungalow, pour la mettre à l'abri de Steve, et ensuite on réfléchira à la prochaine étape.

— Ouais ! cria Nat.

— Mais ne faisons pas de bruit, et que personne ne nous voie. »

Elles remontèrent la colline en courant comme des espions à l'approche d'un site ennemi, jetant des regards vigilants devant et derrière. *Oh, mon cœur*, se dit Karen en regardant Nat courir devant elle, un grain de beauté singulier sur sa nuque, ses bras lancés dans un mouvement de va-et-vient saccadé semblable à celui des joggeurs, qu'elle avait dû observer chez son père les rares fois où il accélérait le mouvement. Karen ne savait pas comment parler à un enfant. Elle n'était pas comme Macha et ses « bisous de chien de prairie ». Et pourtant la petite avait recherché sa compagnie dès le saut du lit. Karen et sa sœur Evelyn avaient aussi leur version du Tapis d'Apaisement quand elles avaient le même âge que Nat, et que l'anglais leur collait autant au palais qu'un bol de flocons d'avoine, même si, contrairement à Nat, elles n'étaient pas seules.

Karen ouvrit la porte de son bungalow, et l'enfant essoufflée s'y engouffra, sautant sur un pouf géant qui devait illustrer l'idée que se faisaient Macha et Senderovski d'une « famille » américaine. Il y avait aussi plusieurs affiches encadrées de Dr Seuss, des imitations rustiques de jouets scandinaves en bois, et un jeu de société qui s'appelait *Aimer, c'est ne pas avoir peur* – autrement dit, la salle d'attente d'un psychologue pour enfants.

Et alors ? se dit Karen. Cela ne valait-il pas mieux que de grandir à Elmhurst avec ses parents, où chaque mot et chaque geste était un ordre, un moment désagréable, une atteinte à la souveraineté de l'enfance ? Ce n'était pas ça, le progrès ? Comment pouvait-elle se permettre de critiquer les parents de Nat ? Au moins l'un d'eux faisait des efforts.

Elles s'assirent en tailleur face à face sur un tapis de style navajo. Karen s'apprêtait à ouvrir la boîte avec cérémonie mais elle se ravisa. « Je vais d'abord vérifier qu'elle ne contient rien d'obscène, dit-elle à Nat.

– Qu'est-ce que ça veut dire, "obscène" ?

– Réservé aux adultes. » Nat ouvrit la bouche de plaisir. Beaucoup d'idées se bousculèrent dans son esprit : les grands « se moquaient », la résidence d'une marmotte avait été réquisitionnée dans un but maléfique, il y avait une boîte « réservée aux adultes ». Tout cela semblait aussi lié au désir de recevoir l'approbation de l'Acteur hier soir, tous ces signes de nouveaux départs, de nouvelles alliances, de responsabilités. Nat voulait grandir, mais pas complètement. Même si elle n'était plus séparée de l'université que par une décennie, elle rêvait d'étudier dans celle du village voisin pour rester proche de sa maman. Elle avait entendu dire que de nombreux diplômés de l'Académie de la Bonté allaient dans cette université. Les étudiants arrivaient au village au volant de vieilles guimbardes, et se nourrissaient dans un restaurant de burritos, puis se baladaient tranquillement dans les deux artères principales, où ils s'arrêtaient parfois devant une vitrine pour montrer quelque chose du doigt en riant. Contrairement aux jeunes camarades de classe de Nat, ils ne portaient jamais de livres et ne lisaient jamais, pas de *Tu ne dors pas Petit Ours* pour eux, mais ils souriaient souvent à Nat d'un air béat (ils étaient défoncés) comme s'ils l'invitaient à se joindre à eux un jour, à porter des lunettes à monture papillon et boire de grands verres d'*horchata* à la paille.

Karen entrouvrit la boîte et plissa les yeux. « Ah, dit-elle.

– Je peux voir ?

– C'est qu'un tas de feuilles. »

Nat s'était penchée pour regarder à l'intérieur avant que Karen ne referme la boîte. « Qu'est-ce que ça veut dire, "Hôtel solitaire" ?

demanda-t-elle. C'est comme quand ma maman allume ses bougies du shabbat toute seule ?

– Non, ma puce, c'est le titre d'un livre. Je ne sais pas de quoi ça parle.

– "De Vinod Mehta", lut Nat sur la première page. Il vend beaucoup de livres, comme papa avant ?

– Je crois que c'est un autre genre de livre. Un livre personnel. »

Karen était l'archiviste du trio d'amis, comme l'avait signalé Vinod la veille, mais ce fragment de souvenir lui avait échappé depuis longtemps. Elle se souvint d'un bar sombre et humide dans le quartier ukrainien de New York, de sa main sur celle de Vinod. Il pleurait, non ? Il ne pleurait jamais, d'habitude, même quand elle lui présentait son dernier copain en date, en général un grand Irlandais titulaire d'un visa de travail. Elle se souvint d'avoir senti son short en velours coller à sa chaise poisseuse, s'entendit lui dire quelque chose dans la pénombre tenace du bar : « Qu'il aille se faire foutre. Qu'est-ce qu'il en sait ? Il ferait mieux de l'envoyer à son agent pour avoir un avis impartial. »

Sa mémoire hoqueta. L'image de Vinod lui rappelait vaguement quelque chose dans les ténèbres du bar, mais c'était dur à déchiffrer. La serveuse était le plus souvent une jolie étudiante de troisième cycle en débardeur qui avait toujours l'air en pétard, mais traitait Vinod, qui était aussi en troisième cycle à l'époque, avec une bonne humeur estudiantine. Karen tenta de reconstituer approximativement le dialogue. « Fais-moi lire, Vin. » « Je peux pas. » « Pourquoi ? » « Parce que c'est le plus gros échec de ma vie. » « Sacha se conduit parfois comme un con quand il s'agit de juger le travail des autres. » « Tu te moques de moi ? Il recommande tous les bouquins qu'on lui envoie, merde. » « Il a aussi un petit côté sournois. » « Il veut m'éviter de me taper la honte, c'est tout. » « On peut pas vraiment dire que je fasse un carton niveau carrière, moi non plus. » « Je cherche pas à faire carrière. Je croyais avoir du talent. » « T'es peut-être pas fait pour devenir écrivain. » « Je ne veux pas devenir "écrivain". C'est la dernière chose que je veux. Je croyais avoir un livre en moi qui pourrait toucher quelqu'un. Un jeune, par exemple. » « Tu es jeune, toi aussi. » « J'ai trente et un ans ! » « Je parie qu'il suffit de le retravailler. On s'y colle, tous les trois, on en discute. » Et ainsi de suite, la souffrance de Karen à la mesure de sa souffrance à lui. Dans les pires moments, ils réussissaient toujours à surmonter le déterminisme familial, se donnaient toujours plus qu'ils avaient jamais reçu.

« Alors comme ça, papa voulait que Steve lise le livre de Vinod ? »

Karen regarda l'enfant, imagina les rouages de son bel esprit tourner.

« Tu sais quoi, dit Karen, je crois qu'il voulait le garder secret, peut-être pour faire une surprise. Et que nous aussi, on devrait le garder secret.

— Est-ce qu'on peut lire le livre de Vinod, nous ?

— Je vais d'abord le lire, pour être sûre qu'il n'y a rien de déplacé. Et ensuite je t'en lirai peut-être des extraits.

— Je lis déjà au niveau Y, dit Nat. C'est deux niveaux de plus que là où je suis censée être.

— Ça ne m'étonne pas. » Une fois satisfaite sa curiosité pour la mystérieuse boîte, Nat joua avec l'ourlet de sa jupe, la roulant et la déroulant. « Qu'est-ce qu'il y a, ma puce ? lui demanda Karen.

— Tante Karen.

— Hmm ?

— Tu parles coréen ?

— Juste un peu. Mais pas comme ta maman et ton papa parlent russe. C'est leur langue maternelle, surtout pour ta maman.

— Je peux te confier un secret ? Mais promets-moi de le dire à personne.

— On a déjà quelques secrets, dit Karen, montrant la boîte Teva. Ce bungalow peut devenir notre club-house secret. » Elle pensa immédiatement demander à son assistante d'envoyer des éléments de décoration pour un « club-house secret », quels qu'ils puissent être.

« Je ne veux pas vraiment apprendre le russe, dit Nat. Enfin, je le parle déjà très bien. Sans doute au niveau Y. Mais je veux vraiment apprendre le coréen. Je veux aller en Corée pour rencontrer Jin, RM – pour Rap Monster – Jungkook, Suga, Jimin, J-Hope, et V. Tu regardes leurs vidéos ?

– Bien sûr, mentit Karen.

– Vraiment ? C'est lequel ton préféré ?

– Ils sont tous trop mignons. Et toi ?

– Jin ?

– Moi aussi, dit Karen.

– Donne-moi des exemples de mots coréens que ta maman te disait, fit Nat. Tu veux bien me les apprendre ? »

Karen se demanda ce qui se passerait si elle emmenait Nat chez son père en Floride, le seul membre vivant de sa famille qu'elle pouvait encore localiser. Mais vous n'êtes pas liés par le sang, dirait-il après un examen complet. À moins qu'il accepte, à son âge avancé, d'avoir une petite-fille adoptive. Le comté de Broward semblait ouvrir de nouvelles perspectives subtropicales pour son père ; il regardait même une chaîne de télé progressiste, maintenant, et une vieille Blanche de sa résidence lui avait apparemment mis le grappin dessus, lui, ses lunettes noires aviateur et son minifrigo plein de son inestimable *tteok* du dernier nouvel an lunaire.

Une autre pensée vint à l'esprit de Karen : est-ce qu'elle lui plaisait pour sa personnalité ou parce qu'elle était coréenne et que Nat faisait une fixette sur son boys band ? Elle se demandait aussi ce qui plaisait en elle à certains hommes.

Une mouche visitait consciencieusement le salon de son bungalow, posant les coussinets collants de ses pattes sur toutes les surfaces violettes qu'elle pouvait trouver, à la recherche de nourriture avec ses trois yeux. Elle traitait les informations visuelles sept fois plus vite que nous et, quand on s'approchait d'elle, nous voyait comme au ralenti. Cette mouche-là avait déjà évité au moins trois fois les tapes de Senderovski la semaine dernière et trouvait que l'homme à tout faire essoufflé était un vrai comique. Rien ne l'avait donc préparée à se faire écraser sur le mur, et priver du doux plaisir de bourdonner, par le plateau cartonné d'*Aimer, c'est ne pas avoir peur*.

« *Jo-ta* ! cria Karen en pulvérisant l'insecte. C'est ce que disait ma mère chaque fois qu'elle écrasait une mouche. Ça veut dire quelque chose comme "bien joué". »

Nat prit *Aimer, c'est ne pas avoir peur* et l'écrasa contre le mur sans raison, faisant une deuxième marque à côté du cadavre de la mouche. « *Jo-ta* ! cria-t-elle.

— Très bien, dit Karen. Tu as un très bon accent.

— Quoi d'autre ? Quoi d'autre ? Quoi d'autre ? »

Karen pensa aux autres mots qui sortaient de la bouche de sa mère chaque jour. *Jo-ta* et le sifflement qui accompagnait la tapette était peut-être le plus gentil de tous. « Il y a *Nuh sook je hae* !

— *Nuh sook je hae* ! » cria l'enfant avec un accent parfait. Elle se leva et tendit les bras comme un combattant d'arts martiaux. « Qu'est-ce que ça veut dire ?

— "Fais tes devoirs." Ta maman te le dit sans doute en russe quand tu ne les as pas finis.

— Non, j'aime bien faire mes devoirs. Encore !

— *Piano chyeo* !

— *Piano chyeo* ! cria Nat, une fois de plus à la perfection.

— "Joue du piano", expliqua Karen. Ce que tu sais déjà faire, j'en suis sûre.

— Je sais jouer tout *Le Lac des cygnes*.

— *Tee-bee kkeoh* !

— *Tee-bee kkeoh* ! » Le souffle quitta ses poumons avec une précision que Karen n'avait jamais vraiment réussi à maîtriser. Ce n'était pas simplement du mimétisme ; c'était presque spirituel. Elle avait dû écouter sa K-pop d'une oreille fanatique. « Qu'est-ce que ça veut dire ?

— "Éteins la télé."

— On n'a pas la télé.

– Crois-moi, je sais.

– *Nuh sook je hae ! Piano chyeo ! Tee-bee kkeoh !* » Nat se mit à arpenter la pièce, criant les commandements parentaux, comme si elle tournait sa version coréenne personnelle de *La Mélodie du bonheur*. En entendant ces mots qui pouvaient les mordre, Evelyn et elle, jusqu'au sang, Karen sentit qu'ils s'étaient affaiblis, desséchés, changés en jouets pour la deuxième génération. (Techniquement, Nat n'était pas née dans le pays, mais quand même.) Ces mots qui avaient tourmenté Karen devenaient la mélopée lancinante d'une fillette de huit ans qui tentait de communiquer avec les membres d'un boys band coréen à la mode qui avait conquis la moitié de la planète (imaginez la même chose arriver à Elmhurst, en 1979).

La rêverie de Karen fut interrompue par le cri d'un homme dehors, ou plus précisément le mélange d'un hurlement humain et d'un grognement de puma, assez sonore pour que Karen se précipite à la fenêtre.

Elle regarda à travers la moustiquaire, tâchant d'identifier la source de cette agitation.

Oh non.

Elle prit son téléphone et appuya sur le bouton Vidéo, puis sur Enregistrement.

« Reste là, ma puce », ordonna-t-elle à Nat.

4

Macha parlait à un patient quand elle entendit le hurlement. L'image qui apparaissait sur son écran était celle d'une chambre dans un appartement typique des minitours de Rego Park, avec sa brique rouge pâle et morne, où elle passait neuf mois par an quand elle était petite. (Les trois autres, elle les passait plus joyeusement avec le jeune Senderovski et leurs amis de la colonie de bungalows en amont du fleuve.) Au lieu d'une penderie, dont chaque appartement américain est équipé en au moins trois exemplaires, les locataires avaient acheté une armoire laquée, qui servait aussi de miroir mural, où Macha voyait le reflet de son visage à lunettes l'après-midi, avec la flopée de ménorahs et de boîtes laquées provinciales. La femme à l'écran aurait pu être une Senderovski, peut-être la tante de son mari, une de ces septuagénaires russes peroxydées endurcies par les épreuves, qui avaient passé leur vie de dysthymiques à marmonner et soupirer, à défaut d'avoir sombré dans la dépression, désormais accablées par un trouble obsessionnel compulsif que le virus n'avait fait que décupler. C'est peut-être pour cela que l'armoire brillait tellement, aujourd'hui ; on apercevait, à côté de la femme, un flacon de nettoyant pour vitres qui attendait avec une loyauté de chiot que sa maîtresse lui prête attention.

La patiente, Lara, s'était lancée sans reprendre son souffle dans le même flux de paroles que Nat quand elle était surexcitée, et monologuait, pour ainsi dire, sur la journée qu'elle avait passée sur son réseau social préféré. Lara y avait appris, comme plusieurs autres patientes de Macha ce matin-là, qu'on introduisait une puce électronique tout au fond de la fosse nasale des gens qui faisaient le test de dépistage du virus, sur ordre du milliardaire de gauche hongrois de naissance dont elles prononçaient le nom « Djordj Tsoris » sur un ton de malveillance exacerbée. Le virus, c'était désormais formellement prouvé, avait été conçu par le maléfique ex-Magyar dans un labo pour dominer le monde grâce à cette puce électronique pleine de morve, et le rendre aux maîtres marxistes de leur jeunesse. Macha naviguait parfois sur les pages de réseaux sociaux de ses patientes, mélange vertigineux du racisme le plus gratuit, comme *La Véritable Histoire des Noirs américains et du Parti démocrate*, de communications complotistes du genre « Si vous avez la migraine quand vous portez le masque, regardez cette vidéo », et de Vladimir Horowitz en queue-de-pie jouant du Schubert au Carnegie Hall. Que ces trois choses puissent coexister dans une telle promiscuité était attribuable au « Paradoxe des ashkénazes soviétiques », et toute tentative de mentionner que leur propagande anti-Tsoris mettait souvent l'accent sur le fait que le milliardaire était juif, comme la plupart d'entre elles (certains des « articles » qu'elles mettaient en ligne caricaturaient Tsoris en kippa et papillotes), restait sans effet. Son travail, comme elle s'en rendait compte, était de leur fournir une présence réconfortante ; son doux visage taché de rousseur suffisait à tranquilliser ces immigrées surexcitées, ça et une bonne petite ordonnance d'anxiolytiques et d'inhibiteurs de la recapture de la sérotonine, qu'elle présentait comme des « facilitateurs de sommeil » à ses patientes férocement antipsychiatrie. Le fait même qu'elles parlent avec elle – une *terapevt*, comme elle se qualifiait auprès de ses patientes, laissant la porte ouverte à tous les types de thérapeutes, comme les physiothérapeutes – dans le cadre d'une association juive à but non lucratif était une preuve de ses talents. « Je suis là pour vous écouter, *vous*. » Ainsi commençait-elle chacune de ses séances, mettant l'accent sur le pronom personnel.

Macha regardait Lara et ses yeux fous d'un bleu aquatique, sa rage contre le plan de Tsoris pour la contrôler par le nez et lui faire porter le masque, mais elle pensait à autre chose, à sa fille et ses invités, dont elle ne voulait pas. Il y avait une barquette de salade aux œufs faite maison au frigo et du pain riche en fibres, mais auraient-ils l'idée d'utiliser ces deux éléments de base pour se faire des sandwichs ? Senderovski pensait que oui. Et puis il y avait la liste quotidienne sans fin des thérapeutes et des cours en ligne de Nat (enfin, pas aujourd'hui car on était samedi, même si Macha, elle, travaillait) et une grande quantité de devoirs certes faciles sur les compétences sociales et la joie d'aimer tout le monde, que sa fille trouvait ennuyeux et qui soulignaient l'étroitesse de la gamme des émotions qu'elle ressentait. Cela lui avait fait étrangement plaisir de voir Nat et Karen cavalcader sur la colline – une amie adulte était quand même une amie, non ? – mais elle craignait que l'enfant n'exaspère Karen par l'aspect obsessionnel de ses intérêts, principalement le boys band, ses accès de mauvaise humeur, son besoin d'ordre et de contrôle.

« Si vous avez toujours des troubles du sommeil, dit Macha à Lara – "sommeil" devant s'entendre ici comme un substitut de "fonctionnement" –, je peux augmenter le dosage de vingt milligrammes. Un grand nombre de mes patientes ont de meilleurs résultats avec ce dosage.

– Je me fiche pas mal de vivre ou de mourir », dit Lara, ce qui en russe équivalait à dire : « Je vais bien, merci de vous intéresser. »

« Même si je sais que Tsoris préférerait que je sois morte, ajouta-t-elle.

– Voilà une bonne raison de continuer à vivre », dit Macha.

Lara sourit, et ses dents en céramique financées par l'État brillèrent dans l'objectif maculé de l'ordinateur portable ancienne génération de sa fille, la conversation quotidienne avec Macha constituant le temps fort de sa journée de confinement. Lara habitait seule, son ivrogne de mari désormais mort et enterré, mais Macha croyait avoir entraperçu le reflet d'un enfant en *tapkas* – des pantoufles –, dans le miroir de l'armoire, passer en courant et marteler le sol du petit couloir jusqu'à la télé du salon, ou le frigo rempli de chou, ou la pelouse soigneusement tondue du jardin entre les tours de brique rouge, où diverses ethnies s'entassaient comme des chaussettes mouillées au sortir de la machine à laver. C'était un mirage, bien sûr ; l'enfant n'existait pas, seule existait la photo encadrée de sa sœur à côté de l'écran recevant pour l'éternité un diplôme de droit dont elle n'avait jamais vraiment voulu, son regard de Juive renfrognée, la tête inclinée avec lassitude vers sa grande sœur, exactement comme quand Senderovski, à la colonie de bungalows russes, tentait de glisser la tête dans le creux de son cou alors qu'ils étaient assis en maillot de bain au bord de la minuscule piscine hors sol, un torrent de sentiments se déversant entre eux.

Meeeeeeeeeeeeeeeeeeeeeeeeeeeeeerh !

Elle avait sans doute mal interprété la nature du hurlement dans sa rêverie. Mais non, elle l'entendit de nouveau. Un lynx (ou était-ce un puma) ? Une bête sauvage démembrée par une autre ? Non. Elle entendait des mots, maintenant. Des gros mots. « Je vous prie de m'excuser une minute, Lara Zacharovna », Macha appelait sa patiente par son patronyme. (« *Nou, nou,* s'il le faut », lui répondit-elle, comme si son existence entière n'avait été qu'une longue suite de rebuffades et de rejets.) Macha traversa en courant le salon avec son Steinway et ses mornes canapés pastel, la cuisine et ses feux de cuisson de compétition, son évier rustique et sa machine à espresso professionnelle, et sortit sur la galerie reliant la maison principale à la véranda, où…

Où elle tomba sur le spectacle le plus déconcertant qu'elle ait vu de sa vie.

L'Acteur était nu, ses cheveux noirs enveloppés d'un panache de shampooing ou d'après-shampooing qui ne cessait de couler de ses boucles, comme une fontaine de crème à la vanille. « Mais putain de merde ! » criait-il en plissant ses yeux couverts de savon.

Puis, comme il sentait que quelqu'un approchait : « Au secours !
Au secours putain !

– Je suis là », annonça Macha, qui avait déjà eu le temps de
jeter un coup d'œil sur la trompe et les grandes oreilles de ses
parties génitales, mais pas encore d'examiner le duvet rasé avec
style de ses poils pubiens. « Y a plus d'eau ?

– Non, putain ! Je peux pas vivre comme ça. Cet après-
shampooing contient... » – un composant dont elle n'avait jamais
entendu parler – « il faut le rincer tout de suite ! Il peut m'attaquer
la rétine.

– Attends, dit Macha, je vais te prendre par la main, d'accord ? »
Elle regarda autour d'elle pour s'assurer que personne ne les voyait
(depuis le poste d'observation de son bungalow, Karen filmait tout
avec son téléphone), et prit sa main humide, chaude et pleine
de savon, qui pulsait de vie. Il la serra comme un enfant pris
de panique. Elle le conduisit à l'intérieur, l'après-shampooing
continuant de couler à grands torrents et de couvrir les larges
lames de plancher rustique de mousse industrielle opalescente. « Je
peux pas vivre comme ça ! » gémissait l'Acteur. Après seulement
dix-huit heures dans la propriété de Senderovski, sa vision du
monde s'était déjà russifiée. Elle le conduisit jusqu'à la salle de
bains rudimentaire du sous-sol et, bien qu'il soit pris en main, il
annonça, avec tristesse et emphase : « Je n'y vois plus », comme
si c'était définitif.

Elle fit couler la douche, d'où ne sortit brièvement qu'un filet
d'eau dans un gargouillis champêtre. Elle ne pensait plus qu'à
la courbe sinueuse en W de ses fesses, oublia Nat, Lara Zacharovna, et l'état de déliquescence dans lequel se trouvait son mari.
Il y avait une touffe incongrue de poils juste au-dessus de son
cul, à l'endroit du coccyx où se trouvait la queue primitive des
humains, qui était presque l'image miroir de la houppe rasée qu'il
avait au-dessus de ses grandes oreilles et de sa trompe, il fallait
qu'elle arrête de le regarder en dessous de la taille. « Je garde des
seaux d'eau pour ce genre de situation, lui dit-elle.

– Ce genre de situation ? glapit-il, toujours aveuglé. C'est déjà arrivé ? »

Elle le poussa doucement sous la douche, main posée entre ses omoplates saillantes et bleues, et lui demanda de se pencher en avant. « Désolée, je suis petite », se justifia-t-elle.

Il se pencha un peu pour elle. Elle prit un seau d'eau, le hissa, gênée par la taille de ses avant-bras, et en versa le contenu sur la masse compacte de ses cheveux, les massant à deux mains, tâchant d'en retirer la mousse, qui avait déjà commencé à durcir. Il saisit d'une main forte et mouillée la taille de Macha pour se stabiliser, sans éprouver le besoin de s'excuser pour la sévérité de sa poigne. Son corps formait un г russe devant elle (penser en termes alphabétiques la tranquillisait), elle voyait maintenant le contraste entre ses deux solides pectoraux bien contractés en chute libre et les comparait avec la douceur des courbes du postérieur, les hanches légèrement féminines, dépourvues des traditionnelles marques laissées par les sous-vêtements masculins qui n'étaient pas hors de prix. (D'ailleurs en portait-il vraiment, ou étaient-ils aussi soyeux que les vêtements du temple des mormons ?) L'air s'emplit de l'étrange odeur musquée de ce qui devait être l'après-shampooing spécial, qui lui rappelait le tapis en peau de daim que son oncle Artiom « l'Aventurier » avait rapporté du fin fond de la Iakoutie ou quelque part par là. Et tout cela se déroulait au ralenti, comme si elle percevait le temps à la façon d'une mouche, ses yeux enregistrant tout avec autant de fidélité que le téléphone de Karen. « Il va me falloir du temps pour retirer ça de tes cheveux », dit-elle, et elle sentit la sueur perler sous ses aisselles malgré le bourdonnement du ventilateur au plafond de la salle de bains.

« Y en a pas que sur les cheveux, dit-il entre ses dents.

– Quoi ?

– Y en a pas que sur les cheveux. » Son esprit s'enivrait des images qu'il faisait lui-même tournoyer dans sa tête. Il voyait Dee, il se voyait la regarder sur la photo améliorée, mais il sentait l'odeur de cette femme-là, une double émanation de produit laitier matinal et de transpiration. Oui, il sentait cette femme, l'épouse de l'homme qui venait d'insulter ce qu'il écrivait, sa méthode de travail, sa remarquable instruction, son amour des classiques grecs. Il se penchait devant elle, nu mais puissant. Avait-il tort de croire que ses mains lui massaient le cuir chevelu avec un peu plus que du savoir-faire maternel ? Qu'elles avaient faim de lui ? Il s'enorgueillissait de connaître plusieurs personnes au physique imparfait, mais n'aurait jamais cru devoir se tenir un jour nu devant l'une d'elles. Par la fente de ses yeux rougis et douloureux, il aperçut sa poitrine pesante, le mouvement de ses bras charnus à la peau rose, et les plis de son cou, et même s'il savait que dans le contexte sociopolitique actuel bien des choses n'étaient pas permises, peut-être le méritait-il quand même.

« Y en a pas que dans les cheveux, répéta-t-il, respirant fort. Rince-moi entièrement. Enlève tout. » Il pensa ajouter « si tu veux bien », ou « si tu peux », ce qui aurait adouci les choses et l'aurait peut-être dédouané, mais il se retint, fièrement, et sentit son pénis se dresser de son propre chef.

Elle vit tout cela. Perçut le tremblement d'excitation de sa voix et se sentit perdre le contrôle, au bout de ses ongles comme dans la moiteur de sa culotte. Elle voulait dire quelque chose, enchaîner les phrases, monologuer à la façon de Nat ou de Lara Zacharovna, ou appeler sa regrettée sœur et lui raconter tout ce qui s'était passé dans une suite sans fin de phrases en anglais mal construites, sans se soucier de savoir si elle retrouvait son accent ou pas. Mais non, cela ne regardait personne, pas même sa sœur morte. Elle pensa à la scène finale de son film préféré, qui se déroulait en Allemagne de l'Est, quand un ancien membre de la Stasi achetait un livre qui parlait de sa vie et que le vendeur lui demandait si c'était un cadeau. « *Das ist für mich* », lui avait répondu l'ancien de la Stasi, sans affect, mais visiblement ému. C'est pour moi.

« Où est-ce que tu veux que je te lave ? » chuchota-t-elle, faisant plier le cartilage de l'oreille de l'Acteur entre ses doigts, ses propres lèvres entrouvertes à 2,5 centimètres de là. Il tendit la main et lui prit l'autre bras, d'abord sans savoir où le poser. Encore une fois, il était conscient des impératifs de l'époque, mais l'âge et la profession de Macha le tranquillisaient. Elle était médecin, elle venait d'une ère où l'on avait une autre compréhension des choses. Il posa la main de Macha sur sa poitrine, où il imprima sur la dureté de ses pectoraux un mouvement circulaire, avant de la faire descendre pour lui masser le ventre. Là, si elle décrivait de plus grands cercles, elle lui masserait bientôt tout le corps. Il voulait qu'elle prenne son temps, il voulait garder le contrôle mais aussi se sentir titillé. Tout d'abord, quand l'eau avait coupé dans son bungalow, il s'était imaginé jouant le rôle d'un homme récemment devenu aveugle, dans quelque série à très faible audience d'une nouvelle chaîne de streaming, se servant de son sentiment de panique, de sa perte de contrôle, pour pénétrer de nouvelles profondeurs (ce n'est que maintenant qu'il comprenait le double sens de cette métaphore). Mais, comme il l'avait dit à Senderovski, tous les rôles mènent à soi. Et voilà qu'elle la lui caressait, soi-disant pour retirer la mousse, mais avec un tonus musculaire virtuose. Il y avait un mot qu'il voulait dire, un nom propre, sauf que ça pourrait mal se terminer pour lui. Mais encore une fois : une professionnelle de la médecine, d'une époque où l'on avait une autre compréhension des choses. Il en avait ras le bol de se retenir tout le temps.

« Dee, fit-il tout haut, d'une voix qui ne pouvait s'approcher plus d'un gémissement. Oh, Dee. »

La femme s'arrêta. Elle ne leva pas les yeux sur lui. « Ne t'arrête pas, dit-il. Continue. »

Macha recula, desserra son étreinte, mais elle entendit les mêmes mots en boucle : *Das ist für mich, Das ist für mich, Das ist für mich*, putain !

Cela jaillit en quantité, et se mélangea avec la mousse qui sentait la chamoisine et tournoyait au-dessus de la bonde d'évacuation, jusqu'à ce qu'il soit difficile de distinguer ce qui venait de lui de ce qui venait de l'onéreux flacon d'importation. Elle coupa l'eau, et il se retrouva face à elle dans un silence complet, un grand corps méditerranéen, les doubles crochets d'imprimerie de sa poitrine, l'antichambre du sexe qu'était son ventre, son duvet soigneusement rasé, rêve de tout pornographe, et les animaux de la ménagerie qui bringuebalaient en dessous. Il avait les yeux rougis, comme s'il venait de pleurer, et dans tous les films qu'il avait tournés il y avait une scène où ses larmes coulaient et sillonnaient la marqueterie de son visage comme la catharsis d'une nation, comme un rite ancien. Tout cela, elle l'avait eu. Était-ce la bonne façon de voir les choses ? Au possessif ? « Il y a de la salade aux œufs pour le déjeuner », dit-elle.

Il ricana, puis tendit la main pour lui toucher la joue. « Ton mari devrait faire réparer la plomberie, dit-il. Mais en attendant, je veux que tu gardes les seaux prêts à servir. » *Il sourit comme un petit garçon*, pensa-t-il.

« On verra », dit Macha. Elle lui tendit une serviette.

« Tu ne veux pas me sécher ? Finir ce que tu as commencé ? » Il faisait de l'humour, semblait-il. Sans compter l'insinuation : c'est elle qui avait commencé.

« J'ai une patiente », dit-elle, et la conscience soudaine de ses responsabilités envers une personne (perpétuellement) en détresse étouffa la naissance de sa brève sensation de plaisir. Elle sortit, passa devant toutes ces choses familières, les grands et petits gages de culture qui remplissaient sa maison, ses mains toujours mouillées tendues devant elle comme une validation de principe. Le principe étant qu'elle était vivante et forte et désirée, à défaut d'être aimée.

5

« *My name is Luka !* » Senderovski chantait joyeusement en écoutant la radio par satellite quand il remonta l'allée à une vitesse épouvantable, examinant sa pelouse désormais débarrassée des branches d'arbres blanchies. « *I live on the second floor !* » Il fut saisi d'un sentiment indéniablement masculin et colonial. Il avait tenu tête à l'Acteur et, avec l'aide du Coupeur de Branches, avait tenu tête aux dégâts d'une tempête, donc à la nature elle-même ! Le reste de la journée s'écoulerait avec grâce.

Le brouillard s'était abattu sur la propriété, et il vit un tas de serviettes lavées de frais à la fenêtre de la salle de bains du premier, qui lui conféra une profonde sensation de quiétude familiale. Une fois de plus, tout était à sa place. « Tu as une famille charmante et une maison charmante », lui avait dit son agente de Los Angeles. Il toussa dans sa main pendant une bonne minute en garant sa voiture, les poumons pris par l'effort. C'était le reflux gastrique, à coup sûr. Il fallait qu'il limite sa consommation d'alcool, évite le chocolat et les aliments acides.

En parlant de ce genre de produits consommables, il venait d'aller au Rudolph's Market au village, pour Ed qui lui avait demandé de remplir le coffre d'articles parmi lesquels un mystérieux flacon hors de prix de « piment et citron confit tunisien ». En descendant de voiture, il vit l'Acteur sortir de la maison avec une serviette autour de la taille, vit le halo de ses cheveux noirs, ses chevilles dures mais minces, comme celles de Karen.

« Bonjour, cria Senderovski à l'homme presque nu. You-hou ! »
Il pensa à une chose. « Il n'y a plus d'eau dans les bungalows ?

— Une journée de plus au paradis, répondit l'Acteur en faisant la moue.

— Rentre vite, dit Senderovski. Je vais demander à mon homme à tout faire de jeter un œil à la plomberie. Tu dois être gelé.

— Je vais très bien, dit l'Acteur. J'aime le froid. »

Il se détourna et laissa le propriétaire à ce qu'il imaginait être un sombre état de perplexité. En sortant de la maison, il avait vu la photo surexposée du jeune Senderovski et de sa future femme, une enfant charismatique aux resplendissantes joues orientales, sur une meule de foin. Il se souvint des hauts cris de Senderovski devant l'une de ses propositions scénaristiques – « Mais c'est ridicule ! » – qu'il contrebalança par la sensation de la main étonnamment experte de sa femme.

« Karen dit qu'il vaut mieux prendre sa douche le soir ! lui cria Senderovski. J'aurais dû l'annoncer plus tôt.

— Règle le problème ! » lui cria l'Acteur. Il jouait maintenant le rôle du dictateur sur son balcon, quelqu'un qui n'a pas besoin d'utiliser plus de trois mots. Mais une fois de retour dans le bungalow Pétersbourg, il fut gagné par l'abattement. Il s'assit sur une chaise moderniste inconfortable à côté d'un bureau moderniste inconfortable et s'avachit comme un écolier pris sur le fait. D'abord, il y avait les conséquences possibles. Il se repassa le film de ce qui était arrivé quelques minutes auparavant. Était-il allé trop loin ? Nombre de ses collègues porteurs du chromosome Y étaient aujourd'hui au trou, métaphoriquement parlant, après avoir passé des dizaines d'années à toucher les femmes et à intimer aux femmes de les toucher. Les justifications liées à la génération et à la profession de Macha semblaient faiblardes. Au contraire, elle avait les ressources et les moyens de l'éviscérer. La meilleure justification qu'il trouvait maintenant, c'est qu'elle était « européenne », et que ce n'était peut-être pas la première fois qu'elle trompait son pauvre type de mari. N'empêche, il n'aurait jamais dû s'écrier « Dee », en guise d'insulte finale. Là, c'était aussi exagéré que n'importe quel scénario de Senderovski.

Ce qui le fit penser à Dee, bien sûr. *C'était sa faute, ce qui s'était passé !* Non, ce n'était pas la faute de Dee. C'était celle de Karen et de son algorithme. Elle ne valait pas mieux que l'autre type et son réseau social, le petit morveux orange qui s'était fait auditionner par le Congrès. C'étaient tous des crapules qui voulaient le détruire, détruire le pays. Et maintenant, à cause de Karen, son propre cœur ne lui appartenait plus. Ni ses yeux.

Ses yeux. Ses yeux sur la photo. Ses yeux qui la contemplaient. Ses yeux à elle contemplés par ses yeux à lui. C'est en pensant à cela qu'il avait joui sous la douche, Macha n'ayant fait que lui donner un coup de main (encore un double sens ?), pour le soulager de tout, de l'envie, du désir et du *besoin*. Il avait des besoins. Il avait un passé. S'il avait un peu de jugeote pour courtiser Dee, il s'octroierait quelques mois pour écrire ses Mémoires. C'était peut-être le bon moment. Puis il les donnerait à Dee et lui dirait : « Tout est là. Inutile de me magnifier. Inutile de se demander qui je suis. Je suis comme tout le monde. » Sauf que ce n'était pas vrai. Il n'avait rien fait pour obtenir un tel statut ; ça lui était tombé dessus avec son talent et ses sourcils jumeaux en feuilles de vigne. Bien sûr qu'il avait souffert ! Il était impossible d'avoir un registre d'une telle variété sans avoir souffert. Mais le détail de ses souffrances, le fil conducteur de sa douleur, voilà ce qu'il faudrait explorer dans ses Mémoires. « Voilà qui je suis, Dee. » Il savait exactement à qui les dédier.

Il sortit sa tablette. Ce serait drôle qu'il imite son style à elle pour écrire ses propres Mémoires. « J'ai écrit ça comme toi, Dee. » Un hommage. *Le Grand Livre de la compromission et de la capitulation*, de Dee Cameron. En voilà un bon titre. Il cliqua sur la page de copyright, dans la lumière grise qui tombait poétiquement en biais de la fenêtre, et se passa la main dans les cheveux, ce qui lui rappela qu'à cause du contretemps de l'après-shampooing il fallait qu'il se les brosse le plus tôt possible. Son téléphone vibra – parfois le réseau passait dans les bungalows le temps d'une ou deux secondes, la main invisible de quelque antenne-relais dans les collines – mais il ne répondit pas ; il dirait plus tard à son Elspeth glasvégienne que le réseau était, pour utiliser un mot de sa langue à elle, « foireux ».

Et si le livre de Dee était extraordinaire ? Le lirait-il jusqu'au bout ? Mépriserait-il le talent de Dee ou apprendrait-il à l'accepter ? *Il faut que je cesse d'avoir l'esprit de compétition*, pensa-t-il. Il supporterait le fait que la femme avec qui il voulait passer le reste de sa vie jouisse d'une modeste notoriété, au lieu d'être une ratée comme Elspeth. (Elle était mannequin et militante à la retraite.) On frappa à la porte. Et si c'était Dee ? Il bondit sur une jambe tout en enfilant un caleçon confortable mais déjà porté et un T-shirt. « Un instant ! » Il se glissa dans son jean, aplatissant une touffe de poils sur le côté. Il ouvrit la porte.

C'était l'Indien qui tenait ce qui ressemblait à une couverture mal coupée sous le bras (en réalité un tapis décoratif fait main que Senderovski avait rapporté de Paraty, au Brésil, où il avait participé à un festival littéraire haut en couleur), et vêtu d'une veste de printemps parfaitement adaptée à la météo, qu'un riche cousin lui avait léguée. « Pardon, monsieur…, dit l'intrus pacifique, prononçant le beau nom de famille de l'Acteur. Vous permettez que j'emprunte un livre de votre bungalow ? »

L'Acteur hocha la tête, résigné à se montrer amical. « Pardon mais je ne retiens jamais les noms, vous êtes…

– Vinod. Je cherche un exemplaire d'*Oncle Vania*. Il est là. »

L'homme aux doux yeux éteints savait exactement à quel endroit boudait Vania dans la masse colorée des étagères. Pourquoi n'était-ce pas à lui qu'on avait donné ce bungalow ? Peut-être l'Acteur allait-il demander un échange.

« Je crois vous avoir vu dans une mise en scène très avant-gardiste de *La Cerisaie* à Berlin, dit Vinod.

– Oui, dit l'Acteur. J'étais très jeune. Je jouais le rôle de la cerisaie, si je me souviens bien. Du moins sa personnification.

– Un rôle très difficile, mais vous l'aviez tenu avec aplomb. »

L'Acteur sourit et balaya le compliment d'un geste de la main. « Je ne suis qu'un passeur. C'est Tchekhov le génie ? » Il n'avait pas voulu utiliser la forme interrogative.

« Ça doit être passionnant de collaborer avec Sacha, poursuivit Vinod.

– "Passionnant" n'est pas le premier mot qui me vient à l'esprit.

– C'est un grand écrivain. J'ai eu la chance de le voir grandir au fil des ans. J'ai même tenté d'écrire un roman, et il a eu la gentillesse de le lire et de me donner ses conseils. C'est un enseignant dans l'âme. » L'Acteur fut touché par la sincérité de l'amitié de Vinod. Il voyait rarement une telle affection parmi les hommes de son cercle de connaissances. « Vous seriez formidable dans le rôle d'oncle Vania, à propos », dit Vinod.

Les compliments apaisèrent l'Acteur parce qu'ils semblaient authentiquement dépourvus de tout esprit de compétition. Contrairement à Senderovski, son ami n'était pas avare de compliments, et n'éprouvait pas le besoin constant de prouver sa valeur. Il regarda Vinod s'approcher d'une étagère près du plan de métro de Leningrad et prendre le livre en question.

« À vrai dire, fit l'Acteur, j'ai toujours voulu jouer le rôle du professeur imbu de sa personne qui vient rendre visite à Vania et sa famille. Celui qui est propriétaire du domaine. Son nom m'échappe.

– Sérébriakov.

– Oui ! Mon séjour chez Senderovski pourrait vraiment me servir à entrer dans le personnage. » Il se sentait très érudit d'avoir cette conversation.

Vinod ne dit rien, secoua légèrement la tête et sourit. L'Acteur admira les cinq cents cils qui ornaient ses yeux fatigués avec une luxuriance presque égale aux siens. « Vous lisez quelque chose d'intéressant, en ce moment ? » demanda Vinod, et son bras fit un mouvement circulaire en direction des rangées de livres qui les emprisonnaient.

« Je viens de télécharger le recueil d'essais de Dee.

– Je l'ai lu l'an dernier.

– Ah. Qu'est-ce que vous en avez pensé ?

– Je pense qu'elle essaie.

– Qu'elle essaie quoi ?

– De trouver des réponses.

– Comme nous tous, non ?

– Non, je ne crois pas. »

L'Acteur n'arrivait pas à savoir si Vinod disait du bien du livre de Dee ou pas. Pour une raison qu'il ignorait, il éprouvait le besoin de l'éloigner de Senderovski pour le rapprocher de lui, et de ce que les dossiers de presse qualifient d'« amitié solide mais improbable ».

« Sacha m'a dit que vous avez perdu un poumon.

– Une partie seulement, dit Vinod.

– Il exagère toujours, pas vrai ? » s'exclama l'Acteur. Mais Vinod ne répondit pas, se contenta de vaguement hocher la tête et de s'incliner. L'Acteur crut déceler un signe de froideur. Une fois Vinod parti, l'Acteur sentit monter un brusque accès de solitude, qui se mua en colère. « Qu'est-ce qu'ils attendent tous de moi ? » dit-il tout haut, sans trop savoir à qui il s'adressait mais en appuyant son propos d'un geste de la main. Il savait qu'il trouverait sa propre compagnie insupportable jusqu'à l'heure du dîner, jusqu'à ce qu'il mette sa plus belle chemise et la revoie.

Et ensuite ?

Vinod et son petit tapis descendirent le sentier vert escarpé jusqu'à la prairie, cette même prairie que Senderovski avait recommandée à l'Acteur s'il cherchait un endroit tranquille pour lire. (« Il n'y a rien de mieux selon moi. ») L'herbe, haute, n'avait pas été tondue, et Vinod l'aplatit de ses mains, sans doute par réflexe atavique au souvenir de l'Oval Maidan, de son herbe anémique couleur de paille sous les pieds, du claquement d'une batte de cricket, des hommes et des jeunes garçons qui se criaient dessus, de toute une agitation à laquelle il ne prenait pas part. Peut-être y avait-il un panier de pique-nique, une jolie tante au grain de beauté orné d'un poil, des *pakoras* et des *dhoklas* huileux et chauds. Récemment, ces souvenirs spontanés et insistants se manifestaient sans cesse, mais comment savoir lesquels étaient authentiques ? Son esprit, à l'âge qu'il avait, ressemblait au ragoût liquide à base de cervelle de chèvre que faisaient les Parsis au Cafe Military de Churchgate, les ventilateurs au plafond diffusant l'arôme musqué de leurs plats non végans, ce qui lui rappela la première bière que ses lèvres aient jamais touchée, et son gros cousin pubère Gautama trinquant avec lui aux vingt années de beuveries à venir.

Il se fit un petit nid et observa le paysage. La prairie s'étendait sur une bonne dizaine de mètres sous le reste de la propriété, et une étrange brume de midi s'installa en même temps que Vinod. Quand il leva les yeux, la grande véranda de cèdre, la maison principale en stuc (si proche du stuc de sa seconde jeunesse à Jackson Heights), les satellites stationnaires qu'étaient les bungalows, tout cela se dressa devant lui comme surgi de nulle part, convoqué par un fou sorti de chez Gogol ou Cervantès. Et Vinod s'émerveilla de la dimension du projet de Senderovski, de ce grand et joyeux gaspillage, un investissement si massif qu'il faisait fatalement penser aux mots « dossier de surendettement ». Contrairement à ses amis, Senderovski n'avait ni frères ni sœurs, ni de famille nucléaire traditionnelle chez les immigrés ; chaque bungalow compensait le manque de témérité de ses parents et ancêtres.

La brume s'infiltra dans les poumons (au pluriel) de Vinod, avant de s'abattre en grands torrents paresseux sur le projet immobilier au-dessus, voilant et dévoilant la vaste véranda en cèdre de style californien (les coussins avaient déjà été lavés et installés pour le dîner) et les bungalows aux toits en pente douce, si bien que, comme le disaient les magiciens américains, « là on les voit, là on ne les voit plus ».

Les rainettes s'époumonèrent une nouvelle fois, avec plus d'empressement que jamais, mais aucune autre créature en dehors du groupe d'étourneaux qui s'abritaient à l'intérieur d'un orme mort ne comprit la raison d'une telle agitation, une tempête en provenance du Canada. Seul dans la brume, Vinod tenta de lire la pièce russe tandis qu'il apercevait des lumières s'allumer et s'éteindre dans les maisons au-dessus, comme si elles émettaient en morse, le coq de la girouette sur le toit du bungalow double de Karen tournant follement, pour finir par pointer le bec dans le sens opposé à Terre-Neuve. Vinod se mentirait s'il disait ne pas avoir envie qu'elle le caresse ici et maintenant dans le froid et l'humidité. Il aimait encore tout en elle, même le manque de grâce de son âme d'immigrée avide et perpétuellement insatisfaite, même la cruauté de ses tournures de phrases et l'âcreté de son haleine surcaféinée. Mais il fallait qu'il réfléchisse comme le personnage d'une pièce de Tchekhov, à jamais tourmenté par le désir mais pris au piège d'une existence trop étriquée pour accueillir l'entièreté d'un être humain. Voilà pourquoi Tchekhov serait de tous temps bien-aimé. Nul précieux personnage de son œuvre ne s'élançait vers un but semblable à la renommée de l'Acteur ou l'algorithme de Karen, mais vers des horizons fugaces, des prairies luxuriantes d'où l'on tentait de discerner des paysages embrumés.

Il ouvrit le livre mais fut saisi par la peur. Rien de tout cela ne pouvait être vrai. Une fois de plus, il se souvint de la traversée du pont la veille, le reste du continent derrière lui, les montagnes violettes un peu trop parfaites pour ne pas se porter préjudice à elles-mêmes. Et il venait d'avoir une conversation charmante avec l'Acteur, l'un des travailleurs culturels les plus admirés de la planète. Et il passerait les prochaines semaines ou les prochains mois à un jet de pierre de Karen, qu'il n'avait pas vraiment vue depuis au moins plusieurs années, en tout cas pas depuis la vente de Tröö Emotions au P-DG replet d'une prospère banque japonaise.

Alors que lui arrivait-il, vraiment ?

Une mort par noyade, voilà à quoi il l'avait entendu comparer. Des jeunes gens qui se noient dans leur lit d'hôpital. Se noient dans l'épanchement pleural, se noient en eux-mêmes. Il se toucha la bouche et la gorge, à la recherche du tube du respirateur artificiel, mais ne sentit que ses lèvres sèches et sa pomme d'Adam, dure et saillante. (Mais si ses mains étaient attachées au lit ?) Il se leva péniblement d'un bond et frappa la brume de ses poings. La brume ! C'était une métaphore trop facile des médicaments qui lui coulaient sans doute dans les veines, le maintenaient dans un état de léthargie et de docilité, d'intubation réussie.

Ou retour à l'hypothèse de la simulation. Il repensa aux programmeurs d'Interstellar Bangalore, ceux qui avaient créé la totalité de cet univers. « Seigneur », dit-il au responsable de la ligne de code connue sous le nom de Vinod Mehta. Mais ce mot était trop connoté religieusement, trop « dieu Rama », pour lui rendre justice. « Monseigneur ! » Trop colonial, trop respectueux, appelant trop un point d'exclamation à la fin. « Entité », dit-il finalement, ce qui lui sembla juste, malgré le côté bureaucratique.

« Entité responsable de ça, dit-il, j'espère et je prie, si c'est ainsi que tu veux être approché, par la prière, pour que tu ne sois pas un sadique. Que tu me délivres de cela en temps voulu. Que tu me permettes d'accomplir ma destinée et de sortir de ce que tu as créé. » Il se tut et regarda autour de lui. La brume tourbillonnait à présent, comme s'il avait réellement attiré l'attention d'une vaste entité malveillante, ou à tout le moins de son service production. Mais qu'elles étaient belles, la violence et la densité de ce voile d'humidité tourbillonnant. Qu'il dessinait bien le contour désolé des arbres nus, qui prenaient tous l'apparence d'un bouleau russe dans l'imagination de Vinod influencée par *Oncle Vania* (et seulement dans son imagination). D'ailleurs, ils n'étaient pas tous nus. Les érables du Japon commençaient à rougir. Une branche pendait au-dessus de Vinod, où il reconnut un bébé pic et sa crête carmin tenter sans succès d'imiter le savoir-faire de ses parents. Mais à chaque coup de bec, l'oisillon tombait à la renverse de la branche, et battait des ailes pour monter, réessayer. Et toute cette activité routinière avait lieu tandis que la brume s'étiolait autour d'eux, comme si le code de l'oiseau fonctionnait indépendamment du code de la brume, comme s'ils avaient été programmés séparément.

Il pensa grimper la colline, vers la sécurité que lui promettait son Cottage aux Berceuses, la sécurité des documents notariés au fond de sa valise. (Est-ce que les « Berceuses » étaient une référence de plus aux médicaments qui l'anesthésiaient ?) Une autre lumière, muette et moderne, clignota dans le bungalow de Karen, dans ce que Vinod ignorait être la salle de bains. Cela le tranquillisa comme la vue d'un phare en pleine tempête, et la brume lui parut soudain douce et caressante, comme une compresse humide appliquée sur le front d'un enfant pour faire baisser sa fièvre. Il était incapable d'expliquer son brusque changement d'humeur, l'absence de peur. Il ignorait qu'elle était assise sur les toilettes avec une copie du roman qu'il avait écrit presque vingt ans auparavant, ses yeux s'efforçant de lire les petits caractères en corps 10, l'enchaînement de phrases compliquées qui reproduisaient lentement et allègrement les raisonnements circulaires de l'esprit de leur auteur, qu'elle connaissait et qu'elle aimait.

Le bébé pic revendiquait enfin son droit de naissance, et le bruit infime de ses percussions se réverbérait dans la prairie. Vinod s'assit sur son tapis brésilien et rouvrit *Oncle Vania*. Il lut : « *Un jardin. On aperçoit une maison de campagne avec terrasse. Dans une allée plantée d'arbres, sous un vieux peuplier, une table préparée pour le thé. [...] Il est trois heures de l'après-midi et le temps est nuageux.* »

C'était ça, exactement ça.

6

Ed utilisa une briquette de charbon à combustion lente, qui préservait l'humidité des aliments, un must pour la tendreté des sardines qu'il s'apprêtait à griller. Depuis sa promenade avec Dee, il avait passé la journée à préparer le dîner. Il compensait sa paresse de la veille. Il leur servirait (bon, d'accord, il lui servirait à elle) le meilleur repas qu'ils aient jamais fait dans un cadre champêtre. La recette de son atypique version épicée d'un bon vieux *vitello tonnato* très riche en mayonnaise lui venait de l'un des meilleurs chefs de Turin, et Ed se fichait pas mal que ce soit un plat d'été, tant les caprices de la météo ne cessaient de jouer avec ses espoirs et ses rêves.

La brume se levait enfin, juste à temps pour dîner tôt. Il avait envoyé Senderovski faire plusieurs emplettes culinaires, et l'apercevait maintenant sur la pelouse devant la maison, à genoux, enfonçant les mains dans ce qui ressemblait à un trou. Est-ce qu'il s'inquiétait pour le puits ? Les douches fonctionnaient encore plus mal que d'habitude ; c'est tout juste si Ed avait pu en tirer un filet d'eau chaude qui sentait le soufre après sa promenade. Il regarda Senderovski grimper la colline, blême et hirsute. « Tu as vu quelqu'un sur la pelouse, aujourd'hui ? lui demanda le propriétaire.

— Pas depuis que tu as menacé d'installer le jeu de badminton.

— Bizarre, très bizarre », marmonna Senderovski. Son cœur battait la chamade, le roman de Vinod avait disparu du palais d'hiver de Steve. Alors qu'il venait de trouver l'endroit parfait où le déposer, dans un bac à compost abandonné au garage.

« Je vais avoir besoin de toi et Vinod pour la préparation du dîner, dit Ed.

— À vos ordres, dit Senderovski, qui fit le salut militaire. C'est un Negroni ?

— J'ai trouvé une vieille bouteille de Campari des années soixante dans le cellier, dit Ed. Ça ne te dérange pas ? Ça ressemble à une rareté.

— J'ai ça, moi ? » demanda Senderovski, comme s'il parlait d'un dauphin qui aurait squatté son sous-sol. « Fais comme chez toi, alors. Je vais m'allonger une minute. » Il toussa fort dans sa main, sentit le goût du métal.

Ed s'était promis qu'il ne boirait pas et passerait la soirée dans la peau d'un navire amiral qui lance des bons mots à la proue de l'*USS Dee*. Mais il ne cessait de se retrouver avec un verre de Negroni à la main, et sa langue ne cessait de rechercher la fraîcheur en cube du glaçon qui tintait à l'intérieur. Comment Senderovski avait-il fait pour ne pas s'abrutir d'alcool après avoir passé la moitié de l'année ici ? Ed eut le vague souvenir de s'être avachi sur l'épaule de son ami pour rejoindre son bungalow la veille après avoir dit des méchancetés, mais il n'aurait jamais honte devant Senderovski car, il s'en rendait compte à présent, il le considérait plus comme son frère que le produit d'origine à Séoul.

Il passa l'heure suivante à cuisiner, le niveau du Campari des années 1960 baissant dangereusement dans sa bouteille. Il avait blanchi les pois croquants, l'un des ingrédients secrets de son *tonnato*, et les faisait maintenant soigneusement noircir sur le gril. Il avait réduit les anchois et le thon en purée et les avait incorporés à la mayonnaise, avec les câpres, le jus de citron vert, et un autre ingrédient secret, les trois piments habanero coupés en quatre, puis avait mixé le tout pour lui donner une texture onctueuse qu'il avait saupoudrée de sel. Il couvrit ensuite le veau froid de feuilles de coriandre et de graines de potiron, d'un soupçon de piment et de citron confit, et pour finir d'une avalanche crémeuse de *tonnato*. À la fin, il avait les doigts qui brûlaient à cause du piquant du habanero, et il se demanda si le plat n'allait pas offenser les palais les plus délicats. La coriandre était toujours un ingrédient controversé, et il regretta de ne pas avoir consulté Dee à ce propos.

Senderovski et Vinod apparurent devant lui, l'air respectivement abattu et hébété, comme deux appelés de l'armée austro-hongroise juste avant la défaite. Il leur assigna vite une tâche à exécuter – apporter des choses de la cuisine à la véranda, surveiller le gril pendant qu'il soufflait, et surtout lui tenir compagnie, le détendre et par voie de conséquence atténuer sa consommation d'alcool (en tout cas, c'était son plan).

« Pas mal, comme look », dit Karen en s'approchant, son visage encore bouffi de sommeil. Ed portait son masque sous le menton (autrement dit, ça ne servait à rien) et une cigarette était scellée hermétiquement à sa bouche. Pour une fois, il aurait voulu que Karen lui épargne ses sarcasmes. « Regardez-moi ça », ajouta-t-elle quand il tisonna délicatement les braises. Elle ne l'avait jamais vu si appliqué. *Il est amoureux d'elle au dernier degré*, se dit-elle.

Il avait mis les sardines dans un bol et les avait nappées d'huile d'olive. Le reste des invités arrivèrent au compte-gouttes sur la véranda en provenance de leur bungalow, et Dee lui passa devant sans un mot, vêtue d'une parka frappée du logo de son université, arborant un grand sourire malicieux. Il hocha la tête dans sa direction comme un professionnel. *Que le spectacle commence*, se dit-il, portant à ses lèvres un verre à moitié rempli de Campari. Le *vitello tonnato* était sur la véranda. Les fines tranches de veau avaient été décongelées. Il jeta les sardines sur le gril et regarda les petits poissons rôtir, son regard perdu dans une profonde méditation, son tablier et sa veste Nicky Larson couverts d'une nouvelle couche de poisson et de brûlé. Le secret consistait à les retourner sans perdre trop de leur délicieuse peau, ce qui nécessitait une grâce de chirurgien. Quand les sardines furent dressées sur un lit de roquette, cette dernière fondit sous l'effet de la chaleur – signe que tout était en ordre.

Au même instant, un Senderovski fantomatique surgit des dernières traînées de brouillard, toussant dans son poing mais apportant une assiette de quartiers de citron d'une importance stratégique, qu'Ed pressa aussitôt sur le poisson, le jus de citron piquant ses mains déjà brûlées par le habanero. « Sers-les immédiatement », ordonna-t-il au propriétaire en courant vers la salle de bains pour se débarbouiller et s'asperger de brèves pulvérisations d'une eau de Cologne inoffensive.

À son retour sur la véranda, les invités se levèrent pour l'applaudir. Il jeta un regard à Dee, tâchant de séparer le bruit de ses applaudissements de celui des autres. « Vous n'avez encore goûté à rien, leur dit-il.

– Tu rougis ! fit Senderovski.

– Regardez-moi cette présentation, ajouta Dee. On se croirait dans une émission culinaire. »

Il s'empêcha de lui faire une révérence. « Mangez, mangez », dit-il, ce qui rappela à Karen ce que lui disait sa mère au petit déjeuner : « Mange, mange, pourquoi toi si grosse ? » Vinod repensa aux repas chez Florent qu'il avait partagés avec Karen et Senderovski, trois étudiants fauchés et affamés trempant leur friture dans un grand bol blanc d'aïoli, coupant de petites tranches de chèvre dans le long cylindre de fromage, ouvrant la coquille des moules et tirant sur le mollusque à coups de dents, le seul moment où ils pouvaient s'en mettre plein la panse sans se soucier du code de conduite de Karen en matière de cool.

Une faim similaire avait saisi les convives. Les conversations cessèrent quand les adultes se jetèrent sur la nourriture, dans un bruit de mastication sonore et malséant (Senderovski se souvint de sa mère invoquant l'interdiction russe d'émettre le son *tchavk* la bouche ouverte, *Sachen'ka, ne tchavkaï !*), les couteaux en plastique coupant les fines tranches de veau baignées de *tonnato* ou détachant soigneusement les filets de sardine de leur squelette. « Bon sang, cria Dee, les yeux pleins de larmes. C'est trop fort !

– Trop fort ? s'inquiéta Ed.

– Non, c'est fort juste comme il faut. Et ces mange-tout, ils vont vraiment bien avec le veau et la sauce.

– Les textures, dit Senderovski, reprenant son rôle non sollicité de prof à l'intention de Dee. La tendreté et le croquant.

– C'est extraordinaire, dit Karen. Quand tu mets du cœur à l'ouvrage, Ed.

– Oh là là, ces sardines, dit Macha, qui détachait un filet luisant pour Nat. Elles sont grillées à la perfection. Je pourrais presque humer leur essence. » Elle n'était pas coutumière de ce type d'envolée lyrique, pensa Senderovski. Est-ce que c'était elle qui avait déterré le roman de Vinod ? Elle allait parfois se promener sur la pelouse de devant entre les appels de ses patientes, les cours de Nat et les rendez-vous avec l'orthophoniste.

« Je les ai faits spécialement pour toi, dit Ed à Macha en faisant un clin d'œil à Dee pour lui indiquer que ce n'était pas vrai, que tout était pour elle.

– Tu devrais écrire un livre de cuisine, dit Vinod.

– Le monde a besoin d'un nouveau livre de cuisine méditerranéenne comme moi j'ai besoin d'un nouvel ulcère », dit Ed.

Seul l'Acteur resta silencieux, et alors qu'en temps normal ils auraient tenté de connaître son avis, les invités étaient trop émerveillés par le repas pour remarquer cette absence. Il trouva morbide leur manque de curiosité.

« Où est-ce que tu as appris à faire la cuisine comme ça ? lui demanda Dee.

– J'ai habité en Italie. Quand j'étais plus jeune.

– Tu te souviens quand toi et la comtesse avez lancé une revue bilingue sur les fleuves du monde ? dit Karen. Comment ça s'appelait ?

– Ça ne s'appelait pas *Fleuves* slash *Fiumi* ? dit Senderovski, faisant avec sa bouche le *tchavk* en toute impunité, vu que sa mère confinée était trop loin, à Forest Hills, pour l'entendre.

– Je préfère ne pas en parler maintenant », fit Ed, et Karen leva les mains en signe de reddition. Ed prit une bouteille de riesling (que le journal déclarerait bientôt vin le plus sous-estimé de l'été) et remplit son verre à ras bord, avant de s'apercevoir qu'il aurait d'abord dû demander à Dee si elle voulait qu'il la resserve. Parler de *Fleuves/Fiumi* maintenant, après son triomphe avec le *tonnato* et les sardines ? Il ne le pardonnerait jamais à Karen. Il avait dilapidé sa jeunesse dans des activités stupides et indolentes financées par l'argent de la haute. Et alors ? Est-ce que les huit cents lecteurs de *Fleuves* avaient été ruinés par sa tentative de renouveler le romantisme dans les années 2000 et quelques, inspiré par la combinaison de son amour pour l'aventure de Huckleberry Finn sur le Mississippi et le seul voyage en famille au cours duquel son père était trop ivre pour l'humilier, à bord d'un vapeur de luxe naviguant sur les vastes méandres du Nil ? Par contraste, l'invention de Karen détruisait activement la vie des gens, y compris celle de l'Acteur.

Le silence retomba à table. Ce repas communautaire était différent du premier. Chaque convive en dehors de Senderovski avait appris quelque chose sur les autres, et les secrets étaient aussi piquants que le *tonnato* agrémenté de habanero qu'ils enfournaient désormais sans plus s'occuper de la plomberie de campagne. Karen dévisagea Senderovski, sachant qu'il avait tenté d'enterrer le roman de Vinod dans un trou de marmotte. Nat dévisagea Karen, sachant qu'elle lui apprendrait le coréen et qu'elle serait prête un jour à rencontrer Jin, J-Hope et Rap Monster à Séoul. Dee et Ed se dévisagèrent, compagnons depuis leur longue marche, elle consciente d'être désirée, lui tâchant d'évaluer ses chances. L'Acteur lança un regard de biais à Macha, sachant quelle était la consistance, la « texture », pour citer son mari, de son toucher. Et Macha dévisagea son assiette sachant que l'Acteur lui jetait un regard de biais torride, dont elle redoutait qu'il contienne un mélange de pitié et de dérision.

« Bon, dit Ed, qui veut des filets d'agneau ? » Ils levèrent tous la main à l'exception de Vinod et de Nat, qui viraient moralistes dès qu'on touchait à l'agneau. « Je les fais saignants sauf instruction contraire. »

Bientôt, les petites tranches de viande rosée attachées à l'os furent servies, et les fragiles couteaux recyclables se révélèrent inutiles. Les six mangeurs d'agneau portèrent leur proie sans défense à leur bouche avec les doigts et mordirent dedans comme des fous. La viande, succulente mais ferme, réclamait un dévouement et une persévérance de carnivore, et chaque mangeur mit un point final à son exercice de mastication en se léchant l'index, puis le pouce. Senderovski était particulièrement épris de ce plat, symbole d'excellence de sa colonie de bungalows. « Avant d'être enterré, je veux que mon corps soit badigeonné d'huile d'olive et saupoudré de sel, dit-il.

— Papa ne mourra pas avant longtemps, dit Macha à Nat. Il fait l'idiot, c'est tout.

— Je mourrai peut-être avant lui ! chanta Nat.

— Pourquoi tu dis ça ?

— Oui, pourquoi ? fit Karen.

— À cause du réchauffement climatique. »

Ed, ravi de l'accueil réservé à sa cuisine, venait de se siffler un Sidecar à base de gin artisanal et il sentit sa langue se détendre. « J'appelle la génération de Nat la génération U, affirma-t-il. Pour "ultime".

— Ed, ça va pas ? fit Karen.

— Tout ce que je dis, c'est qu'il est irresponsable de faire naître un enfant dans ce monde, dit-il.

— C'est justement ce qu'ils n'ont pas fait ! dit Karen. Personne n'a fait naître d'enfant dans ce monde.

— Moi, je suis encore fertile à cent pour cent, affirma Dee en aparté, mais je suis d'accord avec Ed. Il ne faut plus faire d'enfants. »

Ah, pensa l'Acteur.

« Oui, j'ai été adoptée », déclara Nat à Ed.

L'Acteur reprit du poil de la bête, sentant que son rival allait se faire réprimander. Le silence s'abattit sur eux, comblé par le ramage débridé des oiseaux qui sentaient la première rafale de vent descendre des Berkshires. Senderovski s'aperçut qu'il n'avait pas mis de musique sur la jolie radio rouge.

« "Adoptée", ça veut dire que maman et papa ne sont pas mes parents biologiques, expliqua Nat. Ça veut dire que je ne suis pas sortie du ventre de maman.

— Je sais, ma chérie, dit Ed. J'ai dit ça comme ça. Tu as des parents merveilleux. Tu auras une très longue vie. » Il n'avait jamais prononcé le mot « chérie », que ce soit pour s'adresser à une enfant ou à une adulte, et le fait qu'il sorte de sa bouche renforça son sentiment de culpabilité, comme s'il avait commis quelque crime indéterminé.

« Je n'en suis pas sûre, mais merci », dit Nat. Dee et l'Acteur éclatèrent de rire. Sa mère grimaça. Un adulte pouvait dire une phrase pareille, mais pas un enfant. Pas plus tard que l'autre jour, elle avait dit : « La ville ne me manque pas *complètement* », et ce dernier mot avait attristé Macha. Nat vivait-elle vraiment son enfance ? Pas complètement.

« Eh, dit Nat, j'ai appris les paroles d'"Alouette, gentille alouette" en anglais, vous voulez les entendre ?

— Pas maintenant, Nat, dit Macha.

— *Lark, nice lark!* chanta Nat dans le ton parfait. *Lark, I will pluck you. I will pluck your head! I will pluck your head! I will pluck your beak! I will pluck your eyes!*

— Bon, arrête, s'il te plaît, dit Macha. Ce n'est pas une chanson très gentille.

— Bien sûr que si ! cria Nat. C'est une chanson du Canada francophone !

— Natacha Lévine-Senderovski ! Tu veux finir seule dans ta chambre ?

— Pour avoir dit que c'est une chanson du Canada francophone ?

— On se calme », dit Senderovski. Le repas lui échappait. Et après avoir dépensé tout cet argent pour l'agneau et le veau et la mayonnaise battue à la main par une famille de l'autre côté du fleuve.

« Tu viens de manger un agneau, dit Nat. D'accord ? Lui aussi, il s'est fait plumer la tête et les yeux. Quelqu'un l'a tué. Lui aussi, il était de la génération U. Mais tu t'en fiches, pas vrai ?

« – Tu vois ce que tu as fait ? dit Karen à Ed.

– Quoi ? dit Ed. Toi aussi, tu l'as mangé, l'agneau !

– C'est pas de ça que je parle, dit Karen. Ce que tu as dit l'a contrariée. »

L'Acteur pensa qu'il était temps de fournir un contexte moral et un peu de gravité. « En résumé, dit-il, Nat est vraiment exceptionnelle. Comme cette petite Suédoise qui est Asperger.

– Pardon ? fit Macha.

– Alouette, gentille alouette ! cria Nat. Alouette, je te plumerai[1] !

– Nat, je t'ai demandé d'arrêter, dit Macha.

– Je chante en français, dit Nat. Comme ça tu ne comprends pas les gros mots. »

Karen put voir la vie entière de l'enfant défiler sous ses yeux, la rébellion, la combativité, les drogues, les aventures avec de grands Irlandais titulaires d'un visa de travail qui cherchaient « quelque chose de différent », la fuite loin de ses parents qui n'avaient pas leur mot à dire sur l'existence qu'elle menait. Et si elle, Karen, intervenait dès maintenant pour tenter de lui rendre l'adolescence plus facile ? Si elle se proposait non comme parent de substitution mais comme une sœur beaucoup plus grande ? Cette fois, elle n'échouerait pas.

« Monte regarder BTS dans ta chambre, dit Macha. Tu as fini de manger, de toute façon.

– Non ! Je veux rester avec les grands !

– Je monte avec toi, dit Karen. Tu m'as dit que tu voulais me montrer comment tu joues du piano.

– *Piano chyeo !* cria Nat. C'est du coréen. *Tee-bee kkeoh !* Ça veut pas dire qu'on a une *tee-bee*. »

Ed regarda Karen, étonné, tout comme Macha. En plus de l'emprise qu'elle avait sur son mari (et sur Vinod, bien entendu), Karen apprenait maintenant une nouvelle langue à sa fille. Il n'y

---

1. En français dans le texte.

avait rien de mal à cela, sauf qu'elle aurait peut-être pu la consulter. « Si vous voulez aller jouer du piano avant l'heure du coucher, très bien », dit Macha, la rudesse de sa voix n'ayant d'équivalent que la tempête de vent qui s'annonçait. Elle ne voulait plus voir Karen. « Mais un morceau et au lit.

— Oui ! » cria sa fille en allant au salon avec Karen.

« Pardon, dit Ed à Macha et Senderovski. Je n'ai pas l'habitude des enfants. Même si elle est presque trop intelligente pour être une enfant.

— Mais c'en est quand même une, d'enfant, dit Macha. Une enfant.

— Ça m'arrive, à moi aussi, fit Dee. J'oublie comment il faut leur parler. J'ai des nièces, mais elles sont loin d'être aussi intelligentes que Nat. »

C'est ça, pensa Macha, *continue d'expliquer à quel point ma fille est différente des autres.*

« Sacha nous a toujours appris qu'avoir un enfant coûte cher, mais que c'est un puits d'inspiration », poursuivit Dee.

Ed rit. « Ah, du Senderovski première période tout craché.

— Tu racontais vraiment ça à tes élèves ? demanda Macha. C'est pour ça que tu as accepté qu'on adopte ?

— C'est-à-dire…, commença Senderovski.

— Il disait aussi qu'il faut épouser un "professionnel", ajouta Dee. Que c'était la seule façon de survivre en tant qu'artiste.

— Je suis ravie qu'il ait suivi son propre conseil, dit Macha.

— Sacha est un survivant », conclut Dee.

Ils mastiquèrent tous en silence, faisant tourner les bouteilles de riesling, leur contenu vert brillant et clapotant à la lumière des bougies, jusqu'à ce que Karen revienne sur la véranda l'air radieux, toutes fossettes apparentes, remarqua Vinod. « Vous avez joué *Le Lac des cygnes* ? demanda Macha. Je vais la coucher.

— Elle a déjà mis son pyjama, dit Karen. Elle était vraiment fatiguée, il a suffi de la border.

— Il lui faut un verre d'eau sur sa table de chevet et sa petite serviette.

161

– Celle avec Petit Ours dessus ? fit Karen. Je l'ai glissée sous son oreiller avec une photo de Jin. »

Les gens s'emparaient si facilement du moment le plus tendre de sa relation avec sa fille, le rituel du coucher au cours duquel Nat régressait et faisait encore plus jeune que son âge. Elle était moins une mère, pensa Macha, qu'une aidante, une organisatrice d'emploi du temps, et une espèce de thérapeute non désirée. Un jour sa fille partagerait le bisou du chien de prairie avec Karen, si ce n'était déjà fait, et il ne resterait plus à Macha qu'à déménager au grenier.

Pendant ce temps, l'Acteur rapprochait lentement sa chaise de celle de Macha. « Alors, lui dit-il, sourcil dressé, tu es allée à New Haven, toi aussi ?

– Comment tu le sais ? » Elle regarda son mari, qui suçait un os d'agneau, les épaules voûtées et les yeux plissés. « Tu as parlé de moi ?

– Pas du tout », dit Senderovski.

Il a sans doute tapé mon nom sur Google, pensa Macha. Il s'est donné cette peine. « Enfin, j'ai obtenu mon diplôme plusieurs lunes avant toi », dit Macha. La timidité de Macha tétanisa Senderovski. Il s'attendait à ce que sa femme ait le béguin pour l'Acteur, mais cela le ramena au temps de la colonie de bungalows russes, quand une Macha de onze ans était amoureuse d'un grand dadais qui s'appelait Oleg et n'était amoureux que de lui-même et d'une voiture qui s'appelait LeBaron.

L'Acteur s'adossa contre sa chaise et constata la gêne qu'il venait de semer parmi les convives. Il portait une chemise de gabardine brune un peu rétrécie d'apparence faussement militaire qui aurait semblé maniérée sur n'importe qui d'autre – une véritable déclaration d'intention et une riposte à l'élégance étudiée d'Ed. Il pouvait porter n'importe quoi, faire n'importe quoi, jouer n'importe qui.

« Alors Vinod, dit-il, comme s'il s'agissait d'un vieil ami, ça t'est déjà arrivé de tomber amoureux ? »

Il y eut un bruissement parmi les trois amis d'origine qui, tous fiers diplômés du City College, étaient déjà à cran après sa question éhontée sur New Haven. Mais l'Acteur aimait bien poser des questions qui mettent mal à l'aise. Il pensait mériter ce privilège après s'être retrouvé nu devant son public.

« Qui n'a jamais été amoureux ? fit Karen à titre préventif.

– C'est à Vinod que je pose la question. »

Macha la sentit enfin – sa cruauté – et se reprocha de ne même pas le trouver repoussant. Il était donc du genre à étudier les membres d'un groupe pour s'attaquer au plus vulnérable. « Rappelle-moi quelle était ta matière principale à l'université ? demanda-t-elle d'une voix sonore à l'Acteur. Le théâtre ? »

« J'ai été amoureux de Karen la majeure partie de ma vie », dit Vinod. Il baissait les yeux sur son assiette et les trois squelettes de sardines parfaitement dépouillés, sur l'économie que représentait ce soigneux dépouillement. Senderovski eut envie de faire le tour de la table en courant pour le serrer dans ses bras.

« Et tu es consciente de cet amour, j'imagine, dit l'Acteur à Karen. Je demande tout ça avec bienveillance.

– Notre amitié est plus forte que le simple amour physique, dit Karen.

– C'est un peu de la langue de bois », dit l'Acteur.

Vinod se redressa et regarda l'Acteur droit dans les yeux. « Mon amour pour Karen est la chose qui m'a rendu le plus heureux dans la vie. Et oui, j'en ai aimé d'autres, j'ai été en couple avec d'autres. Pas tant que ça, mais quand même. Karen et moi sommes amis, mais nous sommes simplement trop différents.

– Comment ça ? » L'Acteur jouait maintenant le rôle du tenace intervieweur télé. Il était sur le point de révéler une grande vérité dans l'intérêt général.

« J'ai eu de l'ambition, et contrairement à elle, je n'ai pas réussi à satisfaire la mienne. Mais je suis seul responsable de mes échecs. Mon chagrin est d'ordre personnel, c'est comme ça que j'ai toujours voulu que ce soit. » Ed soupira en signe d'approbation. « Plus je vieillis, plus j'aime les gens qui décrivent une orbite parallèle à la mienne mais restent hors d'atteinte. Mes amis, les écrivains que j'admire et, surtout, mon grand amour. » Il leva son verre en direction de Karen, puis le reposa sans boire, comme pour illustrer ce qu'il venait de dire.

Karen repensa aux cinq premières pages du roman de Vinod. Elle ne savait toujours pas quoi en penser, mais elle savait qu'elle ne lirait que cinq pages par jour pour le rationner. Elle prit la déclaration de Vinod comme un cadeau, le plus gentil qu'on lui ait fait depuis des années. Elle savait qu'il n'y avait qu'une seule façon de le lui rendre. « Excusez-moi », dit-elle, puis elle quitta la table.

Les convives dévisagèrent l'Acteur. Cela lui rappela les rares fois où il avait joué un rôle de méchant et non le jeune ténébreux mystérieux qui se bat contre son passé. Mais il n'en éprouva aucune gêne. Ça ne le dérangeait pas d'être haï. « Littérature comparée, répondit-il à Macha. Et merci pour le coup de main, tout à l'heure. » Son regard parcourut la silhouette de Macha. « Je n'avais plus d'eau, annonça-t-il aux autres. Rien de grave ! La maîtresse de la maison est sur le coup. » Il parlait maintenant au même rythme cadencé que le propriétaire, occupait son espace.

Senderovski commença à tousser dans son poing. « Pardon, dit-il, larmoyant. Je ne l'ai pas attrapé. Le virus. C'est mon reflux gastrique. » Il continua de tousser, assez fort pour que l'Acteur s'écarte de lui et s'approche un peu plus de Macha. L'Acteur songea effrontément à tendre le bras pour lui toucher la main, qu'elle avait posée sur sa cuisse comme une pâle raviole. Il tendit la jambe vers celle de Macha sous la table. Elle sentit sa proximité et ne sut quoi faire. *Inna, au secours*, pensa-t-elle en russe. *Inna, j'ai perdu ma force.*

« Je suis peut-être vieux jeu, dit l'Acteur, mais je crois que les gens devraient avoir des aventures extra-conjugales.

– Quel rapport ? » demanda Dee. Il avait enfin réussi à attirer son attention.

« Pardon, aucun rapport. La vie à la campagne me tape déjà sur le système, sourit-il. Je divague. » Senderovski continua de tousser régulièrement au rythme des accords de guitare de Caetano Veloso qu'il avait oublié de mettre à la radio. Chaque fois qu'il regardait l'Acteur et sa femme, il ne pensait plus aux nombreux rôles qu'il avait joués sur scène et à l'écran, alors que Senderovski n'en avait joué qu'un seul, celui du clown. Même si ce fut une aventure des plus lucratives pendant un moment, et qu'on lui avait proposé un poste dans une prestigieuse université new-yorkaise (qu'il avait bêtement refusé pour privilégier sa carrière à la télé).

« Tu devrais peut-être aller te coucher », dit Macha à son mari. Ed et Dee se demandèrent si l'homme au visage émacié avait de la fièvre et tentèrent de reconstituer l'historique de leurs interactions. Sa toux parut soudain sèche, signe révélateur. Vinod se leva pour lui apporter un verre d'eau.

« Je ne peux pas m'allonger, dit Senderovski. Ça ne fera qu'aggraver le reflux. Il faut que je reste droit. » Dee se souvint de certains de ses choix de mots en classe, qu'elle disséquait allègrement après les cours avec ses camarades dans un bar où l'on répandait de la sciure de bois au sol. Quelqu'un avait même créé un document recensant les « Adages de Sacha », punaisé au tableau en liège de la salle de repos des troisième cycle et qui, à sa connaissance, y était encore, pendouillant de traviole à sa punaise.

« Pfiou, j'ai trop mangé, dit Ed à Dee, et il se frotta le ventre, pour lui rappeler le repas qu'il avait préparé. Il faut continuer nos promenades ou je vais prendre du ventre. » Il pesait, en ce moment, cinquante-sept kilos.

« *"Your body dysmorphia brings all the girls to the yard"* », chanta Dee, un air qu'Ed et Senderovski écoutaient quand ils avaient la trentaine mais avaient oublié. Elle n'était pas aussi ivre que la veille, mais assez pompette pour trouver du réconfort dans la force grandissante du vent qui battait les moustiquaires de la véranda. « Eh, tu as cette émission de télé-réalité japonaise dont tu parlais ? demanda-t-elle à Ed.

— Oui, j'ai presque tout téléchargé », répondit Ed. Il prit son verre de gin et le but cul sec. « On peut aller le regarder dans mon bungalow si tu veux. » Il se tut un instant, vaincu par les convenances. « Vous êtes tous les bienvenus, dit-il.

– Je crois que je vais aller travailler sur le scénario, dit l'Acteur. Il faut bien que quelqu'un le fasse. » Macha le regarda se lever, ses mouvements douloureux et raides, puis elle sentit l'absence de son genou. Il était en colère contre Dee, pensa-t-elle. Elle se souvint du menu fretin dont son père se servait pour appâter le bar dans le détroit de Long Island, leur façon de se débattre sur l'hameçon, condamnés à mourir entre les dents d'un plus gros poisson qu'eux.

Ils entendirent Karen monter bruyamment les marches avec inélégance. Sans un mot, elle s'approcha de Vinod. Elle tenait un petit réceptacle rempli à ras bord d'une substance couleur de pêche. « Il faut que tu t'en mettes sous les yeux, lui dit-elle. On a tous nos nuits d'insomnie, mais toi, mon chéri, il faut que tu mettes en valeur ces belles mirettes. »

Elle ouvrit la boîte, prit un peu de crème avec l'index, et se mit à peindre des demi-lunes sous les yeux de Vinod. Il sourit de ses lèvres gercées, qu'il finit par ouvrir jusqu'à la commissure. « Tu n'es pas obligée, dit-il. Je suis censé faire impression sur quelqu'un ? En dehors de toi ? »

Les invités observèrent la scène. Seul Senderovski reconnut le rituel qu'elle accomplissait souvent pour Vinod et lui aux premiers temps de leur amitié, les enduire de crèmes, de baumes et de prétendus produits, les préparer pour la vieillesse qui lui faisait si peur, suivant les seuls conseils que lui avait donnés sa mère dans la vie : un bon physique, de bonnes études, une bonne université, un bon mariage, de bons fils, une bonne mort. Pendant qu'elle s'affairait sur ses yeux, tout le monde remarqua le soin qu'elle y mettait, comme si Vinod était un objet sacré, un talisman, comme si rien ne comptait plus que de l'envoyer dans le monde un peu moins blême. *Ridicule*, se dit Macha. *Elle le fait marcher exactement comme l'Acteur me fait marcher.*

« Bon, dit l'Acteur, qui observait la scène. Ma mission est terminée. Bonne nuit.

— Dors bien, fit Ed, d'un ton victorieux. Mais frappe à la porte si tu veux venir regarder l'émission de télé-réalité japonaise avec nous. » Le « frappe à la porte » sous-entendait que Dee et lui pourraient bien être à moitié nus.

« Ah, je meurs d'envie de regarder cette émission, dit Karen. Vin, tu veux venir ? »

Ed soupira.

7

Ed posa son ordinateur portable sur le bureau entre les sculptures d'ananas, et Dee (ainsi que Vinod et Karen, les intrus) se laissa tomber près du bord du lit, verre à la main, étourdie par la perspective de regarder un divertissement bas de gamme. « Bon, dit Karen. Il faut que je vous montre un truc, ou je vais mourir.

– Quoi ? » cria Dee. Elle se demanda ce que ça devait faire d'être l'amie de Karen, cette femme importante qui pouvait si facilement se comporter comme une enfant (et devenir l'amie d'une véritable enfant), le contraire de tous les gens sérieux qu'elle connaissait à New York.

« Mais vous allez devoir signer une espèce d'accord virtuel de non-divulgation », dit Karen. Elle sortit son téléphone. « Non, vraiment, que ça reste entre nous. » Vinod passa deux doigts d'un côté à l'autre de ses lèvres comme si elles avaient une fermeture Éclair. Il était heureux qu'elle soit heureuse. La première chose qu'elle demandait lors d'une soirée, c'était « Alors, c'est quoi les derniers potins ? », poussant Senderovski et lui à rivaliser d'imagination comme deux Schéhérazade du City College pour la faire rire et lui faire pousser des exclamations de surprise.

« Bon, dit Karen, je jouais avec Nat dans mon bungalow, et j'ai entendu un cri. Et… bon, regardez. »

Ils se penchèrent en avant sans aller au-delà de la limite autorisée par le virus. Au moins trois d'entre eux avaient vu l'Acteur nu au cinéma, et l'un d'entre eux avait vu son pénis de profil sur une scène de théâtre de Londres. Mais là, sa nudité était dépourvue de toute contrainte de mouvement ou d'affectation, sa rage, ses cris (« Rincez-moi ! » « J'ai les yeux en feu ! ») étaient sincères, il était nu tel qu'en lui-même, n'avait aucune maîtrise des événements ou de ce que ses yeux fermés l'empêchaient de voir. La théâtralité de sa personnalité profonde dépassait celle des personnages qu'il jouait à l'écran ; c'était à la fois plus triste et plus drôle à regarder. (Peut-être, pensa Ed de façon peu charitable, n'était-il pas si bon acteur, après tout.) *Mais il est beau*, pensa Dee. Merde, qu'est-ce qu'il était beau, ce type qui habitait à deux bungalows de distance. Les cris qu'il ne cessait de pousser donnaient l'impression qu'il venait de se faire capturer, une impression que Dee éprouvait pour elle-même, en bel animal qui trouvait toujours le moyen de se perdre dans quelque toundra inconnue. Elle eut aussi l'impression que l'Acteur exhibait chaque partie de son corps pour elle seule, y compris les parties cachées, et se sentit attirée par leur imperfection même. Oui, il se rasait le pubis comme un idiot, mais une traînée de poils identique allait de son coccyx aux lunes pleines de ses testicules, et, sans assistante ou petite amie pour s'en occuper, il ne pouvait rien y faire. Or désormais, elle savait. Et désormais, elle voulait lui venir en aide grâce à l'algorithme qui l'avait pris au piège. Mais y tenait-elle tant que ça ? Ed était assis à moins de cinquante centimètres d'elle, respirait dangereusement, avait l'air fâché. C'était merveilleux de s'être retrouvée à côté de lui au dîner, de s'être promenée avec lui dans ces paysages virginaux, d'écouter quelqu'un qui avait une fois et demie son âge et qui avait déjà renoncé à faire des enfants, à s'engager dans une relation, entre tant d'autres choses. Ses lèvres avaient sûrement bon goût, celui de l'agneau, du veau, du gin et des quartiers de citron, comme celles de Dee.

Ed sentit son haleine alcoolisée. « Vous profitez de la vue ? » demanda-t-il, se voulant drôle. Ses mains piquaient encore à cause des habaneros et il voulait être seul avec elle, la serrer contre lui, lui faire sentir le chatouillement de ses cils et la force de ses bras.

Elle avait vu l'Acteur nu, maintenant, mais lui aussi avait un corps, et le sien aussi était rasé et soigné.

« Oh merde, fit Vinod. Non ! » Macha était sur la véranda et avait le regard baladeur, surtout là où la loi et l'usage selon Abraham l'interdisaient (mais comment le lui reprocher ?). Pour accentuer le contraste avec l'homme nu, elle portait un blazer très classe moyenne pour ses séances vidéo, bien qu'elle fût pieds nus. Et puis elle le prit par la main. Elle le fit lentement tourner comme un remorqueur qui guide un tanker au port.

« Vous les avez entendus tout à l'heure ? dit Karen. Mon assistante aussi est allée à New Haven. Quand ces gens-là se demandent quelle était leur matière principale, c'est une façon de flirter. Je parie qu'il a déjà goûté la marchandise. »

Sa métaphore commerciale aux accents des districts périphériques de New York fit rire Vinod.

« Tu n'aurais peut-être pas dû filmer ça, dit Ed. La vie privée, tu vois. » Karen haussa les épaules. Ed comprenait que pour Karen et ses semblables de la Silicon Valley, tout ce qui impliquait des pixels et un pouce était toujours permis.

« Est-ce qu'il faut qu'on en parle à Sacha ? demanda Vinod. Je suis sûr qu'elle l'a simplement guidé jusqu'à la salle de bains et...

– Et qu'elle l'a aidé à se rincer ! » cria Karen. Dee éclata de rire.

« En tout cas, fit Ed, merci. Vous êtes sûrs de toujours vouloir regarder cette émission ? Ça ne peut être qu'ennuyeux en comparaison. Pas de psy russe en chaleur ni de star de la scène et de l'écran à poil. Vous aurez été prévenus. »

L'émission commença et ils la regardèrent comme prévu, comme un divertissement en fond sonore, un bruit de fond apaisant. Conformément aux règles du roman russe, chacun d'entre eux pensait à son voisin. « Bonne nuit, Karen-*emo* », lui avait dit Nat, les mains de l'enfant jointes devant son visage rose dans la position par défaut d'un chrétien en prière, avec sous son oreiller un beau Coréen et un Petit Ours truculent, dans un monde protégé et parfaitement immunisé contre le virus et les hommes.

Il faudrait qu'elle l'emmène quelque part, pensa Karen. Loin d'ici. Deux sœurs qui font leur vie ensemble. Le projet s'ébaucha dans son esprit comme un tourbillon. Et Vinod ? Pouvait-elle aimer un homme qui lui faisait pitié ? Mais s'il ne lui faisait plus pitié ?

Le vent cinglait la fenêtre de l'Acteur, la faisait cogner d'avant en arrière, l'empêchant de dormir. Il fallait qu'il déguerpisse. Qu'allait-il fiche ici pendant des semaines ? Se laisser branler par la femme de Senderovski et snober par Dee au repas du soir ? Certains de ses semblables brûlaient d'envie d'être humiliés, des soi-disant héros de films d'action qui aimaient se faire flageller et « mettre au piquet », mais ce n'était pas son cas. Il prendrait la Lancia et rentrerait en ville dès la première heure. Il vivrait dangereusement dans la cité désertée. Ferait vœu de fraternité avec les caissières et les épiciers restés là-bas. Mais il ne pouvait pas ! Il voulait sortir en courant pour aller faire la sérénade devant le bungalow de Dee, de son impeccable voix de crooner. Mais si c'était l'autre qui ouvrait la fenêtre ? Il imagina une pochette dans une veste de pyjama à pois, un sourire victorieux, pendant qu'elle remuait dans un bruissement de draps derrière lui. À moins que, malgré la tempête, malgré le froid, ils prennent une douche ensemble dehors, cette même douche qu'on lui avait refusée au bungalow Pétersbourg. Il enfila un peignoir du vignoble californien méprisé par Ed et partit dans la maison principale avec sa tablette. Dehors, un vent furieux le fouetta, sous-estimant sa force, comme tous les autres. Dans le silence de la cuisine, les voyants de la machine à café clignotant comme les signaux d'un sémaphore, il explora un peu plus l'œuvre de Dee sur Internet, et navigua frénétiquement sur ses pages de réseaux sociaux. Et là, postée à peine une heure avant, il vit la photo d'eux améliorée. Elspeth la verrait et laisserait un message passionnément décousu. Son agente laisserait un message à la fois plein de sagesse et d'inquiétude. Ses fans – bah, quelle importance ? Ils s'y feraient.

Elle avait mis en ligne la photo d'eux. Elle voulait la montrer au monde. Il posa la tablette sur la paillasse et sentit l'odeur de poisson et de viande pourrie dans la poubelle, le tremblement des fenêtres dans leur encadrement. *Viens à moi*, dit-il au vent. *Je suis Ulysse le rusé. Tu gonfleras mes voiles.*

Senderovski avait passé son heure réglementaire assis au lit avant de s'endormir, dans l'espoir de limiter les effets de son reflux gastrique. Mais il toussait encore. Une toux sèche. « Laisse-moi au moins te prendre la température, dit Macha.

— Oh, qu'elle est gentille avec moi, maintenant, dit Senderovski en russe. Tu pourrais peut-être m'aider à prendre une douche, moi aussi.

— Je ne sais pas ce que tu t'imagines, dit-elle en anglais, sinon qu'une fois de plus j'ai dû nous sortir du merdier dans lequel tu nous as mis.

— Avant, je trouvais ton accent adorable quand tu parlais anglais, dit-il. Juste parce que tu étais plus âgée à ton arrivée. Je voulais te guider. T'aider à t'adapter.

— Continue de parler à l'imparfait. Qui peut te le reprocher vu ce que l'avenir nous réserve.

— Tu me renvoies la faute, dit-il. Que c'est habile.

— Et maintenant, tu me parles comme si tu postais un message sur les réseaux sociaux, dit-elle. Ah, Sachen'ka. Continue de faire le malin avec tes traits d'esprits. Ça m'excite. » Elle éteignit la lumière et il l'entendit se tourner de l'autre côté, le lit grinçant dans sa propre langue rompue à l'exercice.

Quand le bruit de sa toux le réveilla, le vent balayait les arbres, visant les feuilles, mais se contentant des branches qui craquaient dans un gémissement horrifique, l'une après l'autre, comme sous l'action d'un tortionnaire de la Loubianka.

Bon sang, le vent fait vraiment un boucan de train de marchandises, se dit Senderovski. Les clichés étaient ses ennemis jurés ; la seule fois qu'il avait haussé le ton en classe contre Dee, c'était quand elle avait utilisé l'expression « bleu turquoise » pour décrire les murs d'une crèche qui n'avait jamais existé dans sa réalité. Il se leva et tira l'un des stores. La lune était absente, mais deux pâles faisceaux lumineux éclairaient la moitié de l'allée, sans doute ceux d'un pick-up noir avec un autocollant SLEGS BLANKES sur le pare-chocs arrière. Il en avait ras le bol. Il allait appeler la police. Non, il descendrait lui-même, vaille que vaille. Il enfila son pantalon de survêt et sa robe de chambre, comme pour faire une armure de cet accoutrement ridicule, et prit un bonnet à la patère de l'entrée.

Dehors, le vent menaça de le soulever du sol pour l'emporter, dans un grand claquement de robe de chambre, jusqu'au cimetière des nounous anglaises et des parapluies démantibulés. Mais Senderovski tint bon. Il avança dans la brume qui enveloppait les lunettes spéciales qu'il portait de nuit. (Sa vision nocturne diminuait aussi avec l'âge.) Quand il entra dans le long champ de vision des phares, il vit les dégâts que le vent avait déjà provoqués alors que la nuit n'était toujours pas entrée dans sa deuxième moitié, la pelouse jonchée d'un assortiment encore plus impressionnant de branches d'arbres blanchies, incarnation d'un univers dépourvu de réflexion et d'attention, saturé de chagrin, généreusement saupoudré de maladie, et dont les habitants étaient réduits à l'état de steaks ambulants.

« Putain ! » cria-t-il de façon inhabituelle.

Même en marchant vers l'intrus et ses faisceaux lumineux au bout de son allée, Senderovski en voulait au vent personnellement. Il venait de donner à l'élagueur huit cents dollars en espèces qu'il n'avait pas. Tout ça pour quoi ? Ça n'avait rien changé. Le bois mort continuait de tomber. Il ne pouvait pas gagner.

« Qui êtes-vous ? » cria-t-il vers la silhouette solitaire au volant du pick-up. Il ne voyait pas la main gantée qui le tapotait, la fréquence d'une radio de musique pop apparaissant en chiffres verts sur le tableau de bord. Il tenta une amorce plus conciliante en s'approchant. « Vous êtes perdu ? » cria-t-il. Puis, de son plus bel américain : « Monsieur, vous êtes perdu ? »

Il entendit un craquement. Un coup de feu ? Puis un autre craquement. Il se couvrit le visage avec les pans ouverts de sa robe de chambre et se jeta par terre, où il sentit le gravier contre son ventre. Il entendit de nouveau le craquement, mais cette fois, ça n'arrêtait plus ; un objet grinçait sous l'implacable torture du vent, sa plainte ignorée, jusqu'à ce qu'un morceau d'orme, une branche, se sépare du grand tronc jaune et nu qui se trouvait juste au-dessus de Senderovski.

Nou vsio, se dit-il en russe. *Voilà, c'est fini.* Mais quand il ferma les yeux, il fut projeté sur le bas-côté, dans un fossé d'herbe meuble, récipiendaire d'une providence inespérée. Un terrible bruit d'effondrement lui fit adopter la position fœtale. Quelques instants plus tard, quand il rouvrit les yeux, l'extrémité de la branche sectionnée lui tapotait le front d'un doigt insistant, comme le faisait parfois Nat pour le réveiller tôt. Le vent continuait de souffler, mais la pluie campagnarde qui ne manquait jamais d'endormir sa femme commençait à ruisseler sur le mont Rushmore qu'était son front. La branche tout juste sectionnée libérait l'odeur de gibier qu'on sentait aux premiers jours de l'été. Il faisait nuit noire, désormais. Coupure d'électricité dans toute la ville, comme partout dans le pays. Le pick-up avait disparu de l'allée.

ACTE III

Doux comme un agneau

1

« Il y a de magnifiques massettes à larges feuilles au bord de la route », apprit Nat à Senderovski au petit déjeuner deux semaines après la dernière fois que nous les avons vus. Ses thérapeutes disaient qu'elle avait du mal à regarder les gens dans les yeux, c'était pourtant ce qu'elle faisait en ce moment même, comme pour tenter de s'en faire un ami par son innocence. Comment Karen réussissait-elle à s'entendre aussi bien avec elle ? Comment pouvait-il ne pas reconnaître qu'il était le père d'une enfant remarquable, qui voyait tout, traitait toutes les informations différemment de ceux qui étaient moins angoissés qu'elle, ceux qui avaient l'esprit plus tranquille, une enfant qui s'exprimait en toute sincérité ? Il n'était pas trop tard pour être complètement son père s'il réussissait à trouver le solvant capable de décalcifier son amour. Son espresso bien-aimé tremblait dans sa main et il croqua les céréales riches en fibres qu'il avait en bouche. « Regarde-les si tu vas te promener aujourd'hui, d'accord, papa ? dit Nat.

– D'accord », répondit Senderovski. Mais pour paraphraser les derniers mots d'un auteur célèbre, il ne bougea pas. Au lieu du rayon lumineux des yeux marron de sa fille, il voyait les phares du pick-up au bout de l'allée le baigner de leur faisceau malveillant.

En ville les gens mouraient. Certains plus facilement que d'autres. Le virus avait sillonné la planète mais choisi de s'installer ici, exactement comme quand les parents de Macha, Senderovski, Karen et Vinod l'avaient choisi il y a quarante ans pour échapper aux répercussions nocturnes de Staline et Hitler, à la séparation et à la Partition, à la douleur qui irradiait non dans de lointains souvenirs mais qui jaillissait purement et simplement des mains de leurs pères.

Après avoir capté du réseau dans la maison principale, les membres de la colonie de bungalows apprirent ce qui se passait deux cents kilomètres en aval du fleuve, et en éprouvèrent une multitude de sentiments, mais surtout de la culpabilité. Tout était si excessivement charmant là où ils étaient. La météo était capricieuse, mais même ses caprices méritaient l'attention. Une fine couche de neige après une journée de chaleur. (« Tout ira bien, les fleurs », chantait Nat avec angoisse aux jonquilles que Karen et elle avaient plantées autour de la maison, sous les fenêtres du bureau de Macha.) Une journée de chaleur interrompue par une nouvelle chute de neige, qui se posait comme des grains de sucre mouillés sur la langue de Nat. Même les tempêtes de vent nocturnes, qui continuaient de dévaster la pelouse de Senderovski avec une régularité comique, étaient à couper le souffle, les arbres – sur lesquels poussaient désormais les premières feuilles – oscillant avec majesté comme des danseurs dans la nuit.

De la culpabilité. Parce qu'ils étaient en sécurité dans leur petite communauté, et qu'après deux semaines de semi-quarantaine imposée par Macha il n'y avait plus besoin de garder ses distances, à l'exception de Senderovski, dont la toux empirait chaque jour. « Je ne l'ai pas attrapé », annonçait-il tous les soirs au dîner, leur seul repas pris en commun, après une quinte de toux digne d'un tuberculeux, les yeux pleins de larmes. « Reflux gastrique », ajoutait-il quand l'Acteur s'écartait de lui avec ostentation pour s'approcher de Macha, dont le genou chaud et impatient l'accueillait désormais sous la table.

De la culpabilité parce que les repas étaient somptueux (tout le monde en dehors de Senderovski avait pris du poids, même

Vinod), les convives instruits et intrigants, et que, pour certains d'entre eux, s'épanouissaient les premiers bourgeons de l'amour. Personne n'était plus affecté que Vinod par la différence saisissante entre ville et campagne. Il y avait, en vint-il à savoir, une rangée de camions frigorifiques garés derrière son hôpital de quartier dans le Queens, pour recueillir les cadavres au chariot élévateur. Il écrivait, avec un fort sentiment de culpabilité, à ses collègues du restaurant de son oncle. Il était toujours heureux qu'ils lui répondent. Mais en lisant leurs messages, il posait son téléphone et regardait par la fenêtre la préparation des meules de foin dans le champ voisin pendant que les monarques migraient vers le nord en se gorgeant d'asclépiades dans un tourbillon de noir et d'orange. Pourquoi lui était-il ici, et ses collègues là-bas ? Parce que ses parents avaient des papiers en règle ? Parce que les Indiens diplômés avaient la priorité, dans le grand ordre des choses, sur les Mexicains analphabètes ? Même s'il avait objectivement échoué d'après les critères de sa famille, d'abord comme vacataire dans le joyeux milieu de « l'écrit et la rhétorique » puis comme simple employé, il était là, dans la propriété d'un camarade d'un lycée d'élite, bien à l'abri, bien protégé.

Il était venu ici pour disparaître – c'étaient ses mots, pas les nôtres – mais c'était la ville qui disparaissait derrière lui. Si cette femme n'était pas là, si elle ne le rendait pas heureux chaque jour avec sa façon prévisible de le charrier et de mettre son nez partout, avec son amour inattendu pour la fille de Senderovski, il se disait qu'il rentrerait à Elmhurst sur-le-champ.

Mais il resta. Ils restèrent tous. Même si l'indolence de la vie à la campagne les ralentissait, les adoucissait, les faisait flageoler sur leurs jambes. La seule exception, une fois de plus, était Senderovski, dont l'angoisse barbotait dans le même bain acide que son reflux. Il n'arrivait pas à dormir, et pas seulement parce que sa toux le maintenait éveillé. (Macha mettait des boules Quies, désormais.) Il pensa faire venir un véhicule de police pour enquêter sur le pick-up noir, mais s'inquiétait que l'arrivée de policiers n'effraie Macha et les membres de la colonie. Il garda ses craintes pour lui, avec le souvenir de la grosse branche d'orme qui aurait pu le tuer cette nuit-là, et la force bienveillante qui l'avait projeté en lieu sûr. Combien de temps aurait-il encore de la chance ? Quand il tentait de reprendre sa respiration après une quinte de toux, il entendait grincer ses poumons et son œsophage comme les rouages d'une vieille horloge rouillée. Chaque matin, il reniflait ses propres aisselles, parce qu'on disait que le virus affectait l'odorat. Il sentait toujours sa propre odeur de bouc, mais quand il se regardait dans le miroir, il ne voyait pas un regard, il voyait seulement deux yeux enfoncés. Qui était au volant du pick-up, prêt à attaquer sa colonie ? Qui avait pris le roman de Vinod ? Qui avait compris la vérité ?

2

L'émission de télé-réalité japonaise était comme un battement régulier de *taiko* dans leurs existences isolées. Leur rythme de vie était digne du XIXᵉ siècle, au mieux, et parfois Vinod et l'Acteur posaient la pièce ou le roman russe qu'ils lisaient pour se demander s'ils n'allaient pas plutôt regarder l'émission. La configuration respectait les règles du genre, trois Japonaises et trois Japonais d'une vingtaine d'années se retrouvaient dans une maison chic à Tokyo ou Hawaii ou ailleurs au Japon. Mais contrairement à leurs équivalents occidentaux, les colocataires japonais se trahissaient rarement les uns les autres, ne lâchaient aucune bordée de jurons, ne succombaient à aucune luxure. Ils exploraient leur amitié, leurs flirts et leurs batifolages prolongés avec une telle timidité, un tel manque d'assurance, qu'Ed, Senderovski, Macha et surtout Vinod croyaient être spectateurs d'un univers parallèle où ils se seraient métamorphosés en jeunes Japonais séduisants des classes moyennes qui commenceraient une carrière d'employés de commerce, de chefs cuisiniers et de personnalités d'Internet.

Il y avait déjà environ cinq cents épisodes, et Ed les connaissait tous par cœur. Comment cet homme libre de tout engagement sentimental pouvait-il se passionner pour une émission où l'on discutait une demi-heure d'une petite vexation devant un bol de sobas ? Comment Ed pouvait-il se précipiter en larmes à la salle de bains chaque fois qu'un beau lutteur à moitié indonésien se prenait un vent de la part de celle pour qui il avait le béguin, une joueuse de basket égocentrique et taciturne ?

Senderovski aussi trouvait l'émission déchirante. Les échecs de ces jeunes lui rappelaient les siens. Il se souvenait de ses années de jeunesse sans amour, avant la publication de son premier livre. Comme à l'époque, ses finances étaient dans un état critique. La facture pour retirer le bois mort dépassait les quatre mille dollars, ce qui l'avait obligé en désespoir de cause à prendre une nouvelle carte de crédit auprès d'un banquier aux méthodes d'usurier. Et maintenant il était impératif pour sa vie de couple de résoudre les problèmes d'approvisionnement en eau dans les bungalows et la maison. En effet, Senderovski avait ouï dire que sa femme et l'Acteur s'étaient retrouvés impliqués dans un rituel de rinçage tarabiscoté. Par moments, il collait l'oreille à la porte de la salle de bains du rez-de-chaussée où il savait que Macha stockait les seaux d'eau en cas d'urgence au cours de la journée, même s'il n'avait jamais rien entendu. La rumeur courait aussi que Karen avait filmé une scène fâcheuse. Quand Senderovski pensait à sa femme du point de vue sexuel, il se remémorait la folle soirée de Fort Greene où ils s'étaient retrouvés en 2001, sa peau douce et bronzée, les reflets sur les axes jumeaux de ses épaules nues, la façon juvénile dont elle avait flirté et sa rudesse exagérée d'étudiante en médecine. Lui restait-il un peu de cette vitalité ? Et si oui, en quoi l'Acteur méritait-il ces éclats de vie trop longtemps mis de côté ?

L'homme à tout faire était venu jeter un coup d'œil sans pouvoir expliquer l'origine du problème, même après s'être douloureusement plié en deux sous plusieurs lavabos. « Bah, fit-il, on dirait qu'il est temps d'appeler le général. » Il entendait par là le contremaître général qui avait construit les cottages. En temps normal, la plaisanterie aurait fait rire Senderovski, qui y aurait vu une forme de « bon sens campagnard », mais aujourd'hui il était impatient et en colère. « Je vous paie pour faire quoi ? » beugla-t-il.

L'homme à tout faire se dressa de toute sa hauteur, visage rose et poupon, d'un âge impossible à déterminer, mais tout son être souffla de mécontentement, embuant les verres bas de gamme de ses lunettes. (Et si c'était lui, le conducteur du pick-up ? Peut-être son adversaire se tenait-il face à lui en ce moment même, prêt à lui fendre le crâne comme aurait dû le faire la branche d'orme la nuit de la tempête.) « L'ennui, dit l'homme à tout faire, c'est que vous me devez quinze jours de salaire. Et je ne travaille pas gratuitement. Ma femme a… » – il prononça le nom scientifique et chrétien d'une maladie et mentionna ses épouvantables symptômes. « Nous aussi on a des factures à payer. Sauf que pour nous, c'est une question de vie ou de mort. »

Senderovski regarda sa camionnette, de couleur grise et non noire, descendre le fairway de sa pelouse et disparaître dans un brusque coup de volant à droite. Le maître d'œuvre fut convoqué, maigrichon titulaire d'un diplôme universitaire qui faisait des phrases sibyllines et incomplètes et facturait à coups de dizaines de milliers de dollars. Il conduisait un pick-up noir qu'il maintenait à l'état d'authentique véhicule de campagne, ses pare-chocs toujours maculés de boue printanière. Était-ce lui le persécuteur de Senderovski, à qui appartenait la main gantée qui tapotait le volant au bout de l'allée ? Non, impossible. Senderovski avait toujours payé ses factures au maître d'œuvre dans les délais. Les plombiers, les électriciens et les élagueurs, ça allait et venait, mais on ne pouvait jamais flouer un maître d'œuvre.

« Je vais devoir examiner la pompe au sonar, on dirait, annonça le général.

– Qu'est-ce que ça veut dire ? s'écria Senderovski, dont l'accent russe réapparut. On n'est pas à bord d'un sous-marin. » Mais le sonar révélerait bientôt une fissure dans la pompe, ce qui voulait dire qu'il fallait changer le mécanisme entier pour dix mille dollars, hors main-d'œuvre.

« Je crois savoir que vous avez du mal à payer certains fournisseurs de services dans les délais, dit le général, rajustant la monture de ses lunettes sophistiquées et jetant un œil philosophe autour de lui.

– Certaines sources de revenus se sont taries, dit Senderovski. À cause du virus, mentit-il.

— Quand bien même », dit le maître d'œuvre.

Senderovski se mit à tousser dans son poing, de la même toux sèche et monstrueuse qui l'avait secoué à la table à manger. Le maître d'œuvre recula et remonta son masque. Ils les portaient dans les villages de riches, maintenant. L'autre jour, Senderovski avait vu un vieil homme en masque chirurgical bleu marcher derrière une petite fille masquée dans la grand-rue d'une ville de conte de fées, et y avait lu le signe du début de la fin du monde.

« J'aurai toujours de quoi vous payer, dit Senderovski. Commencez les travaux, s'il vous plaît. C'est impératif. »

En ces temps de vaches maigres, son agente de Los Angeles l'appela, d'une voix douce à la suavité aussi trompeuse qu'un parfait glacé aux graines de chia. « Comment va mon romancier-scénariste russe préféré ? » souffla-t-elle au téléphone.

Le virus avait mis un coup d'arrêt à la production, mais comme dans l'immédiat les classes moyennes allaient rester au lit en sous-vêtements, le besoin de « contenus » était plus pressant que jamais. D'après son agente, une autre série n'avait pas été reconduite par la chaîne, un drame en milieu hospitalier mettant en scène la mort de patients qui avaient contracté des maladies contagieuses, et voilà qu'ils se démenaient pour la remplacer par une comédie, loin de la dystopie des temps présents. Après une énième volte-face de la direction de la chaîne, le scénario de Senderovski trouvait de nouveau grâce à leurs yeux.

« Je suis prêt à signer, mais il ne veut plus donner son accord, dit Senderovski de l'Acteur. Il ne veut pas que ce soit drôle. Il veut l'*Odyssée*.

— Qu'il aille se faire foutre, dit l'agente. Dis-lui qu'on a un créneauvitch à la chaînovitch.

— Il est producteur exécutif.

— Mon chat aussi tant qu'on y est. Je devrais plutôt dire mon *kochka*. »

L'agente avait étudié le russe à la fac.

« Tu sais comment il est. Il s'en prend à moi. Il a l'esprit de compétition. Il flirte avec ma femme.

– Pour qui tu te prends, le Commissaire des Bleus à l'Âme ? Arrêtez de faire l'enfant, Peter Panovitch. On a une série à écrire.

– Je pourrais demander une autre avance pour assurer mon arrière-train ?

– Ha ha ha ! Toujours le bon mot. Et je sais exactement à qui confier la réalisation du pilote. » Elle mentionna une Indienne, dont Senderovski connaissait le travail sur une série de science-fiction qu'il avait tenté d'apprécier. « J'ai visité sa maison de vacances au Kerala, dit l'agente. Elle a une famille adorable et une maison adorable. »

Senderovski se souvint que l'agente avait dit la même chose de sa maison, de sa femme et de son enfant lors d'une visite qu'elle leur avait rendue quelques années plus tôt. Comme un idiot, il avait gardé ces mots dans le petit sac qu'il avait cousu sous son cœur quand il était petit, et où il avait recueilli tous les mots américains que ses parents ne prononceraient jamais. Il avait une fois de plus oublié une règle essentielle : quelqu'un qui vit sous un ciel perpétuellement bleu trouve du réconfort dans la grisaille où vivent les autres. Tant que le jus d'herbe de blé bio et le yoga existaient quelque part en ce monde, n'importe quoi et n'importe qui était « adorable ».

N'empêche, un créneau ! Et des discussions sur le choix d'une réalisatrice et sur le pilote. Il avait désormais une mission claire et devait affronter un obstacle encore plus clair. Sa vie entière reposait sur sa capacité à le surmonter.

Dee et Senderovski étaient assis sur les canapés imperméables de la véranda qui surplombait la prairie et la bergerie au-delà. Le tapis d'herbe et l'horizon lointain apaisaient toujours Dee, mais plus autant qu'à son arrivée. Elle aussi commençait à se demander, même sans les vues philosophiques de Vinod, si tout cela était réel, si elle n'était pas prise au piège et épinglée comme l'un des papillons de Nabokov pour servir de divertissement à Senderovski ou à quelque puissance supérieure.

« Voici le pilote de notre série, annonça Senderovski à Dee en lui tendant un tas de pages. Je meurs d'envie de te le faire lire.

– Pour sûr, merci, répondit-elle. J'adore tout ce que tu fais. C'est toujours drôle. »

Un Fokker D de l'aérodrome voisin pour vieux avions survola les bungalows dans un crachotement de moteur et retourna vers l'étendue d'herbe tondue qui lui servait de piste d'atterrissage. Senderovski crut discerner une croix de fer sur le flanc du vieux biplan. Encore du *slegs blankes* ? Le surveillait-on aussi depuis le ciel ?

« Et j'ai un petit service à te demander, dit-il. Si tu le lis et que ça te plaît, peut-être peux-tu passer un peu de temps avec notre ami comédien pour le lui dire. Je crois que ça lui ferait le plus grand bien d'avoir l'avis de quelqu'un qu'il respecte vraiment. »

Dee éclata de rire. Sa bouche était gracieuse, reconnaissait Senderovski, comme il trouvait gracieuse la crinière du cheval palomino plus loin au bord de la route. « Il me fait un peu pitié, dit-elle. Cet algorithme est vraiment merdique.

– Je parie que sans l'algorithme, dit Senderovski, il serait quand même amoureux de toi.

– Tu parles, professeur. C'est tout juste s'il m'avait remarquée avant qu'on prenne cette photo.

– Il tombe amoureux des artistes et des penseurs.

– Il n'a même pas lu mon livre. »

La porte de la maison s'ouvrit en grinçant, et Macha apparut avec à la main un grand seau d'eau, en robe d'été plusieurs semaines avant la saison. Elle allait au bungalow Pétersbourg. Elle vit Dee et son mari, se demanda quelle contenance prendre, s'il fallait en prendre une, et décida que c'était finalement inutile. Elle sourit, leur fit signe de sa main libre, et continua jusqu'au bungalow de l'Acteur, accompagnée d'un clapotis sonore, d'une démarche qui penchait à gauche (sa jambe droite était engourdie depuis la nuit dernière), et sa robe lui collant aux fesses jusqu'à ce que, d'une main tremblante, elle tire dessus. Ils la regardèrent déposer le seau à la porte de l'Acteur, frapper deux fois, puis se retourner prestement et faire demi-tour, les yeux baissés sur la fourrure de ses pantoufles.

L'Acteur ouvrit la porte, vêtu d'un simple slip qui voulait tout dire, baissa les yeux sur le seau et appela : « Macha ! » Comme elle ne répondait pas, il cria comme s'il s'adressait à un chien errant, « C'est quoi ton problème ? Reviens ! » Puis il regarda en direction de la véranda, vit Senderovski, et surtout Dee, et parvint à ouvrir la bouche et fermer la porte en même temps.

L'effronterie de Macha toucha Dee plus qu'elle ne toucha Senderovski. Elle repensa à ce que le seau d'eau et son clapotis représentaient. Elle pensa à l'usage qui en était fait et à la main pâle et charnue de Macha. Elle se considéra sans recul critique, vit ses nombreuses qualités, et décida d'être plus audacieuse. « Je lirai ton scénario et j'irai lui parler, dit-elle. Tu pourrais peut-être préparer le terrain. Lui faire comprendre que c'était ton idée. Eh ! Tu m'écoutes ? »

Senderovski regardait sa femme en robe légère retourner à ses patientes et au programme de cours particuliers de son enfant, et pensa à la kyrielle de mystères qui flottait entre deux partenaires, même quand ils sont heureux, lorsqu'ils vont au lit pour la nuit. Il aurait aimé pouvoir tomber amoureux comme sa femme venait visiblement de le faire. Il avait si longtemps couru après la beauté durant sa vie, jusqu'à ce qu'il la rattrape et la trouve, comme tout le reste, à peine digne d'un ou deux chapitres de prose enflammée.

Désormais, tout ce qui comptait, c'était sauver la propriété. La terre couverte de rosée, le bruissement des arbres mourants, la compagnie d'amis qui débarquaient à la gare et le crépitement de la viande grillée qu'on retourne une fois, deux fois – il fallait que tout cela demeure à lui jusqu'à sa dernière quinte de toux.

3

« Si tu as des vues sur ma femme, je peux détourner le regard. »
Senderovski tenait le seau d'eau devant lui, étonné par son poids
et la facilité avec laquelle sa femme l'avait porté.

« Pose ça, dit l'Acteur. Et je n'ai pas de vues sur Macha. » Il
commençait tout juste à se toucher sous les draps quand il avait
été interrompu par le mauvais Senderosvki.

« C'est mon côté chevaleresque qui parle, dit Senderovski. Je
ne me sens lié par aucune contrainte d'un autre âge.

– Qu'est-ce que tu peux être sournois. » L'Acteur s'essuya la
main sur son slip.

« Mets-toi à ma place, dit Senderovski. Je n'ai pas grandi avec
les mêmes avantages que toi. Avantages physiques, financiers,
émotionnels. Et pourtant je suis là, devant toi. Je t'offre un seau
d'eau que ma femme t'a apporté. J'imagine que tu as un gant de
toilette. Tout ce que je veux, c'est qu'on passe à autre chose et
que tu sois heureux. »

L'Acteur ricana. Il se demanda s'il allait continuer ses savonnages
quotidiens avec Macha maintenant que l'excitation de la transgres-
sion avait disparu. Senderovski finissait toujours par tout gâcher.

« Tu crois que tu vaux mieux que moi, pas vrai ? dit l'Acteur.

– Pas du tout. C'est pas une compétition. »

L'Acteur enfila un T-shirt qui lui couvrait à peine le nombril.
Il ne voulait pas parler de Macha, mais il voulait parler.

« Tu as peut-être raison à propos des avantages, dit-il. Certains d'entre nous ont le pas léger. Ils peuvent changer de direction. N'ont pas peur d'apprendre de nouvelles choses au lieu de vivre dans le passé. Je n'ai pas seulement étudié l'"art dramatique". Je ne suis pas qu'un "acteur". J'ai étudié la danse, la musique, la littérature, l'histoire, la théologie, la physique expérimentale et théorique. »

Il montra du geste le bungalow qui sentait les livres et les crottes de souris. « Et finalement, je vaux mieux que toi. Je conduis mieux que toi, je suis un meilleur sous-chef, un meilleur mécanicien aéronautique, un meilleur pêcheur en haute mer, un meilleur détective privé, un meilleur astronaute et je suis certainement plus courageux, et, si je prenais vraiment le temps d'apprendre le métier, je serais un meilleur écrivain. Je sais aussi communiquer avec les gens, susciter leurs émotions les plus sincères. Et je sais les faire jouir. C'est ça, la différence entre nous.

— Je crois avoir compris, dit Senderovski.

— J'en suis pas sûr. Je fais pas ça pour l'argent. Je fais pas ça pour être aimé. Je ne veux pas que les gens pleurent ou rient avec moi. S'ils m'applaudissent, tant mieux. Le silence me va, aussi. Je n'ai pas besoin qu'on écrive de jolis articles sur mon appartement ou mon savon préféré. J'ai du respect pour le travail que je fais. Dès que j'ai découvert la scène, je suis tombé en adoration. Qu'est-ce que tu adores dans le travail que tu fais ? En quoi il t'a appris l'humilité ?

— Permets-moi tout de même, fit Senderovski, de me défendre comme je peux. Même ceux qui n'ont pas tes avantages doivent se débrouiller dans le monde. Il y a un mot russe pour ça : *kroutista*, ça veut dire "virevolter". Virevolter d'une chose à une autre pour joindre les deux bouts. C'est notre condition humaine, à la plupart d'entre nous. On virevolte encore et encore comme une toupie de Hanoucca en décembre. On se met "au service" d'autrui, comme on dit. On n'est pas tous à ton service ?

— Dis à ta femme qu'elle peut venir finir ce qu'elle a commencé, fit l'Acteur. Parce que oui, c'est elle qui a commencé, si tu veux savoir. C'est elle qui a posé les mains sur moi. C'est dire l'estime qu'elle te porte.

– Et elle, alors ? dit Senderovski.

– Quoi, elle ?

– Celle que tu aimes vraiment. Dee.

– Va te faire foutre. J'ai rien demandé, c'est l'algorithme. Pour elle je suis un robot à cause de ce que ton amie m'a fait.

– Et si je pouvais faire quelque chose pour ça ? dit Senderovski. Si je pouvais vous rapprocher naturellement ? Elle est écrivaine, tu es écrivain.

– Je n'ai jamais dit que j'étais écrivain. Seulement que j'en serais un si je m'y mettais sérieusement. Je vais peut-être écrire mes Mémoires, d'ailleurs.

– Elle veut aller se promener avec toi.

– Elle a dit ça ? » L'Acteur croisa le regard du propriétaire. Il était tout rouge, mais ses chakras pulsaient du bleu. Senderovski fut touché par sa vulnérabilité. « Et ses promenades avec Ed ?

– Je crois qu'elle est capable de se promener avec plus d'une personne, dit Senderovski, dont la voix prit un accent de froideur et d'autorité. Vous pourriez peut-être parler du scénario. Je lui en ai imprimé un exemplaire. »

Ah, pensa l'Acteur. *Le scénario. Il l'a enrôlée. C'était ça, son idée depuis le début.* « Non, ce n'est pas un échange de bons procédés, dit Senderovski, anticipant les objections de l'Acteur. Je veux juste que vous ayez un sujet de conversation. »

Il se retourna pour sortir.

« Quand ? cria l'Acteur.

– Quand quoi ?

– Quand est-ce que je peux aller me promener avec elle ? » Maintenant, il demandait la permission. Comme un quémandeur. Comme un homme « au service » de quelqu'un d'autre.

« Je te le ferai savoir, dit Senderovski. Mais ça ne devrait plus être très long. »

La journée passa entre froid et chaleur, mais il s'habilla comme il ne l'avait encore jamais fait depuis l'apparition du virus, jean moulant et T-shirt blanc, destinés à souligner son pouvoir de séduction fondamental, quitte à constamment frissonner et à ce que ses tétons soient d'une fermeté surnaturelle. Il portait aussi une casquette de base-ball au logo d'un club qui n'existait plus et des lunettes de soleil pour que les automobilistes de passage aient plus de mal à le reconnaître.

Au bout de l'allée, conformément aux consignes de Senderovski, elle l'attendait avec son pantalon de survêt et sa polaire habituels, et le fait qu'elle ne prenne pas la peine de changer de tenue pour lui déprima l'Acteur. « Salut, merci d'avoir accepté de faire cette promenade avec moi », dit-il. Il se tournait déjà en ridicule : sollicitant un service au lieu de le rendre. Il fallait qu'il se comporte comme l'homme qu'il était. Sur un plateau de tournage en effervescence, parmi les centaines de sujets de préoccupation, chaque membre de l'équipe en avait plus particulièrement deux : *De quelle humeur est l'Acteur ? Que puis-je faire pour qu'il se sente bien ?*

« Ed et moi, on va toujours dans cette direction, dit-elle. On essaie de l'autre côté ?

– Oui. C'est si mystérieux. Dans cette direction. D'aller se promener. » Qu'est-ce qu'il racontait ?

C'était la fin de l'après-midi, l'éclat du jour s'adoucissait autour d'eux. « J'ai entendu qu'il allait enfin faire chaud la semaine prochaine, dit l'Acteur. Je ne suis pas doué pour parler de tout et de rien.

– J'adore parler de tout et de rien, dit-elle d'un accent traînant. Plus on parle de rien, mieux c'est. Absolument. » Il rit. Il était, comme la plupart des Acteurs importants, plus petit qu'on l'imaginait, de taille très moyenne, vraiment. D'un point de vue pratique, cela signifiait que le minuscule nez de Dee arrivait à hauteur du menton saillant de l'Acteur, qui était désormais parsemé de poils rêches et qu'il nettoyait avec le savon danois raffiné qu'il avait commandé pour l'occasion. Il avait beau ne pas être juif, il rappelait à Dee certains garçons de son quartier tout juste sortis du heder local, dont les yeux brillants d'avoir trop lu les Écritures étaient agressés par la lumière éclatante de la rue des chrétiens. Ces garçons de l'école talmudique avaient une façon de la regarder, ou plutôt de détourner le regard, brûlant du pire et du plus ordinaire type de désir, un désir non formulé, craintif, qui restait coincé dans la poitrine. Son désir à lui n'était pas si différent du leur, non ? Il y avait dans l'algorithme de Karen quelque chose de ce fondamentalisme religieux. Elle était incapable de tomber amoureuse, pensa Dee de l'inventrice de Tröö Emotions ; elle n'avait pas le courage d'accepter l'amour de Vinod, et désormais des millions de personnes à travers le monde devaient porter une croix inutile, et souffraient du désir même qu'elle refusait d'embrasser.

Il valait peut-être mieux en finir tout de suite. Le laisser faire cinq minutes de pompes au-dessus d'elle après s'être laissé prendre dans ses bras et déposer dans un coin d'herbes hautes, faire un selfie et passer à autre chose. Ce matin même elle avait demandé à Macha une pince pour s'épiler les sourcils, et avant de quitter son bungalow elle avait soigneusement inspecté ses dents face au miroir. Mais elle ne s'habillerait pas pour lui. Qu'il bouffe de la polaire.

Des animaux se montrèrent à leur passage. Un faucon doré faisait du surplace juste au-dessus d'eux, dans un courant ascendant. « Ça doit être agréable, dit-elle. De se laisser porter.

– J'ai flotté dans l'air, un jour », marmonna l'Acteur, sans même savoir si c'était l'expression juste pour décrire ce qu'il avait fait un jour dans le ciel du désert des Mojaves, où le soleil lui avait brûlé le dos.

Ils passèrent devant un autre champ de moutons, bien moins entretenu que celui qui se trouvait à proximité de la propriété de Senderovski. Un mouton noir prenait le soleil assis sur son arrière-train, à l'écart de ses camarades. C'est moi quand j'étais petit, voulut mentir l'Acteur, qui se retint. Il n'avait pas dormi de la nuit et avait mis au point sa biographie en prévision de ce moment. Ils passèrent devant un lapin qui se figea de terreur à leur approche, et qui tendit son cou fragile, sa queue blanche prise de piteux tremblements. *J'ai peut-être aussi été comme ça à un moment donné*, se dit l'Acteur. Mais à quel moment ? Un cerf s'arrêta sur la route, les regarda, puis très lentement, avec élégance, leva la patte comme s'il s'apprêtait à jouer du piano.

« Un cerf », dit l'Acteur. Génial. Il était désormais capable d'identifier le commun des animaux. « Magnifique », ajouta-t-il pour le décrire.

Ils passèrent devant un homme qui caressait un cheval avec beaucoup de tendresse derrière une clôture. « Bonjour, Écho », dit l'homme en plongeant le regard dans celui de l'animal, dont les yeux révélaient la profondeur d'âme. (Au retour, ils virent le cheval seul, qui les regarda plein d'espoir et se lécha les lèvres, qu'il avait sensibles et préhensiles.) « Il est vraiment beau, votre poney », déclara Dee à l'homme follement épris, qui leur fit un signe amical.

Ils passèrent devant une famille de campagnards maussades, l'air maladif, et dont les enfants portaient un pull couleur de porridge imprimé du nom d'écoles publiques du coin. Les adultes leur lancèrent un regard plein de haine, persuadés qu'ils étaient de New York, jusqu'à ce que Dee déclare : « Bonjour. Il paraît que ça va se réchauffer tantôt. » S'ensuivit un échange de signes de la main et de modiques témoignages d'humanité. « Ed adore quand j'engage la conversation, comme ça, dit-elle à l'Acteur.

— Je parie que c'est grâce à toi qu'il ne risque rien pendant ces promenades, dit l'Acteur.

— On est passés devant un pick-up avec un drapeau confédéré qui proclamait L'HÉRITAGE, PAS LA HAINE. Mon vieux, ces types-là semblaient prêts à trucider Ed, jusqu'à ce qu'ils me voient. » Ils rirent.

« Qu'est-ce qu'on mangerait s'ils tuaient notre cuistot ? fit l'Acteur. Oh, regarde. Une tortue.

– Celle-là mord, dit-elle en se penchant vers la créature qui commençait sa longue et dangereuse traversée de la route. Je me demande où elle va. Ce n'est pas encore le moment pour elle d'aller déposer ses œufs.

– La pauvre, elle va se faire écraser », dit l'Acteur. Il décida d'attraper l'animal préhistorique par la carapace pour la porter de l'autre côté de la route où l'attendait un étang dont l'eau avait la consistance d'une soupe de pois cassés.

« Attends un peu, Castor Junior, dit-elle. Ne la prends pas comme ça. Y a des tortues alligators capables d'arracher un doigt. » L'Acteur soupira. Il aurait aimé avoir eu le même degré d'engagement envers la nature quand il était petit, et le vocabulaire qui allait avec. La fille de Senderovski avait dit quelque chose de bizarre l'autre jour (entre autres choses bizarres qu'elle disait) : « On peut toujours faire confiance à la nature. » Il ignorait si c'était vrai, mais il enviait à la fillette sa jeunesse à la campagne. En général, il évitait les rôles dans les vastes amphithéâtres de l'Occident parce que le silence des non-humains le déconcertait. Mais Dee, elle, parlait à la tortue.

« Et voilà, ma grande, dit-elle. Je te prends par l'arrière de la carapace, je ne touche pas ta queue, ma douce. Je ne veux pas endommager ta colonne vertébrale. Et maintenant, je te retourne pour que tu puisses avancer plus facilement. Tu regardes derrière toi, mais tu avances. » L'Acteur regarda les pattes jurassiques de l'animal crapahuter sur le bitume pendant que sa carapace laissait une traînée humide sur la route. Elle tourna la tête et referma la bouche d'un claquement de dents, mais succomba bientôt à la fluidité de mouvements de Dee.

Un pick-up noir ralentit et attendit la fin de l'opération pour passer. Il resta au milieu de la chaussée, le moteur ronflant d'impatience. Les yeux de l'animal roulaient constamment dans leurs orbites à écailles, tout noirs ou tout blancs, et l'Acteur se demanda si elle avait peur. Il voulait rassurer la créature mais ne savait pas comment. En la caressant ? La carapace l'en empêchait évidemment, et rien chez une « tortue qui mord » ne suggérait la possibilité d'un échange affectueux. La seule chose à faire, c'est ce que faisait Dee.

Après avoir porté la tortue jusqu'à l'étang couvert d'écume de l'autre côté de la route, Dee la retourna par l'arrière de la carapace et la remit dans le bon sens, pour qu'elle ne soit pas perdue. Ce geste prit l'Acteur au dépourvu, et il sentit monter une bouffée de tristesse inexpliquée qui faisait souvent office chez lui de substitut à l'amour. Il ne savait pas qu'en plus d'être drôle, combative et du Sud, Dee pouvait aussi être attentionnée. S'il y avait des émotions encore plus authentiques que celles entrevues dans la version améliorée de la photo, il ne voulait pas se perdre dans leur profondeur.

Le conducteur du pick-up klaxonna deux fois, peut-être pour saluer le beau boulot de Dee. L'Acteur essaya de voir sa tête à travers les vitres teintées, mais n'aperçut que son propre reflet.

Une pluie fine se mit à tomber, et Dee voulut savoir si l'Acteur avait froid en T-shirt et s'il voulait faire demi-tour. Il n'avait jamais été aussi passionnément opposé à une idée. S'ils continuaient leur promenade, il sentait qu'ils allaient se trouver, renforcer leur lien au-delà de leur rencontre avec la tortue, même s'ils ne disaient presque rien, le visage charmant et assuré de Dee se reflétant dans les lunettes de l'Acteur.

La route n'était plus goudronnée et ils pataugèrent dans la terre mouillée à l'ombre fraîche sous le couvert des sapins. Après les sapins, ils tombèrent sur une clairière pleine de constructions mal foutues qui faisaient penser à une version apocalyptique du domaine de Senderovski. De petits bungalows en bois entouraient une Maison sur la Colline couverte de stuc elle aussi dotée d'une véranda (bien que les moustiquaires aient depuis longtemps été remplacées par des feuilles de métal qui claquaient au vent de façon menaçante). Sur chaque bâtiment abandonné on aperce-vait des gribouillis à la craie tracés par des mains adolescentes ou de grands enfants plus cosmopolites qu'on ne s'y attendrait à la campagne : « Ömercan Güldal est passé par là. Viv la Turquie ! » « João Sousa, future superstar de la NBA, vous salue. » « Gianni Fusco, lit n° 12, fait bobo à ton cul. *Forza Italia !* »

« On dirait que c'était une espèce de camp international pour enfants ou quelque chose comme ça, dit l'Acteur.

– Je pense que tu as raison », fit Dee qui montra un panneau à moitié dissimulé par du sumac grimpant sur lequel on pouvait lire CAMP INTERNATIONAL. Il était orné d'une guirlande de drapeaux dessinés par les enfants, représentant leurs pays d'origine. « Si on se mettait à l'abri de la pluie. » Elle le prit par la main et l'emmena dans un théâtre à ciel ouvert qui sentait la mousse et le bois. Un globe géant avait été peint au-dessus de la scène dans le même style adolescent et bâclé que le reste de la signalétique, avec la légende LES ACTEURS NOUS MONTRENT LE VRAI VISAGE DU MONDE.

« Je ne peux pas contester ça, hein ? » dit-il. Elle lui tenait tou-jours la main et avait appuyé le pouce au creux de sa paume comme à dessein, croyait-il.

« C'est exceptionnellement mal formulé, dit-elle du panneau.

– J'ai l'impression que l'anglais a été passablement violenté par ici, dit-il. Comme les victimes de Gianni Fusco. Tu as un joli rire, à propos. C'est la première fois que je te fais rire, non ? De façon intentionnelle, j'entends. »

Ce n'était pas le moment de l'embrasser. Ils s'assirent sur la scène, et elle s'appuya contre l'épaule de l'Acteur de façon à ce qu'ils se tournent le dos. Le T-shirt de l'Acteur était mouillé, il frissonna violemment et elle repensa au petit lapin qu'ils avaient effrayé en chemin. Il y avait une boîte de préservatifs vide à côté d'elle ; l'étiquette orange du prix lui indiqua qu'ils étaient deux fois moins chers ici qu'à New York. Il pleuvait plus fort sur le toit de la scène, mais il n'y avait pas de fuite et ils se sentaient à l'abri pour l'instant. Elle se dit qu'il fallait changer ça.

« Je regrette ce que Karen t'a fait, dit-elle.

– S'il y a un antidote, je n'en veux pas. Même si elle m'en a offert un avant-goût gratuitement.

– Pourquoi tu n'en veux pas ?

– C'est la même chose que de tomber amoureux sans, au bout du compte.

– Comment ça ?

– On tombe d'abord amoureux de soi-même. De celui qu'on veut être quand on fréquente la personne dont on croit qu'on est amoureux d'elle. Pardon, mon anglais pas très bon. J'espère que tu comprends future superstar NBA. »

Cela ne la fit pas rire. « Continue, dit-elle.

– C'est seulement après, si on s'ouvre un peu, qu'on tombe amoureux de ce que l'autre personne est vraiment, mais dans un premier temps on l'aime parce qu'elle nous met en valeur. C'est ensuite qu'on a tout un tas de raisons de l'aimer. » Il parlait très vite. Il était sur scène, une fois de plus, ce qui lui vaudrait les acclamations de n'importe qui sauf elle. « Comme quand je t'ai vue porter secours à cette tortue. Je me suis dit : Ah, elle est comme ça. Mais le projet reste le même. L'épanouissement personnel. Ed ne t'aime pas autant qu'il aime le circuit fermé que tu as fait de lui.

– Ça suppose deux choses. La première, c'est que je ne suis pas vraiment faite pour être aimée, sauf quand cela implique des animaux dont la carapace est plus épaisse que la tienne. La deuxième, c'est que tout le monde est aussi autocentré que toi. Que personne d'autre que toi n'est capable d'apprécier quelqu'un pour ses qualités propres.

– Ça fait trois suppositions. Et tu es plutôt faite pour être aimée. Je ne vais pas mentir en disant que je ne suis pas autocentré. Et ça n'était pas comme ça quand je n'étais pas connu. Ça m'a été imposé par la société.

– Donc c'est la société qui t'a tourmenté avant l'algorithme de Karen ?

197

– Tu vois, on est prisonnier de l'idée que les nantis, qui le sont souvent devenus par leur dur labeur, n'ont pas le droit d'être malheureux.

– Presque toute la littérature a pour sujet le malheur des privilégiés. *Anna Karénine* ? Genre, tu peux m'expliquer pour quelle raison le coiffeur Uchi n'est pas heureux ? » Uchi était l'un des colocataires de l'émission de télé-réalité japonaise dont la petite amie et ses copines avaient mangé sans lui demander la permission le précieux bœuf dans sa boîte en bois qu'une cliente lui avait offert.

– Elles ont mangé sa viande ! Elles ont volé une part de son identité.

– Parce que l'algorithme de Karen t'a volé ton identité ?

– Non, c'est ça, mon identité.

– "Mon identité en elle-même est une cause de violence."

– Hein ?

– C'est une chanson. De NWA.

– Comment ça se fait que tu connaisses autant de vieux groupes de rap ?

– Parce que je suis blanche. Comment ton identité peut-elle se résumer au fait de me courtiser ?

– Parce que je suis tombé amoureux…

– Arrête de dire "amoureux" à tout bout de champ. Ça te donne l'air d'être encore plus programmé. »

L'Acteur soupira. « Je n'arrive pas à faire en sorte que tu me regardes autrement que comme un éclopé.

– On va bientôt baiser, dit-elle. Alors je veux que tu sois plus séduisant, sinon ça risque d'être nul à chier.

– Merde, pourquoi tu es tout le temps comme ça ? Tu es tellement hostile. » Dee pensa à sa mère, à sa façon agressive de flirter avec les flics, les juges et les agents de recouvrement. Hostile. Mais c'était trop tard pour qu'elle change de méthode. Un type comme Ed, ça lui semblait logique. Il cuisinait bien ; il s'exprimait poliment ; il prendrait bien soin d'elle, comme on dit sans ironie.

Alors qu'est-ce qu'elle faisait là avec ce type, en dehors du fait qu'il était « au cœur de notre culture », comme l'avait un jour décrit Senderovski ?

« Je te rends service, dit-elle. Je sabote l'algorithme. J'essaie de te convaincre qu'il n'y a rien d'unique à être, je cite, amoureux de moi. Parce que Karen ou pas Karen, les sentiments que tu éprouves n'ont rien d'unique. Le monde est à feu et à sang, au cas où tu ne l'aurais pas remarqué. On appartient tous à la génération L, désormais.

– Continue, cite ton petit ami. La seule raison pour laquelle il te plaît c'est qu'il ne t'intimide pas.

– Qui a envie d'être intimidé ?

– C'est mieux de l'être. L'amour devrait être effrayant. On devrait trembler en sa présence. Sous peine de finir comme Sacha et sa femme.

– Tu veux dire, ta petite amie.

– Pitié. On essaie juste de passer le temps.

– Incroyable.

– Tu sais ce que je l'ai entendu dire à son agente, un jour ? Il m'a surnommé "Regard de miel à l'âme pourrie". C'était avant que je touche sa femme.

– Et tu te laisses atteindre par ça ? La carrière de Sacha a connu son pic il y a si longtemps que j'ai même du mal à me souvenir des raisons de tout le ramdam qu'il y a eu autour. La Russie machin-chose.

– Comme si tu n'avais pas lu son scénario. Comme si ce n'était pas pour ça que tu étais là.

– Non, je ne suis pas un épagneul qui fait ce qu'on lui dit. Même si à ta place je ferais cette putain de série et je passerais à autre chose. On ne peut pas non plus dire que tu aies une carrière éblouissante, depuis quelque temps. J'ai lu les critiques de *München am Hudson* et *Terabyte*. Merde.

– Génial. Merci pour ça. Donc tu veux juste baiser et passer à autre chose, c'est ça ?

– C'est la vie. On va de l'avant. Jusqu'à la conclusion logique.

– Tu vas baiser avec moi sans prendre le moindre plaisir.

– Ça dépend entièrement de toi. »

Il la saisit par les épaules et la retourna. « Non, dit-elle. N'essaie même pas de t'y prendre comme ça.

– Je n'essayais pas… » Il lui lâcha les épaules. « Tu sais quoi ? C'est moi qui suis censé être l'Acteur, et pourtant je suis le seul d'entre vous qui ne passe pas son temps à jouer la comédie. Le seul à ne pas copier ou imiter. Parce que c'est ce qu'exige mon métier. Mais regardez-vous. L'écrivain russe. Le brahmane sentimental. L'Asiatique version *Retour à Brideshead*. Et toi. La pocharde sudiste et survoltée.

– Retire ce T-shirt mouillé, il est dégueulasse. C'est stupide de s'habiller comme ça par un froid pareil. Avec un virus qui circule. Tu cherches à m'impressionner ? Tu crois que je ne sais pas à quoi ressemble ton corps ? On le sait tous, à quoi il ressemble. Hip hip hip hourra ! Il a un beau corps. »

Il retira son T-shirt mais se débrouilla pour le déchirer sous les aisselles. « On va nous voir, dit-il avec un hochement de tête en direction de la route qui formait un virage devant le théâtre.

– Et ça te pose un problème ? Le monde est une scène.

– "Les acteurs nous montrent le vrai visage du monde."

– Quoi ? »

Il montra l'écriteau au-dessus d'eux.

« Retire ton jean, dit-elle.

– Non.

– Non ? » Elle évita de croiser son regard de petit garçon, le tremblement de ses yeux. « Très bien », dit-elle. Elle lui déboutonna le jean, un bouton après l'autre. Avec son caleçon autour des chevilles, il avait l'air pris au piège. Mais il bandait quand même, et le triangle de son pubis était particulièrement sombre. Si elle ne prêtait pas trop attention à l'expression de son visage, elle pouvait se croire avec un homme.

Quand elle retira sa polaire, il remarqua la perfection de son corps, sa peau ferme et jeune, et un sinistre soutien-gorge rose une taille trop grand. Elle retira son pantalon de survêt comme on sort un couteau de son fourreau. La culotte déparait du soutien-gorge, filigranée, ce qui lui fit désirer plus que tout le contact de son corps chaud. Que pouvait-il prendre et que fallait-il donner ? « Je te lèche ? demanda-t-il. Ou... »

Elle roula sur le flanc, détourna la tête. Il la caressa, mains sur le soutien-gorge, lui massant maladroitement les seins. C'était le meilleur moment, trouvait-elle. Peau contre peau. Elle ne le regarda pas dans les yeux et n'essaya pas de comprendre l'odeur de ses cheveux, le terrible après-shampooing qu'il mettait sur ses boucles dignes de Samson. Elle éprouva un merveilleux sentiment de solitude au contact des mains qui n'osaient pas se glisser sous l'armature du soutien-gorge, mais aussi au contact de la chaleur d'un corps masculin qui haletait derrière elle, son souffle d'une douceur toute professionnelle contre le lobe de son oreille. Elle écarta sa culotte – *culotte*, pensa-t-il, conscient du miracle de sa présence, et du miracle de son absence – puis le guida en elle, et il sourit en entendant le son familier de la pénétration.

Elle ne s'attendait pas à ce que les planches de bois couvertes de pollen soient si dures au contact de ses hanches (elle aurait un bleu, c'est sûr, un souvenir qu'elle examinerait sous la douche, s'il restait de l'eau ce soir), et posa les yeux sur un vieux ballon de football américain, abandonné depuis longtemps par les semblables d'Ömercan Güldal et João Sousa, les marques de dents d'un opossum du coin toujours visibles sur son cuir tendre. Et partout des graffitis, de jeunes qui clamaient leur nom à l'intention des générations futures de colons, générations qui ne viendraient jamais. Tout cela faisait partie du moment qu'elle était en train de vivre, et s'ajoutait aux milliards de moments qui alimentaient la folie quotidienne de la planète. Elle poussa plus fort contre lui, sentit ses fesses battre contre la peau douce et imberbe de ses flancs, voulait lui donner un petit supplément, peut-être même lui prouver que l'amour restait possible. Son souffle formait un nuage dans l'air chargé.

Ses coups de boutoir firent perdre son rythme à l'Acteur. Il était suspendu en elle, rien de moins. *Tout le monde se sert de moi*, pensa-t-il. *Comme une ressource naturelle. Elspeth, Macha, cette femme. Et je les laisse faire. Pourquoi je ne peux pas être comme le lapin sur la route ? Le mouton à l'écart de ses frères, assis sur son cul, seul ? Pourquoi dois-je travailler si dur et être si vulnérable ? Qui a fait de moi un faucon prisonnier d'un courant ascendant ?*

Quand les pneus mouillés d'un pick-up crissèrent sur la route de terre, quand ses phares passèrent lentement, très lentement sur la forme unique qu'ils avaient faite de leurs deux corps dans un éclat de lumière jaune extraterrestre, il cacha son visage mais jouit instantanément.

« Je ne veux plus que tu tournes autour de l'autre vieille, lui dit-elle quand ils se rhabillèrent.

— D'accord », répondit-il. Il espérait qu'elle n'avait pas vu son grand sourire dans l'obscurité naissante. Elle le voulait pour elle seule ! Bizarre, dans n'importe quelle autre situation, il aurait totalement cessé de s'intéresser à elle après ça. Puis un vieil instinct reprit le dessus, et il demanda comme un idiot : « Tu prends la pilule ?

— Avec la plus grande diligence. »

Sur le chemin du retour, tous deux perdus dans leurs pensées, ils passèrent devant une demi-douzaine d'animaux écrasés sur l'asphalte détrempée. L'Acteur eut un mouvement de recul devant chacun d'eux, mais Dee savait très bien ce qu'était un opossum mort. Il n'empêche, c'était bizarre que chaque créature saigne au-dessus de l'œil, comme abattue par un tireur d'élite d'une balle de calibre .22. Quel genre de personnes habitait le long de cette route ? Au moins, la tortue qui mord était à l'abri dans la soupe de pois cassés de son étang.

Elle observa la silhouette assombrie de l'Acteur, le blanc éclatant de son T-shirt déchiré sous les aisselles, les mains écartées devant lui comme quand il l'avait prise par les fesses sur la scène froide et vide.

4

« Le *geh* fait *meong-meong, meong-meong* ! » aboyait Nat.

Karen applaudit et la chatouilla sous ses petits bras maigrichons. Les enfants poussaient des cris perçants quand on les chatouillait – c'était un fait. Nat se souviendrait-elle de ces petits plaisirs quand elle serait grande ? Karen ne se souvenait pas de ceux qu'elle avait connus. C'était un méli-mélo d'heures de télé volées, de cassettes fourrées dans des Walkman, de cours de programmation informatique que son père lui faisait prendre au YMCA local (qui mieux que lui savait qu'ils finiraient par payer si joliment ?), et le dialecte de « Mangouste » qu'elle avait inventé avec Evelyn, couinements et grognements et clappements de langue que leurs parents ne pouvaient comprendre, sa logique aussi intuitive pour elle que celle du BASIC ou du C++. Mais lui avait-on déjà fait des chatouilles, à elle ? Elle croisa les bras et tenta de se chatouiller toute seule sous les aisselles. Peut-être cela ne marchait-il que quand quelqu'un d'autre vous en faisait.

L'enfant se levait plus tôt que ses parents, et elles commençaient sa leçon de coréen avant que Macha ne l'emmène à la poursuite sans joie du russe, des maths de CE2 ou du flux continu de la thérapie pratique. (« Maman, combien de temps va durer la séance avec le Dr Sandra, aujourd'hui ? ») Pendant une heure, Nat et Karen vivaient dans un monde où les cochons faisaient le seul grognement possible, *ggul-ggul-ggul*, parce que sur quelle planète un gros *dwaegi* aux oreilles roses pouvait produire un son aussi affecté que *groin-groin* ? Elles s'étaient concentrées sur les animaux, pour commencer, puisqu'il y en avait partout autour d'elles. Un *geh* était à la fois un chien et un crabe. Un *neoguri* était un chien viverrin, un citoyen curieux originaire d'Extrême-Orient, comparable à un renard. Steve, quant à lui, était claire-ment une *mamo*. (Toutes les langues devraient avoir autant de voyelles que de consonnes, respectivement dix et seize dans le hangeul, l'alphabet coréen.)

Karen n'était nullement qualifiée pour enseigner le coréen, elle le savait, ayant été élevée dans l'encombrant chassé-croisé linguistique propre aux immigrés, où les parents parlent à leurs enfants dans leur langue maternelle et où ces derniers répondent dans leur infamante langue adoptive. Seuls Vinod et Senderovski s'étaient accrochés à leurs langues respectives avec talent, même si Karen trouvait qu'ils avaient eu plus de mal à s'adapter, à accepter qu'ils étaient ici pour de bon et plus là-bas (en témoignaient l'accent tenace de Vinod et la folle obsession de Senderovski pour ses bungalows).

Mais Karen adorait les sonorités de son propre sabir mi-anglais mi-coréen, et c'était dur d'empêcher Nat de le répéter à la table du dîner, où elles voyaient toutes les deux que Macha était vexée et surprise. « Beaucoup de grands écrivains parlent russe », lui dit un jour Karen devant le cabillaud *alla livornese* brûlant d'Ed, « comme ton papa ». Mais il n'y avait pas d'équivalent russe de BTS, pas de J-Hope avec son étrange sacoche « gland » et son parfait *aegyo* (ses jolies mimiques), et certainement aucun ado-rable Jin avec ses blagues ringardes et ses lèvres pleines. Karen était fascinée de voir l'ouverture au monde de son pays d'origine, alors que celui de Senderovski ne cessait de saper la poignée de bonnes choses qu'il comptait. Pas étonnant que la petite veuille de l'un et pas de l'autre.

Les murs de son bungalow étaient désormais transformés. Elle était chaque jour au téléphone avec son assistante, organisant un défilé sans fin de camionnettes dans l'allée de gravier, Macha observant le déchargement des colis au terminus de l'allée puis leur transport jusqu'au bungalow de Karen. Dans l'esprit de Macha, les mots « Je suis en train de la perdre » se battaient au corps à corps, syllabe après syllabe, avec « Mais elle est si heureuse ». À l'heure du bain Macha avait tenté de roucouler à sa fille des chansons russes qui avaient pour protagoniste un crocodile accordéoniste tout en la chatouillant pour la faire crier, mais l'enfant remuait sans affect entre ses mains, la chaleur et les joies de la journée lui collant toujours à la peau. En tout cas elle passait moins de temps devant les écrans, et plus à faire des jeux d'imagination. Sa façon de parler était moins rigide, plus pragmatique. N'était-ce pas exactement ce qu'ils avaient attendu de l'Académie de la Bonté ? Une amie ? Karen avait près de cinquante ans mais avait aussi, d'après Macha, toutes les qualités requises.

Les murs du salon de Karen étaient couverts de hangeul et de petites cartes faites à la main, comprenant toutes les consonnes et les voyelles de l'alphabet. Nat les assemblait en diverses combinaisons, dans un ondoiement de diphtongues à travers la pièce, pendant que les murs de l'autre pièce étaient couverts de posters de BTS tirés de la tournée *Love Yourself* et de draps de lit BTS, prétendument en microfibre, que Karen changeait dès qu'elle rentrait, après être allée regarder l'émission de télé-réalité japonaise dans le bungalow d'Ed ou avoir dansé avec Vinod sur la véranda. Dans l'imagination de Nat, les membres de BTS vivaient tous secrètement dans le bungalow de Karen quand ils n'étaient pas en tournée, et ils étaient devenus ses amis. Elle et Karen regardaient des vidéos sur leurs plats préférés, le choix sans surprise de J-Hope se portant sur un bon vieux *haembeogeo* (diphtongues, regroupez-vous !) et du riz sauté au kimchi, alors que Jin était plus délicat avec son goût pour le homard, les nouilles de sarrasin froides en été avec poitrine de bœuf et vinaigre de cidre. « Allez, Ed, dit Karen, prépare du *naengmyeon* pour Nat. Elle meurt d'envie d'y goûter. Lâche un peu tes plats méditerranéens. Tout ce *chee-juh* me donne des gaz. Arrête un peu avec ta haine de soi. »

Ils dressaient la table sur la véranda, l'heure magique faisant place au crépuscule, Vinod lisant déjà sur son tapis dans la prairie tondue de frais en contrebas, appuyé sur un coude, les jambes trop raides pour s'asseoir en tailleur.

« Je ne cuisine pas coréen, dit Ed. Ça réclame un savoir-faire complètement différent. Il fait encore trop froid pour préparer du *naengmyeon*. Et ta famille n'est pas du Nord, de toute façon.

– Prépare au moins du riz sauté au kimchi. J'en ferais bien, mais je brûle tout. Je n'ai pas de patience. La dernière chose que m'a dite ma mère avant de mourir c'est que j'ai toujours été destinée à divorcer précocement. »

Ed tira sur sa cigarette et exhala un filet de fumée misérablement riquiqui. « Qu'est-ce qui t'est arrivé, *noona* ? lui demanda-t-il. Tu m'inquiètes.

– À quel sujet ?

– La petite. Ce virus disparaîtra un jour, et il faudra que tu lui fasses tes adieux. C'est pas ta fille, tu sais.

– Merci, Ed. Que deviendrais-je sans ta foudroyante sincérité ?

– Tu veux être coréenne tout d'un coup, alors parle comme une Coréenne.

– Pourquoi tu me détestes ?

– Qu'est-ce qui te fait croire que je te déteste ?

– Dee.

– J'aurais eu des chances avec elle sans ton produit à la con. Et ne me dis pas qu'elle n'est pas bien pour moi, comme si tu étais experte en ce qui est bien pour moi. »

Elle le regarda. Il avait encore presque tous ses cheveux, et sa mâchoire restait bien dessinée, mais les signes de l'âge apparaissaient autour de ses yeux. Elle pensa à la leçon de demain avec Nat. Comment disait-on « toile d'araignée » ? Une araignée, ça se dit *geomi*, donc…

« Et encore un truc, dit Ed, se servant de sa Gauloise allumée pour appuyer son propos. Ne fais pas comme si Nat n'avait pas de problèmes. Je l'ai entendue pousser des hurlements pour un rien.

– Elle a huit ans.

– Et répéter la même chose, encore et encore, sans aucune logique. Macha est thérapeute. Elle peut l'aider.

– Macha est complètement larguée, au cas où tu ne l'aurais pas remarqué.

– Pourquoi tu ne t'en tiens pas à ce que tu connais ? Pourquoi tu ne t'en tiens pas à pousser les gens au désespoir ?

– Ed, arrête. Qu'est-ce que tu veux que je te dise ? Je n'ai jamais cherché à te faire du mal. »

Il ne répondit pas. La fumée continuait de jaillir en petits traits bleus qui lui rappelèrent l'essentiel du vocabulaire de son père. Il était si difficile pour elle de voir en Ed un romantique alors qu'il ressemblait déjà à un *ajeoshi* quinquagénaire à la fac, la fumée qu'il soufflait d'un coin de la bouche, l'alcool qu'il buvait de l'autre, la garde-robe coûteuse et maniérée, les lunettes de soleil.

« *Joesong hamnida* », dit Karen. La veille, elle et Nat avaient abordé les façons de demander pardon en coréen, au cas où Nat écraserait accidentellement le pied de J-Hope ou bousculerait une personne âgée dans le métro de Séoul quand elles pourraient enfin s'y rendre ensemble.

« Ton accent est atroce », dit Ed.

Les jours passèrent, et il ferait bientôt un temps propice à la préparation du *naengmyeon*, même si Ed refusait toujours de faire ce plat d'été qui se mange froid. L'air sentait le froid et l'humidité, à la mi-journée les pelouses alentour scintillaient, et les plus pauvres des habitants du coin lavaient leur voiture. Les pommiers étaient en fleur et Senderovski colla le nez sur une branche basse. Aaah ! Les bas-côtés de la route étaient secs et les oies de passage apprenaient à se contenter de peu. Steve la marmotte apparut sur les lattes du tour de piscine, courant tout étourdi par le soleil et agité comme un chauffeur de taxi londonien qui prend ses deux semaines de vacances sur la Costa del Sol. Les abeilles et les fourmis, ouvrières syndiquées du royaume animal, se lançaient dans leurs projets de construction respectifs. Les pivoines, les rhododendrons et les cornouillers fleurissaient l'un après l'autre, bombardant la propriété de leur pollen, seul Ed et ses lunettes de soleil refusant d'éternuer, se frottant le nez avec le poignet quand l'envie s'en faisait sentir. Dans le Cottage aux Berceuses, Vinod enfila une *kurta* qui lui donnait l'air plus élégant et naturel dans la chaleur naissante que la plupart de ses camarades colons. Les mains sensibles et gercées des résidents les plus blancs de peau s'assouplirent et rosirent. Et quand les polos unisexe des années 1970 que Karen avait commandés pour Nat furent livrés, il faisait trop chaud pour les porter (ce qui ne l'empêcha pas de les porter, malgré tout, parce que Karen-*emo* avait les mêmes).

Senderovski était prêt à faire rouvrir et remettre en service la piscine pour éradiquer les effets de l'hiver dès qu'il trouverait de quoi rembourser la dette colossale contractée auprès de la société d'entretien. Entretemps, le filet de badminton promis fut posé sur la pelouse devant la maison, et tout le monde comprit que Vinod, en T-shirt et *dhoti*, malgré ses capacités respiratoires limitées, jouait dur et vicieux, faisant mine de viser maladroitement le volant pour effectuer au mieux un service faiblard, avant de le propulser au-dessus du filet dans un accès de jubilation. Il l'accompagnait même d'un rire étonnamment diabolique, imitation approximative du démon moustachu figurant sur les flacons de Hawaban, le puissant laxatif connu dans toute l'Inde, qui dit « J'ai faim » après avoir copieusement coulé un marbre. Vinod et ses frères tentaient de recréer son rire quand ils s'entassaient et jouaient des coudes sur le canapé en similicuir laissé par les locataires précédents – qui à lui seul aurait pu faire office d'armoiries du comté de Queens – et s'écriaient : « J'ai faim ! »

« Aïe, Vin ! gueulait Karen quand elle se prenait le volant sur le front. Qu'est-ce que…

– Quinze-huit pour Vinod », annonçait solennellement Nat, pour qui compter les points tenait du rite sacré.

Dans le sourire victorieux de Vinod, Karen décelait parfois un trait qu'elle ne lui connaissait plus depuis qu'il était tombé malade dix ans plus tôt : le petit cornichon de désir, le piquant supplémentaire de son sourire, et la gêne avec laquelle il collait ses bras le long de son corps après un service gagnant pour cacher les filets de sueur qui coulaient sur ses poignets. Les lui cacher à elle.

C'est le livre qui la fit changer d'avis. Elle avait lu les essais et les nouvelles publiés par Vinod ici et là – dont certains avaient reçu un accueil favorable et avaient valu à son ami le triste statut de vacataire hypothétique dans quelques circuits universitaires périphériques. Elle et Senderovski se plaignaient souvent en privé que Vinod n'ait pas les dents assez longues. Quand ils étaient plus jeunes et se démenaient pour se bâtir une réputation, ils voyaient dans la douceur de Vinod un antidote à leur propre férocité. « Que devient notre petit pote ? » demandait Senderovski dans son mobile finlandais à clapet de l'époque. « Il n'a pas envoyé sa candidature à temps, répondait Karen, donc il n'est plus dans la course pour le poste de prof. » « Tu veux bien tenter de le secouer ? » « Moi ? » « Oui, il t'aime. Moi je suis juste son frère dont la mère a des taches de rousseur. » « Bah, c'est trop tard, maintenant. »

C'était toujours trop tard. Même si la carrière de Karen avait aussi eu du retard à l'allumage. Malgré une enfance de geek C++ et le lycée pour matheux bondé de petits immigrés où elle avait eu son bac avec Vinod et Senderovski, elle avait poursuivi ses études au sein de l'institut de la mode de New York et n'était passée de la mode (avec ses marges impossibles) à la technologie que vers l'âge de trente-cinq ans. (« D'une certaine façon, c'est la même chose, avait-elle déclaré dans sa première interview après le changement de dimension de Tröö Emotions. On fait en sorte que les gens se prennent pour quelqu'un d'autre. ») Au début, dans l'univers très masculin du regroupement de start-ups où elle travaillait, on l'avait snobée et considérée comme la hipster de service, l'Asiatique cool qui jouait du ukulélé dans un bar de Bushwick pas plus grand qu'une voiture de métro et concevait des logos hallucinants, mais Karen avait pris des notes, assimilant peu à peu les informations, comme elle l'avait fait toute sa vie. Son arme secrète : elle n'éprouvait pas le besoin d'impressionner qui que ce soit, ni la brochette de programmeurs mégalomanes tendance Asperger qui passaient leur temps à coder, beaucoup sortant d'ailleurs du même lycée spécialisé dans les maths qu'elle, ni même sa mère ou son père, qui ne la connaissaient pas, n'avaient aucune idée de ce qu'elle fabriquait, et ne souhaitaient qu'une seule chose : qu'elle produise deux enfants supérieurement intelligents, dont au moins un se devait d'être un garçon.

Pendant ces années à la dure qui précédèrent le succès de Karen, les atermoiements de Vinod et son absence de progrès eurent néanmoins pour elle l'effet d'un baume. « Je vais me transformer en Vin », avait-elle dit à Senderovski après un échec. « Je ne vois pas comment c'est possible », avait-il ricané. « Non, on va emménager ensemble. J'ai toujours voulu vivre au-dessus d'une épicerie. » « Tu imagines comme c'est pratique ! »

Mais il y avait désormais le livre. Karen lisait encore raisonnablement, mais ne s'était jamais vue en lectrice aussi avide que ses deux amis. Il y avait un auteur japonais qu'elle adorait parce que sa prose claire et aérée la tranquillisait toujours. (L'émission de télé-réalité qu'elle regardait dans le bungalow d'Ed lui donnait parfois la même impression de paix et de contentement.) Le livre de Vinod lui inspirait un autre type de réaction.

S'il en avait situé l'action dans le Queens – son district, leur district –, la signalétique lui aurait été familière, et elle aurait pu naviguer sur ces pages en riant des similarités entre son enfance d'immigrée et celle de Vinod, comme c'était le cas avec les romans de Senderovski. Mais l'action de ce livre se déroulait en Inde, dans l'université d'une grande ville qui, supposa-t-elle, n'était pas Bombay. (D'une part, elle n'était pas au bord de la mer, d'autre part, il y avait de nombreuses allusions au fait qu'on était en province.) Elle lisait cinq pages par jour, puis en citait des extraits à Nat rien que pour entendre la langue de Vinod sortir de sa bouche. Après quoi elles se faufilaient dans la maison principale pour chercher la définition de mots qu'elles ne comprenaient pas, Nat heureuse de faire partie d'un projet secret avec Karen-*emo*.

Le Congrès national indien. Le sikhisme. Le Jammu-et-Cachemire. Pukka Sahib. L'architecture anglo-indienne. Les lakhs et les crores. L'Ārtī. Le texte était plein des forces vives du pays, d'arguments et de contre-arguments, de magouilles politiques et de pratiques postcoloniales d'une élite occidentalisée. Elle ne comprenait pas toujours tout, ne savait pas quels passages relevaient de la comédie (Senderovski, lui, parsemait généreusement ses textes de points d'exclamation pour guider ses lecteurs), mais la densité du texte lui donna l'impression que l'auteur tentait de ronéotyper le passé qui avait fait de lui Vinod Mehta, et si cette fonte de caractères 10 points était porteuse de beauté ou de rire, tant mieux, sinon, personne ne pourrait l'accuser de faire le malin ou de mentir.

Mais surtout, c'était aussi une histoire d'amour entre deux personnes et une société qui préférait les séparer. C'était conventionnel, évidemment, surtout pour une histoire qui se passe en Inde, avec ses allusions fréquentes au statut familial, à la clarté de la peau et aux brutales contraintes des castes. Mais les protagonistes lui étaient familiers. C'étaient sa mère et son père, leur amour presque traité comme un objet sacré, le seul droit de naissance qui revenait à Vinod. C'était le récit de la fin de l'innocence pour ses parents, des années d'instabilité entre une éducation respectable au sein de la classe moyenne d'un pays pauvre et les tribulations de l'immigration dans un pays riche.

Ici, le jeune homme qu'était le père de Vinod ne le frappait plus sur la tempe, ne le traitait plus quotidiennement de *bhenchod* pour mieux maquiller sa propre impuissance, et la jeune femme qu'était sa mère ne le rabaissait pas, ne le comparait pas à ses deux grands frères dont le sourire éclatant et la pure vénalité mercantile étaient une invite à la réussite américaine. Parce que c'était un

« mariage d'amour », rare pour l'époque et l'endroit, il fallait que les protagonistes tombent amoureux. Et comme il fallait qu'ils tombent amoureux, Vinod était obligé de puiser dans ce que ses parents avaient de meilleur à partager pendant leur jeunesse, d'ignorer le rebut de leur vie d'après, les inévitables déceptions du Queens, la haine tenace que se vouaient leurs familles respectives.

Et pour finir, le livre parlait d'eux. Karen et Vinod. D'un homme qui tente de convaincre une femme de sa valeur, bien qu'il soit clair qu'il n'était pas encore à la hauteur des obligations de l'âge adulte ou des devoirs induits par la paternité.

Une pensée : s'ils avaient entamé une relation plus jeunes et avaient eu un enfant, Vinod serait-il devenu une autre version de son père ? C'était désormais impossible à dire, mais y avait-elle pensé alors ? Que derrière la gentillesse se dressait une main prête à frapper ? Était-ce l'une des raisons qui l'avaient poussée à le rejeter ? Quand ils étaient encore au lycée, la première année de leur amitié, ils s'étaient juré tous les trois de ne jamais avoir d'enfants, et seul Senderovski avait rompu le pacte après en avoir été le plus ardent promoteur.

Après avoir lu la moitié du livre, elle se demanda si elle allait lui dire qu'elle le lisait. Ils étaient allés dans son Cottage aux Berceuses un soir après avoir fumé un nouvel échantillon très puissant de marijuana que son assistante lui avait envoyé de New York – l'herbe avait provoqué une douce paralysie qui leur avait donné l'impression que tout ce qui leur arrivait se produisait avec une minute de retard – et elle se vit retourner en courant au bungalow, tendre le bras sous le lit, et en sortir la boîte de sandales Teva. « Pourquoi ? lui demanderait-elle, en brandissant la boîte. Pourquoi tu ne me l'as pas donné avant ? Pourquoi tu n'as pas eu la force de tenir tête à Sacha ? Tu aurais pu avoir une autre vie. »

Elle appliqua lentement la crème pour les yeux sur ses cernes sombres, massa les cercles profonds du souvenir ancien, et dans le silence de la campagne ils entendirent le bruit des vagues de leur haleine se soulever et s'écraser. Qu'est-ce qu'on est vieux, se disaient-ils. Ils avaient passé une si grande partie de leur vie à monter dans des bus et regarder par la fenêtre la silhouette de l'autre disparaître dans la poussière.

Si cela devait arriver, ce serait à lui de faire le premier pas. Il s'était dit qu'il se réfugiait chez Senderovski pour une autre raison : liquider les livres. Mais *personne n'est oublié, rien n'est oublié.* Et s'il n'était pas un personnage tchekhovien pris au piège d'une existence trop étriquée pour contenir l'entièreté d'un être humain ? Et si...

S'il tendait la main vers le petit bocal et mettait le doigt dans une matière gluante de la couleur d'une médiocre glace au café ? C'était froid au toucher, mais son doigt la réchaufferait. Et une minute après – à cause du décalage induit par la marijuana – il posa le doigt sur l'œil de Karen, l'œil à l'opposé qu'elle touchait de son propre doigt, et en appliqua « rien qu'un petit peu », comme elle disait toujours, sur le sillon légèrement sombre qu'elle avait sous l'œil.

« Qu'est-ce que tu fais ? demanda-t-elle en riant.

– Ça fait si longtemps que tu t'occupes de nous, je me suis dit qu'il était temps de te rendre la pareille.

– Je peux le faire toute seule », dit-elle, piquée dans sa fierté. *Je peux le faire toute seule !* Le mantra quotidien de son enfance et au-delà, répété à qui voulait l'entendre.

« Mais tu ne devrais pas », dit-il.

Il lui écarta la main, se pencha, et l'embrassa sur les lèvres. Sous l'effet du choc elle en garda les yeux ouverts, même si lui ferma les siens avec un sentiment quasi religieux. Elle remua faiblement les lèvres contre celles de Vinod, observa l'ardeur qu'il déployait. Que ressentait-elle ? Que Vinod l'embrassait, la douce fourrure de sa moustache parfumée au curcuma. C'était toujours le même problème : elle savait à quoi s'attendre à chaque seconde de leur relation amoureuse, c'était le moment de sa vie qu'elle avait le plus espéré, et pourtant, si elle respirait au lieu d'hyperventiler, elle apprécierait le mouvement attendu de ces lèvres.

Elle garda les yeux ouverts, et vit « un élégant monsieur entre deux âges », comme aurait pu dire sa regrettée mère en anglais, imitant une réplique entendue à la radio ou à la télé. Leurs nez se touchèrent, interlude toujours comique, puis elle sentit la caresse voluptueuse de la main de Vinod sur sa nuque. Quand on en arrivait aux relations physiques, qu'elle avait abondamment pratiquées dans sa jeunesse, elle ne voyait en général aucun inconvénient à finir au lit – c'était fait pour ça, après tout – mais là, elle se retint.

« Non mais c'est pas vrai », dit-elle. Entre les murs verts de son trip, piégée dans les couleurs primaires du Cottage aux Berceuses, elle prit soudain pleinement conscience de l'endroit où ils se trouvaient et de qui ils étaient. Le bungalow ressemblait au dortoir d'une école d'art, du genre que ni elle ni lui n'avaient fréquenté, même si Vinod avait été pris partout où il avait postulé, y compris à New Haven. « Qu'est-ce qu'on fait ? » dit-elle. Elle appuya la main contre la poitrine de Vinod. Pour le repousser ? L'espace d'un instant, ni elle ni lui n'auraient pu le dire, mais c'était si agréable de lui toucher la poitrine, de sentir son corps après tout ce qu'elle avait enduré.

« J'allais m'excuser, finit par dire Vinod. Pardon de t'avoir embrassée. Mais j'en ai un peu jusque-là de passer mon temps à m'excuser.

– Tant mieux. Elles peuvent aller se faire foutre, tes excuses. » Ils se regardèrent à la lueur de la lampe d'étudiant posée sur son bureau. « Tu peux faire quelque chose pour moi ? demanda-t-elle.

– Qu'est-ce que tu voudrais que je fasse ? »

Elle leva les bras. Il aperçut de petits bourrelets sous les aisselles, et les trouva attirants. « Tu veux bien me chatouiller ?

– T'es sérieuse ?

– Oui. »

Il tendit la main, sentit la chaleur de sa sueur et une surface rase de poils rêches. « Ha », fit-elle en se retenant, regrettant de ne pouvoir céder aux mêmes éclats de rire incontrôlés que Nat. « Ha ! » répéta-t-elle. Puis elle se mit à rire, à grands cris perçants de joie. *Ggul-ggul-ggul.* C'était cela qu'elle cherchait depuis le début ? C'était si difficile que ça d'être heureux dans ce pays, putain ?

« Tu veux que j'arrête ? demanda Vinod.

– Nooooonn ! » Elle était à bout de souffle, haletait, et les berceuses inscrites au mur résonnaient rien que pour elle dans leur alphabet lointain. « C'est bon, dit-elle, les yeux pleins de larmes, la goutte au nez. C'est bon, arrête. » Il retira ses doigts, garda le silence un moment, puis remonta les manches de la marinière de Karen et lui caressa les épaules. « On ne m'avait encore jamais chatouillée », dit-elle, soupirant du plaisir que lui avait donné le contact de ses mains, se demandant si les callosités de ses doigts étaient le résultat de son dernier boulot dans les cuisines du restaurant de son oncle. Mais il en avait toujours eu, non ? C'était de naissance, chez lui, les mains calleuses. « Merde, je suis défoncée, dit-elle.

– Tu es folle, folle », murmura-t-il, appréciant la sonorité de ces simples mots dans sa bouche.

Elle enroula les bras autour de lui et se surprit à embrasser ses cheveux qui, bien que grisonnants, étaient d'une profusion toujours aussi insensée. Il l'attira contre lui et l'embrassa dans le cou, encore plus doux qu'il ne l'avait imaginé. « Qu'est-ce qu'on fait ? » ne cessait-elle de murmurer tandis qu'elle faisait glisser ses lèvres sur la nuque chevelue de Vinod qui prenait des airs de col roulé en laine peignée, cheveux qu'elle l'avait toujours encouragé à raser, mais qui lui convenaient désormais, ou, plus précisément, qu'elle éprouvait le besoin d'embrasser. « Oh, Vin. »

Le fait d'entendre son prénom, ou une fraction américaine de son prénom, l'attrista, et il ne sut pas pourquoi. C'était comme s'il avait momentanément oublié qui il était. Comme s'il était entré dans le corps d'un autre Vinod et que c'était ce corps-là qu'elle voulait depuis tout ce temps. Il cessa de l'embrasser dans le cou, même si cela lui faisait mal d'arrêter. Son poumon usé se remit à siffler, il se souvint qu'il était venu dans la colonie de bungalows de Senderovski pour disparaître, et voilà qu'il faisait le contraire, gagnait en présence et en solidité, mettait au défi les ingénieurs de la Bangalore interstellaire de trouver constamment un nouveau code. Et s'il n'arrivait pas à suivre l'amour qu'elle avait en elle ? Ou le sien ?

Il sentit qu'elle était secouée par une série de spasmes et, dans le brouillard de sa défonce, finit par comprendre qu'elle pleurait. « C'est pas grave, bébé », dit-il, essayant le « bébé » américain, un mot qu'il n'avait jamais prononcé avec sa seule sérieuse petite amie, une vacataire comme lui, grande et coréenne, elle aussi, tellement triste que c'en était déconcertant. Il embrassa les cheveux épars au sommet de son crâne et se sentit redescendre de son trip. « C'est pas grave », répéta-t-il. Qu'avait-il fait ? Il n'aurait pas dû l'embrasser. Ils s'écartèrent et il mémorisa son visage – le contraste de son nez empâté et de ses pommettes toujours plus saillantes avec l'âge – comme s'il devait ne jamais la revoir.

« Pardon, dit-elle. Pardon pour ce qu'il t'a fait.

– Comment ça ? Qui a fait quoi ? »

Elle le prit par la main et le conduisit dehors. Il avait beau redescendre de son trip, cette configuration lui était familière. À l'époque où le monde était encore en Kodachrome, elle les avait pris par la main, Senderovski et lui, dans tous les lieux de New York où il fallait soulever un cordon de velours rouge pour entrer, les lieux où ils avaient l'impression d'être des imposteurs en sandales Teva et collier tahitien. « Regarde, lui dit-il. Dans le pré, des lucioles. Je crois qu'elles sont enfin là !

– Non, chéri. C'est encore trop tôt. Pas avant juin.

– On est presque en juin.

– Fin juin.

– Fais comme si elles étaient là et embrasse-moi.

– Là où tout le monde peut nous voir ?

– Là où tout le monde peut nous voir. »

Depuis la véranda plongée dans la pénombre, Ed et Senderovski regardèrent le baiser en temps réel, chacun se penchant comme au balcon d'un théâtre. (« Oh putain, fit Ed. Qu'est-ce qui se passe, encore ? ») Elle l'emmena dans son bungalow. Les lampes halogènes brillèrent dans l'obscurité. Un store s'abaissa pour que ni le propriétaire ni le gentleman ne puissent plus rien voir.

Karen se baissa, tendit la main sous le lit, et sentit contre son front le nylon rêche des draps *Love Yourself* de BTS. Il était debout derrière elle, raide comme un piquet, comme si le rôle de l'amant exigeait une précision militaire. Elle le remarqua et trouva ça mignon. Était-ce une bonne chose de lui faire ça maintenant, juste après leur premier baiser ? Alors qu'ils étaient défoncés ?

Elle se releva, tapa du pied dans la boîte Teva pour l'envoyer un peu plus loin sous le lit, se retourna, et posa les mains sur ses joues rondes. « Ne me dis pas, fit-elle, tu t'es rasé ce matin ? » C'était un clin d'œil au passé, quand elle se moquait de sa pilosité abondante.

Il remarqua qu'elle avait passé le balai avec soin – c'était plus fort qu'elle, même à la campagne. « Tu te souviens, dit-il, que dans le Queens on matait *Les Simpson* en discutant au téléphone ? On parlait de l'épisode tout en le regardant. Mes parents avaient encore un téléphone à cadran. »

Elle lui posa les mains sur les fesses et les serra. « Tu étais à Elmhurst et moi à Jackson Heights », dit-il, plongé dans le souvenir, incapable de s'arrêter de parler, même en remontant les mains sur la poitrine de Karen, franchissant mentalement une espèce de péage autoroutier, pour entrer dans un monde où il avait enfin le droit de la toucher comme ça. Il regardait son corps et l'imagina sortir de la piscine de Senderovski. Quand ils iraient au lit ensemble, il sentirait encore l'odeur du chlore sur son cou, sorte d'image résiduelle olfactive.

« On était séparés par rien d'autre qu'une chanson de Metallica, dit-elle.

– C'est vrai, c'est vrai. Tu aimais le metal, bizarrement. Je suis ravi que ça n'ait duré que pendant ton année de seconde. »

Elle se laissa retomber sur le lit, et le tira contre elle. Il était si léger (trop petit, se dit celle qu'elle était avant). L'érection qu'elle sentait contre sa cuisse n'était plus sacrilège. Ils n'étaient pas membres de la même famille, malgré ce qu'elle s'était dit, malgré son besoin d'avoir une famille.

Un coup de feu retentit au loin. Karen se demanda brièvement si la saison de chasse avait débuté pendant que Vinod lui retirait sa marinière, s'accrochant comme un écolier au fermoir de son soutien-gorge.

Senderovski et Ed entendirent le coup de feu à trois champs de là. Le poêle était froid et une bougie solitaire plongeait les deux amis dans des ombres funèbres. Senderovski écouta le coup se réverbérer sur les collines loin à l'est, où la blancheur du croissant de lune se découpait dans un ciel noir et bleu, rappelant le drapeau d'un petit pays balte. La saison de chasse ne débutait pas avant l'automne. Qu'est-ce que ça voulait dire, ce coup de feu ? Et ils étaient là, bien en évidence dans la boîte à bijoux en cèdre qu'était la véranda, au-dessus de la prairie, deux cibles bavardes éclairées à la bougie.

« C'est parce qu'elle était à moitié indonésienne », dit Ed. Finalement, il avait trouvé l'usage adéquat pour sa pochette de veston, et se moucha sans retenue, produisant un son étouffé, éléphantesque. Il était abasourdi d'être en larmes, mais se sentait étonnamment bien de pleurer devant un Russe émotif. « Les fans n'arrêtaient pas de poster des commentaires racistes. Ils la traitaient de singe. »

Sa participante préférée de l'émission de télé-réalité japonaise, lutteuse en herbe de vingt-huit ans, s'était suicidée après avoir été victime de harcèlement en ligne. L'émission s'était arrêtée à cause du virus et il était possible qu'elle ne reprenne jamais. « C'était la plus gentille de toutes, dit Ed, s'essuyant les yeux. Quand elle est tombée amoureuse du basketteur, elle en a parlé avec tant de timidité et de sincérité. Et quand il lui a mis un vent, elle n'a pas perdu espoir. Elle voulait simplement trouver quelqu'un qui l'aime. Et comme c'était une lutteuse, et une *hāfu*, et qu'elle était à la fois féminine et garçon manqué, qu'elle ne remplissait pas tous les critères d'une société conformiste, ils l'ont harcelée jusqu'à la mort. »

Senderovski pensa à Nat. Macha s'assurait après chaque journée d'école que personne ne la harcelait, comme on part à la chasse aux tiques à la campagne, mais tout ce qu'ils purent lui arracher fut qu'elle était à l'abri sur son Tapis d'Apaisement où elle déployait son monde imaginaire, se parlant parfois toute seule dans un quasi-murmure tout au long d'un cours, ce que, au grand dépit de Macha, ses professeurs ne décourageaient pas ni ne « détournaient » parce qu'ils voulaient « respecter cet aspect de sa personnalité ». La seule fois où elle avait pleuré fut quand elle tenta de convaincre tous les élèves de la classe de s'habiller comme les membres de BTS, et que les enfants la trouvèrent tyrannique, même si tout ce qu'elle voulait, c'était partager avec eux la seule chose qui lui plaisait.

Ils burent, écoutèrent la radio, tâchèrent de savoir s'ils étaient toujours fans de Brian Eno. Senderovski se dit qu'il était peut-être temps d'aborder le véritable sujet de conversation. « Je ne crois pas que tu devrais partir, dit-il à Ed, qui avait déjà rempli son sac Gladstone. Dee ne l'aime pas. Elle s'amuse avec lui, rien de plus.

— J'ai entendu que le grand artiste a fini par donner son feu vert à ton scénario, dit Ed. Tant mieux pour toi.

— Il a également arrêté de se faire assister par Macha sous la douche, dit Senderovski. Maintenant qu'il a obtenu ce qu'il veut.

— L'autre jour, il m'a demandé si je pouvais lui apprendre à griller une épaule d'agneau. J'imagine qu'il copiait aussi sur son voisin de classe asiatique au lycée. »

Ed alluma une cigarette et Senderovski lui fournit vite un cendrier volé dans un hôtel quelconque de Bogota durant ses années de voyage. « Karen dit qu'ils sont tout près de trouver l'antidote », dit-il, notant qu'Ed avait la capacité rare de fumer et pleurer simultanément (aptitude qu'il avait acquise dans son jeune âge). « Alors tu auras sans doute une autre chance avec Dee. En attendant... » Il lui versa un autre verre de l'alcool honteusement cher qu'il avait fini par prendre pour l'occasion et le goûta lui aussi. (C'était contre-nature, chez lui, de boire quelque chose d'aussi coûteux.) Quand l'alcool atteignit toutes les régions sensibles de son œsophage comme une boule de flipper fait tilter les points bonus, il se mit à tousser avec force.

« Où est-ce que tu veux que j'aille, de toute façon ? dit Ed. Londres ? Séoul ? Le vignoble hongrois de mon frère ? Qu'est-ce que j'irais faire là-bas ? Ma vie est un tel chantier en ce moment. Autant la voir en personne que garder d'elle un souvenir acide.

– Je t'envie d'éprouver des sentiments pour quelqu'un, dit Senderovski. Quand j'ai cessé de tomber amoureux, mon art est mort. Je ne me souviens même plus de ce qu'est l'amour.

– C'est comme si on avait tout le temps le nez bouché.

– Hmm.

– Comme se verser un magnum de champagne dans le gosier et ne plus savoir comment avaler.

– Je vois.

– Comme allumer un Romeo y Julieta avec le pouce.

– J'ai compris. »

Les lumières du bungalow de Karen s'éteignirent, et ils surent ce que cela signifiait. « J'espère que Vinod n'a pas oublié comment faire fonctionner son machin, finit par dire Senderovski.

– On dit que c'est comme faire du monocycle.

– Imagine que tu passes ta vie à désirer quelqu'un, et puis tu te retrouves au lit avec cette personne et tu découvres que c'est la même chose qu'avec n'importe qui d'autre. Ou que c'est pire. Qu'il y a un détail insignifiant chez cette personne qui ne te plaît pas. Un jour j'ai rompu avec une femme parce que de la salive lui coulait au coin de la bouche. Quel idiot je suis.

– Ce sont les petites choses qui vont me manquer dans cette émission », dit Ed. (Souvent, ils prenaient plaisir à parler en même temps de deux choses différentes.) « Comme quand, à la fin de la saison, ils se réunissaient pour faire le ménage. Imagine la même scène n'importe où ailleurs qu'au Japon.

– Quand Vinod et moi on était colocs dans un quatrième étage sans ascenseur de Washington Street, on se disputait toujours pour savoir qui devait sortir la poubelle. Au bout d'un moment, on la mettait au frigo pour qu'elle n'attire pas les cafards. C'est comme ça que Karen nous présentait à ses mecs, parfois. Les types qui mettent la poubelle au frigo. »

Ed bâilla.

« Écoute, dit Senderovski. Tu sais que je ne te demande jamais rien. Tu crois que je pourrais t'emprunter une petite somme d'argent pendant un mois ou deux, pour payer la société d'entretien de la piscine et nous réapprovisionner en alcool ? J'attends un gros virement de la chaîne, maintenant que tout est lancé.

– Je ne comprends pas pourquoi tu ne me l'as pas demandé plus tôt. Ça fait deux mois que tu nourris et que tu abreuves cinq invités.

– Je viens d'une culture proto-arabe où l'invité est sacré. Et puis, tu ne me l'as jamais proposé.

– Les nouveaux avocats de ma mère me surveillent de près. Mais je vais grappiller quelque chose. Dix mille, ça ira ? »

Senderovski fit oui de la tête. Sa fierté en prit un coup.

La lumière se ralluma dans le bungalow de Karen. « Combien de temps ça fait ? Un quart d'heure ? fit Ed. Pas mal pour quelqu'un de son âge. » Il avait cessé de pleurer et sembla soudain de bonne humeur. Senderovski se demanda si c'était parce qu'il lui avait demandé de l'argent.

Ils entendirent des cris, pas seulement la voix de soprano de Karen, mais la profonde voix de basse dont Vinod usait rarement. Depuis toujours ou presque, il parlait si bas, de peur de susciter des moqueries sur son accent, que les profs lui demandaient souvent de répéter. « Ça ressemble à de l'amour », dit Senderovski, mais il s'inquiéta d'une potentielle dispute entre ses meilleurs amis. *Juste quand j'ai l'argent pour ouvrir la piscine*, se dit-il.

La porte de Karen s'ouvrit à la volée et une série d'éclairages automatiques s'allumèrent au passage d'un Vinod essoufflé qui courait en direction de la véranda en bas de pyjama, le teint cireux dans la lumière artificielle. Un objet qui ressemblait à un morceau de carton coloré claquait dans une de ses mains et il semblait tellement furieux qu'il courait à trop grandes enjambées, comme un ivrogne qui croit pouvoir dépasser l'horizon. Karen apparut derrière lui, tirant un T-shirt sur la peau luisante de son ventre nu. « Vin, cria-t-elle. Reviens !

— Quelque chose me dit qu'il va nous falloir des semaines pour démêler ce merdier », fit Ed.

Vinod ne répondit pas aux injonctions hurlées par Karen. C'était en soi déjà effrayant. Quand il ouvrit la porte en grand, et manqua faire sortir la fragile porte de ses gonds, Ed et Senderovski virent la fureur qui brillait dans son regard.

« Ouah », fit Ed.

Senderovski fut alors en mesure d'identifier avec certitude l'objet que Vinod tenait à la main, et se leva comme pour se défendre, même s'il entendait Karen approcher de la véranda, hurlant des mots étrangers à leur langue commune.

Vinod fonça sur Senderovski, un homme de petite taille dominant un homme encore plus petit, poing serré comme son père quand il entrait dans leur cuisine-ring de boxe de Jackson Heights.

« Tu m'as menti ? cria-t-il à Senderovski.

— Attends un peu, fit Ed, brandissant inutilement la main entre les deux adversaires. Calme-toi. Ça ne te ressemble pas.

— C'était bon ? cria Vinod. Hein ? Alors tu m'as menti ? Parce que t'es qu'un… qu'un… » Il n'était pas sûr de pouvoir bafouer les règles de leur relation, l'ordre des choses tel qu'ils l'avaient établi depuis trente ans : Karen tout en haut, Senderovski à ses côtés, Vinod gravitant selon le moment autour de celui des deux dont la force d'attraction était la plus grande.

« Qu'un imposteur, putain ! » cria-t-il finalement.

Quand Senderovski jeta un regard en coin à son ami, il pensa : *Merde, c'est un adulte maintenant.*

Et : *C'est la fin de notre famille.*

« Pardon », dit Senderovski, au moment précis où Karen faisait son entrée en tongs sur la scène mal éclairée de la véranda, où Vinod, de la main qui ne tenait pas les restes de la boîte Teva, colla avec une implacable fureur une gifle sur la joue gauche de Senderovski.

Le propriétaire ivre et titubant encaissa cette insulte enfantine, qui produisit l'effet escompté. Son cou et sa mâchoire craquèrent distinctement ; ses chevilles étaient accolées à la table basse sur laquelle était posée la précieuse bouteille d'alcool, et le poids de son corps les renversa, verre, bois et chair mêlés un instant, puis cédant aux effets de la pesanteur, chacun avec contrariété, dans un fracas couvert par les cris des deux témoins de la scène.

5

Deux jours après que Vinod eut frappé Senderovski sur la véranda, une nouvelle filtra en provenance du Midwest, et se répandit. Chaque adulte fut horrifié dans une plus ou moins large mesure, et prit une position qui allait de « Notre pays n'en finit plus de toucher le fond » à « Tu t'attendais à quoi ? » Certains furent effrayés par les manifestations et le vandalisme qui s'ensuivirent à New York (« Ce ne sont pas des émeutes, ce sont des soulèvements », avait dit Senderovski, corrigeant sa femme devant tout le monde), pendant que d'autres regrettaient de ne pas avoir été là pour arpenter les rues illuminées par le feu des bennes à ordures incendiées, comme dans le New York de la grande époque.

En tout cas, ce qu'ils virent et entendirent en téléchargeant le journal du jour sur leur tablette renforça leur impression d'être les résidents de jolis cottages disposés en demi-cercle autour d'une demeure baptisée la Maison sur la Colline, agrémentée d'une véranda et d'une piscine ramenée à la vie par le chlore qu'y avait versé un trio de techniciens en uniforme. Ils étaient aussi loin des soulèvements que possible. Ils observaient un double désastre à travers des lunettes collées à des jumelles collées à un télescope.

La nouvelle affecta Senderovski plus que les autres. Enfermé aux toilettes de la salle de bains du premier, il se repassa en boucle les images du meurtre commis par le flic du Midwest. Il mémorisa la scène. Les affreuses chaussures réglementaires, l'affreux pantalon réglementaire, la matraque, la lampe torche et le talkie-walkie, les lunettes de soleil posées sur le crâne rasé, et sous toute la bestialité de cette force réglementaire, un homme qui agonise et prononce son dernier mot, qui fut sans doute aussi son premier, la répétition des syllabes *Maman, maman.* Puis il cesse d'être un homme, n'est plus qu'une masse inerte hissée sur un brancard réglementaire, et on n'entend plus que des parasites, des consignes et des codes de police. Tout cela comme si de rien n'était, comme on commande un morceau de gruyère à emporter à la fromagerie du coin.

Lorsque sa carrière était en pleine ascension, une agence de conférences avait engagé Senderovski pour qu'il fasse des interventions passionnées sur son départ d'un pays en déliquescence et son passage du statut d'immigré victime de harcèlement à celui de florissant propriétaire de près d'un hectare. Il avait déjà publié ses Mémoires, décrivant la relation difficile qu'il avait eue avec maman et papa Senderovski, mais terminait ses interventions – dont la teneur était majoritairement comique – sur une note plus grave, remerciant ses parents d'avoir fait une chose bien dans leur vie, de s'être soumis à l'humiliation d'une vie de réfugiés pour l'emmener ici, sous ces cieux et sur cette terre, loin de l'oppression de leur patrie en pleine désintégration.

Mais si tout cela n'avait été qu'une erreur ? Était-ce une coïncidence si les deux pays qui avaient semblé les plus intéressés à l'idée d'accueillir et de mettre au travail les Senderovski après leur fuite d'Union soviétique avec leurs échiquiers magnétisés et leur collection de cuillères décoratives en bois laqué étaient l'Afrique du Sud sous apartheid et ce pays-ci ?

Durant toutes ces années, Senderovski vit, mais aussi ne vit pas, ou fit semblant de ne pas voir. (Ou refusa de voir.) Quand il décorait son bungalow Pétersbourg, qu'il parlait à sa femme et sa fille dans le langage russe châtié de la haute société, quand il écrivait sur le ton de la comédie à propos du monde qu'il avait fui, des gros oligarques partis en vrille, qu'il portait symboliquement une chapka et des épaulettes pour son agente de Los Angeles, il détournait le regard du pays qu'il habitait. En fin de compte, il avait fui toute terre qui n'était pas en sa possession. Il avait fait de lui-même un protectorat. (Et qui le protégerait à la fin des fins sinon les shérifs du coin ?)

Il avait été un réfugié dans ce pays, et maintenant la campagne lui fournissait un refuge supplémentaire. Après avoir passé son enfance à manger de la kacha et recevoir des coups, il avait accédé à un statut qui leur permettait, à lui et à ses amis, ceux qu'il s'était choisis, de damer le pion au virus et profiter de ce qu'une écologie en faillite avait encore en magasin. Il pouvait déposer un dossier, avec trois preuves de privilège et les frais afférents, au greffe local du Rêve américain.

En tant qu'immigré, sa mission avait été simple. Ses parents l'avaient fait venir ici pour gagner de l'argent grâce à ce qu'un auteur juif avait un jour qualifié de « dinguerie américaine ». Il était venu, on s'était moqué de son accent sur une aire de jeux, puis on lui avait remis un diplôme et on l'avait lancé dans la bataille. À ce stade, il n'était plus qu'un briseur de grève envoyé pour renforcer l'ordre établi. Dans la vidéo, le policier vidait les poumons de sa victime noire avec le genou, et un autre flic, immigré hmong, se tenait debout face à eux, défiant quiconque de s'approcher pour porter secours au mourant. Il aurait aussi bien pu être russe, coréen, gujarati. *Nous sommes tous,* pensa Senderovski, *au service d'un ordre qui nous précède de longue date. Nous sommes tous venus festoyer sur cette terre d'abondance. Et nous sommes tous utilisables et remplaçables.*

À l'entrée de la grand-route, loin des propriétés des progressistes, on planta des drapeaux bleus en signe de soutien à la police. Senderovski les aperçut en se promenant et frissonna devant leur façon de tenir en l'air, rigides et neufs, comme s'ils doutaient d'eux-mêmes et de leur capacité à instiller la peur. Comme si le recours aux drapeaux n'était pas déjà assez clair, des chiens mus-culeux couraient sur la petite butte d'une propriété et grognaient au passage des promeneurs. (Karen et Nat évitaient cette maison quand elles allaient se promener parce que les chiens n'étaient pas retenus par une chaîne et leur faisaient peur.) Imaginons ce qu'il fallait de courage à Senderovski, propriétaire du plus grand domaine (en superficie) le long de cette route, pour sonner à cette porte (après avoir échappé aux chiens) et demander (supplier ?) que le drapeau soit retiré. Que dirait-il ? « Monsieur, je me sens offensé » ? « Monsieur, j'ai peur. » C'était le but, qu'il se sente offensé. C'était le but, qu'il ait peur.

Il voulut partir. Prendre l'avion. Tous les fuir. Mais pour aller où ? De l'autre côté de l'océan, la terre était gorgée du sang de ses ancêtres qui s'étaient fait attaquer par des chiens. Sa place n'était-elle pas là-bas ? Sans quoi, ne serait-il pas, comme avait fini par le qualifier Vinod, après trente-trois ans d'observation, après une durée équivalente au temps de vie de Jésus, qu'un *putain d'imposteur* ?

« Pourquoi tu n'as fait lire le manuscrit à personne d'autre ? » demanda Senderovski. Vinod et lui étaient à côté de la machine à espresso, et la regardaient faire ses ablutions matinales avant de préparer la première tasse. Il s'était passé plusieurs jours depuis que Vinod avait frappé son ami. « Tu connais du monde dans le milieu de l'édition. Pourquoi tu ne t'es fié qu'à mon opinion ?

– C'est toi qui m'as dit de ne l'envoyer à personne. Que ça détruirait ma carrière avant même qu'elle démarre. Tu m'as dit de travailler à autre chose. Un roman drôle sur mon enfance dans le Queens.

– Pourquoi tu m'as fait confiance ?

– Parce que tu fais partie de la famille.

– Qui fait confiance à la famille ? Tu ferais confiance à tes frères pour prendre les bonnes décisions à ta place ?

– Je vais emprunter de l'argent à Karen, acheter une nouvelle bouteille de whisky et réparer la table basse. » La mention de l'argent fut encore plus blessante pour Senderovski. Cela sous-entendait que ce qu'avait perdu Vinod à cause de la jalousie de

Senderovski dépassait toute mesure. J'ai brisé ta bouteille d'alcool, tu as brisé ma vie.

« Il y avait une phrase dans ton livre, dit Senderovski. Elle est juste après le premier baiser de tes parents dans le parc Parimal. Et le père est en colère le lendemain. Il est amoureux, mais en colère parce que... » – Senderovski ferma les yeux pour la citer – « "Elle lui avait pris ce qui, croyait-il, l'accompagnerait sa vie durant. Le personnage de l'homme solitaire, une solitude confinant au sacré. Où qu'ils aillent, quel que soit le pays riche qui leur accorderait un visa, quoi qu'elle lui donne ou se donne à elle-même, comme le pli humecté des lèvres qu'elle venait de lui offrir, il ne lui pardonnerait jamais." »

Vinod fut abasourdi par la mémoire de Senderovski, qui se souvenait même du nom de l'insignifiant parc où ses parents s'étaient fait la cour à Ahmedabad. Avait-il lu le manuscrit plusieurs fois depuis ? Était-ce pour cela qu'il conservait la boîte Teva ? Pour trouver l'inspiration ?

« Et il y en a d'autres, des phrases comme celle-là, dit Senderosvki. Beaucoup, à chaque page. Tu parlais selon la vérité, sans faire le malin. Tu révélais qui étaient tes parents, alors que je maintenais les miens dans mon ombre. Tout ce que j'avais, c'était mon ingéniosité. Ça m'a rapporté pendant un bon moment, l'ingéniosité.

– Je veux partir d'ici », dit Vinod. Il prit la tasse d'espresso, fit tournoyer le liquide cuivré qu'elle contenait, et but d'un trait le café chaud. « Tout ça est malsain, pour moi. Je me sens encore plus seul ici avec toi que dans mon studio.

– Ne rentre pas à Elmhurst, dit Senderovski. Et avec ta permission, j'envoie *Hôtel solitaire* à mon agent littéraire dès demain.

– Notre amitié a duré de longues années, dit Vinod, sans qu'on se dise une seule fois "Va te faire foutre". Alors je serai le premier à le dire. Va te faire foutre, Sacha Borissovitch Senderovski. Va te faire foutre, avec tes stupides romans comiques et ta stupide vie comique. Je trouverai un agent tout seul. »

Comme il fallait s'y attendre, il ne se sentit pas mieux après avoir prononcé ces mots. Il les avait seulement empruntés à quelqu'un d'autre, qui était né dans ce pays et avait le droit de les utiliser sans une trace d'accent.

« Non, dit Senderovski, ne pars pas. Reste ici avec elle. Tu es en sécurité ici. Puis c'est plus facile pour tomber amoureux. Et ça peut s'arranger entre nous. Si ça t'emmerde de voir ma gueule pendant les repas, tu peux prendre le tien dans son bungalow ou bien moi je mangerai seul à la cuisine. »

Vinod lava sa tasse dans l'évier, sans un mot.

Mais ils continuèrent de prendre les repas ensemble, les huit résidents, comme si c'était leur seule obligation lors du séjour : monter quotidiennement les marches de cèdre, s'asseoir à la même place à table (Ed et l'Acteur avaient récemment échangé les leurs, pour que ce dernier puisse être à côté de Dee), les hochements de tête appréciateurs des repas préparés par Ed avec les derniers ingrédients locaux à avoir fait leur apparition sur l'étal des paysans du coin – cerises et courges. Mais, nous l'avons dit, un silence nouveau régnait, quelques signaux amoureux entre Karen et Vinod ou Dee et l'Acteur, mais dans l'ensemble une pesante absence de mots de convives absorbés par ce que leur hôte avait fait subir à leur membre le plus gentil.

Seule Nat n'arrêtait pas de parler, de BTS, de marmottes qui prennent le soleil et des dessins animés en coréen qu'elle regardait avec Karen (et maintenant Vinod aussi), comme si elle mettait les autres au défi de renouer la conversation. Elle tentait de défendre l'honneur de son père, de leur rappeler qu'il n'aimait rien tant qu'entendre la voix de ses invités bien-aimés, même si la main qu'il utilisait pour porter des toasts restait vissée à sa serviette, et même s'il évitait de regarder la sauce à la cerise dont Ed avait habilement nappé ses côtes de porc.

« Le *mal* a dit à l'*ori* : "Tu marches bizarre !" Un *mal* est un cheval et un *ori* est un canard. Mais *mal* signifie aussi "gros mot". C'est pour ça que le cheval dit tout le temps des gros mots. Et là il a dit à *hama* l'hippo : "T'es très gros" et le *hama* s'est mis à pleurer.

« Bon, a dit Nat, comprenant que personne n'allait la féliciter pour son cours de langue. C'est pas facile d'être une enfant sous le règne du virus. »

Après dîner, quand l'Acteur proposa à Macha et à Senderovski que Dee et lui s'installent dans la grande maison (il affirmait avoir besoin de capter le réseau pour rester joignable à présent qu'ils entraient en préproduction) et que Senderovski, Macha et Nat déménagent dans le bungalow Pétersbourg, Senderovski en fut réduit à signifier son accord d'un grognement. « Il faut qu'on fasse en sorte qu'il reste heureux, chuchota en russe Senderovski à Macha. On touche au but. »

Dans son bureau, les patientes russes de Macha se réjouissaient des affrontements nocturnes entre manifestants et policiers à travers le pays. Elles se fichaient pas mal de ce pays, ces vieilles immigrées soviétiques qui festoyaient au buffet des allocations. Sa diversité égalitariste les rendait malades, son premier président noir avait failli les tuer, et elles allaient enfin récupérer leur dû.

Sur leurs pages de réseaux sociaux apparaissaient des photos anthropométriques de Noirs ricanant devant l'objectif à côté d'un encadré contenant le texte suivant écrit dans un anglais grammaticalement incorrect : « Cet homme [...] est entré dans un lotissement sécurisé de Windmere pour voler une voiture. Il a battu à mort son propriétaire à coups de batte, avant d'entrer dans la maison et de battre son fils à mort à coups de batte. C'est l'équivalent d'un genou sur le cou d'un innocent... Posez-vous la question... pourquoi avez-vous peur de partager cette information !!! »

Et où qu'elles se tournent, un certain Beel Gates les attendait avec sa seringue monstrueusement longue pour les vacciner. Au prétexte fallacieux d'un virus répandu par son ami Djordj Tsoris, Beel le binoclard les obligeait à se pencher en avant pour les « vacciner » en plein dans le *popka* et les transformer en zombies marxistes contents de vivre dans une société sans aucun « HOMME MASCULIN FORT ».

Elles vouaient une haine toute particulière à la maire de Chicago, petite homosexuelle noire mariée à une Blanche d'un mètre quatre-vingts, deux « monstres » socialistes qui dirigeaient « la ville au pire taux de meurtres de Noirs par des Noirs de toute l'Amérique ». Que penseraient ses patientes de sa propre famille ? se demandait Macha. Que penseraient-elles de Nat ? Pourquoi les aidait-elle, les soignait-elle, écoutait-elle leurs monologues délirants, alors qu'elle et sa sœur n'avaient jamais connu de telles horreurs, et qu'il n'y avait jamais eu personne à conseiller ou soigner dans leur propre famille ?

Le jour où l'Acteur lui avait demandé d'arrêter de venir le laver, confirmant le fait que c'était Dee qui lui retournait désormais son affection, elle entendit sonner dans ses oreilles. Comme les cloches d'une église dans l'ancienne Russie pour une tempête de neige. La veille, elle avait fait preuve d'initiative sous la douche, avait ouvert son chemisier et pris la main mouillée et couverte de savon de l'Acteur pour la poser sur son sein, qu'il avait serré un moment, envoyant peut-être un signal de détresse en morse à son imprésario, puis elle avait placé son autre main sous sa jupe, ce qui l'avait fait reculer et dire, très bêtement : « Mais tu ne portes pas de culotte. »

Après cette douche, comme elle se lavait les mains, il lui avait dit : « Je ne veux plus être amoureux. Tu peux me conseiller une thérapie contre les addictions ? » Elle lui avait répondu qu'elle avait des collègues qui pouvaient faire quelque chose pour lui, même s'ils menaient encore des études sur les effets secondaires de Tröö Emotions, pour comprendre à quelle catégorie de maladies correspondaient le mieux les effets de l'algorithme. Il s'était approché d'elle pendant qu'elle parlait devant le lavabo de sa voix posée de thérapeute, avait serré son corps nu contre sa jupe, s'était frotté à ses fesses par grands mouvements circulaires, comme s'il n'en avait pas encore fini. « Merci, Machen'ka », avait-il dit. C'est elle qui lui avait appris le diminutif de son prénom. « Tu es la seule qui s'intéresse à moi. » Et à son retour dans la maison, dans son bureau et devant son écran plein de Russes enragées qui couinaient de colère, elle s'était assise et avait senti sa jupe mouillée par le corps de l'Acteur, et pensé qu'elle serait capable de hurler sa joie devant ses Liouba et ses Lara, ne fût-ce que pour leur montrer ce que c'était de pouvoir encore éprouver autre chose que de la haine.

Et puis tout fut fini. Son mari s'en était visiblement mêlé, avait poussé Dee à répondre aux vues de l'Acteur pour faire avancer son scénario de pilote, sachant les conséquences que cela aurait pour sa femme et, même, pour un de ses meilleurs amis, Ed. Valait-il vraiment mieux, en fin de compte, que les Lara sur son écran ? Était-il plus disposé qu'elles à montrer de l'empathie pour le chagrin d'autrui ?

L'Acteur l'avait rejetée un vendredi ; cela, elle s'en souvenait, parce que, au cours de son rituel secret de marrane ce soir-là dans la spacieuse salle de bains du premier, elle avait éteint les deux bougies avec la paume de sa main pendant son *lehadlik ner shel shabbat* – cette même paume qui lavait l'Acteur, certainement – et en avait voulu aux flammes de s'éteindre si vite, sans lui laisser le temps de se purifier ou de sentir la douleur ailleurs que dans les quatre cavités de son muscle le plus problématique. *On s'est servis l'un de l'autre*, n'arrêtait pas de lui dire une petite voix russe à la façon non thérapeutique, terre à terre, d'une Lara. On s'est servis l'un de l'autre et il fallait que ça s'arrête. Deux personnes avaient eu des besoins, ces besoins avaient été satisfaits. Quel autre fantasme avait-elle nourri ? Qu'ils s'enfuiraient ensemble ? Qu'il ne pourrait plus se passer d'elle ? Qu'ils prendraient le petit déjeuner dans une chambre d'hôtel de Los Angeles quand tout ça serait terminé ? Toute relation était une transaction, et personne ne donnait jamais plus que le strict nécessaire.

Et voilà qu'on découvrait que son mari avait trahi son meilleur ami par jalousie. « Pourquoi papa a voulu cacher le manuscrit de Vinod dans le palais d'hiver de Steve puisque tout le monde dit que c'est un bon livre ? » « Pas tout le monde, ma chérie. Je ne l'ai pas lu, moi. » « Mais Karen-*emo* dit que… » « Ça suffit. Papa n'est pas parfait, mais il n'est pas si méchant que ça. » (Formidable, maintenant elle prenait sa défense.)

Elle et son mari étaient donc désormais abandonnés et moqués, lui l'homme insulté, elle la femme blessée, condamnés à vivre dans une cabane de quarante-cinq mètres carrés au sein de leur propriété, seuls parmi les déjections de mulots, le hurlement des coyotes et les coups de feu tirés hors saison, le *pan-pan-pan* étouffé de leurs répliques s'approchant chaque jour un peu plus, jusqu'au moment où quelqu'un finirait par prendre son courage à deux mains et viser directement leurs deux têtes poivre et sel penchées au-dessus du samovar. Oui, la révolution leur pendait au nez, à eux aussi. Combien de révolutions devraient-ils subir au cours de l'incessante historicité de leur foutue vie ?

Mais le monde des colons était sur le point de changer irrémédiablement. Et cette fois, ça n'aurait rien à voir avec les Russes.

6

Cela arriva trois semaines plus tard. Dee se réveilla dans le lit de Macha et de Senderovski, au son du prodigieux bruissement des arbres, si proches qu'ils touchaient presque le premier étage de la maison. Directement au-dessous d'elle, l'Acteur manipulait les boutons futuristes de la machine à espresso, pour son plus grand plaisir. La maison était un vrai cadeau, surtout grâce à la qualité du réseau sur son ordinateur portable, mais Dee regrettait certains détails de leur histoire d'amour, quand ils avaient chacun un bungalow. Il était frivole et surexcité à l'époque, trouvait d'étranges nouvelles façons d'exprimer leur amour. Il lui avait proposé d'échanger leurs sous-vêtements sales et de les garder sur leur bureau pendant les séances de travail. L'homme à tout faire, à qui Senderovski avait enfin payé tout son dû et qui était ravi de voir ses employeurs étrangers réduits à vivre dans une cabane, avait joyeusement déménagé les bureaux de Dee et de l'Acteur de leurs bungalows respectifs pour leur installer deux espaces de travail douillets dans les chambres désormais vides de la maison. (« Quel beau couple vous faites ! » avait-il dit.) Elle déclara à l'Acteur que son idée d'échange de sous-vêtements sales était dégoûtante – « Mais tu es tellement Dee-licieuse ! » s'était-il écrié –, ce qui n'avait pas empêché Dee et l'Acteur d'explorer la proposition de ce dernier dans un grand déploiement de charme. Finalement, une chose soyeuse à l'odeur musquée s'était retrouvée sur le bureau de Dee, posée sur une Underwood qu'elle avait apportée de son bungalow.

Comment c'était, de vivre en couple avec l'Acteur ? C'était prenant, comme le regarder depuis le premier rang d'une salle de cinéma, quand le volume de sa voix mélodieuse était assourdissant, que son visage était tout près, qu'il tentait sans cesse de comprendre de nouvelles choses, plein d'un enthousiasme débridé, s'émerveillant de plaisirs dont il avait sûrement déjà fait l'expérience, mais qu'il parait d'un parfum de nouveauté n'appartenant qu'à eux. (« C'est la première fois que je rencontre vraiment un abricot. »)

« Je t'aime » était la première chose qu'il disait au réveil.

« Ça se respecte », répondait-elle. Bon, pensait-il. Le respect n'était qu'un panneau de signalisation sur la route de l'amour. Il suffisait qu'il soit plus aimable.

Maintenant qu'elle avait du signal partout autour d'elle, Dee s'octroyait le privilège dont profitait Senderovski, la possibilité de se connecter aux réseaux sociaux avant même de se brosser les dents. Elle fut tout étonnée de constater qu'être la cible des réactions au vitriol de certains fans de l'Acteur lui procurait un sentiment de satisfaction, en particulier ceux qui mettaient en ligne deux photos côte à côte de Dee et sa devancière, Elspeth de Glasgow, pour souligner les imperfections de la première. La photo de Dee qu'ils choisissaient était en général la moins avantageuse qu'ils avaient trouvée, une où elle plissait les yeux à la lumière des flashes sur le tapis rouge d'un festival littéraire, et où l'expression de son visage trahissait son manque de familiarité avec cette forme pourtant modeste de notoriété.

Et puis quoi ? Ils portaient désormais le titre de premier couple de l'ère du virus. Son livre connut un très modique sursaut de ventes, et son agent l'appela pour la féliciter de cette nouvelle relation. Ce matin-là, les réactions à la photo d'elle et de l'Acteur tenant une petite courge s'étaient multipliées sur sa page à lui, elle y posait la tête contre l'épaule de l'Acteur avec un sourire espiègle, sous leur longue chevelure hirsute de confinés, avec la légende « On apprend à faire des petits ! » comme s'ils avaient eux-mêmes fait pousser la courge alors qu'ils l'avaient achetée à l'étal d'un maraîcher. Cela sous-entendait aussi qu'ils allaient bientôt fonder une famille, le genre d'annonce éhontée que l'Acteur pouvait se permettre de faire en toute impunité.

Elle était allongée sur une pile d'oreillers, dont les taies venaient à peine d'être débarrassées de l'odeur amidonnée de leurs anciens propriétaires. Ils avaient oublié de faire l'amour ce matin, une omission qui ne la dérangeait pas (il était trop imprudent de prendre des habitudes), et la branche d'un orme en bataille ne cessait de gratter contre la fenêtre pendant que Dee faisait défiler la page pour lire les nombreux commentaires qui parlaient d'elle, jusqu'à ce qu'elle pense : *Mince, il faudrait appeler l'élagueur.* L'autre jour, après qu'ils avaient fait l'amour au réveil, et que le corps de l'Acteur allongé à côté du sien lui avait semblé un chouïa abattu et un peu trop périurbanisé sur le lit de style Craftsman faussement rustique, il avait levé sa tête couverte de boucles épaisses et noires, avait regardé autour de lui, et dit : « Tu sais quoi, je ne suis pas amoureux de cette maison. Elle n'a rien de spécial.

— L'encadrement en châtaignier des fenêtres ne se fait plus, apparemment, dit-elle.

— Je préférerais qu'il n'y ait pas de cloisons. Ce serait mieux intégré à la nature autour, comme pour la véranda.

— On pourrait demander l'autorisation de réaménager l'espace. »

Il avait ri : « Autorisation accordée. »

Dee et l'Acteur l'ignoraient, mais ce mobilier – comme la maison elle-même – avait été choisi par Macha et Senderovski pour sa clarté et la sérénité qui s'en dégageait, loin des armoires sombres et des lourds rideaux d'Europe de l'Est qu'il y avait chez leurs parents.

Allongée sur le lit, seule, clignant des yeux dans l'austère lumière du petit matin, la longue et grande bouche de Dee (« Chevaline à souhait » – L'Acteur) s'ouvrit et béa, sa respiration devint irrégulière, paniquée (« J'aime quand tu halètes, bébé »), et ses mains se crispèrent avec une force incroyable et presque élastique autour de la coque innocente de son ordinateur portable (« Ça se voit que tu faisais de la muscu, avant tout ça »).

Que se passait-il, bon sang ?

Un nouvel angle d'attaque semblait se dessiner sur le fond bleu et blanc de son réseau social préféré, et ce n'étaient plus les âneries sexistes sur son physique comparé à celui d'Elspeth. Non, ces commentaires-là, qui pullulaient à vue d'œil, portaient sur un essai écrit par Dee au sujet du film américain raciste par excellence, *Autant en emporte le vent*, qui refaisait parler de lui depuis qu'une nouvelle chaîne de streaming avait décidé de le retirer de son offre après les récentes émeutes.

Elle avait écrit l'essai au moment où l'élan des premières réactions enthousiastes au *Grand Livre de la compromission et de la capitulation* commençait à retomber dans les rangs du lectorat limité mais blasé du pays et où un autre livre sur la difficulté de grandir en étant pauvre et blanc avait pris sa place sur les listes.

C'est à ce moment-là que Dee avait choisi de verser dans la provoc, sous le couvert d'idées de gauche. L'essai en question – pas son meilleur, elle était la première à l'admettre – parlait de la passion qu'elle avait nourrie pour *Autant en emporte le vent* quand elle était petite, et qui avait débuté lors d'un voyage à Atlanta avec sa mère et le compagnon violent de cette dernière – il venait de se rendre compte que la clé de sa Datsun en panne pouvait être utilisée comme une arme –, un voyage qui se révéla avoir un lourd coût financier et psychologique pour sa famille (ils avaient logé dans un motel délabré à la périphérie de la capitale géorgienne et n'avaient pas eu de quoi faire le plein d'essence au retour), mais qui changea aussi sa vie, puisqu'il avait poussé la jeune Dee à acheter le roman dont le film était tiré, ce qui l'amena ensuite à tenir son premier journal, au verso d'un tas de formulaires du service clients d'Agway tombés d'un camion (que l'histoire soit véridique ou pas, c'est ce qu'elle racontait), ce qui se termina, vingt ans après, dans une salle de classe de troisième cycle avec cet ivrogne de Senderovski et tout ce qui s'ensuivit.

À première vue, l'essai était loin d'avoir le potentiel explosif d'une allumette enflammée dans un four à gaz. Il commençait par l'énumération de tout ce qui n'allait pas dans le film, en particulier le portrait servile de ses personnages noirs. Mais le propos s'attardait ensuite sur la pauvreté de ses spectateurs (au nombre desquels la famille Cameron) et leur nostalgie d'un passé romantique fantasmé que ces Irlando-Écossais d'origine avaient été bien obligés de cultiver une fois qu'on les avait privés de tout le reste (le travail, l'espoir).

L'essai suivait le fil de cette idée, orientait gentiment le lecteur dans une direction avant de l'aiguiller par surprise dans la direction opposée. D'un bout à l'autre, le style typiquement agressif de Dee visait le lecteur oisif et fortuné. Comment ce lecteur osait-il ne pas réfléchir aux sources de la pauvreté de Dee et à sa propre complicité dans la recherche de rente ? Comment osait-il faire preuve de condescendance à l'égard de la jeune Dee parce qu'elle aimait autre chose qu'un produit jetable acheté au rayon « Soins du visage » d'un supermarché ?

À plusieurs endroits, Dee surnommait ses compatriotes défavorisés ses « semblables », et en dressait une longue liste descriptive. (Comme Senderovski avait l'habitude de le dire dans son cours, « Quand vous êtes à court d'idées, faites une liste. Les lecteurs adorent les listes. »)

La liste de Dee incluait « les écorcheurs de coyotes à temps partiel, les troupiers virés de Fort Bragg, les cantinières psoriasiques des écoles religieuses, les pourfendeurs des allocs pour handicapés, les flics racistes qui attendent que le bon automobiliste se présente pour l'obliger à se ranger sur le bas-côté... » Et se concluait par cette phrase : « Bien que vous les détestiez, que vous ne supportiez pas de les croiser dans les rayons d'une grande surface (vous êtes plutôt du genre à fréquenter les petites boutiques parfumées des anciens quartiers noirs, de toute façon), que vous ne supportiez pas leurs gueulards de rejetons illettrés (mes nièces et mes neveux), *tous autant qu'ils sont, ce sont mes semblables.* »

Une capture d'écran de ce passage apparut dans une série de commentaires qui colonisaient désormais son fil, les mots « flics racistes » soulignés à côté de la rubrique « messemblables ».

Pour ne rien arranger, dans *Le Grand Livre de la compromission et de la capitulation*, elle mettait à deux reprises une épithète raciale dans la bouche de son oncle (« Je voulais que ça explose sur la page », avait-elle dit dans une précédente interview), qui apparaissait maintenant sur une autre capture d'écran à côté de « messemblables » et « CequeDeedit ».

Et il y avait des photos d'elle aux côtés de salopards de la droite la plus douteuse pendant sa phase « Je défendrai jusqu'à la mort votre droit de le dire ». Plus des citations de mecs d'extrême droite en treillis et crâne rasé commentant dans les termes les plus écœurants ce qui se passait dans les rues du pays après les derniers meurtres et les émeutes, suivies des mots « Citation approuvée par Dee Cameron » et, bien sûr, « messemblables, messemblables, messemblables ».

Elle avait le souffle coupé, et quand il revint elle sentit son haleine et sa sueur matinales. Elle se sentit dissociée de son corps, ses jambes aussi froides que les pattes d'un animal tué sur la route. Elle resta immobile, l'ordinateur calé sur le bassin, son œil droit, fréquente victime de ses fatigues oculaires, et le curseur à l'écran ne cessant de cligner.

Sérieusement, que se passait-il ?

On l'avait démasquée, prise en flagrant délit. Mais de quoi ? Tout cela était encore toléré quelques semaines plus tôt. Elle avait introduit juste ce qu'il faut de nuance dans tout ce qu'elle écrivait. Tout avait été testé en laboratoire, validé par les services de presse.

C'était comme quand cette Laotienne-Américaine l'avait corrigée lors de sa tournée promotionnelle, sauf qu'elle l'avait fait en privé. Là, c'était sur les réseaux sociaux, autrement dit c'était tatoué sur la face de Dieu.

Certains des nouveaux messages avaient ajouté l'intitulé de son compte à lui, suivi par plus de trois millions de personnes. « Tu as suivi le compte de ta copine, ces derniers temps ? » « Ça la fout mal, les petits chéris. » « Tu pourrais peut-être adapter *GlenRaciste Glen Ross*, après ça. » « Tu peux fourrer ta petite courge dans le cul de ta copine. » Elle était tétanisée, paralysée. Elle entendrait bientôt ses pas dans l'escalier, et une nouvelle journée allait commencer, avec son lot d'étals de maraîchers et de selfies. Allait-il en rire ? Dirait-il qu'il ne peut rien arriver au Premier Couple du Confinement ? Qu'ils étaient trop mignons pour échouer ?

Mais c'était fini, tout ça. On l'avait poussée au-delà du cordon sanitaire et ensevelie du mauvais côté de l'Histoire.

Non, c'était impossible !

Elle ne le permettrait pas !

Elle ignorait comment elle s'était retrouvée là, où ses jambes avaient trouvé les ressources nécessaires, mais elle était devant le miroir de la salle de bains, se brossait les dents. Elle ouvrit la porte de l'armoire à pharmacie pour ne plus voir sa tête, le dentifrice blanc moussant au coin de sa bouche comme l'ultime effet de la ciguë qu'elle venait de boire. Senderovski avait retiré la plupart de ses médicaments les plus volumineux, mais sur l'étagère il y avait encore un laxatif et un constipant respectivement nommés ExitPro et CarpathiumPlus. Si elle avalait toutes ces pilules d'un coup, allait-elle imploser ?

Elle se rinça la bouche et utilisa du fil dentaire, fit tout dans les règles. Maintenant, elle allait prendre une douche et se laver, se laver, se laver, et l'eau bouillante de la douche récemment réparée allait lui faire la peau rose et veinée, tout sauf blanche. Elle ne l'entendit pas entrer et ne remarqua sa présence que lorsqu'il lui passa les bras autour de la taille, son haleine chargée de caféine et des bagels au sésame sans pareil que son agente lui avait envoyés de Montréal. « Ne me touche pas ! cria-t-elle.

– Quoi ? » Il fit sa tête d'enfant blessé et désemparé.

« Pardon, dit-elle. Il faut d'abord que je me douche. Je suis sale.

– Depuis quand ça nous arrête ? » dit-il, se penchant pour l'embrasser, ce qu'elle lui refusa. Puis, silencieusement, adorablement, comme un petit garçon qui a fait une bêtise mais veut regagner les faveurs de ses parents : « Mais, Deeeee... Tu me plais quand tu pues.

– Super. Accorde-moi un instant. Tu veux bien ? Oui ou non ?

– Oui », dit-il, mains en l'air, capitulant, le regard brillant d'innocence.

Elle tenta de se ressaisir, mais s'effondra en sanglots, et il resta là, une expression d'horreur sur le visage, avant que son instinct prenne aussitôt le relais, et le guide comme il l'avait toujours fait par le passé. Il tomba à côté d'elle, enfouit la tête dans son giron, et sanglota avec elle, ses larmes, ses tremblements, ses hoquets devenant peu à peu plus forts que ceux de Dee, jusqu'à en devenir bien plus sincères, et qu'elle s'arrête tout net, comme en transe, au son du chagrin imaginaire de l'Acteur.

7

Ce jour-là, tandis que Dee Cameron se retrouvait présentée au monde sous un éclairage public peu avantageux, Karen et Nat étaient parties faire leur promenade matinale, chantant « Fake Love », « Boy in Luv », « War of Hormone » et autres tubes signés BTS, mais aussi des chansons tirées d'un dessin animé éducatif dont le personnage principal est un tigre coréen un peu bêta qui veut convaincre sa maman qu'il est un *hyo-ja,* un bon petit. En général elles allaient jusqu'à la maison où flottait le drapeau noir et bleu pro-police et où les chiens couraient jusqu'au bout du terrain en aboyant comme des malades. La saison des pollens, celle du chiendent, du seigle et de l'avoine qui avaient recouvert les pelouses du Nord-Est comme le poil bien entretenu d'un terrier, provoqua une forte réaction allergique chez Nat, et pour atténuer ses éternuements Karen fit porter à l'enfant un masque filtrant haut de gamme et en mit un elle-même.

Elles passèrent devant la bergerie, le soleil matinal trop faible pour ajouter du bronze à leur peau, et Nat sautillait sur une jambe, ou les deux, ou s'élançait sur la chaussée dans une course sans queue ni tête, ou se retournait et faisait « le taureau », autrement dit fonçait penchée en avant dans le ventre de Karen, lui coupait un peu le souffle, mais avec une joie enfantine, et Karen lui criait le refrain préféré de sa regrettée mère : « *Ohmama-ohmama-ohmama !* »

C'est alors qu'un pick-up (dont la couleur resterait un sujet de discorde) tourna au coin de la propriété de Senderovski, et qu'à l'approche de Karen et de l'enfant, il prit visiblement de la vitesse en se dirigeant vers elles.

Cela se passa en une demi-seconde. En général, Nat aimait bien faire signe aux voitures (et quel genre de créature insensible aurait refusé de rendre son salut à un enfant ?), mais cette fois Karen eut à peine le temps d'attraper Nat pour l'écarter.

D'après Karen, le pick-up passa à vingt centimètres de l'enfant, elles sentirent même son souffle au passage. « Putain ! » cria Karen. Elle se couvrit la bouche d'une main quand Nat leva les yeux sur elle. « Pardon, ma chérie, pardon.

– Qu'est-ce qui s'est passé, Karen-*emo* ?

– C'est la voiture, elle nous a frôlées. Mais tout va bien.

– Mon papa aussi conduit mal, dit Nat. Maman a retiré le réhausseur de sa voiture, je n'ai même pas le droit d'aller au magasin avec lui. »

Nat retomba vite dans son habituelle « angoisse verbale », et les moutons bêlèrent comme s'ils avaient vu qu'un accident avait failli se produire (mais « accident » était-il le bon mot ?), et deux chevaux blancs de l'autre côté de la route – un père et son fils – hochèrent la tête à leur passage. Un biplan en provenance de l'aérodrome voisin passa au-dessus d'eux, taillant les nuages bas comme une tondeuse à gazon du ciel, et Karen posa un regard méfiant sur la croix de fer noire qu'il y avait sur son gouvernail. Elle ne se sentait plus à l'abri de rien.

Elle emmena Nat dans l'herbe au bord de la route et marcha à ses côtés, tendit le bras devant elle comme si ça allait la protéger de ce qui pouvait surgir du virage.

Ce fut sa première pensée : *J'ai échoué à protéger la petite.*

Sa deuxième pensée : *La protéger de qui ?* Elle commençait à comprendre ce qu'avait vu le conducteur du pick-up, une Asiatique se promenant avec une petite Asiatique, toutes deux masquées, dans une période où les gens qui sortaient des drapeaux bleu et noir pour rendre hommage à la police étaient enclins à les mépriser.

Donc, en tant qu'Asiatiques porteuses de masques, elle et Nat présentaient une double menace aux yeux de l'automobiliste homicide. Elle tenta de se repasser le film des événements et de se souvenir de ce qu'elle avait vu sous l'éclat aveuglant du pare-brise. Une impeccable coupe en brosse militaire, semblait-il, une petite moustache et un bouc, des lunettes de soleil, un vague sourire ? Mais elle n'était pas sûre. De fait, elle avait peut-être pensé aux vidéos qu'elle avait vues de ce flic du Midwest qui avait écrasé le cou d'un innocent. Peut-être n'y avait-il qu'un seul Blanc qui regardait le monde d'en haut, avec ses chaussures de service, son véhicule de service et ses lunettes de soleil de service posées au-dessus de son vague sourire de service. Et le résultat final de toutes ces choses de service ? Un pick-up d'une tonne qui passe à vingt centimètres d'une enfant de huit ans.

Karen laissa Nat à Vinod, qui était dans son bungalow à elle, et alla frapper à la porte du bungalow Pétersbourg. Le propriétaire se montra d'une humeur joyeuse et caféinée, quelques pages du second épisode de sa série à la main (INT. NUIT – HAREM SUISSE DE L'OLIGARQUE). Après être tombé en disgrâce auprès de Vinod, il était heureux de recevoir un visiteur. « Allons fumer un joint matinal comme au bon vieux temps ! » s'écria-t-il.

Elle lui raconta l'incident avec le pick-up et sa fille, d'une voix presque chargée de reproche, comme si c'était arrivé par sa faute à lui, comme s'il avait choisi à dessein ce coin dangereux pour acheter une datcha.

Senderovski repensa aux phares au bout de l'allée, quand la chute d'une branche d'orme avait failli abréger son parcours sur Terre. « De quelle couleur était le pick-up ?

– Quoi ? Qu'est-ce que ça peut faire ? »

Il courut dehors pour trouver du réseau et, une heure après, une grande Ford soulevait des graviers sous son châssis digne d'une coque de bateau. Du sommet de la colline, Karen et Senderovski voyaient déjà le Stetson beige sur la tête du conducteur.

L'agent Burns portait un masque chirurgical bleu qui ne faisait rien pour adoucir les bords carrés de sa mâchoire. Vu tout ce qui s'était passé avec la police dans l'histoire récente de ce pays, Karen fut agacée qu'il soit beau gosse. « Un instant, je vais chercher un masque, dit-elle.

– Pas besoin, madame », dit le policier d'une voix amicale. Il avait eu la gentillesse d'ôter ses lunettes de soleil, à moins que ce ne soit pour la forme. Il avait les yeux bleus jusqu'à la caricature.

Ils examinèrent la nature de l'incident. « Et vous êtes sûre qu'il a voulu vous renverser ? demanda Burns. Vous dites qu'il prenait un virage.

– Il a voulu nous faire peur. Ce n'est pas un crime ? Nous sommes deux Asiatiques masquées.

– Je ne vois pas bien.

– Comment ça, vous ne voyez pas bien ? »

Senderovski lui toucha le bras. « Elle parle d'un point de vue politique », dit-il.

Karen repoussa sa main : « Je veux dire qu'on a peut-être été victimes d'un délit de faciès. » Elle n'aimait pas le ton de docilité de sa propre voix. Si elle était capable de crier sur des Blancs en sweat à capuche dans la Silicon Valley, qu'est-ce qui l'empêchait de tenir tête à un policier de la côte Est ?

Le flic prit quelques notes. L'arrivée de son véhicule au sommet de la colline avait tiré les colons de leur habituelle torpeur de l'après-midi. Vinod était sorti du bungalow et Macha descendit les marches de cèdre en provenance de son bureau dans la maison. (Seuls l'Acteur et Dee étaient restés à l'étage, plongés dans les nouveaux déboires de cette dernière). Ils approchèrent, tâchant de saisir quelques détails de la situation. Un pick-up avait tenté de tuer Karen et Nat ? Macha courut jusqu'au bungalow de Karen, où était Nat, pour voir si sa fille allait bien, et la trouva plongée dans son traditionnel monologue de mi-journée (Vinod l'écoutait patiemment), mais plus angoissée que d'habitude.

« Et de quelle couleur était le pick-up ? demanda Burns sans quitter des yeux l'espèce de jupe que portait Vinod, pendant que Senderovski n'en avait que pour la bande noire sur la couture du pantalon de l'agent.

— Gris, je crois, dit Karen. Je n'en suis pas sûre.

— Vous pensez qu'on pourrait poser la question à votre fille ? demanda l'agent.

— Encore une fois, ce n'est pas ma fille, dit Karen.

— C'est la mienne, dit Senderovski. Vinod, tu veux bien aller la chercher ? »

Nat, Macha et Vinod revinrent bientôt sur le chemin de dalles. « Je suis sa mère, dit Macha pour prendre les devants. Nat, chérie, quand tu es allée te promener avec tante Karen, il se peut qu'un pick-up n'ait pas respecté le code de la route…

— Comme papa ! s'écria Nat.

— En tout cas, il est passé trop près, dit Macha. Tu peux nous le décrire ?

— Non, il est passé trop vite.

— Tu te souviens de quelle couleur il était ? demanda l'agent.

— Je crois qu'il était gris, dit Karen.

— Je crois qu'il était vert, dit Nat. Vert de chrome.

— Vous êtes sûres qu'il n'était pas noir ? demanda Senderovski. Est-ce qu'il y avait des autocollants bizarres à l'arrière ?

— Quoi ? fit Karen. Non. Il n'était pas noir. D'où est-ce que tu sors ça ? Tu n'étais même pas là. Et puis quels autocollants ? »

Senderovski regarda les colons rassemblés et soupira. « Nat, dit-il, tu veux bien aller regarder des vidéos dans le bureau de maman juste quelques minutes ?

— Non, je veux rester là ! cria Nat. C'est chouette !

— Chérie », dirent en même temps Macha et Karen, mais Karen avait déjà mis un genou à terre, pris les deux mains de Nat dans les siennes, et la regardait dans les yeux.

« D'accord. » L'enfant parla d'une voix si placide, avec tant de compréhension et d'obéissance, que Macha détourna le regard pour poser les yeux sur le bungalow qu'elle partageait avec son mari, sur la masse nuageuse qui s'accumulait au-dessus de leurs têtes, la promesse d'un nouvel orage d'été, avec tout ce que cela impliquait de dépenses pour faire ramasser les branches d'arbres, et de chances d'observer un merveilleux double arc-en-ciel.

« Je ne voulais faire peur à personne, dit Senderovski après le départ de sa fille, mais ces derniers temps il y a eu quelques perturbations, dont je pensais qu'elles étaient peut-être accidentelles. Maintenant, je me dis qu'elles ne l'étaient pas. » L'agent prit note de sa déclaration et se demanda s'il était étranger ou souffrait d'une maladie mentale ou les deux.

Et Senderovski parla du pick-up noir aux étranges autocollants qui passait régulièrement devant la pelouse, et raconta qu'il s'était garé au bout de l'allée tous phares allumés pendant la grande tempête quelques mois plus tôt. Puis il parla des coups de feu tirés de plus en plus près de leur propriété alors qu'on était en pleine trêve des chasseurs à l'égard des daims bondissants et des lynx nouveau-nés. (Macha confirma avoir entendu les exercices militaires nocturnes.)

L'agent nota tout cela, s'émerveillant du rôle joué par les pick-up de multiples couleurs dans l'imagination citadine de ces gens. Mais il avait entendu parler d'une recrudescence des perturbations dans la zone, de jeunes gens étranges qui erraient sans but sur des terrains fermés par des écriteaux annonçant propriété privée, de pick-up roulant sans destination précise, de gens qui avaient encore plus de relations sexuelles que d'habitude dans l'ancien camp international pour enfants. « En ce moment, dit-il aux colons, il faut être prudent. Vous êtes à l'écart sur la colline. Si des sales types décident de vous rendre visite, vos voisins ne les verront peut-être pas. Vous serez livrés à vous-mêmes. »

Les colons furent abasourdis par cette déclaration. Ils étaient isolés et à découvert. Livrés à eux-mêmes.

« Mais vous dites que le pick-up que vous avez vu était noir ? demanda l'agent à Senderovski. Ni gris ni vert comme l'ont dit les deux jeunes femmes.

– Oui, confirma Senderovski. Non. Je ne sais plus.

– Vous connaissez quelqu'un qui pourrait vous vouloir du mal ? » demanda l'agent. Il observa les nombreux bâtiments de la propriété. « Peut-être quelqu'un qui a travaillé pour vous.

– Beaucoup de monde a travaillé dans cette propriété, mais tout le monde a été bien payé, dit le propriétaire. Non, je suis d'accord avec Karen. Ça ressemble à un délit de faciès. Ah, et aussi, certains de nos invités sont célèbres. » Il mentionna la présence de l'Acteur et l'activité de Karen. L'agent hocha la tête et tendit une carte à Senderovski de sa main gantée.

Quand le véhicule descendit l'allée, des petits éclats de gravier lui chatouillant le bas de caisse, Macha se tourna vers son mari et dit : « Merci de nous avoir informés que quelqu'un nous épie depuis trois mois. » Elle retourna dans son bureau, entendit crier les deux nouveaux tourtereaux à l'étage et constata qu'elle se fichait pas mal de leurs problèmes.

8

Il était enfermé dans la salle de bains avec son attaché de presse, son agente et son manager au bout du fil. Ils lui parlaient à tour de rôle. Le monde électronique était en ébullition depuis ce matin, une nouvelle découverte surgissant chaque minute, à mesure que des dizaines de milliers de fans sous-employés de l'Acteur se lançaient dans leurs propres enquêtes non rémunérées. Un limier des réseaux sociaux avait révélé que l'Acteur logeait dans l'étrange propriété de Senderovski et, à l'aide des réseaux sociaux, en avait aussi déduit l'identité des autres colons notoires. L'article de journal sur la colonie de bungalows de Senderovski (titre : « Une datcha à soi ») fut déterré, remis en ligne, et massivement tourné en ridicule. Des gens demandaient sur les réseaux sociaux : « Vous êtes plutôt Sacha, Dee ou Karen ? » La photo originale de Dee améliorée par Tröö Emotions fut ressuscitée on ne sait comment (elle l'avait effacée peu après l'avoir publiée), ce qui poussa l'agente, le manager et l'attaché de presse à lui poser une nouvelle volée de questions. L'Acteur était-il tombé amoureux de Dee sous la contrainte ? Était-ce la faute de Karen ? L'avait-elle pris en otage avec son application ? Fallait-il exfiltrer l'Acteur sous le couvert de la nuit ? Parce qu'il était impossible, résumaient-ils, qu'il ait laissé tomber Elspeth pour « quelqu'un comme elle ».

« Je te connais comme un frère, disait le manager, et il n'y a pas une once de racisme en toi.

– Il n'y a pas une once de racisme en elle non plus.

– J'aimerais qu'on parle de ta grand-mère turque, dit l'attaché de presse. Tu as des origines musulmanes. C'est un fait.

– Je ne veux pas que les gens aillent fouiner de ce côté-là, dit l'Acteur.

– Comment ça ? Tu en as parlé dans des tonnes d'interviews.

– Laisse ça de côté pour le moment », dit l'Acteur, sibyllin.

Il fallait qu'il appelle Elspeth sur-le-champ, dit son agente (qui représentait désormais l'Acteur et la militante-mannequin). La fenêtre se refermait sur le pardon qu'elle pouvait lui accorder. Étant donné ce qui s'était passé avec Tröö Emotions, étant donné qu'il avait agi (« bon choix de mots », dit le manager) sous la contrainte, son ancienne petite amie était ouverte à une rencontre. Elle était blessée et en colère, avait des mots à lui dire qu'il n'avait pas entendu un être humain lui dire depuis longtemps, mais c'était désormais la seule façon pour lui de s'en sortir. Il fallait invoquer « la folie technologique » pour justifier le fait qu'il était tombé amoureux d'une raciste. L'agence partageait la propriété d'un avion qui stationnait en ce moment même à une heure vingt au sud de l'Acteur. Avec le virus, la circulation sur les routes était fluide et rapide. Tout ce qu'il avait à faire, c'était monter dans sa petite Lancia rouge et conduire un peu.

« Ou bien, dit le manager, on peut présenter la chose comme ça : vous n'avez jamais été amants, mais de simples amis.

– Tu t'es fait une amie, elle t'a trahi », dit l'attaché de presse.

Oui, ils tombèrent tous d'accord, c'était une bonne idée. Il s'était fait une amie malintentionnée sous la contrainte.

On frappa à la porte de la salle de bains. « Il faut que j'y aille, dit l'Acteur.

– Une dernière chose », dit l'agente. Elle avait été dramaturge dans une vie précédente, moins rémunérée, et restait adepte des déclarations empreintes de solennité.

« Quoi ? soupira l'Acteur.

– Tu dois te rappeler que tu n'es pas simplement un homme.

Tu n'es pas simplement une "personne". » L'agente marqua une pause pour ménager son effet. « Tu as une responsabilité envers le monde. »

Au cours du dîner où leur fut servi de l'espadon au fenouil, la foudre, qui en faisait toujours des tonnes, ne put s'empêcher d'éclater avec fracas, effrayant Nat qui était sensible au bruit, et déstabilisant les invités apeurés qui prirent certains coups de tonnerre pour des coups de feu. Karen et Vinod, dont les chaises faisaient face à l'allée, vérifiaient de temps à autre si un pick-up n'approchait pas.

Après dix minutes de mastication silencieuse, Dee prit la parole. Elle posa les mains sous le menton comme sur sa photo promotionnelle et parla d'une voix calme et enjouée comme quand on s'adresse à des Britanniques.

« Je regardais Nat et Karen poser les sets de table aujourd'hui, dit-elle, et ça m'a fait penser à quelque chose. On se croit ouverts à la diversité. Ainsi que l'a si fièrement annoncé Sacha le soir de notre premier repas, "Je n'ai presque pas d'amis blancs !" N'empêche. Je pose la question : Y a-t-il des Noirs autour de cette table ? Y a-t-il des homos ? Des non-cisgenres ?

– Des Latinx ? » fit Nat sur le même ton de voix que Dee, les mains également jointes sous le menton. Ils avaient eu récemment un « module » Cinco de Mayo à l'école.

« Et où sont les pauvres ? » demanda Dee, sans prêter attention à l'enfant, comprenant à quel point elle détestait la précocité parmi les élites, et se demandant si elle pouvait aborder ce sujet pour blâmer les parents sans s'en prendre à l'enfant.

« On peut toujours rentrer à New York », annonça Macha à Dee. Elle avait suivi les malheurs de Dee sur les réseaux sociaux, comme tous les autres convives. « Le virus recule là-bas, et ce n'est pas la diversité économique qui manque pour qui sait où regarder.

– Je crois que Dee passe une mauvaise journée, dit Vinod, et qu'on devrait la soutenir sans chercher la confrontation.

– Oh, je suis d'accord, fit Dee. Ne cherchons pas la confrontation.

Et cessons de nous mentir. » Elle lança un bref regard entendu à Senderovski, menteur patenté. « Faisons un petit exercice. Retournons dans nos chambres, sortons nos calculatrices, et revenons avec le montant total de notre fortune. Comme ça, on saura précisément où on se situe au sein du système. Je détaillerais aussi les revenus imposés à un taux injustement bas, les gains en capital, par exemple, et soulignerais la richesse héritée. Si vous devez appeler vos conseillers financiers, vous pouvez apporter les résultats demain soir au dîner. »

Ils entendirent un coup de tonnerre puis le bêlement prolongé des moutons, qui leur rappela le monde ovin du dehors. Les colons gardèrent le silence.

« Comme je vois que cette idée est effrayante pour la plupart d'entre vous, continua-t-elle, je me ferai un plaisir de commencer. » Elle sortit une feuille et la déplia. « La totalité de ma fortune se monte à deux cent trente-huit mille trois cent quarante-cinq dollars et trente-trois centimes. Y compris les neuf mille dollars que vaut ma voiture à l'argus, et environ vingt mille dollars sur mon compte épargne retraite, autrement dit placés et imposés comme il se doit. Je ne possède aucun bien immobilier. »

On n'entendait plus que le cliquetis des couverts sur les assiettes. « Attends un peu, dit Karen, c'est censé être beaucoup ou pas ?

– C'est ce que c'est. Mon objectif, c'est d'être transparente. »

Le rire de Macha retentit. Il était riche et théâtral (et historique) et rappela soudain à Senderovski pourquoi il l'avait jadis aimée. « Pardon, dit-elle. Je crois que Dee tente de nous faire comprendre qu'elle est pauvre par rapport à nous. Qu'elle a souffert. Qu'il faut lui pardonner ses actes à cause de ça.

– Pas du tout ! cria Dee.

– Tu as quel âge, trente et un ans ? dit Macha. À ton âge, après la fac de médecine, ma fortune s'élevait à *moins* deux cent mille dollars.

– À cet âge, j'étais accro aux tranquillisants pour équidés », dit Senderovski. Il y eut des rires autour de la table. Macha posa les mains sur les oreilles de Nat.

« Je dois avoir trois cents dollars sur mon compte en banque, dit Vinod. Mon père m'a dit qu'il me léguerait peut-être sa Buick.

– Chérie, fit Karen en s'adressant à Dee, ça fait beaucoup d'argent pour quelqu'un qui vient d'avoir trente ans. » Elle le dit d'une voix dénuée de méchanceté. *Elle a pitié d'elle*, pensa Ed.

« Dixit Karen qui habite la rue Blanche ! » fit Dee. Le prénom Karen avait récemment pris une connotation péjorative chez les Blanches issues d'une certaine classe.

« Je ne suis pas ce genre de Karen. Je suis le genre à se faire renverser au bord de la route à cause de la tête que j'ai. Et qu'est-ce que tu sais de l'endroit où j'habite ? J'ai acheté mon appartement par le biais d'une société à responsabilité limitée. »

Dee lui sourit. Elle comprit qu'elle n'avait pas d'alliées parmi les femmes présentes. Tu parles d'une surprise. « Tu ne te sens pas responsable de ce qui nous est arrivé, hein ? dit-elle.

– Tu as déconné, dit Karen, poussant de nouveau Macha à poser les mains sur les oreilles de sa fille. Moi aussi. Souvent. Ce pays est plein de ratés qui réussissent. Personne ne se souvient de rien. Fais table rase et repars de zéro.

– Peut-être que toi tu peux te cacher derrière tes millions, fit Dee.

– Et toi derrière tes deux cent trente-huit mille dollars. »

Ed eut pitié de Dee. Elle n'avait pas mauvais fond et n'était pas particulièrement raciste, pensa-t-il, mais elle avait fait un très mauvais calcul. « Je suis fier que tu les aies gagnés jusqu'au dernier centime, lui dit-il. Comme moi je n'ai pas su le faire. » Dee évita de regarder Ed dans les yeux, craignant d'éclater malgré elle en sanglots si elle voyait son expression de sollicitude.

Après quelques secondes de silence, Vinod lui dit : « J'ai lu ton livre. »

Elle cligna des yeux de surprise. « Ah bon ?

– Oui. J'étais sans doute trop intimidé pour t'en parler, vu que je ne suis pas un auteur publié. » Dee, Ed et l'Acteur lancèrent à Senderovski un regard accusateur. « C'est très bien écrit.

– Merci.

– Je dirais que le sujet, c'est le traitement dans ce pays du problème de la suprématie blanche. Tu tentes d'en comprendre les nombreuses contradictions, celles qui sont liées à tes droits de naissance.

– Ce ne sont pas vraiment des droits de naissance, fit Dee.

– Mais, au final... » Vinod marqua une pause. Le tonnerre tenta de s'interposer, mais personne ne l'entendit. « Au final, reprit-il, on ne sait pas très bien de quel côté tu es.

– Je suis du côté du peuple, dit-elle. Ce n'est pas évident ?

– Du côté de tes semblables, dit Vinod. Autrement dit, de ton côté à toi. »

Messemblables. L'Acteur découvrit ce qu'il n'avait pas encore vu en faisant défiler les commentaires sur les réseaux sociaux de Dee. Elle était dans une situation désespérée. Et lui aussi. Elle était prise au piège. Lui aussi. Et s'il la regardait dans les yeux et n'y voyait pas celui qu'il rêvait d'être, l'homme qu'il avait besoin d'être ? Cette réalité le transperça, éviscéra son Tröö-plein d'Émotions, le remplit d'angoisse dans des proportions dignes de Nat.

Et si le fait de l'aimer, elle, l'empêchait, lui, de s'aimer ?

Elle était assise avec l'Acteur côté ouest pour que, en temps normal, l'on puisse contempler la beauté du coucher de soleil tout en contemplant la leur. Mais le soleil était hors concours, ce soir, des nuages en forme de pays ayant pris sa place, le vent les coupant de leur Alsace et de leur Timor-Oriental. Et les deux amants aussi avaient l'air coupés l'un de l'autre.

Ed la regarda. Il pouvait tendre le bras et lui prendre la main. Il pouvait intérioriser la sordidité de son combat, son désespoir, et il pouvait la faire passer de l'autre côté. Il était récemment apparu que les colocataires de l'émission japonaise de télé-réalité étaient coachés depuis le début. Rien de plus que des acteurs en action. Des marionnettes. C'est aussi ce qu'elle était, après tout, avec son joli petit compte en banque et sa mentalité cupide de petite-bourgeoise, bien qu'elle ait eu la témérité de penser pouvoir devenir quelqu'un d'original par l'écriture et la parole. Leurs regards se croisèrent un instant. Elle ne dériderait pas le bas de son visage pour lui, ce bas de visage qui vivait dans le catalogue des affronts passés et contrebalançait l'intelligence et l'étincelle de ses yeux, mais il la prendrait quand même comme elle était. S'il recevait un signal, il l'emporterait dans les méandres d'un dilemme long et compliqué, dans une erreur qu'ils pourraient faire ensemble.

9

Macha et Senderovski étaient au lit dans le bungalow Péters-bourg, écoutant le raffut du rideau de pluie qui tambourinait sur le nouveau toit hors de prix. La pluie à la campagne. La pluie à la datcha. Cela signifiait toujours quelque chose pour Macha. Instinctivement, comme si c'était encore en 1983, elle tendit la main et prit celle de Senderovski. Elle le prenait tout le temps par la main dans la colonie de bungalows russes de l'autre côté du fleuve, croyant que c'était platonique pour elle, sachant que ça ne l'était pas pour lui, le faisant malgré tout. À l'époque déjà, il était une source de divertissement pour elle, un « homme clown », toujours prêt à faire des blagues stupides sur les babouchkas et les pets de la soupe au chou. Et pourtant, elle l'avait épousé. Et l'aimait encore.

« Le premier virement de la chaîne va tomber dans la semaine, dit Senderovski. Mais je dois dix mille à Ed et vingt mille de plus au général et aux ouvriers. Il ne nous restera pas grand-chose.

– Ça doit être effrayant pour toi, dit-elle. D'être à court d'argent. » Ils parlaient en anglais, à des fins thérapeutiques.

« Ils ont déjà commandé les deux prochains épisodes, ça s'annonce bien. » Il omit de préciser que si l'Acteur rompait avec Dee, s'il recommençait à regarder les scénarios d'un œil critique ou s'il se retirait complètement pour prendre ses distances avec Senderovski et sa Datcha de Malheur, le premier virement serait aussi le dernier. Elle sentit qu'il lui serrait la main, jusqu'à ce qu'il s'endorme, sans jamais cesser de tousser.

Elle resta éveillée pendant encore une heure, jusqu'à ce que quelqu'un tourne la poignée de la porte d'entrée. Macha sursauta. Elle avait demandé à tous les résidents de verrouiller leur porte la nuit après avoir entendu le policier décrire la vulnérabilité de leur propriété. Elle pensa réveiller son tousseur de mari mais courut à la porte, et regarda derrière le store.

C'était Nat, sous un parapluie coloré de Wanna One (boys band rival de BTS ; Nat ne supportait pas l'idée que ses vrais héros soient mouillés si elle ouvrait un parapluie à leur effigie), toujours vêtue de sa robe à pois. « Qu'est-ce qu'il y a ? chuchota-t-elle.

– Je voulais dormir avec toi et papa. » Sa nuque était collante quand Macha la toucha. Karen ne lui avait sans doute pas fait prendre de douche. Macha s'inquiéta que Karen se réveille au milieu de la nuit et découvre que l'enfant avait disparu. Pourquoi s'inquiétait-elle autant de ce que Karen pouvait ressentir, tout à coup ? « J'ai laissé un mot à Karen-*emo* », chuchota Nat, qui avait lu dans les pensées de sa mère.

Elle se dépêcha de grimper au lit et trouva une niche entre ses parents où elle se blottit, les bras autour des genoux. Macha enfouit le nez dans les cheveux sales de Nat et les respira de toutes ses forces. Senderovski passa un bras autour de Nat à l'aveugle, mais sans rayon de lune à travers la fenêtre ouverte, sa femme et sa fille ne virent pas son sourire rêveur. Finalement, Macha vit que la grande main de Senderovski tenait la petite main de Nat, et se força à oublier le fait que, lorsque les élèves de l'Académie de la Bonté se mettaient deux par deux avant d'aller à la cantine ou en récré (et il y en avait beaucoup, des récrés), la seule main qui prenait celle de Nat était souvent celle de la maîtresse.

« Tu devrais télécharger une application de santé pour surveiller la toux de papa », chuchota Nat. Karen lui en avait appris beaucoup sur les applications.

« Chhuut, fit Macha. Compte à rebours à partir de dix dans la langue de ton choix et tu t'endormiras.

– *Diessyt*, commença Nat. *Dievyat', vossem, sem, chest', pyat', tchetyre, tri, dva, odin'*.

– *Tak derjat* », murmura Senderovski dans son sommeil. Ce compliment, qui claqua contre son palais avec douceur et légèreté, était le seul que lui faisait son propre père, rarement avec tendresse.

Karen et Vinod ronflaient avec abandon, se serrant désespérément dans les bras, comme si la dernière cheminée du *Titanic* disparaissait dans l'écume derrière eux. Ed avait pris deux somnifères, le deuxième une heure après le premier, d'abord un crochet gauche en pleine mâchoire, avant le crochet droit, et il était maintenant K-O au bord de son lit. Le son étouffé d'une flûte traversière montait du soubassement de sa conscience, et il flotta comme désincarné en direction de ce merveilleux son.

Le visage de Dee était profondément enfoui dans son oreiller, ce qui l'obligeait par moments à remuer pour respirer. Faire l'amour l'avait un peu tranquillisée. Il avait tout donné, et quand il donnait tout, c'était fabuleux. Elle lui avait même mordu la lèvre dans un accès qu'elle ne pouvait qualifier que de passion. Ils avaient ri en s'apercevant qu'elle l'avait fait saigner, sans pour autant s'arrêter. Il m'aime, cet idiot, avait-elle pensé. Tous les commentaires postés sur la page de son réseau social préféré se trompaient. Elle était digne d'être aimée.

Il ne put trouver le sommeil. Il y avait le tonnerre, les éclairs et le ventilateur (essentiellement ornemental) qui tournait au-dessus de lui. *Apocalypse Now*. Le deuxième plan du film. Willard qui regarde le ventilateur tourner au plafond de sa chambre d'hôtel à Saïgon. Ils étaient au beau milieu d'une guerre, pensa-t-il. Les bombes pleuvaient comme dans le roman de Graham Greene sur la vie sous les bombardements. Il se toucha et porta les doigts à son nez pour sentir leur odeur à tous deux. Donne-moi la force, pensa-t-il. Mais la force de faire quoi ?

Il voulait chanter une chanson qu'il se souvenait d'avoir entendue dans *Sesame Street* quand il était petit. (*Un petit livré à lui-même*, pensa-t-il, *façon réconfortante de s'apitoyer sur son sort.*) C'était l'adaptation d'une berceuse britannique, chantée en canon par une famille de tortues de dessin animé. Il l'avait depuis entendue sur scène chantée en canon par quatre voix. Il s'assit à la fenêtre et articula les paroles en silence, d'abord dans sa voix de basse naturelle, avant de passer mentalement au ténor, à l'alto et au soprano.

> Viens, viens, viens, viens, viens avec moi.
> Où veux-tu que j'aille, j'aille, j'aille ?
> Où veux-tu que j'aille ?
> Que je vienne avec toi ! Jusqu'au séquoia, séquoia, séquoia !

Il ouvrit la fenêtre, doucement pour ne pas la réveiller, et se pencha sous la pluie pour chanter de sa voix raide mais compétente. *Où veux-tu que j'aille, j'aille, j'aille ?* Il marqua le point d'interrogation chaque fois, même sur celui de fin qui réclamait plutôt un ton exclamatif. Sa voix s'érailla sous le martèlement de la pluie, dans l'air qui se changeait en brume. Il voulait monter sur scène, chanter, pleurer, offrir. Il était fait pour ça. *Tu as une responsabilité envers le monde.*

À quatre heures du matin, il était au rez-de-chaussée et ne dormait toujours pas, ne quittait pas des yeux la photo de Macha et Senderovski sur une meule de foin, lui et ses dents de traviole, elle et sa fossette au menton, comme pour annoncer leur avenir ensemble. *Jusqu'au séquoia, séquoia, séquoia ?* Son téléphone bipa dans la poche de sa robe de chambre. Son équipe non plus ne dormait pas sur la côte Ouest. Il lut leurs messages pleins de lettres majuscules désespérées. Il y avait aussi désormais une vidéo, apparemment. Par exemple : IL FAUT QUE TU REGARDES LA VIDÉO ! Et : CE N'EST PAS TOI, SI ? Et : IL FAUT PEUT-ÊTRE QU'ON REVOIE NOTRE STRATÉGIE DES

« SIMPLES AMIS ». Mais c'était bien lui. Elle et lui, sur une scène délabrée entourée d'herbes folles. L'image était sombre et de mauvaise qualité, l'herbe verte avait des reflets violets et bleus, mais la scène était illuminée de temps à autre par le faisceau des phares qui balayaient le virage de la route, révélant ses coups de boutoir pleins de ferveur pneumatique. Le vidéaste s'approchait d'eux en rampant dans l'herbe à hauteur de ventre qui pullulait dans le camp abandonné, les capturait en pixels. Il n'y avait pas de son.

Nat se réveillait toujours tôt et s'amusait toute seule jusqu'à ce que les adultes se lèvent. De la fenêtre du bungalow Pétersbourg, elle vit une silhouette familière se diriger vers le garage avec un sac en toile. Elle ne trouva pas tout de suite ses sandales, enfila donc les *tapki* de sa mère, et sortit avec ces grandes carapaces qui lui claquaient aux pieds. La petite Lancia rouge sortit lentement de son abri, sous le couvert du brouillard. « Attends ! cria Nat. Attends ! » Elle trébucha sur une *tapka* et tomba dans le gravier, s'écorchant le genou. La petite tortue à moteur continua sa lente descente de l'allée, passa devant les trois souches d'arbres arrachés par la violence des tempêtes, puis, dans la lueur vaine du clignotant dont le tic-tac se réverbérait sur l'asphalte gris de la route, prit à gauche en direction de la nationale.

Nat regarda son genou écorché, à vif et en sang, plus effrayant et abîmé que douloureux, et, avant même de comprendre ce que cela venait de déclencher en elle, se mit à sangloter en silence, sans éclat, les larmes s'accumulant sur son menton et tombant avec le même bruit sourd que de grosses gouttes de mousson sur sa robe à pois. Quand elle cessa de pleurer, elle resta assise sur le gravier, manquant du ressort nécessaire pour bouger, et attendit qu'une grande personne vienne la ramener à la maison.

ACTE IV

La mort
d'Alexandre Borissovitch

Elle les aimait aussi, même quand ce qui passait pour leur amour ressemblait à une laisse autour de son long cou bronzé. Elle avait l'impression qu'il était de son devoir de les rendre plus heureux, même si elle perdait en échange un peu de son bonheur à elle.

Pendant que le mercure atteignait des sommets, la nation fêtait son propre anniversaire dans un état de stupeur inexorable. Les cadavres s'entassaient dans d'autres parties du pays. Les camions réfrigérés sillonnaient le Sud et l'Ouest. Il devenait clair que le président du pays ne céderait le pouvoir qu'à reculons, et l'assistante de Karen entama les démarches pour lui faire obtenir la citoyenneté coréenne.

Des auteurs désœuvrés de romans sociaux en amont et en aval du fleuve prenaient studieusement en photo des fleurs difficiles à identifier et des notes sur l'apparition de tempêtes et de fronts orageux. On en voyait plus d'un lever la tête vers un hibou endormi ou un champ baigné de soleil en implorant leur pouvoir supérieur de les *aider à donner du sens à tant d'absurdité.*

Pendant ce temps, le domaine du propriétaire grouillait d'activité animale et humano-animale. Steve la marmotte avait décoré de lilas son trou près de la piscine, du moins Nat le croyait-elle (en réalité, c'était oncle Vinod qui avait décoré la tanière et convaincu l'enfant que la marmotte l'avait fait). Des oiseaux migrateurs – des fauvettes ? – avaient envahi un arbre qu'ils enchantaient de leur ramage, et l'avaient abandonné aussi sec sans raison apparente, tels des touristes américains blasés sur un site de l'Antiquité. Karen et Vinod se glissaient sous la douche à ciel ouvert d'Ed pour s'y livrer à de monumentales parties de jambes en l'air, mains plaquées contre les murs ornés de coquillages tout en travaillant à se faire jouir, même si Vinod se touchait parfois la bouche pour vérifier qu'il n'était pas intubé, que tout cela était vraiment en train d'arriver. Il avait déménagé ses bagages dans le bungalow de Karen et tout rangé à l'exception de quelques sous-vêtements et des documents notariés au fond de sa valise. Il n'en avait pas besoin pour l'instant. Il était en bonne santé, fort et amoureux. Karen l'aidait à rédiger des lettres pour solliciter des agents. Il pouvait enfin abandonner le personnage de son père, « cet homme solitaire dont la solitude confinait à la sainteté ».

Avec le départ de l'Acteur, c'était comme si le patron d'une usine n'était plus là et que les ouvriers passaient en état d'hébétude devant la ligne de production réduite au silence. Comment devaient-ils se conduire les uns envers les autres ? Tout cela leur appartenait-il désormais ? Qu'allaient-ils devenir sans le nom en gros caractères sur le portail d'entrée ? Bizarrement, cela rapprocha les sept colons restants. Ils avaient tous des travers et s'étaient tous à un moment pris le bec (comme lors du dernier éclat de Dee autour de la table), mais ils s'aimaient tous du fond du cœur, s'étaient habitués à leur compagnie comme les membres d'une fratrie ou des explorateurs polaires. Ils ne prenaient plus seulement le dîner ensemble mais aussi le déjeuner, s'entassaient dans la cuisine à midi et demi tapant pour tartiner leur tranche de pain de campagne avec la salade aux œufs de Macha. Et à quinze heures les jours de semaine, quand Nat était en ligne avec ses orthophonistes, ces quadragénaires et plus couraient faire un plongeon dans la piscine, mêlant leur nudité joyeuse à l'odeur âcre de la marijuana de Karen.

Et puis il y avait Dee.

Quand votre amant disparaît, c'est la chaleur de son toucher qui manque d'abord, le contact peau à peau tant recherché par le nouveau-né, et que Nat n'avait jamais connu. (Une rare photo d'elle en orphelinat la montre au début de la vie, cils noirs, gigotante, de nombreux plis de peau aux poignets, mais sans personne pour la prendre dans ses bras quand elle pleurait la nuit.) C'est donc au niveau de l'épiderme que Dee ressentit son abandon. Elle tenta de se réhabituer, mais chaque mètre carré du territoire senderovskien qu'elle arpentait dans la journée lui rappelait le toucher d'un bel homme, réclamait le peau à peau. *Et je ne voulais même pas tomber amoureuse de lui !* se disait-elle. Mais avec sa peau, c'était une autre histoire, et quand le soleil commençait à se coucher elle se touchait la nuque, uniquement pour vérifier qu'il était encore possible de faire ce geste. *À l'avenir,* se dit-elle, *les Karen Cho du monde développeront des automates façonnables à l'envi à partir d'atomes environnants, qui nous prendront dans leurs bras et nous serreront toute la nuit avant de se dissoudre le matin venu, et nous n'aurons plus besoin de toute cette cruauté. (Ni de l'humanité, à vrai dire.)* Mais en attendant ? En attendant, elle souffrait.

Comme la colonie lui rappelait désormais le seul échec amoureux qu'elle ait connu ces dix dernières années, que la vidéo traumatisante de leur partie de jambes en l'air au bord de la route avait détruit sa vie privée (ses zones les plus intimes étaient cachées par le corps de l'Acteur sur les images, mais elle n'y trouvait guère de consolation), son impulsion première fut de s'enfuir. Mais pour aller où ? Elle jura de ne plus consulter une seule fois ses pages de réseaux sociaux à lui, mais le fit quand même, et il devint clair que les conseillers de l'Acteur présentaient les choses comme s'il avait redécouvert les dangers du racisme (sans mentionner son nom à elle, bien sûr), et enchaînait les démonstrations de zèle civique, stages de théâtre pour enfants noirs dans une retraite de vingt hectares de Central Valley en Californie (l'antithèse de la colonie de bungalows de Senderovski), qui initiait les participants à tous les aspects de la vie à la ferme (ils vendaient maintenant des produits à l'Original Farmers' Market de Los Angeles) jusqu'à la recréation, dans le respect de la distanciation sociale, d'*Autant en emporte le vent,* mais en inversant la race des personnages. (Cela vaudrait bientôt une nouvelle série d'ennuis à l'Acteur et à son équipe.) Elle le voyait faire les yeux doux aux donateurs et aux sponsors, et ne pouvait s'empêcher de penser que son air irrésistible de chien battu ne tenait pas à sa récente prise de conscience du racisme systémique mais au fait qu'il l'aimait toujours et qu'elle lui manquait.

Oh, et puis merde ! Sa propre situation s'améliorait. Un groupe d'honnêtes intellectuels en chemise avait écrit une lettre pour prendre sa défense dans une importante revue. Ils y brandissaient le mot « censure ». On affirmait qu'elle serait renvoyée de son nouveau poste d'enseignante, ce qui n'était pas vrai. D'abord, Dee pensa écrire une réponse énergique, pour dire au monde qu'elle n'avait pas besoin de leur aide, qu'une fois de plus ils se méprenaient sur son compte, ces hommes riches et instruits. Mais en fin de compte elle leur fut reconnaissante de cette intervention, de n'importe quel point de vue affirmant qu'elle n'était pas un monstre fanatique. Forte de cette lettre, elle pouvait désormais retourner à New York pour s'engager dans de nouveaux et meilleurs combats contre ses adversaires habituels, pour prendre ses accusateurs par surprise et redéfinir les termes de son bannissement. Elle était prête à monter dans sa voiture à neuf mille dollars et à partir, mais quelqu'un la clouait au sol de planches larges du Cottage des Écrivains (où elle avait été rapatriée de la maison principale quand ses propriétaires légitimes en avaient repris possession). Le lecteur ne se trompe pas sur l'identité supposée de cet individu.

Elle n'avait jamais cessé de faire ses promenades avec Ed, ni pendant les trois semaines de son idylle avec l'Acteur, ni après. Étonnamment, ils abordaient à peine dans leurs conversations son aventure avec le comédien. Ils préféraient parler des choses stupides dont les jeunes citadins parlaient (non qu'Ed fût particulièrement jeune), les aléas des réseaux sociaux, le *mee krop* et le *tom kha gai* pleins de saveurs qu'ils avaient dégustés pour la dernière fois en février, leurs pérégrinations dans les ronces de la haute société, mais aussi les ouï-dire sur ceux qui se faisaient abattre en public, qui étaient forcés de préciser leur pensée, de la reformuler, de se rétracter.

Après le dîner avec l'Acteur où Vinod lui avait reproché de façon blessante d'être du côté de ses semblables, Ed lui parla des membres de sa famille et de toutes les horreurs dont ils étaient capables. Quand on faisait une recherche en coréen sur Internet, on découvrait leur rôle dans la destruction des syndicats et les nombreux monopoles dont ils jouissaient depuis l'époque de l'occupation japonaise. On apprenait qu'ils avaient jeté des tasses de thé bouillant sur des subordonnés et avaient même fouetté un chauffeur âgé, militaire décoré, après qu'il eut utilisé le mauvais désodorisant pour parfumer une limousine de la société. Comme les riches ne connaissaient pas les souffrances du monde, ils étaient obligés d'inventer leurs propres formes de souffrance, plus sophistiquées et personnalisées, avant d'infliger à autrui des variantes baroques de leur intériorité rabougrie. Et ce n'était que la part publique. Il y avait eu des mariages forcés avec de violents schizophrènes, des procédures de divorce auprès de juges corrompus, des enfants volés, des mères suicidaires, des enfants honteux exilés dans les écoles d'art du Rhode Island et de Londres. Aucun, vraiment aucun, n'était heureux, ils écumaient tous les cliniques de chirurgie esthétique et les boutiques d'horlogerie dans un brouillard causé par les anxiolytiques.

« Et pourtant, dit Ed, comment est-ce que je pourrais dire que je n'ai rien à voir avec les membres de ma famille ? Comment je pourrais affirmer que j'ai divorcé d'eux après leur avoir été inféodé toutes ces années ? Je suis censé me libérer tout seul du joug de l'Histoire ? C'est une absurdité américaine, l'idée qu'on puisse… » – il claqua fort des doigts – « changer. J'ai le cuir trop tanné pour muer. Je peux choisir de ne pas maltraiter un chauffeur, mais je ne peux pas changer ma façon de marcher quand je suis ivre et que je m'approche en titubant de la voiture qui m'attend. Mon pouvoir d'oppression est inévitable.

– Je préfère jouer le mauvais rôle, répondit-elle, plutôt qu'avoir tort. Tout ce que j'écris reste gravé dans l'Histoire. Tout est sincère, je te jure, même quand ça paraît horrible ou suicidaire. Est-ce qu'on peut me reprocher que l'image qui en résulte ne corresponde pas aux exigences de l'époque ? »

C'était aussi, elle devait l'admettre, la solution préconisée dans le domaine de l'art par les hommes en chemise qui avaient écrit la lettre – il fallait qu'il soit réflectif, pas révolutionnaire. L'artiste, d'après eux et dans la lignée de leur expérience à New Haven, restait à distance de l'histoire pour mieux analyser la nature brute de cette dernière à travers le prisme imparfait de l'expérience personnelle, et se contentait de taper le résultat de ses observations dans l'application Notes de son iPhone. C'est ce qui était marqué sur la fiche de poste. Mais si ce poste-là avait soudain perdu sa raison d'être ? Et si c'était l'absence de raison d'être, et non l'aveuglement culturel, le vrai fantôme qui hantait la colonie de bungalows, les hantaient elle, Senderovski et aussi l'Acteur ? Ce n'était plus le moment d'écrire la chronique de la situation ; c'était le moment de s'emparer du bureau du télégraphe et de mettre aux arrêts les membres du gouvernement provisoire. C'est peut-être ce qui avait attiré Dee chez Ed dès le début : il s'était mis hors jeu. Il ne donnait jamais son opinion publiquement sur aucun sujet, et aucun pouvoir ne pouvait lui reprocher ses actes ou ses discours. Si la société s'effondrait, il nouerait une lavallière autour de son cou et rejoindrait d'un pas de danse le pays fonctionnel le plus proche. (Il avait aussi la citoyenneté canadienne.) Il n'avait même pas de compte sur un réseau social.

Un pick-up passa et Ed fit signe à son seul occupant qui lui rendit poliment son salut à l'intérieur du dôme ensoleillé de son véhicule. Depuis que l'Acteur avait quitté la colonie, il n'y avait plus eu d'incident avec un pick-up homicide (lien de cause à effet ?), mais Ed avait pris la décision de faire signe à toutes les voitures qu'il croisait sur la route de chez Senderovski. Il s'était même bâti une réputation dans le coin, celle du type qui fait signe aux voitures sur la route. Ne pas lui rendre son salut était devenu un faux pas, quelle que fût la couleur du drapeau qui flottait au fronton de la maison. Dee croyait comprendre le raisonnement derrière son salut de façade. Senderovski lui avait raconté un jour que son sens de l'humour masochiste de Juif russe était un impératif démographique, le besoin de se moquer de lui-même avant que le groupe dominant (de Slaves chrétiens) n'ait l'occasion de le faire, de se mettre des claques avant que quelqu'un d'autre lui en colle une. Il y avait un peu de ça dans le joyeux signe de la main que faisait Ed, et son sourire exagéré de représentant d'une « minorité modèle » qu'il abandonnait dès que la voiture était passée en trombe mais qu'il arborait avec sincérité dès qu'il se tournait vers Dee. Cela la rendait heureuse. Il se passait beaucoup de choses entre elle et Ed, mais elle était la seule à s'en apercevoir. Les promenades quotidiennes en sa compagnie lui donnaient un but et lui procuraient du plaisir. Elles la sauvaient de ses virées stériles sur les réseaux sociaux, autrement dit elles la sauvaient aussi d'elle-même.

Il y avait un restaurant connu pour son gel antiseptique dans une charmante et progressiste ville voisine, qui avait été au XIXᵉ siècle le centre de l'industrie du dépeçage de la baleine, sur les bords du fleuve. C'était un restaurant d'Asie du Sud-Est, une cuisine qu'Ed se déclarait incapable de reproduire faute des bons ingrédients, où l'on servait des repas et payait l'addition sans le moindre contact physique, hormis un hochement de tête stérilisé au comptoir après que le terminal des cartes bleues avait enregistré les informations bancaires. Une fois qu'il avait pris son plateau, le client allait s'asseoir sous une grande tente installée sur un ancien parking où il y avait au moins trois mètres entre chaque table.

Ed et Dee allèrent en voiture dans la ville du dépeçage des baleines avec beaucoup d'excitation. Ils n'en pouvaient plus de l'anthropologie rurale, avaient besoin de piment. C'était bientôt l'heure du dîner à la colonie, et aujourd'hui les colons seraient privés de leur chef. (Le fait que lui et Dee soient absents fit hausser à Senderovski les considérables buissons et à sa femme les modestes chenilles duveteuses qui leur servaient de sourcils.)

Ed s'émerveilla de la façon privilégiée, senderovskienne, qu'avait Dee de passer devant les champs pommelés de lumière dans sa voiture qui n'avait rien d'exceptionnel, comme si la mort n'existait pas pour elle, même quand elle mordait clairement sur les lignes et que tous les instruments de bord bipaient et vibraient en signe de protestation. « J'espère que tu ne me fouetteras pas ! plaisanta Dee après avoir fait sortir un tracteur de la route par l'impudence de sa conduite. Je sais que vous êtes pointilleux, chez les Kim, avec vos chauffeurs. »

Il rit derrière ses lunettes aviateur et se demanda si c'était un rendez-vous galant. Dans son émission de télé-réalité japonaise bien-aimée (et désormais dévaluée), un geek avait demandé à une beauté de sortir avec lui et elle l'avait éconduit en proposant d'aller chez Costco avec les autres colocs. On appelait ça l'Incident Costco. Il ne se considérait pas comme un geek, mais avait pourtant soigneusement évité ce type d'incident tout au long de sa vie, comme le montraient les nombreux carnets Moleskine vierges qu'il avait en sa possession.

Ils attendirent leurs plats sur le chemin longé de jolis pictogrammes demandant le port du masque et le respect de la distanciation sociale, que nous n'avons pas besoin de reproduire ici, puis emportèrent leur plateau jusqu'à une table au milieu de la grande tente bondée, où ils se firent bientôt importuner par un frelon. « Il est inoffensif, déclara Dee à son rendez-vous galant pour l'éduquer pendant qu'il tentait en vain de chasser le gros insecte maladroit en agitant les mains. C'est un tueur de cigales. Il ne pique pas.

– Hmm », fit Ed. Il retroussa les manches en coton de sa chemise à fines rayures et referma les épais boutons de nacre autour de ses biceps bronzés. « Tu ne devrais pas être si habillé, fit Dee en observant son petit rituel. Mets des vêtements plus ordinaires. Tu es vraiment bien foutu. Fais voir un peu. »

Il ne sut pas comment réagir. « Oh », dit-il à voix basse en rougissant. Il ouvrit les boîtes de curry de patates douces, d'ailes de poulet au poivre noir et nuoc-mâm, et de *larb* « romanesco » parsemé de feuilles de sucrine et de piment confit, et commença la distribution du repas. Elle leur versa deux verres d'une bouteille de mezcal et de liqueur de pamplemousse. Quand ils trinquèrent en silence, ils se regardèrent dans les yeux un long moment plein de timidité. Il but cul sec et s'essuya la bouche du revers de la main. Il s'en fichait, désormais. Si ça ne marchait pas et s'il allait seul à La Canée, il s'enfermerait simplement dans une chambre d'hôtel et trouverait bien un moyen de priver son corps de vie.

« Dee, je t'aime.

– Je sais », répondit-elle immédiatement.

Et ajouta presque aussi vite : « Je crois que je t'aime, moi aussi. »

Il hocha la tête d'un air pensif, planta ses baguettes fabriquées en série dans son *larb*, sachant très bien qu'il ne pouvait plus en prendre une seule bouchée, tout délicieux qu'il soit. Les tables avaient beau être éloignées les unes des autres, ses sens étaient assez aiguisés pour qu'il entende chaque conversation autour d'eux (la plupart à propos du marché immobilier local), et sa propre vessie était maintenant sujette à la douce et adorable crise de panique dont s'accompagne le sentiment de l'amour réciproque.

« Tu as quelque chose à ajouter à ce que nous venons de nous dire, se hasarda Dee, ou on parle politique ? »

Un petit garçon masqué de guingois aux cheveux blond cendré qui portait un T-shirt JE SUIS FÉMINISTE s'était aventuré tout près de leur table et fut bientôt rejoint par son jumeau vêtu à l'identique. « Kent ! Lorimer ! leur cria la maman tachée de rousseur à une table voisine. Ne vous approchez pas !

– Y a pas de mal ! » lui cria Dee, même si elle mit son masque chirurgical pour se protéger des envahisseurs. Les petits féministes battirent en retraite, soulevant du gravier dans leur sillage. Ed avait dépensé une si grande partie de son capital pour faire sa déclaration d'amour qu'il ne savait même plus quels autres mots étaient encore en sa possession. Il décida de faire un pari et de dire une sottise.

« Tu es très belle avec ton masque. »

Elle rit. « Tu veux dire que ma bouche et mon menton sont moches ?

– Non, c'est juste que... La couleur du tissu s'accorde avec celle de tes yeux.

– Dieu, faites que cette année disparaisse. »

Ça débordait et ça brassait tellement en lui qu'Ed se demanda comment garder tout ça pour lui, comment empêcher que ça jaillisse comme une fontaine de larmes ou un rot sonore façon « romanesco », ou une épaisse fumée noire qui lui sortirait des oreilles. Ils se dévisagèrent une fois de plus, tendant machinalement la main vers le mezcal-pamplemousse, déglutissant avec nervosité. « Je dois garder mon masque entre deux gorgées ? Ça t'excite ?

– Tu me connais mieux que ça. Tu lis toujours dans mes pensées. Toujours.

– Je pense que tu veux me toucher le genou sous la table.

– Tu vois ? C'est exactement ça.

– Et maintenant, dit-elle en frottant son genou contre celui d'Ed, tu t'en veux de ne pas être en short et ne pas sentir la douceur de ma peau. Je rectifie, tu t'en veux de ne pas posséder de short. Ce à quoi il faut remédier sur-le-champ.

– Tu vois à travers moi. Ton esprit d'autrice te confère un avantage.

– Bon, et moi à quoi je pense ?

– Je préfère ne pas le dire.

– Oh allez ! C'est pas juste ! » Elle parlait d'une voix aiguë étrangement gamine. Elle maîtrisait à merveille les rudiments du flirt.

« Tu te dis que tu n'as jamais été embrassée par un Asiatique. »

Elle porta la main à la bouche de stupéfaction, mimant par inadvertance toutes les jeunes filles de l'émission de télé-réalité. « Incroyable, dit-elle. Tu viens de racialiser la situation.

– J'ai eu tort ?

– Euh...

– C'est toi qui l'as racialisée en premier.

– Admettons. Où est-ce qu'on doit s'embrasser ? Là, devant tout le monde ? » Ils s'aperçurent qu'après les démêlés publics de Dee, certains clients du restaurant pouvaient la reconnaître, puisqu'ils étaient tous des utilisateurs compulsifs des réseaux sociaux, même Kent et Lorimer, les jumeaux de cinq ans. Dee ne voulait plus exposer sa vie privée, même si le fait d'embrasser un Asiatique en public, comme il avait bien cerné ses pensées, ne pouvait que lui rendre service à ce stade. (Une célèbre personnalité néonazie qui travaillait pour la télé sortait maintenant avec un Noir, non que Dee se fût comparée à elle.) « Allons ailleurs », dit-elle.

Le BCBG de la chemise en coton d'Ed et la façon dont il l'aida à se lever de son banc de bois les empêchaient de courir jusqu'à la voiture et de foncer à deux fois la vitesse autorisée jusqu'à la Grande Île ou au Cottage des Écrivains. (Qu'est-ce qui valait mieux pour leurs premiers ébats ?) Ils étaient obligés d'aller en ville et d'y faire ce qu'on fait lors d'un premier rendez-vous avant de libérer leurs instincts les plus sauvages. Ils allèrent dans la grand-rue, qui descendait d'une hauteur considérable jusqu'à une promenade au bord de l'eau. Peut-être y trouveraient-ils l'endroit tout indiqué pour leur premier baiser non précipité.

La ville regorgeait de galeries en mal d'activité et d'antiquaires outrageusement chers. Il y avait désormais sur tous les articles un écriteau contre le racisme à côté de l'étiquette du prix. Vers le fleuve, une cité HLM abritait un grand nombre d'habitants non blancs de la ville, et une petite communauté du Bangladesh y avait élu domicile et ouvert des boutiques. La tranquillité ambiante rappela à Ed une visite récente à Trinidad, et en effet, à une devanture, on vendait allègrement à la criée des plats caribéens aux gens du coin. Il fit toutes ces observations à Dee à vive allure, et quand elle comparait la conversation de l'Acteur avec celle d'Ed, elle trouvait qu'ils se ressemblaient pour certaines choses, mais que le discours d'Ed était moins sérieux, moins affecté, c'était le bavardage d'un observateur, pas d'un participant. Une fois de plus, elle trouva que cela convenait à son nouveau point de vue sur les choses, celui d'une voyageuse qui ne fait que traverser une série de ravissants spectacles de désolation sur le chemin de l'oubli, et la façon dont il transpirait dans sa chemise trop habillée lui conférait tout le caractère qu'elle pouvait désirer chez un homme.

Lors de leur déambulation dans le quartier blanc de la ville, Dee croisa quelques regards de passants, qui la reconnaissaient visiblement après ses récentes mésaventures. Ils exprimaient plus la surprise que le dégoût, les esprits les plus connectés faisant vite le rapport avec les réseaux sociaux : Mais oui, la « Datcha à soi » de Senderovski n'était qu'à une vingtaine de kilomètres, n'était-ce pas logique qu'elle soit ici ? Et qui était ce nouveau gentleman ? Était-il tristement célèbre, lui aussi ?

Dans les quartiers noir et bangladais, les regards cessèrent ; elle n'était pas la célébrité du moment, ici, mais une simple touriste. En traversant la rue qui séparait les races, Dee et Ed se prirent par la main comme pour marquer le coup, non sans ridicule. Il parlait encore des Caraïbes – de Cuba, évidemment (fréquentes mentions à Raúl et Fidel et aux « cantines d'État ») – et ils flottèrent dans un brouillard de mezcal-pamplemousse, se pressant la main avec excitation pour s'envoyer des signaux qui prenaient le contrepied de tout ce qu'il disait, leur conversation faisant une sorte de bruit de fond, comme les effets d'une boîte à sons ou le bourdonnement d'une clim. Qu'est-ce que ça pouvait faire, les soirées entre mecs qu'il avait passées sur le Malecón ? disait sa façon de lui presser la main. Qu'est-ce que ça pouvait faire que cette ville de la baleine soit l'un des meilleurs exemples de l'architecture américaine du XIXᵉ siècle ? Tout ça n'est qu'une façon de flirter typique de leur classe sociale. La seule chose qui nous caractérise vraiment, c'est que nous sommes amoureux.

Une Parade Hill arborée surplombait le promontoire devant la partie la plus large du fleuve, qui formait une fourche à l'endroit où se trouvait une grande île inhabitée cachant la ville sur l'autre rive (l'homonyme débraillé d'une ville de l'Antiquité). Les nuages dissimulaient puis laissaient percer des rayons de soleil et tout ce qui les entourait – les jolies petites qui parlaient comme des adultes et rabattaient leur tresse par-dessus l'épaule d'un geste de la main, un phare lointain au milieu du fleuve qui rappelait un autre empire perdu, une foule de Bangladais qui faisaient cuire de la viande de chèvre sur un barbecue près des voies ferrées, sur fond de montagnes violettes virant au bleu, puis au gris, avant de disparaître – tout baignait dans des ocres de plateau de cinéma qui signifiaient qu'ils avaient le droit, presque le devoir, de s'embrasser. Ils le firent rapidement, puis lentement, comme s'ils venaient de participer à une épuisante et longue course en altitude et qu'ils devaient se réinsuffler la vie mutuellement. Ils avaient fermé les yeux et elle tenta de ne penser à rien d'autre que lui et il tenta de ne penser qu'à elle, ils tentèrent de bannir le pourquoi de ce qu'ils faisaient et de ne se concentrer que sur le comment, et pour l'essentiel ils y arrivèrent, gémirent gentiment leur reconnaissance pour ce que l'autre avait à offrir, leurs doigts se caressant le dessous de l'oreille, l'épaisse chevelure d'Ed, les boucles mouillées de sueur qui tombaient dans le cou de Dee, pendant que les petits impudents assis sur le banc voisin se moquaient de leur ardeur, les garçons mettant les filles au défi de venir « les chercher », elles aussi.

« Comment tu étais à mon âge ? » lui demanda Dee quand leurs langues firent une courte pause. Cela rappela à Ed leur différence d'âge non négligeable. Il s'inquiétait qu'en parlant du passé il ait l'air vieux, comme tous les hommes qui racontent une histoire ancienne.

« C'est drôle qu'on soit assis au bord d'un cours d'eau, dit-il, parce que quand j'avais exactement le même âge que toi, j'habitais encore en Italie et c'est cette année-là que j'ai publié la revue bilingue, *Fleuves/Fiumi*.

– Celle qui traite de tous les grands fleuves du monde. »

Il soupira. « Enfin, le but était d'explorer la complexité des sociétés en s'interrogeant sur les fleuves qui les traversent. Peut-être qu'à l'époque on n'utilisait pas le terme "interroger". »

Enfant, il avait vécu dans la terreur de se faire gronder, et peut-être en avait-il encore peur. Pour l'Ed de trente et un ans, il n'y avait rien eu de pire que s'entendre dire qu'il avait tort. C'est ce qu'il avait appris en créant *Fiumi*, qu'il était douloureux de vouloir entreprendre quelque chose qui s'avérait sans importance. Mais en racontant cette histoire à Dee, il réussit à trouver ça drôle. Que le monde regorgeait d'échecs artistiques, même quand les artistes (et parfois la société autour d'eux) refusaient d'admettre ces échecs. Peu à peu, il fit ce que faisait toujours Senderovski quand il racontait quelque chose – il se moqua de tous les protagonistes, et de lui par-dessus tout. Quand on faisait des études dans un milieu progressiste, des pans entiers de notre existence ressemblaient à une subtile plaisanterie. C'était peut-être pour cela que payaient nos parents quand ils envoyaient leur chèque au comptable de l'université – le droit de faire partie de cette vaste blague.

Au coucher du soleil dans la montagne, ils virent qu'ils n'avaient plus d'autre choix que de rentrer aggraver leur cas. Ils passèrent devant deux très jeunes personnes assises sur le capot d'une vieille voiture américaine. Dire qu'ils se « bécotaient » équivaudrait à indemniser les participants pour l'incendie déclenché par Dee et Ed. Pour commencer, l'un des seins de la jeune femme était complètement sorti de son soutien-gorge et il était tenu, caressé, « agencé » comme on dirait dans le jargon de l'immobilier, par deux mains baladeuses tandis qu'elle enfourchait le jeune homme avec ses cuisses en denim, faisant avec les fesses un mouvement de va-et-vient. Ils s'offraient aux regards de la seule cité HLM de la ville, et avaient l'air, pour utiliser un descripteur très américain, de stars de cinéma. On pouvait aussi noter qu'ils n'étaient pas de la même race, elle blanche et lui noir. Ed et Dee dressèrent ce constat à travers le prisme de leur propre race.

« Waouh, finit-elle par dire. L'amour chez les jeunes. »

Ed avait du mal à respirer. *Je suis peut-être vieux,* pensait-il, *mais moi aussi je peux le faire.*

Ils étaient si excités et médusés en courant jusqu'à la voiture de Dee qu'ils en oublièrent de mettre le masque. Une femme protégea son enfant de leur cavalcade et les fustigea de ses yeux bleu ciel. Une fois dans la voiture, ils tentèrent de s'embrasser, et elle voulut glisser la main d'Ed sur son sein, mais il dit : « Non, chérie, ramène-nous. Va aussi vite que tu veux. Je réglerai les P-V. »

Ils sortirent de la ville, et l'éclat doré de l'heure magique enveloppa les champs de maïs et les vergers de pommes, mais ils éprouvaient un sentiment de douleur et de brûlure à chaque instant. Elle déboutonna son jean. « Mets la main », dit-elle.

Il tendit le bras par-dessus la boîte de vitesses et tenta de satisfaire sa demande. « Recule un peu ton siège », dit-il.

Ils firent une embardée pour éviter un car scolaire vide. « Je t'emmerde ! hurla Dee au chauffeur. On peut plus baiser tranquille ! » Il lui fourrait la langue dans l'oreille. « Non, pas comme ça, désolée. Embrasse-moi dans le cou ! »

Le compteur indiquait cent trente kilomètres-heure, et une voix carillonnante donnant l'impression qu'elle venait tout juste d'apprendre la langue anglaise annonça : « Alerte, rangez-vous sur le bas-côté et faites une pause ! »

– Pas ce soir, Satan », répondit-elle, avant d'appuyer sur le champignon. Elle remarqua qu'Ed s'était adossé contre son siège et que, tout en respirant bruyamment, il avait posé la main sur son entrejambe. « Attends, tu vas te masturber devant moi ?

– Non ! cria-t-il. C'est juste que ça fait un peu mal. Je vais relâcher la pression.

– Oh oui, s'il te plaît. J'adorerais te regarder te masturber.

– Tu conduis, dit-il d'une voix murmurante. On est en voiture. »

Elle retira sa ceinture et se souleva. La voix carillonnante du véhicule était complètement désespérée. Elle lâcha le volant sans lever le pied, baissa son short et sa culotte à hauteur de chevilles. « Donne ta main, putain, dit-elle.

– Quoi ? » dit-il, tâchant de prendre le volant pour que la voiture ne fasse pas d'écart. Mourir sur-le-champ ne le dérangeait pas. Elle introduisit les doigts d'Ed en elle. « Oh, fit-il. Dee.

– On peut faire ça dans ce champ de maïs. » Elle gémit, pendant que la voiture faisait de folles embardées d'un côté à l'autre de la route.

« On pourrait nous voir », chuchota-t-il, deux doigts suspendus en elle. Ils passèrent devant un panneau NOS PRIÈRES SONT EXAUCÉES. BON RETOUR PARMI NOUS, PASTEUR ED. « Tout le monde peut nous voir.

– Rien à foutre. Je les emmerde tous.

– Oh putain. » Il la massait désormais en gestes circulaires, tout en examinant le mince triangle blond qu'elle avait au-dessus de son sexe avec plus d'attention que jamais. Si seulement il avait été aussi appliqué à la fac, il aurait obtenu son diplôme avec mention très bien (ou l'aurait obtenu tout court).

La voiture remonta l'allée de gravier et Ed tenta d'extirper sa main de la chaleur de son intimité. (Il avait désespérément envie de mettre ses doigts parfumés à la bouche.) Elle écrasa la pédale de frein, la voiture dérapa dans une position malheureuse qui obstruait toutes les places de stationnement. Elle remonta sa culotte et son short d'une main tout en bondissant hors de la voiture avec lui et ils coururent vers le bungalow d'Ed, le plus proche des deux. Ils entendirent la voix de Nat sur la véranda : « Dee ! Ed ! Il reste à manger ! Ma maman a fait du borsch.

– Pas de problème, dit Macha à l'attention des deux quasi-amants qui passèrent en courant devant la véranda. Je suis sûre qu'ils ont déjà mangé. »

Ed entendit Vinod, Karen et Senderovski éclater de rire, mais il s'en fichait pas mal.

Le volcan Kīlauea au-dessus du lit d'Ed déversait toujours une coulée de lave continue dans le Pacifique. Dès que la porte se referma, ils se sautèrent dessus, leurs beaux visages se tamponnant (« Aïe ! ») quand ils tentèrent d'avoir une meilleure prise. « Pardon, mais pas pardon, dit-elle en réduisant à l'état de charpie la chemise à fines rayures en coton d'Ed. Ne porte plus jamais un truc pareil, dit-elle dans un souffle. Il vaudrait mieux en faire de jolis chiffons. De toutes tes fringues. »

La vision d'Ed flirtait avec les ténèbres, le sang oxygéné de son corps affluait dans une direction bien précise – il dut se rappeler qu'il fallait respirer. Elle l'enfourna tout entier dans sa bouche, le suça, il explora ses deux orifices avec la langue et les doigts – ils y allaient si fort par moments qu'ils oubliaient la nature de leur mission et se contentaient de souffler fort sur les parties génitales de l'autre ou d'écouter l'inflexion de leurs halètements. Il voulait éjaculer, mais se retint. « On peut tenter des trucs ? demanda-t-il. Des trucs un peu bizarres ?

– Demande pas la permission, putain.

– Mets ton masque.

– Tu le détestes vraiment, mon menton.

– Je m'abaisserai pas à répondre. »

Elle mit son masque de ses mains tremblantes et lui, tout aussi tremblant, posa un miroir de salle de bains moderniste contre son stupide bureau moderniste pour qu'elle puisse se voir, puis il renversa les putains de statues d'ananas hawaiiennes d'une main surexcitée. On entendit deux cris, d'elle et de lui, quand il la pénétra par-derrière, elle appuyée contre le bureau entièrement nue à l'exception du masque chirurgical bleu désormais iconique qu'elle avait sur la figure.

Oh non, pensa-t-il. *Est-ce qu'elle va croire que je cherche à la bâillonner parce que je lui demande de porter un masque ? Ou qu'il s'agit d'une appropriation culturelle des femmes voilées musulmanes ? Qu'est-ce que ça veut dire pour moi en tant que...*

Et il jouit à cet instant précis.

2

Le patron de la chaîne avait en personne appelé Senderovski pour lui annoncer officiellement qu'ils abandonnaient sa série. Il s'y attendait depuis que l'Acteur s'était retiré du projet. « Ce n'est pas que ça, lui avait dit le patron. C'est à cause du sujet. Des oligarques, des prostituées, des pots-de-vin. Une ancienne république soviétique ne serait pas si différente des États-Unis de 2020 aux yeux des spectateurs.

– Ça ne rend pas le projet d'autant plus pertinent ?

– Non, ça le rend déprimant. »

Après l'appel, reçu une semaine avant que Dee et Ed entament leur relation, il avait fait les cent pas dans le salon froid et sombre de la maison, en deuil. C'était bien fini, désormais. Même son agente de Los Angeles avait cessé de l'appeler pour l'abreuver de ses vieux russismes et lui parler de sa charmante maison et de sa charmante famille. La banque allait saisir la colonie de bungalows. Et alors ! Il retournerait à New York, dans leur minuscule appartement, pour faire quoi ? Écrire un roman ? Cette pensée même le révulsait. Il voyait les mots et les phrases s'accumuler sur son écran pendant que les colombes roucoulaient leur avis critique sur le rebord de la fenêtre. Il s'imagina pomper les meilleures répliques de son enfance, régurgiter sa jeunesse, maintenant que l'avenir ne ressemblait plus qu'au long et monotone tac-tac d'un métronome posé sur son Steinway. Il avait été à deux doigts d'avoir sa propre série télé, d'être quelqu'un. Désormais, il allait devoir se démener pour trouver un poste de prof, auxiliaire au début, dans l'espoir qu'un temps plein se libère. Il allait devenir, pour ainsi dire, comme Vinod. Sauf que Vinod, lui, avait écrit un grand livre.

Senderovski tirait donc la gueule au salon, se cognait au Steinway, trébuchait sur les jouets de Nat qui traînaient par terre. (Depuis quand était-elle en possession d'un arc et de flèches ?) Il n'avait jamais fait un faux pas sur les réseaux sociaux. Avait pleuré quand cet homme de Minneapolis s'était fait tuer. Il était ordo-libéral. Croyait au rôle de l'État dans l'économie de marché et à la redistribution des richesses. Aux réparations, si nécessaire. Mais aujourd'hui, il irait plus loin. Il renoncerait à tous ses privilèges. N'écrirait pas d'autre roman pour que d'autres puissent se faire entendre. Si on l'invitait à une conférence ou s'il retournait à Hollywood, il prendrait l'avion en classe éco. Mais s'il s'en tenait à ce vœu de pauvreté, qui paierait pour les besoins de première nécessité ? Qui paierait les frais de scolarité de l'Académie de la Bonté de Nat ?

Voilà le plus étrange : alors que ses perspectives de carrière se réduisaient comme peau de chagrin, Senderovski posait sur les membres de sa petite famille un regard matinal neuf. Karen, celle qui parmi tous ses amis connaissait la plus grande réussite, voulait adopter Nat ; l'Acteur avait désiré faire de son épouse une « servante ». Quel genre d'imbécile était-il pour ne pas apprécier ce qu'il avait à sa juste valeur ? Maintenant qu'ils s'étaient réinstallés dans la maison, que Nat était de retour dans sa petite chambre (même s'il lui arrivait d'aller dormir chez Karen et Vinod) et que sa femme et lui étaient de retour dans la leur, un charme fami-lial s'était emparé de lui, qui trouvait son plus bel exemple dans la contradiction entre l'odeur matinale du bacon et les bougies de shabbat le vendredi soir. Il avait grimpé sur Macha un soir qu'elle avait *lehadliké* son *ner shel shabbat* au salon, avait enfoui le nez dans le musc de sa chevelure, et elle avait tenu ses épaules menues et juvéniles, de ses mains réchauffées par les bougies, les avait serrées comme s'il risquait de s'envoler, avant de relâcher son étreinte, sachant qu'il ne s'envolerait pas, et ils n'avaient pensé à rien d'autre qu'à l'éclat de certains objets, aux bizarreries de la vie de couple, et au confort de leur maison retrouvée. Pendant toute la durée de leur lent accouplement, il en avait même oublié de tousser.

Macha était désormais d'humeur à profiter de son mari et d'une existence qu'ils n'avaient plus partagée depuis longtemps. Elle avait décidé de s'accorder un congé, de prendre ses distances avec les vieilles Russes. Cela se produisit lors d'une visite à ses parents dans une banlieue résidentielle juive de Boston. Elle y était allée en voiture avec Nat et une glacière rouge pleine de borsch froid et de baguettes pour le repas (elle se méfiait de l'hygiène des restoroutes), ce qui lui avait rappelé tous les trajets en voiture de son enfance, après qu'elle et son *bant* avaient atterri en Amérique, trente-sept ans plus tôt ce mois-ci.

Ils étaient assis, masqués, dans un petit jardin, Nat et elle d'un côté, ses parents de l'autre, deux ravissants gnomes discutant avec leur petite-fille, lancés dans un bavardage aussi creux qu'ennuyeux (*boltovnya*, comme on dit en russe) au rythme soutenu que Nat affectionnait. Ils l'aimaient tant, même si elle ne leur ressemblait pas du tout, à eux, descendants d'une minuscule tribu qui sentait la transpiration et avait eu sa part de Tsoris, Djordj ou autres, et qui désormais, pour des raisons académiques (sa mère donnait toujours des cours d'initiation aux mathématiques dans une grande université catholique), se retrouvaient à la périphérie d'une vieille ville américaine, où tous les yeux étaient braqués sur une fillette de Harbin en chemisier aussi vert que le bouquet d'ormes qui ombrageait leur petit jardin, celui dont ils étaient si fiers, en bons propriétaires. (« *Nou, nié khorocho jé li ou nass, pryamo kak v derevnié ?* » – « Alors, on n'est pas bien ici, comme à la campagne ? »)

« Ta mère aide des personnes comme grand-père Boris et baba Galia à calmer leur colère », dit Senderovski pour expliquer à Nat le métier de psychiatre de Macha, faisant référence à ses propres parents. Mais ne les aidait-elle pas, les Lara du monde, pour venir aussi en aide à Senderovski par la même occasion ? C'était peut-être ça, la vérité, et non le mensonge qu'elle s'était raconté – qu'elle voulait apaiser le chagrin de quelqu'un dans la langue d'Inna. Et maintenant, ses parents à elle, petits et gris mais toujours pleins de vitalité et de drôlerie, bavardaient devant elle et sa fille, et elle comprit à l'absence d'agressivité de leur façon de parler qu'ils ne se sentaient que très légèrement humiliés par leur statut d'immigrés. Quel coup de chance pour elle. Une chance à laquelle elle pouvait s'accrocher, au lieu de transmettre la douleur d'autres qu'elle-même à sa fille. Et maintenant que son mari n'avait plus de travail, comment pouvait-elle ne pas retourner exercer dans le privé ? Oui, vendre la colonie de bungalows, retourner à New York, louer un cabinet dans un quartier arboré de la ville, et aider de riches Blanches, américaines de souche, à parler de leur vie disloquée, compatir avec le sentiment de culpabilité qu'elles éprouvaient à l'égard des actes répréhensibles de leurs ancêtres. Imaginez un peu porter conseil à des personnes désireuses de vivre dans un monde meilleur au lieu de vouloir procéder à son nettoyage ethnique.

Ils allumèrent la bougie Yahrzeit qui dure vingt-six heures (*Il y a tellement de bougies dans ma vie*, se dit-elle) dans le jardin, même si l'anniversaire de la mort d'Inna n'était qu'un mois plus tard, mais vu qu'ils étaient réunis, peut-être n'était-ce pas de mauvais augure d'organiser la cérémonie en avance. Les Lévine se disputèrent pour savoir qui devait allumer la bougie, et Macha dit : « Mais c'est la mère, bien sûr », ce qui fit pleurer sa jolie maman, comme il fallait s'y attendre (Macha eut envie de la prendre dans ses bras, aurait voulu que le virus disparaisse pour que toutes les mères qui ont perdu leur fille puissent trouver un réconfort digne de ce nom), ce qui rendit Nat un peu nerveuse. Macha la serra contre elle quand la mèche prit feu et que la pâle lueur jaune émergea parmi eux comme une nouvelle âme immaculée. « Mon

Dieu, Inna aurait adoré Nat », dit sa mère en russe en soufflant une allumette Wegmans. « J'ai compris ! » cria Nat, et Macha, étant comme elle est, au lieu de féliciter sa fille trilingue, repensa à la question que lui avait posée Nat pendant leur long trajet en voiture : « Tu crois que je pourrais être coréenne ? Tu m'as peut-être adoptée dans un orphelinat coréen. »

Et elle lui avait répondu, sans quitter la route des yeux, et en violation des principes de sa formation et de ses profondes réserves de bon sens issu de Petrograd : « Je crois que c'est ce qui est arrivé, ma chérie. Je crois que c'est de là que tu viens. »

Ils se préparaient pour le dîner. Ed portait un bermuda pour la première fois de sa vie, un cadeau de sa petite amie. Il avait fait fermenter son propre chou chinois et servait un repas inspiré de BTS pour Nat, à savoir le riz sauté au kimchi préféré de J-Hope et un *haembeogeo*.

Et maintenant, parlons de ce que portaient Vinod et Senderovski au-dessus de la ceinture. Ils ne portaient rien. Ils se sentaient désormais si à l'aise au milieu de leurs amis qu'ils avaient choisi de dîner dans la chaleur du soir seulement vêtus d'un short pour le propriétaire et d'un *longhi* pour son ami. Le regard de Nat faisait des allers-retours entre l'espèce de paréo que portait son oncle au buste musclé et balafré par les opérations chirurgicales (elle venait de voir Vinod traverser la piscine à la brasse en surgissant comme un monstre des mers, dans un gargouillis sonore) et les seins lourds et féminins de son père. *Bah*, se dit Macha, *on est comme ça*. Sans les Lara dans un coin de sa tête, la vision de deux amis presque nus dont le sens de la masculinité poserait problème à la moitié du pays la détendit. Macha retroussa les manches de son chemisier et découvrit la nouvelle teinte bronzée de ses épaules, sentit la douceur du vent sous ses bras. Il y avait encore tant de plaisirs à éprouver en ce monde. Karen aussi était assise dans son maillot de bain moulant, un maillot une pièce qui lui donnait l'air, aux yeux de Vinod, insupportablement jeune, comme s'ils s'apprêtaient à utiliser un vieux téléphone fixe, à taper sur ses touches sonores et passer la prochaine demi-heure à discuter de l'épisode en cours des *Simpson* pendant qu'au rez-de-chaussée leurs parents enrageaient contre la société et l'un contre l'autre.

Nat empilait du kimchi sur son *haembeogeo*, les mains rouges de piment, son palais sensible ouvert au piquant du plat préféré de son idole. Karen et Macha surent que l'une d'entre elles devrait s'occuper de Nat plus tard quand elle aurait mal au ventre, et espéraient égoïstement que ce soit l'autre. Ed et Vinod étaient penchés l'un vers l'autre, et se félicitaient à voix basse d'avoir retrouvé l'ardeur sexuelle d'un étudiant en master dépucelé de frais. Senderovski, qui se soûlait avec l'une des quarante-huit bouteilles de retsina qu'Ed venait de commander pour célébrer publiquement sa joie, chantait, pour lui et sa femme, une chanson russe pleine d'entrain sur une locomotive fonçant à toute allure vers le socialisme. Karen montrait à Dee le fonctionnement de la technologie de téléconférence pour les cours qu'elle donnerait à l'automne, peut-être pour se faire pardonner tout ce que sa propre technologie lui avait fait subir, pendant que Nat posait la tête sur son épaule nue et chlorée d'*emo*, et se lançait dans une série parfaitement rythmée de pets au kimchi. L'oiseau mystérieux à épaulettes jaunes était sorti avec sa famille pour un pique-nique improvisé de vers de terre dans la forêt monumentale derrière la véranda. Deux oisillons, éblouis par la lumière du soleil, heureux parce qu'ils n'avaient pas encore fait l'expérience du grand froid sur ce continent, se donnaient des coups de bec pendant que leur père, posé sur une branche, sifflait pour raconter le voyage qui les avait tous conduits là ; ce n'était pas à proprement parler une chanson d'amour, mais une interprétation de sa vie et de son mérite, en tant qu'animal sur cette terre, parent, amant, migrant, oiseau. Et si nous devions remiser nos croyances ancestrales, même pour un demi-paragraphe, nous pourrions imaginer les âmes migrantes de tous les ancêtres humains présents autour de cette table, regardant par-dessus l'épaule de leur descendants réunis autour du chou et du riz sauté familiers, et du singulier disque de viande entre deux morceaux de pain ronds, aussi heureux que des parents quand tous les enfants jouent calmement et en paix, sans état d'âme, et qu'ils sont tous encore innocents au moment de rentrer à la maison.

Bien sûr, la logique de la fiction veut que nous soyons arrivés à un point culminant. Ce répit, cette famille heureuse, ces quatre nouveaux amants, cette enfant qui perd lentement sa timidité, tout cela doit être détruit, non ? Parce que si nous les laissions ainsi festoyer, extatiques, pendant que les moins chanceux de ce monde sombrent un peu plus dans le désespoir, que des centaines de milliers périssent par manque de chance, manque de compassion, manque de roupies, serions-nous justes dans notre répartition du bonheur ? Donc on soupire, on se signe, on marmonne le kaddish, on fait nos *pujas* et notre *wudu*, tout cela en préparation de l'inévitable, qui, dans le cas présent, s'annonce avec le crissement du gravier dans l'allée.

3

Ils entendirent le crissement du gravier dans l'allée. On était samedi, ils n'attendaient aucun ouvrier. Senderovski avait encore récolté de l'argent pour la maisonnée auprès d'Ed et de Karen (et une obole de Dee), et désormais, la machinerie sophistiquée du domaine fonctionnait parfaitement, en tandem. L'eau chaude coulait à flots de tuyaux qui n'étaient plus en cuivre, les haies étaient taillées par le désormais joyeux homme à tout faire (il avait utilisé une aide financière de l'État pour s'acheter une nouvelle moto), et les fourmis charpentières étaient anéanties par des employés d'une société située de l'autre côté du fleuve (leur slogan : *Éradiquer, c'est notre métier*). Surtout, la compagnie du câble avait envoyé des représentants pour installer des routeurs dans les bungalows afin que les colons puissent se remettre au travail. Senderovski y vit le signe qu'ils pourraient bien rester indéfiniment, perspective qui le ravissait, même s'il savait qu'il serait à court d'argent d'ici les premières chutes de neige.

Quand les convives entendirent le crissement du gravier, ceux qui tournaient le dos à l'allée rechignèrent à se retourner pour savoir qui arrivait, qui venait de détruire leur merveilleuse tranquillité comme le faisait parfois le hurlement lointain et orgiaque du train entrant en gare dans la capitale de l'État. Quoi encore, se dirent-ils. De la compagnie ? Des invités ? Par une si belle journée ? Qui a besoin d'eux ? Ou, pour parler comme Senderovski, qu'ils aillent au diable ! Macha prit son sac qui contenait une précieuse collection de masques.

Leur vue déclinante aperçut le véhicule s'approcher, sa bruyante avancée d'abord ombragée par le fantôme d'un pommier mort depuis longtemps. Nat, aux yeux de lynx, fut la première à comprendre ce qui se passait. « C'est quoi ce délire ? » cria-t-elle, ce dernier mot ayant récemment pris une place de choix dans son vocabulaire. Dee, championne du tableau optométrique, reconnut les courbes bosselées de la voiture et blêmit. Senderovski bondit de sa chaise et se couvrit les seins, aussi honteux qu'Adam après sa première part de tarte. Et Ed rit si tristement que Vinod tendit la main et lui tapota le dos par commisération. Les colons se regardèrent, comme si c'était la dernière fois.

« Je peux parler à Dee ? » La question s'adressait à Senderovski, comme s'il était son père et qu'on était dans un autre siècle. L'Acteur était à la porte de la véranda. Il était clair pour tout le monde qu'il éprouvait des difficultés techniques : ses cheveux avaient été coupés par un professionnel, mais ils étaient hérissés comme les flammes d'une torche à une cérémonie ratée des Jeux olympiques, et ses yeux avaient l'éclat affaibli d'un corail mort enveloppé d'un rideau d'algues. La sueur perlait à son front comme balayée par un essuie-glace, et sa voiture, dont le moteur avait oublié de s'éteindre, crachotait et bruissait derrière lui comme une punaise à la fin de l'été.

Dee, attablée, lui tournait le dos. « Tu n'as rien à faire ici, dit-elle tout haut. Ce n'est bon pour aucun de nous deux.

– Oui, s'il te plaît, va-t'en, dit Ed.

– Je m'en occupe, mon cœur, dit-elle.

– Alors permets-moi au moins de parler avec toi, dit l'Acteur à Senderovski. J'ai des nouvelles.

– Garde tes distances », dit Macha à son mari en lui tendant un masque.

Ils entrèrent dans le bungalow Pétersbourg, et Senderovski ferma la porte derrière eux. Il se conduisait comme un garde-chasse qui met un animal féroce en cage. Il mit son masque et ouvrit les fenêtres. L'Acteur observa son ancien logement, et chaque souvenir lui inspira de la nostalgie, de l'instant où il avait posé son sac de toile le soir de son arrivée au moment où il avait triomphalement porté le même sac dans la maison pour y réclamer la place qui lui revenait avec Dee. Là, il était dans le dortoir des modestes débuts de son histoire d'amour avec elle, son pensionnat de l'amour, et il s'y retrouvait sous les traits d'un homme vieilli et salement amoché.

« J'ai parlé avec Bob Gilderdash », dit l'Acteur à Senderovski. C'était le patron d'une petite mais prestigieuse chaîne de télé, un rival discret de celle qui avait commandé la série adaptée du livre du propriétaire. « Je lui ai envoyé tes scénarios. Ceux qui sont drôles. Il adore ce que tu fais. Il a visité Moscou en 1979 ou je sais pas quand, alors évidemment il en est resté sur le cul. Il m'a dit que la diffusion de cette série était, je cite, un impératif national quel que soit le vainqueur de l'élection. »

Senderovski digéra la nouvelle. Cette vieille soif d'être quelqu'un le reprenait. Et pourtant, il était inquiet. Derrière les yeux couleur de corail mort de l'Acteur flottait une étrange et nouvelle noirceur. Son regard se perdait juste au-dessus de l'épaule de Senderovski alors que l'Acteur était connu pour ne jamais quitter des yeux ses interlocuteurs. Senderovski décida, pour la première fois depuis le début de l'été, de ne pas mentir. Il décida d'être fort et fidèle à ses amis. « Elle est amoureuse d'Ed, dit-il. Je crois qu'elle l'était depuis le début, même si elle a eu du mal à l'admettre. Si tu lui fichais la paix ? »

Ses mots, il s'en aperçut, n'eurent aucun effet sur l'Acteur. Il avait sans doute vu des photos de Dee et Ed parfaitement heureux, sur la page de Dee. Il avait sans doute assez d'expérience des rapports humains pour savoir que leurs sourires étaient ceux de personnes qui éprouvent du désir l'une pour l'autre, se souriant à elles-mêmes plus qu'à leurs followers. « Je peux faire avec, dit l'Acteur. Si tu m'aides, je t'aiderai.

– Tu devrais parler à Karen. D'après elle, il y a une façon de t'aider. Discutes-en avec elle. Passe les différentes possibilités en revue. Je n'aurais jamais cru pouvoir dire ça un jour, mais tu as vraiment une sale gueule.

– Je peux rester pour le week-end ? dit l'Acteur. Je n'ai nulle part où aller. Mon équipe refuse de m'adresser la parole si je ne garde pas mes distances avec elle. J'ai pris l'avion de l'agence au milieu de la nuit.

– Il faut que je demande à Macha. Tu devras porter ton masque en permanence.

– Je ne l'ai pas. Le virus, je veux dire. » Il se tapa trois fois dans les mains à toute vitesse, comme dans un spectacle de flamenco. « Écoute, dit-il, j'ai une idée. On devrait s'enfuir tous les trois.

– Toi, Macha et moi ?

– Toi, Dee et moi. Tu peux devenir important, grâce à moi. Tout ça... » – il balaya le bungalow du geste – « pourrait nous faire rire quand on y repensera, pourrait n'être qu'un astérisque dans ta biographie. Tu seras décisionnaire. Je m'apprête à lancer une société de prod. On sera nos propres patrons. »

Senderovski secoua la tête de gauche à droite comme la mère de Vinod, ce fameux « oui-non » évasif que font les Indiens.

Une fois le réticent maître des lieux parti, l'Acteur se laissa tomber sur le lit et essuya ses gouttes de sueur. Son hôte secret ne le lâchait plus depuis cinq jours – peut-être à cause de micro-particules projetées par la chasse d'eau des toilettes d'une station-service de Palm Desert où Elspeth et lui s'étaient arrêtés au beau milieu d'une longue dispute que les deux boxeurs avaient finie en larmes à bord de la version côte Ouest de sa Lancia, un vieux cabriolet Alfa Romeo –, mais il n'avait touché qu'un des deux. À moins que ce ne soit pas à cause des projections d'un nuage de matières fécales, mais à cause du vieux qui était sorti des toilettes en toussant avant que l'Acteur, dont le masque ne lui couvrait pas le nez, entre à son tour dans la cabine et monte à califourchon sur la lunette. C'était aussi peut-être un cadeau de séparation d'Elspeth qui, même si elle ne présentait aucun symptôme, sortait d'un petit rendez-vous clandestin avec un influenceur de Los Angeles à l'hygiène douteuse du genre à tenter le diable. En ce moment même, son hôte secret explorait chaque secteur du corps de l'Acteur qui était aussi délimité que Berlin à l'époque du Mur, ne demandait qu'à faire d'autres acquisitions, préconisait l'union pulmonaire avec cet animal en manque de sommeil, dont l'haleine était chargée en permanence du goût âcre de l'extinction.

L'Acteur se leva, sentit la présence de Dee à proximité, se dit qu'il fallait être fort et non désespéré. Il toussa une fois, deux fois, sentit un liquide désormais familier lui gargouiller dans le ventre et la remontée acide dans son œsophage de la salade de pois gourmands et d'orange sanguine qu'il avait mangée à bord de l'avion, et vomit avant d'avoir atteint les toilettes.

Les négociations allaient bon train dans la maison et les bungalows. On tenait des réunions d'urgence sur la véranda et dans les « salles de travail ». Des voix qui étaient placides depuis des semaines haussaient soudain le ton. Des colons sanglotaient. Ou retenaient leurs larmes. Seule Nat était heureuse de son retour, qui accomplissait sa prophétie, l'antichambre de la grandeur. Elle avait demandé à sa mère de l'autoriser à rester. Karen et elle lui coudraient un nouveau masque stylé et le mettraient à l'isolement pendant des semaines. Elle le prenait pour un oiseau blessé.

« Je ne l'aime pas et je ne veux pas de lui, affirma Dee à Ed. Arrête de parler de lui comme d'une espèce de rival. Comme si je n'avais pas le choix.

– La braise doit quand même encore crépiter sous la cendre », dit Ed. Ils étaient dans le bungalow de Dee, rempli de machines à écrire dont la présence les encourageait inconsciemment à utiliser des expressions imagées.

« Quelle braise ?

– La braise du désir. En toi. Pour lui.

– Arrête de parler comme si l'anglais était ta deuxième langue.

– Je t'emmerde, dit Ed, étonné que ce genre de remarque puisse encore le vexer. Je pense à ta carrière, c'est tout.

– Comment tu peux dire ça ? Je suis censée choisir entre deux hommes en pensant à ma carrière ? Entre un homme que je veux et un autre que je ne veux pas ? » Ed comprit son erreur et eut honte. Elle sortit en coup de vent et il la suivit dans la chaleur du soir, à la lueur de la lune.

« J'adore ton côté battante ! lui cria-t-il. J'adore ça chez toi ! »

Elle descendit l'allée en courant et se retrouva prise dans le faisceau des phares d'un pick-up garé tout en bas. Elle crut voir un jeune gars du coin tout juste majeur au volant, sans ceinture de sécurité, son menton boutonneux aux contours inachevés, poser un regard effrayé sur la femme qui émergeait de la brume et courait dans sa direction comme si elle était prête à se jeter sur le capot en un geste théâtral et méditerranéen. Le conducteur se hâta d'éteindre ses feux, ce qui les plongea dans une obscurité menaçante, fit marche arrière, quitta l'allée et mit les gaz avec toute la fougue de sa jeunesse. Elle lui courut après sans se soucier de rien. Elle pouvait se dresser devant n'importe qui. Un comédien éperdument amoureux, son lâche de petit ami, un bouseux et son fusil à pompe.

« Il joue avec toi », disait Macha à son mari. Ils étaient dans leur chambre, nus tous les deux, car ils venaient de se déshabiller après avoir bordé Nat avec sa photo de Jin et sa serviette Petit Ours, redécouvrant le potentiel érotique de leur chambre à coucher.

« Et si ce n'était pas le cas ? Hein ? cria le propriétaire.

– Chut ! » fit Macha. Ils entendirent un gémissement sonore de Nat au bout du couloir. (Elle faisait un cauchemar où un frelon meurtrier la pourchassait, et la voix de son père se substituait à son bourdonnement.)

« Il est là où je veux qu'il soit, continua Senderovski.

– Il n'est jamais là où tu veux qu'il soit. C'est une épave. Il est dangereux. Pour lui comme pour les autres. Il a besoin d'aide.

– Tu peux l'aider.

– Je ne crois pas.

– Je pourrais dire quelque chose. Je pourrais parler de ce que tu as fait.

– Quand la situation entre nous était différente, quand notre couple n'en était plus un que par le nom, je l'ai lavé sous la douche et il a joui dans ma main une vingtaine de fois. » Senderovski fut jaloux de l'étendue de sa sincérité. Comment pouvait-on admettre la vérité avec une telle facilité ? Voilà pourquoi on dit qu'il ne faut « jamais se marier avec un psy ».

« Rien ne t'oblige à mener cette vie de mensonge et de manipulation, dit-elle. On sait tous les deux quelle en est la cause. On t'a menti depuis le jour de ta naissance. On va s'en sortir, je te le jure. Je rouvrirai un cabinet.

– Seulement si c'est ce que tu veux, dit Senderovski, incapable d'admettre ce que sa femme était prête à faire pour lui. Mais ça ne sauvera pas la colonie de bungalows. On a besoin de la diffusion d'une série, pour ça.

– Je sais que tu adores cet endroit, mais ce n'est qu'un substitut de tes souvenirs. Du temps où c'était le seul endroit sur Terre où tu avais des amis, où tu étais le bienvenu, où tu étais aimé, et où tout le monde parlait la même langue que toi. Mais tu en as des amis, maintenant, la langue tu la parles, et tu ne te languis plus de moi, tu peux m'avoir tous les jours et toutes les nuits. »

Senderovski se détourna et enfouit le visage dans son oreiller. Le père en lui, le Boris, ne retiendrait pas ses larmes. Réflexion faite, elles ne monteraient pas de toute façon, comme si ses canaux lacrymaux avaient été cautérisés. Il n'avait jamais su quoi faire de l'affection des autres. Quand sa mère le serrait contre elle enfant – sa façon de montrer son amour –, il couinait de plaisir « Maman, arrête ! », mais sa voix avait depuis longtemps changé de registre.

« *Dorogoï*, dit Macha (« Mon cher »), fais-le pour toi, si tu ne veux pas le faire pour moi ou pour Nat. Épargne-toi ce chagrin perpétuel. C'est pas grave d'abandonner un rêve. La plupart des rêves ne se réalisent pas. C'est ce qu'est en train d'apprendre notre pays. »

« Il faut que tu répares ce que tu as fait », disait Vinod à Karen. Ils étaient allongés, nus eux aussi, dans la chambre de leur bungalow familial à deux pièces, un oiseau jardinier sifflant à leur fenêtre ouverte. Ils avaient éteint la clim et savouraient à présent le mélange de leurs odeurs musquées, près d'un siècle de macération à eux deux.

« Ça me fait mal d'entendre ça, dit Karen. Comme si tout ce que j'avais fait était monstrueux. J'ai fourni au marché ce qu'il réclamait. Est-ce que ça s'est fait d'un bout à l'autre dans le respect des bonnes pratiques ? Bien sûr que non. Ça n'est jamais le cas. Il y a des investisseurs.

— Tu n'aurais pas pu créer quelque chose d'aimable ? lui demanda Vinod. De moins coercitif que Tröö Emotions ?

— Ils ne voulaient pas quelque chose d'aimable. On a essayé un algorithme pour les propriétaires d'animaux domestiques. Mais les gens étaient déjà amoureux de leur chien. Genre, vraiment amoureux.

— Il faut que tu répares tout ça, répéta Vinod. Je sais que ça te fait de la peine de le voir dans cet état. Si tu t'en fiches de lui, pense à Dee et Ed. Il ne le laissera jamais tranquille. Il est possédé.

— Je n'aurai jamais d'autre bonne idée de toute ma vie.

— Pourquoi ça ?

— Parce que je n'ai jamais eu la moindre bonne idée.

— Alors pourquoi tu as tout misé sur quelque chose en quoi tu n'as jamais cru ?

— Je ne sais pas, Vin, dit-elle d'une voix forte, et elle se détourna de lui. Tout le monde ne se laisse pas chier dessus par la société jour et nuit. »

Il lui posa une main sur l'épaule et le cou, remarqua qu'elle avait croisé les bras sur la poitrine. Vu la pénurie de compagnes dans sa vie, il ignorait comment deux amants étaient censés se conduire en cas de dispute. Comme Senderovski, il faisait toujours preuve de diplomatie, mais sa docilité, ou sa réserve (« notre petit *bhenchod* de brahmane », le surnommait son père, même s'ils appartenaient à la caste des commerçants, même s'il aurait tant voulu atteindre la sainteté), semblaient affectées et peu utiles. *Si je ne me dispute pas avec elle,* pensa-t-il, *je vais peut-être rater l'occasion d'atténuer sa dépression.*

« Je m'aperçois, commença-t-il, que nous sommes tous les trois – Sacha, toi et moi – le produit des échecs professionnels de nos pères.

– Chéri, j'ai déjà un psy. Sans doute le meilleur de la ville. Tu es pratiquement la seule chose qui me rende heureuse en ce moment, avec Nat. Rien ne t'oblige à jouer deux rôles à la fois. Tiens-t'en à ton cœur de compétence, sois simplement Vinod.

– Et je crois que tu essaies de racheter les erreurs de ton père. »

Karen s'adossa contre lui pour que leurs corps ne fassent plus qu'un. « Passe tes bras autour de moi », dit-elle. Il le fit. Elle avait depuis peu un petit ventre, ce qu'il aimait comme par atavisme, cela signifiait qu'elle mangeait bien, en plus de ses bras que la natation avait musclés, et de sa chevelure aussi longue que dans sa jeunesse.

« C'était vraiment un loser, dit Karen. Un beau loser. Ils avaient même de l'argent, à Séoul, pas énormément, mais quand même, et il a tout gaspillé comme s'il était Ed ou je ne sais qui. Il n'arrêtait pas d'ouvrir des boutiques là où personne n'en avait besoin, où il y avait déjà ce qu'il fallait depuis longtemps. Bayside, Douglaston, Great Neck, bon sang ! Qu'est-ce qu'il croyait, que son sourire allait attirer la clientèle de la concurrence ? » Elle se leva d'un bond, sa peau sombre dans la lumière blafarde. « Les pères beaux gosses sont les pires. Ils sont incapables d'encaisser les coups. On subit les insultes, les médisances. On prend l'argent et on la ferme. Mais pas lui. Quand il recevait un coup, il se recroquevillait comme un pangolin, putain. Tu sais quoi, je suis plus coréenne que lui d'une certaine façon. C'est lui le rêveur, putain, et puis Evelyn a pris le relais avec son master. Il n'a pas compris. C'est quoi les affaires ? C'est un combat au corps à corps quotidien. Comment il appelle ça, Sacha ?

– Stalingrad. Mais chérie, ça ne peut pas être tout le temps comme ça. On ne vit pas dans une zone de combat.

– Ah bon ?

– Au bout d'un moment, le combat cesse. Ça n'en vaut pas la peine.

– Je peux faire tout ce que je veux, en ce moment, dit-elle. On peut partir en voyage sur la lune. On peut corrompre un sénateur dans le Sud. On peut vivre mille lieues sous les mers. Tout est possible. » Elle le regarda. « Maintenant que je t'ai.

– Si tout est possible, dit-il, il faut que tu l'aides. Il faut que tu agisses. Ça ne signifie pas que ton produit est un échec.

– Mon produit est un échec et demi.

– Répare-le et ce ne sera plus le cas.

– J'aurais l'air de faire publiquement amende honorable.

– Imagine ce que ça signifierait, que quelqu'un de ton milieu professionnel annonce au monde : "Nous avons commis une erreur. Nous avons croisé les doigts, mais ça s'est terminé comme d'habitude." »

Karen sourit, ses deux fossettes activées. « Écoute-toi un peu. Je ne t'avais jamais entendu parler avec autant d'assurance. » Elle l'embrassa, sentit le duvet au-dessus de sa lèvre supérieure, la moiteur refroidie de son menton, l'irrésistible pouvoir de séduction de l'enfance. Il y pensa, lui aussi, à la façon dont ils s'endormaient en posant la tête sur l'épaule de l'autre, dans leur lit d'enfant (tout habillés, bien sûr), avec la télé allumée. Leurs parents les voyaient et en restaient abasourdis, Karen se faisant crier dessus la majeure partie de l'année. Mais en fin de compte ils avaient déposé les armes. Ils l'avaient aussi vu à la télévision. Dans ce pays, un garçon et une fille, simples amis longtemps après avoir dépassé l'âge de la puberté.

L'Acteur en quarantaine s'apitoya sur son sort, recroquevillé sur lui-même dans le bungalow Pétersbourg, devant la porte duquel Macha laissait son repas, les pancakes aux myrtilles qu'elle avait préparés au petit déjeuner et qui lui avaient valu l'admiration de tous, et les restes du festin précédent qu'avait cuisiné Ed pour le déjeuner. Il ouvrit la fenêtre une fois et jeta un coup d'œil dehors. « Mach, dit-il, entre et parle avec moi. Parle, rien de plus. »

Elle vit son teint blafard sous la barbe de trois jours et les vestiges de son arrogance passée, et eut un mouvement de recul. Un être humain venait d'être asséché comme un marais mésopotamien – et pour quoi ? « Ça va s'arranger, dit-elle. Karen va venir te voir. Sois fort, d'accord ?

– Tu ne veux plus être mon amie ? Tu ne veux pas m'aider à lui parler ? » Elle supposa qu'il faisait référence à Dee. Elle se retourna et s'éloigna vite, sans quitter des yeux le premier étage de la maison, où son mari et sa fille jouaient à un jeu de cartes russe qui s'appelait le Crétin.

Elle le sentit jusque dans la moelle des os, combien l'automne serait très vite et irrévocablement gagné par le froid, combien l'été serait d'ici peu remplacé par l'inconnaissable. Une expression américaine : « le temps emprunté ». Ce fut suivi d'une image de sa terre natale : des chars d'assaut en file indienne, dans la rue. Elle savait que Senderovski faisait toujours le plein avant de traverser la frontière, mais la frontière était fermée. Que la saison de la chasse soit ouverte ou pas, les tirs continuaient de claquer dans les collines lointaines, toujours plus proches. Dans son appartement de Rego Park avec armoire à miroir, Lara se moquait d'elle.

« Qu'est-ce que je fais ? » demanda l'Acteur, sa diction pâteuse et amorphe. « Qu'est-ce que je suis censé faire ? »

Ils étaient assis sur le canapé du salon de son bungalow. Toutes les fenêtres étaient ouvertes par précaution contre le virus. Elle lui montra des photos, de vraies photos sur papier glacé, de lui-même à divers âges de sa vie, même s'il y en avait peu de l'époque de

New Haven, de ces jours « d'avant », ces jours lumineux, choyés et prometteurs mais angoissés, juste avant que son big bang personnel mette en branle un tout autre univers pour lui et ses fans. « Je ne comprends pas, dit-il à Karen. Tu ne devrais pas me montrer des photos de Dee ? Ou des clichés comparatifs avec Elspeth ? Des photos d'autres femmes dont j'ai été amoureux ?

– Non, dit-elle. Rien que toi. »

Les photos se succédaient. Il ignorait qu'il y en avait autant dans le domaine public. En les feuilletant, il repensa à sa mère. Sa mère si belle, qui parfois le dévorait du regard et parfois ne supportait pas de le voir. Ils avaient identifié la maladie plus tard. Il savait ce que c'était, alors ce n'était plus si grave, et il ne se laisserait pas réduire à ça. Un Kodachrome de lui en casquette à oreilles de lapin et T-shirt au nom d'une station de ski. Un enfant avec du beurre de cacahuète sur le nez (ça ne pouvait pas être lui, il n'avait jamais été aussi bête). Sur la banquette arrière d'une voiture, penché à la fenêtre, tête posée sur les bras, boudeur. Il y avait toujours une présence qui rôdait, le parfum de la maladie de sa mère, et alors ? Il se força à aimer le petit garçon des photos, même s'il manquait un ingrédient. Mais une fois de plus, si l'ingrédient avait été là, l'Acteur aurait-il existé ?

« Tu réfléchis trop, dit Karen, alors qu'il n'avait pas dit un mot.

– Je sais. Dans mon travail, il est interdit de trop réfléchir.

– L'algorithme cherche une vulnérabilité dans les yeux. Dans le pli des joues. Dans le regard. Dans le tremblement du menton. La personne qu'on regarde dans l'application n'est qu'un substitut. On a fait des recherches sur la Méthode de l'Actor's Studio quand on a créé l'appli. On se substitue toujours sur scène à notre propre expérience. On veut trouver ce qui déclenche l'émotion. Dee est un substitut. On est amoureux d'une absence. Quand on regarde la photo, l'absence est encodée dans nos yeux. On la confond avec l'amour qu'on éprouve pour l'autre.

– Il me semble que je le vois », dit-il. Karen remarqua qu'il y avait trop de sueur à son front et pas assez d'énergie dans ses yeux. Tout son corps se prémunissait contre les conséquences possibles.

« Ça ne se voit pas tout de suite, dit-elle. Ça prend du temps. Il faut un peu vivre avec.

– Je crois que tout ça était un piège pour moi », dit-il. Son haleine la fit reculer. Et aussi le fait qu'elle était assez près pour la sentir. « Le fait d'être doué dans mon domaine s'est retourné contre moi, dit-il.

– Je regrette, dit Karen. Cette technologie implique des effets secondaires.

– Autrement dit, tu as déconné.

– Oui.

– En connaissance de cause. »

Karen garda le silence. L'Acteur n'était plus capable de contenir la toux qu'il sentait monter depuis son entrée dans le salon violet, où sept jeunes Coréens baissaient les yeux sur lui depuis une quinzaine de posters, et il mit son poing devant la bouche. Karen s'éloigna poliment. Il tentait aussi de contenir le mouvement de selles qui grondait en lui. L'espace d'un instant il eut l'impression d'être de retour sur un tournage dans une ville étrangère, dont les allées grouillaient de poteries lustrées et d'Européens engraissés, où malgré les bons soins prodigués par le traiteur il avait mangé ce qu'il ne fallait pas.

« Il faut que j'y aille, dit-il, il faut que je sorte d'ici. »

Il s'enfuit du bungalow en laissant la porte ouverte, et Karen vit une biche, bien au centre de l'encadrement de la porte, tendre le cou pour atteindre le fruit vert minuscule qui poussait sur un pommier. Le bruit de la fuite de l'Acteur la fit se retourner, épaules et hanches tendues.

Karen la regarda dans un demi-sourire, celui d'une connivence rêvée, mais elle avait déjà disparu.

4

Ils avaient l'air d'être célèbres, chacun d'entre eux, même les gens que Senderovski avait oubliés, ces connaissances périphériques qui avaient créé leurs propres petits groupes, leurs propres chemins de vie citadins ou banlieusards. Que le tampon jaune de l'année en bas à droite de la photo indique 1987, 1993, 2002, ou chaque année entre ces dates, lycée, fac, ou les années de leurs premiers succès, Senderovski, Karen, Vinod et les dizaines sinon les centaines de connaissances qui tournaient autour d'eux étaient merveilleusement habillés, parfaitement cadrés par l'objectif de l'appareil (toute personne brandissant un Fuji jetable à l'époque était considérée comme un photographe de mode en puissance), souriant, ricanant, tendant la main avec leur cigarette allumée, tirant la langue, se moquant des Blancs américains de naissance (qui avaient toujours l'air timides, suffisants et voués à la ringardise), en jean baggy, puis en jean moulant, coiffés de chapeaux japonais à oreilles de panda kawaii, prenant la pose devant des cabines téléphoniques avec une canette de Coca posée sur le Bell Atlantic, une assiette de ce qu'on appelait à l'époque cuisine ethnique sur les genoux (une cuisine qui n'était pas plus « ethnique » qu'eux l'étaient), poilus, effrayants, câlins, le regard perdu, l'air agacé, tous ces visages ivres rougis par l'alcool, ces rangées de livres entourées de verres pleins de cendre, tous ces nombrils exhibés et ces fringues synthétiques, se lançant dans des querelles pour un paquet de cigarettes sur une table de bar, étreignant leur coiffeur venu spécialement d'Osaka, examinant les tatouages de personnes plus aventureuses, devenant membres de groupes dont le nom contenait le mot « Pâle » ou le mot « Feu », lisant *Amour monstre* sur la maigre couche de sable de Rockaway Beach, jambes croisées sur le capot de l'Oldsmobile moribonde d'une connaissance – le soin mis dans chaque photo prise, parce que ça coûtait cher de faire développer la pellicule, et qu'on ne pouvait pas se contenter de déclencher sans préparation, tout le monde faisait de son mieux en même temps, pour créer un tableau, tenter de contenir le monde.

« Ce n'est pas du tout le souvenir que j'en ai gardé ! dit Senderovski. Je croyais que c'était l'époque des colliers en coquillages hawaiiens et des sandales Teva. Je croyais qu'on essayait tous de s'intégrer. Mais on était incroyables ! On avait une allure incroyable. Pas seulement toi, Karen, nous tous. Merde, Vinod, tu portais du Christian Dior d'occasion. »

L'assistante de Karen lui avait envoyé une demi-douzaine de boîtes à chaussures pleines de photos, la majeure partie de ses archives d'avant le numérique, et voilà qu'ils se retrouvaient sur la véranda après dîner, la lueur orange de la bougie faisant ressortir les couleurs orange de l'époque, l'orange du pull en polyester qu'ils mettaient pour aller au ski, l'orange des cheveux de Karen en 1999. « C'est tellement bizarre, poursuivit Senderovski d'une voix forte (il était ivre), de se dire que j'ai toujours écrit à propos de nous à travers ce prisme comique, mais qu'en réalité c'était si différent. On a été des enfants heureux à une époque heureuse. En tout cas, heureuse pour nous. » (À la seconde où il le dit, il s'interrogea sur l'avenir qui attendait sa fille, et sur ce qu'elle aurait le droit de faire de ses jeunes années.)

« Je crois qu'il y a clairement un progrès, dit Vinod en tirant sur un joint. Après 1991, c'est comme si tous les efforts que Karen avait faits pour nous commençaient à payer.

– Oui, vous n'êtes pas devenus si glamour en un clin d'œil,

dit Karen. Vous vous souvenez du temps que j'ai passé à faire du shopping avec vos gueules de geeks au Screaming Mimis ?

– Je me souviens d'avoir claqué un paquet de fric, dit Senderovski.

– Après ça, il fallait qu'on te paie des moules-frites chez Florent, dit Vinod, en guise de commission. » Il prit une photo, et la tint en l'air dans le vent qui la caressa. Il perdit instantanément sa bonne humeur.

« C'est la soirée que Suj a organisée pour Sacha à la sortie de son premier bouquin ? demanda-t-il. Celle où Macha a réapparu.

– Et où vous avez fait la connaissance d'Ed, dit Karen. Vous vous rappelez que vous trouviez que c'était un connard préten-tieux, au début ?

– C'est aussi la soirée où le maire adjoint, ou un truc du genre, a sniffé de la coke dans notre salle de bains », dit Senderovski. Il fallait toujours qu'il rappelle cette anecdote (erronée) comme si c'était le meilleur résumé de son passé dissolu, sa transformation de bête de soirée en respectable bourgeois marié.

La photo en question montrait Senderovski debout à côté d'un journaliste russe au visage éteint et grêlé qui faisait au moins deux mètres et lui donnait (pour quelque raison oubliée) un costume d'armure en plastique, pendant que l'auteur en faisait des tonnes – son livre venait de recevoir, quelques heures plus tôt, une cri-tique dithyrambique dans le journal –, passant le bras autour d'une Indienne mince et triste en T-shirt moulant et jean baggy, dont la bouche souriait mais pas les yeux.

Vinod examina la photo de plus près. Les trois amis étaient toujours sortis avec des personnes issues du pays d'origine des deux autres. Senderovski avait passé trois ans avec Suj, une Sindhi riche et gentille, dans la demeure de Fort Greene qu'elle et Sacha avaient douloureusement contribué à embourgeoiser et que les parents de Suj lui avaient payée sous forme d'« investissement ». Vinod sortait avec l'acariâtre universitaire coréenne. Même Leon Wiśniewski, le copain de Karen, était originaire d'Europe de l'Est, bien qu'il ne soit pas vraiment russe. Et ce soir-là, Senderovski retrouva la fille dont il était amoureux depuis son enfance, et après avoir éprouvé beaucoup de remords et tenté de noyer le poisson, quitta la femme qui avait organisé en son honneur, comme il l'avait toujours dit, « la plus belle fête de ma vie ».

Vinod ne savait pas pourquoi les photos lui faisaient si mal, ni pourquoi il était si gêné pour Suj. Ce n'était pas lui qui s'était fait plaquer. La photo suivante montrait les trois amis perdus au plus fort de la fête que même la demeure de trois étages ne pouvait contenir. (La police avait fini par intervenir, forçant le maire plus qu'adjoint à sauter par la fenêtre.) Senderovski était au milieu, tâchant d'avoir l'air cool, mais ses yeux rouges et plissés télégraphiaient que cet événement, cet accès inédit de célébrité, le dépassait déjà ; Vinod, à sa gauche, tenait à bout de bras la première page du supplément littéraire du journal, où Senderovski prenait son air de romancier russe le plus sérieux qui soit, une main sur le menton (on avait l'impression qu'il s'apprêtait à proclamer l'abrogation du servage) ; et à sa gauche Karen, avec ses fossettes et ses yeux vitreux, et ce qui était peut-être bien une trace de stupéfiant sous une narine, adorablement penchée contre l'auteur fraîchement célébré, comme si elle venait de le rencontrer et qu'elle était déjà amoureuse de lui, leurs corps soudés sur la moitié de la photo, pendant que sur l'autre moitié son torse et celui de Vinod étaient séparés, Senderovski passant le bras autour du cou de Vinod comme par-dessus l'immense dossier rembourré du fauteuil d'un hôtel de charme.

Vinod reposa la photo. Ses amis bavardaient, évoquant le meilleur ami de Suj, qui avait fait les beaux-arts dans l'Ohio avec elle et dont le surnom, perspicace comme ils en convinrent, était Genre, le sujet qu'elle enseignait désormais à New Haven, justement.

Senderovski avait lancé une playlist intitulée « Sons du Sahel » sur la jolie radio rouge, mais les rythmes maliens ne mettaient pas Vinod de meilleure humeur. Il voulut se demander pourquoi il était soudain si déprimé. Son regard allait d'un ami à l'autre. Karen portait le masque depuis qu'elle avait parlé à l'Acteur dans le bungalow (elle avait aussi récuré toutes les surfaces du salon, même si cette forme de propagation n'était plus considérée comme probable), et la gaze bleue cachait ses jolies lèvres en forme d'ailes de mouette.

Senderovski, pour sa part, ne portait pas de masque. Et Vinod sentit la colère monter face au visage nu de son ami pendant qu'il revivait la plus belle soirée de sa vie, offerte par une Indienne crédule, tout juste deux ans avant qu'il ne dise à Vinod que son roman « s'embourbait dans l'histoire », qu'il était trop guindé et distant, et désespérément sérieux.

« Guindée et distante », c'était aussi avec ces mots qu'il leur avait décrit le comportement de Suj quand il avait demandé à ses amis la permission de quitter la femme aux crochets de qui il avait vécu pendant des années et qu'il avait un temps envisagé d'épouser. Il l'avait abandonnée pour aller chercher Macha sur les sentiers escarpés d'un passé lointain. Même à l'époque, Vinod s'en souvint, il poussait Macha alors étudiante à choisir une spécialité lucrative comme la radiologie au lieu de faire psychiatrie.

« Regarde, Karen ! cria Vinod. Des lucioles ! » La prairie où il allait s'asseoir en tailleur chaque jour avec ses lectures pour se plonger dans un monde imaginaire, luisait d'insectes.

« Tu sais, moi aussi je garde le souvenir ému des lucioles », dit Senderovski. Comme Vinod s'y attendait, il se mit à parler des étés qu'il avait passés en Crimée.

Vinod se blottit contre Karen comme elle l'avait fait contre Senderovski sur la photo du triomphe. « Embrasse-moi, dit-il. Les lucioles sont de sortie. C'est l'heure des galoches. »

Elle le repoussa gentiment, tâchant de ne pas respirer dans sa direction. « Elles seront encore là dans une semaine », dit-elle. À ses yeux, les insectes évocateurs de nostalgie avaient quelque chose de programmé. Leurs lueurs apparaissaient de manière trop parfaitement aléatoire, comme un algorithme hypnotique conçu pour confondre passé et présent.

« Tu ne veux pas m'embrasser ? » Il parlait à travers la rocaille de son accent, pour faire romantique et *filmi*.

« Il faut que je sois prudente », dit-elle derrière son masque. Elle parla de son travail de déprogrammation avec l'Acteur, quelques jours plus tôt. « Il avait l'air vraiment malade. Je crois qu'il avait la chiasse. C'est pas un symptôme ?

– Bon, alors ne m'embrasse pas.

– Il faut que je fasse attention à toi », dit Karen. Elle se frotta l'œil gauche. Elle se frottait l'œil depuis deux jours. Comme si un petit insecte avait élu domicile sous sa paupière du bas et refusait de se laisser expulser.

« Pourquoi ? Je ne suis pas infirme.

– Vous alors… », dit Senderovski. Depuis que l'Acteur était revenu, pour mieux s'enfuir une nouvelle fois Dieu sait où (il était parti sans sa Lancia), l'ambiance avait changé au domaine. La bonne volonté et les trêves décidées par les colons étaient sujettes à inspection et révision. C'est peut-être pour cette raison qu'ils avaient passé une partie de la nuit sur la véranda, pour tâcher de refréner leurs élans.

Quand ils éteignirent la lumière, et que Karen eut mis en veille ses nombreux appareils, Vinod alla jusqu'au canapé du salon où elle s'était installée en quarantaine de son propre chef, et passa les bras autour de son corps endormi. Elle ronfla puissamment dans ses bras, plus fort, dans son souvenir, que lors des soirées pyjama de leur jeunesse, mais il trouva sa bouche postillonnante et l'embrassa. Elle le repoussa d'une gifle dans son sommeil puis, poussant un oh d'indignation adolescente, se tourna vers le dossier rêche du canapé. Elle frotta son œil irrité contre le tissu et gémit douloureusement. Il se pencha et respira l'odeur de ses cheveux et de son haleine encore fluorée. Ses poumons jadis fatigués se remplirent de son odeur et il retourna au lit passablement comblé, mais toujours seul.

Et s'il s'était passé des choses, au bal des débutantes littéraires de Senderovski, dont il n'avait pas souvenir ? S'il était trop vieux pour que ses souvenirs coopèrent avec lui, et qu'il comprenne le sens profond de toutes ces photos sur papier glacé ? Tout n'était sans doute pas aussi simple que le suggéraient ces sourires figés. Et si on s'était moqué de lui, encore et encore ?

Il y avait une feuille de papier sur le lit de son côté à elle, l'extrait d'une leçon qu'avait donnée Karen à Nat, les phrases les plus importantes en Corée, écrites en hangeul et en anglais : « J'ai mal à la tête, j'ai mal aux yeux, j'ai mal à la bouche, j'ai mal aux jambes, il n'y en a pas assez, il y en a trop, ça ne me plaît pas. »

5

Vinod, assis dans la prairie sur son tapis brésilien, lisait *Un héros de notre temps*. Cette édition du roman russe du XIXe siècle commençait par une introduction décousue de Senderovski, où il expliquait surtout son souhait, à l'avenir, d'une littérature débarrassée de héros au physique avantageux. Des volées d'oiseaux avaient élu domicile dans les ormes au-dessus de l'aimable lecteur et gazouillaient pendant des heures, mais ils cessèrent soudain comme si quelqu'un avait dit quelque chose de gênant.

Au cours de la semaine écoulée, Karen avait développé – si c'est le mot – une conjonctivite, et vivait par précaution sur le canapé loin des autres colons, y compris son petit ami. Cela rendit Vinod fou. Si elle voulait s'isoler de lui, elle pouvait au moins occuper la chambre du bungalow, et il pouvait fidèlement lui servir ses repas et dormir à sa place sur le canapé. D'ailleurs, pour ce qui était du virus, la conjonctivite n'affectait-elle pas surtout les enfants ? D'ailleurs elle n'avait perdu ni le goût ni l'odorat comme la plupart des personnes touchées ; elle était toujours capable d'apprécier les petits plats d'Ed que Macha déposait devant la porte. D'ailleurs elle ferait mieux d'arrêter de se frotter l'œil ; il pouvait lui fournir ses compresses froides si seulement elle le lui permettait. D'ailleurs, son assistante avait déjà fait livrer ses stéroïdes en gouttes avec l'aide d'une ordonnance de Macha.

Aujourd'hui la conjonctivite avait empiré, et Karen était entrée dans un état de terreur qui n'avait d'égal qu'un soudain accès de fatigue écrasante, comme si elle n'arrivait plus à séparer ses doigts les uns des autres ni ses deux rangées de dents, et encore moins lever la main pour se frotter l'œil. (Or c'est ce qu'elle avait un besoin urgent de faire, s'arracher les yeux comme l'autre nique sa mère de roi grec.) Mais que Vinod aille se faire voir avec ses « d'ailleurs ». Elle était entrée en contact avec l'Acteur qui, ce stupide crétin sans cervelle, avait introduit son hôte secret dans la colonie. Pourquoi avait-elle écouté Vinod et rendu service à l'Acteur ? Pourquoi Senderovski lui avait-il permis de rester ? Pourquoi Macha n'avait-elle pas mis un terme à tout cela ? Peut-être avait-elle toujours des sentiments pour lui dans le sac à main pailleté et vieux jeu qu'elle appelait son cœur.

Et bien sûr, l'aspect fondamental de tout cela : sans le produit de Karen, rien ne serait arrivé. Si seulement Vinod l'écoutait, si seulement il allait vivre dans la grande maison ou prenait le bungalow de la Grande Île maintenant qu'Ed cohabitait avec Dee. Si seulement elle pouvait donner une autre leçon de coréen à Nat. La langue réclamait un renforcement constant, et visionner d'interminables vidéos de Bomi la pieuvre qui épelait les mots et faisait souvent des fautes rigolotes mais instructives, n'était pas suffisant. Si sa propre mère avait été plus stricte avec elle à ce sujet, bon sang, l'apprentissage de sa langue maternelle, elle serait une personne différente aujourd'hui, plus fière. Peut-être que tout se serait mieux passé.

Vinod entendit du bruit au-dessus de la prairie, du bruit fait par des humains, pas des oiseaux. Ils connaissaient tous leurs voix, à ce stade, et il entendit Ed et Dee se disputer en public, reconnut les interventions paniquées de Senderovski de sa voix angoissée de mezzo-soprano. Que se passait-il ? Ce n'était pas du tout l'heure du dîner. Ça avait sans doute un rapport avec Karen, alors. Son état avait sans doute empiré. Il aurait dû rester près d'elle dans le salon pollué du bungalow, même si elle l'avait chassé.

En se levant, il lâcha son livre. Il se pencha pour le ramasser, sa couverture criarde et bombée comme suspendue dans l'herbe, mais se releva sans rien. Il se pencha pour prendre son tapis, mais il était désormais hors d'atteinte. Comment était-ce possible ? Il était tout près. Il leva le bras mais ne fit que l'agiter dans le vide, comme si le tapis quittait définitivement la maison pour l'université des carpettes et que lui, parent inquiet, lui faisait au revoir de la main.

La journée semblait incroyablement longue, comme si elle s'inscrivait dans un calendrier extraterrestre. Il vivait sans doute la même journée depuis des semaines, comme devait le faire un habitant de Vénus. Il décida d'inspirer l'air humide mais venteux de l'été, mais ce seul acte, la contraction des poumons, une pause, et l'expansion des poumons, lui sembla impliquer trop d'étapes à intervalles rapprochés.

Les couleurs de la migraine clignotaient au bas de son champ de vision. Il savait ce qu'il fallait faire – traverser la prairie jusqu'à leur bungalow, mais cela lui semblait désormais presque impossible, comme s'il lui fallait émigrer tout en haut de la dangereuse côte sans les papiers nécessaires. Il fit quelques pas, puis se laissa tomber par terre, main tendue devant lui pour amortir le choc. Il avait les mollets en feu, comme si quelqu'un les avait frottés de ses mains chaudes, mais quand il tourna sa nuque douloureuse pour regarder derrière lui, il ne vit personne (même le soleil était couvert de nuages filandreux). Pourquoi fallait-il qu'il grimpe cette colline jusqu'à la grappe de bungalows pastel qui lui tournaient tous le dos ? Pourquoi ne pouvait-il faire la sieste sur le velours fraîchement tondu de la pente ? Pourquoi tant d'efforts ? Karen, il fallait qu'il trouve Karen. Il continua de grimper, gardant la main tendue devant lui par sécurité au cas où il s'effondrerait. Arrivé sur les marches de cèdre de la véranda, premier avant-poste de la civilisation, il lui fallut quelques secondes pour comprendre où il était.

Après avoir ouvert la porte de leur bungalow, il pensa profiter des délices d'une pièce ombragée et climatisée. Mais l'air était désagréablement chaud et étouffant. Sa bien-aimée était allongée sur le canapé sous une couverture d'où dépassaient ses tibias dorés et ses socquettes japonaises fantaisie, la minuscule compresse posée sur son œil gauche lui rappelant les pièces d'or que l'on mettait sur les yeux d'un mort. « Karen ! » cria-t-il. Sauf que ce n'était pas un cri. Tout juste un couinement. Elle ne bougea presque pas. Une fois de plus, comme si souvent au cours de sa vie, ils étaient ensemble mais séparés. Mais au moins, elle était vivante. Il alla dans la chambre et s'effondra sur le lit. Il fallait qu'il sorte quelque chose du fond de sa valise. Le petit tas de documents notariés et une plus grosse liasse d'articles imprimés dans son studio d'Elmshurst aux premiers jours du virus. Il fallait simplement qu'il mette la main sur le testament.

Karen découvrit les papiers trois jours plus tard. Il était allongé sur le ventre dans leur chambre. Son œil malade était fermé et elle portait des gants, un masque, et une des visières en plastique que son assistante avait commandées pour chaque membre de la colonie à la demande de Macha. La valise de Vinod était ouverte et semblait avoir été mise sens dessus dessous, un maelström de caleçons noirs Jockey et de chaussettes blanches trouées, qu'elle avait prévu de renouveler quand il ferait un temps à chaussettes longues. « Vinod », dit-elle. Il y eut un murmure. Elle entendit un long sifflement, un accordéon piégé à l'intérieur. « Vinod ! cria-t-elle, lui secouant la jambe.

– Couvre-moi », dit-il. Son corps frissonnait à intervalles réguliers, surtout autour des aisselles et des hanches, comme un chien apeuré.

« Tu as froid ? demanda-t-elle. Je vais demander à Macha de venir te voir. Qu'est-ce que c'est, ça ? » Elle ramassa les documents posés près de lui.

« C'est pour toi », dit-il, chaque mot prononcé le contraignant à marquer un bref temps d'arrêt. Il comprenait désormais le sens de l'expression « reprendre son souffle ». Il n'arrivait pas à reprendre le sien. Il ne cessait de lui échapper. Maintenant qu'il était vaguement réveillé, il ne pouvait plus rester allongé. Ses muscles saillaient, ses nouveaux muscles façonnés par la natation et le sport. Un sacré gaspillage, entendait-il son oncle dire d'une voix dont les intonations britanniques ne masqueraient jamais, malgré tous ses efforts, des années de gujarati et d'hindi bambaiyya. Au cœur de l'été, quand il l'avait tenue dans ses bras, que Senderovski avait avoué son mensonge, il avait gobé le mythe qu'ils tentaient tous de lui vendre, d'un Vinod en bonne santé, accompli et sexuellement actif. Ha ! Tous les chemins menaient à des hanches tremblotantes, à des poumons liquéfiés.

Elle posa une couverture sur lui, la tira sur ses épaules et ses orteils. En haut du tas de feuilles, un formulaire imprimé. VINOD S. MEHTA, lut-elle. Puis un fatras de chiffres qui constituaient l'adresse d'un appartement d'Elmhurst à loyer modéré. Puis en lettres majuscules : DÉPARTEMENT DE LA SANTÉ DE L'ÉTAT DE NEW YORK. Société d'accompagnement et de soins palliatifs.

« Ah, va te faire foutre, dit-elle. Va te faire foutre, espèce d'idiot. » Dans le cocon qu'elle avait fait pour lui, il continuait de respirer, bouche ouverte pour aspirer l'air de façon théâtrale, sans succès, comme les enfants de sa ville natale qui mendiaient en vain à la vitre d'un ambassadeur au feu rouge. « Je vais chercher Macha », dit-elle, mais il ne l'entendit pas.

Il montait l'escalier, s'agrippait à la rampe en teck, courbée et familière. Il sut tout de suite où il était et à quelle époque, on ne s'entendait plus dans le grand salon sur rue, la cuisine du chef était bondée de fêtards à l'étage du dessous, les pièces pleines de meubles massifs, mais dépourvues des habituels bibelots qu'on trouve chez les immigrés. Les murs étaient nus, ce qui était en soi un petit miracle. Il entendait Suj et les amis de Genre, étudiants aux beaux-arts, parler de coops alimentaires et de découverte sexuelle permanente. Il entendait ses amis de fac et ceux de

Senderovski, en première année de droit dans des établissements de médiocre importance, les trois frères qui avaient formé un groupe de rock philippin et avaient tous fini par bosser dans la pub, un petit contingent de travailleurs sociaux et d'instits en herbe, criaillant dans leurs accents de grande banlieue. « Vinod ! » dit l'un d'eux en passant, visage flou, boucles noires, chaîne en or des quartiers non réhabilités du Queens, même accent intact que le sien. « Où est-ce que tu vas, *yaar* ?

– Donne-moi un coup de main, dit Vinod. Plus je monte les marches, plus... » Plus il y en avait, comme s'il montait un escalator qui descend.

« Je vais chercher Suj, dit Chaîne en Or. Si tu faisais une pause, pendant ce temps ?

– Non ! dit Vinod. Il faut que je continue de monter. »

Il continua de monter, les marches se multipliant devant lui. Les autres n'arrêtaient pas de descendre l'escalier, chahutant, vociférant, apparemment heureux, visage brouillé dans le vacarme, mais il était le seul à monter. Pourquoi ne pouvait-il faire demi-tour et descendre avec eux vers la fête qui battait son plein à l'étage du dessous ?

Une main se posa sur son épaule. C'était Suj. Elle avait les mêmes ombres graves que lui sous les yeux, les ombres que Karen tentait de masquer avec des crèmes. « Asseyons-nous », dit-elle à Vinod. Il avait oublié la préciosité de son accent. Elle était allée à Goldsmiths, un temps.

« Il faut que je monte, dit-il. Tu pourrais peut-être faire quelque chose avec l'escalier ? C'est chez toi.

– Pourquoi ? dit-elle. Qu'est-ce qu'il y a là-haut ? » Elle lui tenait la main. Elle avait les doigts longs et fins. Sa peau était brûlante au toucher, comme du papier de verre oublié dans le désert, et il la retira.

« De l'eau, dit-il d'une voix faible.

– Qu'est-ce qu'il y a là-haut, Vinod ? répéta-t-elle.

– Montons ensemble pour le découvrir. On peut faire équipe.

– Une équipe d'enquêteurs ? Tu es vraiment un gros bêta. » Ses minces lèvres roses étaient gercées aux commissures. « Un gros bêta vicelard. Ne lève pas les yeux. » Il les leva quand même. Il n'y avait plus de plafond. Les nuages au-dessus de la ville passaient à toute vitesse en direction des terres, dans l'espoir de faire pleuvoir. Il se mit à trembler, elle l'attira contre elle. Elle sentait l'alcool et le houmous. « Vinod, dit-elle. Tu aurais dû aller dans une meilleure fac. Pourquoi tu ne les as pas laissés tomber ?

– Parce que je savais que je finirais par les rattraper. »

Elle murmurait à son oreille, à présent, de son haleine chaude et alcoolisée, apaisante mais forte. « Tu ne rattraperas jamais ces gens-là, dit-elle, son accent encore plus prononcé, maternel. Jamais, jamais, jamais. »

Il marchait dans les rues de Meatpacking, vers leur appartement de Washington Street, dans un bouillonnant immeuble de quatre étages. Il portait quelque chose d'incroyablement lourd et chaud dans ses bras. Il le posa. L'examina. Grille. Boutons. FRIEDRICH. « Sacha ! » cria-t-il en haut de l'escalier. « *Bhai !* J'ai acheté une clim. Aide-moi à la monter. »

Sacha se pencha à leur fenêtre du quatrième, cheveux frisés tombant sur l'épaule, monture de lunettes en écaille de tortue, gueule renfrognée de mec de vingt ans. « Qu'est-ce que tu veux qu'on en fasse ! cria-t-il. On est en septembre.

– Justement, c'est la saison des occases. File-moi un coup de main ! J'en peux plus.

– Je regarde un match des Mets.

– Depuis quand ?

– J'ai découvert le sport hier. C'est incroyable. Eh merde ! J'ai raté un touchdown. Bouge pas. Je jette la poubelle du frigo.

– Non, faut que je monte ce truc. Pourquoi tu me files pas un coup de main ?

– Prends l'ascenseur !

– Y en a pas.

– Bien sûr que si. Qu'est-ce que tu crois ? »

Il traîna la clim par le câble dans le hall d'entrée miteux. Il sentit qu'il commençait à avoir la courante. Il regarda le faux marbre estompé. Chaînes plaqué or, similicuir, faux marbre. Quelle vie il menait. Tout était silencieux en dehors du bruit pesant de sa propre respiration. Il porta la main à la bouche ; aucun tube n'en sortait. La cage d'escalier était sur la gauche, mais fermée par un cordon et un écriteau qui disait ESCALIER HORS SERVICE, PRENDRE L'ASCENSEUR.

Et il y avait un ascenseur que personne ne devrait jamais prendre, une boîte blanche et vibrante d'une exiguïté absurde pour un immeuble de quatre étages de ce standing. Il traîna la clim à l'intérieur par le cordon et se cogna le coude par terre. « Retenez la porte ! cria quelqu'un. S'il vous plaît, monsieur. » Vinod tendit la main pour empêcher la fermeture. La porte soupira en se rouvrant et un grand type essoufflé en T-shirt des Mets apparut. Il entra et regarda Vinod avec reconnaissance, des yeux d'« oncle », pensa Vinod sans savoir pourquoi. Il prit presque toute la place dans l'ascenseur, mais Vinod se sentit en sécurité en sa présence. Il ne voulait pas monter seul dans l'ascenseur, ce prototype de cercueil citadin. « Quel étage ? » demanda-t-il.

L'homme sourit, sans quitter Vinod des yeux. « Quel étage, monsieur ? » redemanda Vinod. Ça lui plaisait qu'ils se donnent du « monsieur ». Quelques formes dans un pays où on en met rarement. Une civilité un peu vieux jeu. L'homme ne répondit pas, mais s'approcha de lui, lentement, lentement, lentement, un demi-pas à la fois comme une chèvre intimidée, jusqu'à ce que Vinod sente les relents douceâtres de sa transpiration. « Il faut que je monte, dit Vinod. J'ai acheté une clim en solde. » Mais il sentit bientôt le ventre et les seins de l'homme, aussi bombés et tentants que des oreillers, pencher contre lui, le pousser contre le mur, délicatement mais avec insistance, comme s'il essayait de le convaincre de quelque chose avec son corps. « Pourquoi ? » demanda Vinod. Il entendit pleinement son accent. *Poukoi.*

« Pourquoi vous faites ça ? » Mais l'homme continuait de le pousser comme le filet d'air qui lui sortait des poumons, sans cesser de le regarder ni de lui sourire de son triste sourire automnal, ses lèvres assez près pour embrasser Vinod. Il s'appuyait contre lui, sans désir mais de tout son être, comme pour lui faire un massage vertical, et Vinod avait beau tenter de s'extirper de cette masse enveloppante, il n'y arrivait pas. Et il avait beau vouloir protester, il n'y arrivait pas. C'était peut-être ça, le plus effrayant : il n'arrivait pas à parler. Et il n'arrivait pas à porter la main à la bouche pour vérifier si le tube en sortait. Il s'aperçut, au tout dernier instant, que l'ascenseur descendait, dépassant le niveau du sous-sol pour s'enfoncer dans les entrailles de la Terre.

Quatre mains le soutenaient jusqu'à la salle de bains. Il portait un masque, mais pas son *longhi* ni son caleçon Jockey. Il leva les yeux. Karen et Macha portaient leur masque et une visière de protection et dans la lueur rouge et monotone des ampoules incandescentes, ressemblaient à des Martiennes. Il frissonna de peur, oubliant d'avoir honte devant Macha alors même que ça oscillait comme un métronome entre ses jambes. « J'ai eu un accident ? chuchota-t-il.

— Non, tu vas bien, chéri, dit Karen.

— Tu as lu les documents que j'ai laissés ? Les directives anticipées et les articles ? C'est notarié.

— Tu ferais mieux de ne pas parler, dit Macha. Concentre-toi sur ta respiration.

— Cette soirée, dit Vinod. Qu'est-ce qui est arrivé à Sacha pendant cette soirée ? À Fort Greene ?

— Je me suis occupée de tout, dit Karen. Tu vas aller mieux.

— Non ! voulut-il crier.

— Chut. » Elles l'assirent sur les toilettes.

« Non, non, non, non, non. » Chaque bruit que produisait son corps était étranger, réclamait une traduction.

Sur la véranda, Macha et Senderovski étaient assis d'un côté de la table, Karen et son œil bandé de l'autre, les procureurs face à l'accusée. Plus précisément, c'était Macha la procureure, la place de Senderovski étant plutôt dans le box avec Karen. Seule la maladie de cette dernière les séparait, même si d'après Karen, grâce aux stéroïdes en collyre elle était en voie de guérison, les symptômes diminuant. Si seulement on pouvait en dire autant de leur ami.

Visage masqué, Senderovski promenait ses yeux mouillés, lorgnant le cèdre de sa véranda, le canapé où tant d'après-repas tranquilles à la lumière des bougies avaient eu lieu avec ses meilleurs amis (pas plus tard que la semaine dernière !), et la maudite communauté de lucioles un peu plus loin. Maintenant, sa femme et Karen portaient une visière de protection comme deux participantes à une convention de soudeuses.

Son regard finit par se poser sur le Cottage aux Berceuses, sombre et vide, et il se souvint de la première conversation qu'ils avaient eue à l'arrivée de son ami. Vinod avait demandé où était la boîte Teva qui contenait son roman, et Sacha lui avait dit qu'il parlait comme s'il voulait faire ses adieux. Il aurait voulu crier aux deux femmes : « Il est venu ici pour mourir !

– Amis, tu parles, disait Macha. Protecteurs, tu parles. Tu as suivi toutes les consignes imaginables pour le faire tomber malade. Tu clames que vous formez tous les trois la famille que tu n'as jamais eue, mais vous êtes tous les deux exactement comme les familles d'où vous venez. »

Karen n'avait pas l'habitude d'être attaquée de la sorte. Son assistante avait une assistante qui surveillait les commentaires blessants sur les réseaux. Toute sa vie, on lui avait mal parlé, on l'avait insultée, des doigts de toutes les couleurs avaient tiré sur le coin de leurs yeux pour faire une horrible approximation de ses yeux magnifiques. Mais là, on l'accusait de... de quoi ? D'assassiner l'homme qu'elle aimait ? D'assassiner son meilleur ami ?

« Vinod m'a dit qu'il fallait que je le répare ! cria Karen, à propos de l'Acteur. Il a dit que c'était mon devoir. Il fallait aussi que je le fasse pour Ed et Dee. Voilà ce qu'il a dit, Macha, je le jure. J'ai ouvert toutes les fenêtres. On a gardé nos distances sur le canapé.

– Donc après avoir passé ta vie à ne pas écouter Vinod, à jouer les grandes sœurs, c'est le moment que tu as choisi pour exaucer ses vœux. Et toi » – elle se tourna vers son mari – « tu l'as autorisé à revenir. Tu as vraiment cru qu'il allait faire une série avec toi ? Une série sur le fils d'un oligarque dont la circoncision a mal tourné ? Qui regarderait un truc pareil ?

– Alors c'est nous les seuls coupables ? fit Karen. Tu aurais pu empêcher Sacha de le réinviter. C'est aussi chez toi, ici. »

Cela continua ainsi un moment, jusqu'à ce que des bulles de morve commencent à se former sous la visière de Karen. Senderovski ne comprenait pas pourquoi sa femme était si en colère contre eux. Ce qui est fait est fait. On ne pouvait pas donner de deuxième chance à un souvenir. On vivait des temps exceptionnels. C'était la Genèse à l'envers, les espèces s'éteignaient l'une après l'autre, le ciel se refermait tout là-haut. Et maintenant quelqu'un allait devoir payer. Et maintenant la chèvre allait être sacrifiée pour purifier les autres. Et maintenant Vinod allait passer de l'état de présence charnelle à celui de triste souvenir embelli d'un moment historique, de bruissement d'un flash Fuji dans les archives photographiques de Karen.

Mais Senderovski ne voyait pas d'inconvénient à pareil destin fatal. Il ne voulait pas ouvertement mourir, mais était prêt à mourir. Il était prêt pour le conducteur du pick-up noir, cette brute aux bras blancs et à la casquette rouge, prêt à le voir monter l'escalier de cèdre, pointer sur lui et lui seul son arme de gros calibre, et relâcher toute la force de son armement dans la douceur de sa poitrine. Que son histoire culmine sur cette foutue véranda, au son de la musique du Sahel sur la radio rouge, aux cris du mystérieux oiseau à épaulettes jaunes. Il a tué son meilleur ami, dirait sans doute la nécrologie du journal pour rendre compte de sa misérable carrière. Sacha Senderovski : menteur, voleur de boîte Teva, propriétaire de la Datcha du Malheur.

Juste avant de s'asseoir avec sa femme et son amie, Sacha avait vu les premières rumeurs de la réapparition et de la disparition de l'Acteur sur son domaine circuler sur ses pages de réseaux sociaux (le policier avait-il mouchardé ?), où il était personnellement mis en cause et même accusé d'enlèvement voire pire. Il avait garé sa voiture en travers au bout de l'allée par précaution (comme si les fans de l'Acteur ne pouvaient contourner le gravier pour rouler sur la pelouse si engageante) et avait demandé à l'homme à tout faire de construire une clôture.

Karen La Visière examinait à présent les documents de Vinod avec ses mains gantées de blanc sous la lumière jaune de la véranda. « Je lis tout ça avec mes yeux d'avocate, disait-elle. Mais j'imagine que Vinod peut faire ce qu'il veut. À moins de défendre la thèse de l'abolition de son discernement, ou quelque chose comme ça. » Elle regarda Macha.

« Tu me demandes vraiment à moi de faire ça ? dit Macha. Trouve-toi un foutu psychiatre toute seule.

– Bon, alors écoute. On respecte l'ordre de ne pas réanimer, mais on le convainc de renoncer à l'ordre de ne pas intuber.

– C'est ça qui lui fait peur, dit Senderovski. L'intubation. » En tant qu'ancien enfant asthmatique, il comprenait la hantise qu'avait Vinod d'un respirateur artificiel. L'idée de se réveiller avec un tube dans la gorge, qui descend dans le corps, à travers les canaux réservés à la respiration, la nourriture, la boisson et la voix (comme pour dire « Au secours ! »), d'être à la merci d'un respirateur, de sangles de contention – ces horribles pratiques médiévales utilisées sous prétexte qu'on est à l'hôpital en milieu aseptique.

« Il est venu ici pour mourir, finit par dire Senderovski. Il me l'a dit à son arrivée. Il a compris quelles sont ses chances de survie. C'est pour ça qu'il trimballe ces documents.

– Ça, c'était au début, dit Macha. Mais sa vie a changé. Il est amoureux, maintenant. Il devrait être capable de se battre pour... » Voilà qu'elle sombrait dans le cliché. L'idée de se battre contre

la maladie ou pour l'amour n'était qu'une autre forme de milita-
risme américain débridé. On pouvait prendre quelques mesures
pour augmenter ses chances de survie au virus, mais quand on doit
mourir, on meurt. C'est peut-être ainsi qu'il fallait comprendre
le tas de documents de Vinod.

« Je crois qu'il sait que passé les premiers stades amoureux avec
moi, tout part en vrille, dit Karen.

— Tu parles comme ça parce que tu es déprimée, voilà tout »,
dit Macha.

Karen réexamina les documents et lut au hasard les passages
soulignés par Vinod. « "Quarante-huit ans de vie, ça peut sembler
court, mais il y a cent ans… Quand on regarde les études véri-
fiées par des pairs… Plus de quatre-vingts pour cent de patients
intubés… Pour la plupart des survivants, les effets indésirables
à long terme incluent la paranoïa, le 'brouillard cérébral'… On
devient un mort vivant."

— Ces statistiques sont réévaluées, maintenant, dit Macha. Il
existe de nouveaux traitements efficaces disponibles en ligne,
surtout pour les personnes dont le système immunitaire est défi-
cient.

— Tu peux lui en prescrire un en tant que médecin ? demanda
Karen.

— Je ne suis pas pneumologue.

— Des tas de médecins sans aucune expérience spécifique ont
été enrôlés d'office.

— Sous la supervision de ceux qui savent ce qu'ils font. Dans
un cadre hospitalier. Il faut pouvoir constamment mesurer la satu-
ration en oxygène. Poser un cathéter. Disposer d'un oxymètre de
pouls. De stéroïdes, si on en arrive là.

— Donc, dit Karen, tu penses qu'il faudrait l'hospitaliser ?

— Évidemment ! cria Macha. Vous êtes pas bien ou quoi ? »
Senderovski toussa dans sa main. « Et toi » – dit-elle à Karen – « tu
ferais mieux de ne t'approcher de personne, même dehors. J'ai
une petite fille. Tu l'as oubliée ? Tu ne t'inquiètes pas pour elle ?

– S'il va à l'hôpital, on ne le reverra jamais, dit Senderovski.

– Tu n'en sais rien, dit Macha.

– Quelle est la dernière chose qu'il a écrite ? demanda Senderovski à Karen. Lis-le-nous.

– On l'a déjà lu, dit Macha. Arrête ton cinéma. »

Karen observa les Lévine-Senderovski avec tristesse. *À la fin*, pensa-t-elle, *ils se réconcilieront, iront se coucher ensemble, et seront l'un avec l'autre. Et pour moi, tout redeviendra comme avant mon arrivée par cette allée. De retour dans le loft de White Street et le bruissement matinal et vespéral des stores photovoltaïques qui montent et descendent et du miroir d'albâtre de l'entrée où je m'exerce à dire bonjour et au revoir.*

« "Vous appréciez tous les deux d'avoir la maîtrise d'une situation." » Karen relisait la supplication finale adressée par Vinod à Senderovski et à elle. « "Alors pourquoi me priver de cette maîtrise ? Pourquoi ne pas m'accorder ce droit ultime à la dignité ? Je ne veux pas mourir seul. Je veux simplement être avec mes amis."

– On meurt tous seuls, dit Macha. C'est tragique. La plus grande tragédie de notre vie, avec le jour de notre naissance. À propos, vous le voyiez souvent, Vinod, avant tout ça ? Vous l'appeliez souvent pour prendre des nouvelles ? Hormis pour lui proposer de l'argent en sachant qu'il ne l'accepterait jamais. Pour soulager votre conscience.

– Qu'est-ce que tu en sais ? demanda Karen à Macha. Tu ne connaîtras jamais une amitié comme la nôtre.

– Et toi, tu ne seras jamais une vraie mère, dit Macha.

– Toi non plus », dit Karen.

Senderovski tendit la main pour réconforter sa femme. L'écho de ces voix malheureuses se réverbéra dans sa magnifique véranda, une conversation sans fin, comme celles de ses parents, qui pouvaient se prendre le bec jusqu'au milieu de la nuit devant un petit verre de vodka ou quelques tasses de thé. Il pensait encore à sa mort et à celle de son ami. Ils auraient déjà dû s'habituer à tout cela, à la nouvelle organisation des choses, mais cette destruction gratuite lui semblait toujours aussi absurde. C'était un chic type, un hôte convivial, et un ordo-libéral autoproclamé. Quatre mois plus tôt, à la faveur du printemps, il avait accueilli cinq invités d'une qualité exceptionnelle dans sa colonie.

Comment avaient-ils pu en arriver là ? Comment ?

6

« Le mariage est un événement mémorable. » Une voix à l'accent russe. « Super mémorable avec le système supérieur d'album de mariage Senderovski. » Vinod s'avança vers la voix dans la pénombre brumeuse de l'entrepôt étouffant, ses sandales Teva claquant sur le sol gris et poussiéreux. « Mais d'abord, je vais vous expliquer ce que c'est qu'une bonne vis ! C'est une vis de reliure en acier inoxydable renforcé qui permet de poser votre album de mariage à plat. Allô ? Madame Fernandes ? Allô ? »

M. Senderovski regarda son combiné téléphonique typique du XXᵉ siècle sans saisir pourquoi une longue et monotone tonalité s'en échappait. Vinod comprit qu'il y avait un gros problème. Il n'avait pas fait son boulot comme il faut. Il mit la main à la bouche pour vérifier s'il y avait le tube. « Poutain de mierde », dit M. Senderovski, balayant la dernière mèche de cheveux qui restait sur son crâne lisse comme un noyau d'olive. « Sacha dit à moi c'était bonne piste. Mère d'un camarade université qui se remarie avec un pétrolier. Fernandes, c'est pas espagnol, c'est philippin.

– Je n'ai pas fait mon boulot, dit Vinod d'une voix tremblante. Je n'ai pas réparé l'étiqueteuse.

– Ah, poutain, dit M. Senderovski. Ah, mierde. Mais qu'est-ce tiou vas faire ? Se passe pas grand-chose, cet été, toufaçon. Personne se marie. Fait trop chaud. Climat économique difficile à cause Clinton. Tout se casser gueule, mais au centre ? Centre tient

pas. Kaput. Toute l'industrie albums de mariage… » Il fit tremblo-
ter ses mains pour indiquer l'état du marché. « Mais gens comme
nous, on a l'habitude revers de fortune, *nou*, Vinod ? Qu'est-ce
qu'on a dit quand ingénieurs indiens arrivés Leningrad : Hindi,
Roussi, *bhai, bhai.* Frères, frères. Et maintenant, Amérique aussi,
on est tous *bhais. Bhais* d'infortune !

– Monsieur Senderovski, je peux faire du démarchage téléphonique ? Je travaille mon accent, comme vous dites.

– Non, non, tiou fort. Tiou soulèves cartons.

– Laissez-moi essayer de passer un appel.

– Non, non, ton accent fait trop pépé.

– Est trop épais ?

– Oui, qu'est-ce je dis ?

– J'ai cru que vous aviez dit… » Ils entendirent sonner à la
porte et se regardèrent.

« Je n'ai pas fait rendez-vous, dit M. Senderovski, tirant sur le
bipeur accroché à son pantalon Dockers. Peut-être l'idiot Sacha,
fumeur de cannabis, oublie sa clé. Attends, tiou as fait rendez-
vous ?

– Comment j'aurais pu ? Vous refusez que je m'approche du
téléphone.

– Alors c'est client surprise ! » M. Senderovski se hâta vers la
porte d'entrée. « Poutain ! La pub Village Voice peut-être marche. »

Vinod regarda le bureau crème digne d'un prof du public où
son employeur menait son affaire désolante, et à côté la petite table
équipée d'un téléphone et d'une chaise pliante où Sacha passait
la majeure partie de l'été assis à ses côtés comme faire-valoir payé
au minimum syndical, s'imprégnant des opinions politiques et
de l'accablement de son père. Ces lieux exigus où travaillaient les
immigrés étaient les préférés de Vinod, que ce soit le *diner* agencé
à la sauce curry de son oncle où les Indiens nés en Amérique et
ceux qui venaient de débarquer mangeaient pour trois dollars des
œufs épicés à un petit comptoir ; ou la boutique d'informatique
en faillite permanente de son père, où ses deux frères avaient bossé

avant d'entrer dans un bureau de ventes de Wall Street, mais où il n'y avait pas de place pour Vinod, le *bhenchod* de brahmane ; jusqu'à ça, le plan le plus foireux qui soit, une affaire d'albums de mariage avec la technologie brevetée de M. Senderovski, « la vis spéciale », qui se développait cahin-caha à l'aube d'Internet.

« Vinod, lui dit la voix à l'accent russe, ta petite amie est là. »

Petite amie ? M. Senderovski adorait faire des blagues sur la virginité de Vinod. Il avait passé un été entier à bosser là – quand il était en deuxième année de fac, c'est ça ? – à s'entendre demander si une fellation pouvait faire de lui un homme. Se pouvait-il qu'il veuille parler de… ?

Karen entra avec la même marinière moulante qu'elle avait portée à leur premier dîner à la datcha, mais assortie, cette fois, à un short en jean qui mettait en valeur les muscles de ses cuisses, et ses genoux brillants.

Elle s'approcha de Vinod. Il sentit sa proximité et le marimba de sentiments qui résonnaient en lui chaque fois qu'elle faisait ça. Il tendit la main pour toucher son épaule à moitié dénudée, comme un oiseau tapotant délicatement son partenaire d'un coup d'aile. Mais cette fois, il se passa autre chose.

Elle prit ses deux joues dans ses mains brûlantes et l'embrassa sur la bouche, l'embrassa de toute sa jeunesse accumulée et de son âme innocente, et il sentit le genou de Karen entre ses jambes. Il ne pouvait plus s'arrêter de l'embrasser, mais s'aperçut qu'il était un employé du versatile M. Senderovski et qu'il n'avait pas réussi à réparer l'étiqueteuse. Il la repoussa (venait-il vraiment de faire une chose pareille ?) et se tourna vers son patron, qui reluquait sans vergogne la poitrine de Karen. « *Ouka-ouka*, dit M. Senderovski à Karen. Délégation nord-coréenne visite l'institut de Leningrad, un jour. Oh, beaucoup femmes en kimono viennent.

– *Hanbok*, le corrigea Karen.

– Bien sûr, mais je ne goûte jamais. Sans doute très bon.

– Monsieur Senderovski, il est bientôt quatre heures et demie, dit Karen. Est-ce que Vinod peut partir ? »

M. Senderovski soupira pour indiquer qu'il soutenait l'amour chez les jeunes. « Allez, allez, dit-il. Je fais retenue de salaire.

– Dites à Sacha que nous serons chez Florent, dit Karen.

– Restaurant homo ? Uniquement s'ils vous convertissent pas à leurs manières de Grecs. » Il rit, découvrant ses dents en or au coin de sa bouche soviétique.

Ils se promenaient dans les rues pavées de Meatpacking, pataugeant dans les flaques de sang et la sciure de bois qui faisaient de ce quartier ce qu'il était autrefois, une tranche de vie glorieuse de l'Americana coincée entre une autoroute condamnée et des rangées de maisons contiguës à un étage. Mais désormais ses sandales à lui et ses Converse à elle ne baignaient pas de la même façon dans le sang, parce qu'ils se *tenaient par la main*. Vinod se rappela comment l'émission japonaise de télé-réalité d'Ed tournait presque entièrement autour du moment où deux colocs se tendaient la main et se cognaient les doigts au niveau des phalanges. Si seulement les mains de Karen n'étaient pas chaudes au point de brûler ; si seulement l'humidité de l'air à New York ne l'empêchait pas de respirer tandis qu'il regardait les écriteaux autour de lui :

ROND DE GÎTE FUMÉ
LAPIN 4,19 $ le kilo
AGNEAU ENTIER 2,19 $ le kilo

« Écoute, dit Karen. J'ai menti quand j'ai dit qu'on allait chez Florent. On retrouvera Sacha plus tard. Allons baiser chez toi. »

Vinod ne sut pas quoi dire. Il avait la gorge sèche et les pieds couverts du sperme d'autres animaux. Son autre vie, sa vie parallèle, avait été belle, quoi qu'on en dise. En quarante-huit ans, il avait vu Berlin, Bologne et Bombay et, à la dernière minute, sa bien-aimée sans pantalon. Mais cette vie avait aussi été un peu trop extrême. L'idée même de cette femme austère et dure dans la fleur de l'âge qui lui faisait un grand sourire sur l'un des lits jumeaux Murphy qui constituaient plus de soixante-dix pour cent du mobilier de leur appartement (il y avait aussi de la place pour un faitout, une torchère, un téléviseur 23 cm avec magnétoscope, et le minifrigo dans lequel ils gardaient la poubelle). Ils approchaient de leur immeuble hideux. Il faisait cliqueter son porte-clés Mehta Informatique Revendeur Apple certifié (ils ne l'étaient pas vraiment, certifiés). Vinod se pencha en avant et chuchota à son oreille couleur de miel : « Karen. Écoute. Je pense à un truc. À quelques trucs.

— Comme toujours, bébé. Tu pourrais peut-être faire un petit gargarisme quand on arrive en haut.

— Et si j'étais allé à New Haven ? Si je vous avais abandonnés ? Si j'avais décroché un PhD ? Publié ? Fait plein de radios nationales comme Sacha ? Développé un personnage, drôle ou sérieux ou un peu entre les deux.

— Chut, dit-elle. Ne parle pas de ça. Tu vas épuiser tes pauvres poumons.

— Je suis si excité que j'ai du mal à respirer.

— Moi aussi j'ai très envie de toi », dit-elle. Mais il y avait de la tristesse dans ses yeux et ses fossettes étaient insondables.

« Suj m'a dit que je ne pourrais jamais vous rattraper.

— Suj ? C'est ta garce de cousine du Connecticut ?

— Rien qu'une autre voix dans ma tête.

— Qu'est-ce que je dis toujours ?

— Je réfléchis trop. Je suis né à la mauvaise époque. Je ne vous rattraperai jamais, pas vrai ?

— Tu vas bientôt poser les mains sur mes seins et on va baiser si lentement que tu en oublieras de parler.

— Merde alors », dit-il. Mais Karen disait-elle vraiment ce genre de choses ? Même à son grand Irlandais avec un visa de travail ? En revanche, pour ce qui était du gargarisme, elle avait mis dans le mille. Il batailla avec la porte de l'immeuble, puis s'avança dans le hall d'entrée en faux marbre. Le nouvel ascenseur l'attendait. Il entra dans la cabine sans air, dans un état d'excitation et d'hébétude. Il se retourna. Elle n'était pas là. L'ampoule de l'ascenseur clignota et la température ambiante vira au beige, au sombre, au colonial. « Retenez la porte ! » criait quelqu'un ; ce n'était pas elle. Il savait qui c'était. Et s'il ne tenait pas la porte ? Non, ce serait impoli. Il fallait toujours qu'il tienne la porte ; sans quoi il ne serait pas Vinod Mehta. Le gros en T-shirt des Mets se glissa à l'intérieur avec ses yeux fauve et sa bouche sensuelle. Il ne servait à rien de reculer, mais Vinod le fit néanmoins. La douceur maladive de son assaillant emplit l'ascenseur qui soupira et quitta son amarrage. Une fois de plus, il avait oublié de vérifier si le tube était toujours là.

Il montait de nouveau l'escalier, et chaque fois qu'il triomphait d'une marche, une autre lui succédait. Le bruit de la soirée à l'étage du dessous avait cessé. Plus aucun fêtard ne descendait l'escalier. Tout ce qu'il voyait, c'étaient les marches face à lui, et ce que cela impliquait. Il sentit quelqu'un à ses côtés, qui faisait claquer les paumes de ses mains sur les marches.

C'était Macha. La Macha de 2001. La fille émaciée au regard pétillant d'avant Senderovski, cheveux châtains coupés au carré sur un teint sombre quasi séfarade. Elle ressemblait à la star d'un film dans lequel l'Acteur voulait désespérément tourner, un de ces films que les petits blogs qualifiaient de « difficile mais éblouissant ».

« Vinod, dit-elle. Je parle en russe. »

C'était vrai. Alors que Vinod n'avait jamais appris la langue de ses meilleurs amis, il entendit un marmonnement slave, fondamentalement malheureux, sortir de la bouche de la belle et jeune Macha. « Je te comprends ! dit Vinod. Je t'ai toujours comprise.

— Chut, pas si fort, continua-t-elle dans une volée de sifflantes.

— Tout le monde me demande de me taire, dit Vinod. Mais personne ne m'aide.

— Qu'est-ce qu'on peut faire pour te rendre service ?

— C'est toi le toubib. Quel est ton avis ?

— Je suis en deuxième année de médecine.

— Mais tu dois bien avoir un avis.

– Viens avec moi à New Haven. Décroche ton doctorat. Arrête de traîner avec ces clowns. » Le dernier mot se prononçait comme en anglais : *klow-ny*.

– Mais elle m'aime enfin. J'ai réussi.

– Attends d'arriver en haut de cet escalier.

– Qu'est-ce qu'il y a là-haut ?

– *Ouka-ouka.*

– C'est pas un vrai mot. On dirait le père de Sacha.

– Aïe. » Prononcé : *Oy.*

« Descends à la cuisine, Macha. Il t'attend. Il va jouer les mecs cool, mais dès qu'il te verra, il aura tout prévu. Comme toujours. Un homme qui prévoit tout. Un canal. Senderovski. Il la quittera comme si les trois dernières années n'avaient jamais existé. Il oubliera combien il a pleuré dans ses bras quand il a essuyé neuf refus d'affilée avec son livre.

– Je me suis toujours sentie mal d'avoir fait ça à Suj, dit la jeune Macha. Mon péché originel.

– Tu n'y étais pour rien. »

Un profond soupir. Ses yeux gris avaient l'air de s'estomper, à présent, comme les jeans de quatrième main qu'on revendait dans son pays d'origine à l'époque.

« Un festival de blagues, dit-elle.

– Ta vie ? demanda-t-il.

– C'est pour ça que j'ai signé. Au moins on a eu de l'argent pendant un temps. Il était très séduisant, au début. Avec moi, avec son public. Il ne donnait pas l'impression de forcer les choses. On se disait : Ouah, ce type sait ce qu'il fait.

– Quand est-ce qu'on arrive au bout de l'escalier, Macha ? Je veux juste aller là-haut. Je veux juste trouver un lit et me laisser tomber sur ses draps froids.

– Je sais, chéri », dit Macha. Elle cessa de crapahuter. Elle avait les larmes aux yeux. « Si seulement tu pouvais », dit-elle.

Il cessa de crapahuter et passa le bras autour d'elle. « Oh, Machen'ka, dit-il. *Kak mne jal' tebya.*

– Arrête, dit-elle. Arrête d'avoir pitié de moi. » Elle pointa le doigt en l'air. Sous son T-shirt, il vit une touffe non domestiquée de poils aux aisselles. Elle était en décalage, à l'époque, aussi libre qu'une immigrée de leur âge pouvait l'être. Il suivit des yeux son doigt levé, qui rappelait la scène biblique d'un tableau de la Renaissance, le *Saint Jean Baptiste* au large sourire de Leonard de Vinci.

« Une dernière chose, chéri. » Elle lui donna un tissu plié qu'elle tenait à deux mains. « Ce n'est pas sûr, ici. Karen et toi devriez porter un masque. » Elle posa le masque sur sa bouche et l'embrassa sur le front.

Il n'y avait plus de marches d'escalier, il était arrivé tout en haut, et il se retrouva sous deux pieds monstrueux chaussés de bottines. Macha avait disparu. La fête avait repris. Des gens recommençaient à descendre l'escalier en vociférant. Au-dessus de lui, le journaliste russe au visage grêlé qui s'apprêtait à offrir à Senderovski un costume d'armure en plastique pour lui faire une blague. L'homme au front saillant baissa les yeux sur Vinod et son visage masqué.

« Qu'est-ce c'est ? demanda-t-il. Le vengeur masqué ?

– Où est-ce que je vais, maintenant ? » demanda Vinod.

Le Russe lui montra du doigt la chambre de Suj et de Senderovski, et parla avec son troisième œil, ses lèvres immobiles.

« Oh mierde, dit-il. Il faut que tu voies ça. »

« Bon, dit-elle. Discutons. » Ils étaient allongés et se serraient dans les bras, Dee toujours avec son masque de gaze bleue, la lueur vacillante d'une bougie sur les murs créant une atmosphère à la fois romantique et effrayante.

« Attends, que je devine. Tu veux que je fasse carrière pour pouvoir me présenter en soirée comme "Mon mari Edward qui travaille pour une ONG".

— Non, mon vieux, dit-elle, retirant à moitié son masque, qui lui pendouilla à l'oreille. Je ne me marierai jamais. Mais tu ne crois pas qu'il est temps qu'on s'en aille ? Je veux dire, c'est un vrai désastre, ici. C'était marrant quand on se retrouvait tous les soirs autour de la table à manger, mais maintenant qu'on est tous en quarantaine ? Et pourquoi faut-il que tu cuisines toujours pour tout le monde comme si t'étais une espèce de chef ? » Elle se souvint que l'Acteur avait donné à Ed ce surnom. « Et c'est vraiment plus sûr en ville. Après tout, trois personnes ont déjà été infectées. Vinod est toujours contagieux. »

Ed glissa la tête dans le creux de son cou. Il soupira. « Nous leur devons quelque chose, j'ai l'impression. Enfin, "nous" peut-être pas. Moi, je suis redevable à Vinod.

— Dans l'émission de télé-réalité japonaise, dès qu'un couple se forme, il quitte la maison. »

Ed prit le petit verre à cognac sur sa table de chevet, une des dernières manifestations de son dandysme, et but une gorgée d'alcool de dix-huit ans d'âge pour fêter le jour anniversaire des trois semaines de leur relation. Il lui en fit boire une, à elle aussi, et observa une légère condensation se former sur le verre.

« J'ai discuté avec Karen tout à l'heure, annonça Dee. Elle nous a donné la permission de partir. Elle dit qu'on ne peut plus faire grand-chose pour lui. »

Deux faisceaux lumineux approchèrent de la fenêtre qui donnait sur la pelouse de devant. Ils prirent lentement des couleurs, un blanc monotone, puis un jaune fauve, puis un orange épais, comme l'éclair d'une bombe à hydrogène à plusieurs atolls du Pacifique de distance. Mais sans le crissement de gravier qui les accompagnait généralement ; l'intrus avait contourné la clôture en contreplaqué de l'homme à tout faire et se dirigeait droit sur l'océan d'herbe. Dee sauta de son lit et posta ses deux petites fesses pâles à côté de celles d'Ed à la fenêtre. Ils restèrent immobiles, nus, aux aguets.

Nat avait l'ouïe fine et le sommeil léger qui plus est, en bonne Lévine-Senderovski. L'étrange murmure des pneus flottant sur l'herbe la réveilla immédiatement et elle se précipita à la fenêtre. Tout autour de la colonie, les détecteurs de mouvement clignotèrent quand le pick-up noir approcha, telle une ombre parmi les ombres.

Les deux dernières semaines avaient été difficiles pour Nat. Elle avait l'impression que maman lui en voulait depuis qu'oncle Vin était tombé malade. L'autre jour, elle avait dit à Nat : « Tu as intérêt à la mettre en veilleuse, sinon… ! » Maman n'utilisait jamais d'expressions américaines comme ça.

Nat faisait un rêve récurrent, qui trouvait peut-être une explication trop simple dans sa biographie. Elle était née dans un vide, ses parents n'étaient pas là à sa naissance, seule une femme en masque chirurgical sous lequel il y avait un long museau semblable à celui d'un renard, et puis Nat la solitaire passait sa vie entière (aussi courte soit-elle) à voyager à la recherche de sa mère. Sur chaque continent, elle rencontrait des enfants dans leurs atours de naissance qui se moquaient d'elle et la traitaient de tordue parce qu'elle n'avait pas de mère ou de vrais amis et qu'elle ferait mieux d'aller sur son Tapis d'Apaisement et d'y rester. Le rêve avait toujours une fin heureuse : on retrouvait maman, tout rentrait dans l'ordre, et une assiette de blinis brillants à la confiture apparaissait sur la table de leur salon à New York. Mais le lendemain, l'inexplicable continuait de nourrir ses cauchemars, comme quand elle avait entendu maman dire à Karen-*emo*, l'autre jour : « Et s'il y a un putsch ? Et si l'armée prend le pouvoir ? Et s'il faut quitter le pays ? » Et tante Karen avait dit : « Je connais des gens qui peuvent nous faire partir en Corée dans la minute. Ne t'inquiète pas. Tout ira bien. » Nat se demanda comment s'écrivait « putsch » et lut qu'il s'agissait d'une « tentative de renverser le gouvernement par la violence ». Donc non seulement oncle Vinod était malade et tout le monde prenait les repas d'oncle Ed seul dans son bungalow ou sur la véranda en se tenant la tête à deux mains, mais il y avait aussi un risque de *renversement* par la *violence*.

Et voilà qu'un pick-up noir se dirigeait vers les bungalows, écrasant la pelouse bleu-vert. Nat ouvrit sa fenêtre en grand et cria : « Attention, Steve ! Steve ! Ils foncent sur ton palais d'hiver ! »

Tous les colons hormis Vinod sortirent, après avoir enfilé leurs vêtements à la hâte. Ed, armé d'une grosse lampe torche, avait une touche de justicier, comme Senderovski dans sa robe de chambre, poings serrés au souvenir atavique des pogroms du passé.

L'Acteur s'était installé au camp d'été international pour enfants au bout de la route, un camp que Dee et lui avaient exploré pendant des semaines, dénichant toujours de nouveaux lieux inappropriés pour faire l'amour. C'était un test. Il fallait qu'il vive parmi les souvenirs les plus « heureux » de sa vie pour trouver un moyen de les remplacer. Il fallait qu'il prenne cette terre sacrée avec Dee et qu'il l'échange contre lui-même et son art. Il fallait qu'il embrasse l'absence qui serait toujours au cœur de sa vie, car il avait déjà été réclamé. Pas par Dee, pas par Elspeth, pas par quelque minable algorithme commercial. Il y avait une scène, ici, au bord de la route, la scène qu'ils avaient utilisée pour leurs premiers ébats. Son plancher était gauchi, couvert de capotes et de ballons de football américain mutilés, mais elle n'en était que plus importante. Ce n'était pas une scène, mais une assignation à comparaître.

Au beau milieu de la nuit, il furetait. Il rampait jusqu'à la Maison sur la Colline avec son sac en toile, cherchant le moyen d'éviter les éclairages automatiques près des bungalows de Dee et Ed. Dans la cuisine, à la lumière de sa torche, il remplissait le sac des côtelettes de porc et des sardines d'Ed, sa charcuterie et ses cornichons, où ils baignaient dans la graisse. Les colons venaient toujours se servir des restes. Une fois, il avait dû éviter une Macha somnolente qui mangeait au cellier une challah qu'il avait prévu de voler à la tombée de la nuit, un samedi. Il s'était recroquevillé sous le long évier rustique, et l'avait écoutée marmonner dans sa langue.

De retour au camp, il mangeait la délicieuse nourriture froide avec les doigts, puis dormait avec contentement pendant la majeure partie des jours chauds de la fin de l'été. Il reprenait possession de tous les lieux où ils avaient fait l'amour. La cabane dans l'arbre envahie de mauvaises herbes au bord de la route, le clocher de style japonais qui sonnait jadis à l'heure des repas à l'intention de la jeunesse internationale, le court de tennis avec son triste filet tombant et sa résine brûlante, les toilettes communicantes couvertes de toiles d'araignées qui empestaient encore l'humanité après toutes ces années d'abandon, le sol de la Cabane à Musique avec ses décalcos expliquant aux petits Argentins en herbe comment danser le tango. Il avait volé un oreiller et une couette soviétique esthétiquement discutable dans le placard de Macha (il n'était pas exclu que cette dernière ait servi dans une mission spatiale) et en fit un sac de couchage de fortune, trouvant un nouveau lieu pour fermer les stores chaque soir, un lieu pour reconstruire le monde en l'absence de Dee, une absence qu'il n'éprouvait plus le besoin de combler. Il pouvait désormais retourner à celui qu'il était. Un homme assigné, sérieux.

Sur scène, au milieu de la nuit, après qu'un couple de quadras locaux qui roulait en SUV coréen eut profané la scène de son bruitage pornographique, abandonnant la preuve prophylactique de son crime, après la fouille en mode commando de la cuisine de Senderovski, mais avant de se servir le repas en guise de récompense, il passait ses rôles en revue, du régisseur de *Notre petite ville* au lycée, au Iago de la fac, en passant par le skinhead qui se rachète un peu trop facilement dans *München am Hudson* et le génie du mal façon Karen de *Terabyte*, son dernier flop. Il arpentait la scène, faisait retentir sa voix, ce que ne manquaient pas de lui reprocher les coyotes au sommet de la colline, jusqu'à ce qu'il finisse par chuchoter au lieu de déclamer, lanterner au lieu prendre possession de la scène. Où qu'il se tourne, il était accueilli par la nouvelle absence, et quand il baissait les yeux sur son corps, ou surprenait le reflet de son visage dans le miroir des toilettes communicantes, il voyait que son apparence s'était substituée au travail et donc à la vérité.

Était-il doué ou avait-il eu une chance hors du commun ? Il fallait de l'imagination pour endosser les rôles qu'il avait incarnés, mais s'était-il reposé sur son charisme et son magnétisme ? Le magnétisme avait-il fini par l'emporter ? Il rejoua son rôle dans *Aubes glorieuses*, quand il avait à peine dix-huit ans, qu'il avait dansé à moitié nu coiffé d'un chapeau ridicule, avait fait le clown. Aucun travail d'imagination, seul le besoin de captiver. Il n'était rien de plus qu'un coûteux avatar. Une échappatoire. La fille de Senderovski devait avoir sept ou huit ans. Mais la seule chose qui comptait pour elle, c'était ce boys band coréen, parce qu'il lui permettait d'échapper au conservatisme de sa mère. Il ne voulait pas servir de faux-fuyant pour les autres. Il voulait être souple. Évoluer dans le monde comme un quidam, comme une femme qui bosse dans la vente à l'échelon régional et traverse les salons d'aéroport à l'époque d'avant le virus, toujours en mouvement, toujours elle-même. C'était ça, le métier d'acteur. Il ne s'agissait pas de conquérir un public, mais de se laisser conquérir.

Le pick-up noir réapparut une semaine après le début de son exil. Il s'amarra comme un bateau de l'autre côté de la route, à côté d'une espèce d'obélisque dressant la liste des pays d'origine des anciens campeurs. Le conducteur coupa le moteur, et l'Acteur s'interrompit en plein monologue de Yorick dans *Hamlet,* tout en observant l'intrus silencieux. Après le monologue, après la mort de Hamlet, le pick-up lança un appel de phares, puis deux, avant de faire demi-tour et de repartir vers la nationale.

Le pick-up vint tous les soirs, toujours au beau milieu d'une performance, toujours quand l'Acteur découvrait une vérité à propos du rôle qu'il jouait. Au début, il s'agaça de l'interruption, puis finit par la trouver aussi naturelle que le doux murmure de l'herbe dans le vent nocturne. Parce qu'il faisait acte de communication, il fallait qu'il y ait un public. Et son public était le propriétaire d'un pick-up sale et moche, une âme désespérée qui venait tous les soirs à sa rencontre. Il – son véhicule avait quelque chose de dérisoirement masculin – se garait si loin que même en baissant les vitres il ne pouvait entendre la performance de l'Acteur. Pour lui, l'Acteur ne devait être qu'une petite silhouette sur une scène décrépite. Et puis il faisait un double appel de phares à la fin de la performance, pas d'applaudissements, un simple signe de reconnaissance. Une fois, deux fois. Merci, bonne nuit.

L'Acteur avait commencé sous le croissant de lune, qui produisait assez de lumière pour lui éviter de tomber de scène, mais quand la lumière décrut, le conducteur alluma ses feux et les dirigea non pas directement sur l'Acteur mais sur l'asphalte fissuré de la route de campagne. Et l'Acteur lui en fut silencieusement reconnaissant. Il crut voir l'occupant du pick-up. Par moments, il croyait discerner un visage jeune et boutonneux, un lycéen tout au plus, d'autres fois une tête chauve et blême de fonctionnaire, quelque pelleteur local ou conseiller municipal à temps partiel. Il était tout cela à la fois pour l'Acteur, une projection, un substitut, et quand vint le moment pour l'Acteur de quitter le camp d'été, une fois Dee effacée et lui reconstitué, il s'avança vers les phares, mains levées comme pour se rendre officiellement.

Il monta dans le véhicule et regarda le corps à côté de lui. Un corps comme un autre, une chose rougeaude qui respirait pour un temps de vie donné. Il présentait des signes distinctifs, des rouflaquettes rousses flanquaient un masque rudimentaire en tissu, et ce qui ressemblait à une cicatrice chéloïde dépassait largement du col, mais il était difficile d'attribuer un âge au conducteur du pick-up – quarante ans ? cinquante ? – dont la blondeur avait un côté vaguement danois sous la casquette rouge qui n'avait rien de politique mais affichait simplement le logo d'une société de broyage de souches d'arbres à proximité de la frontière de l'État. Ils n'échangèrent pas un mot. Le conducteur montra son masque. « Ah, je crois que j'en ai déjà un », dit l'Acteur. Le conducteur garda le silence et regarda droit devant, jusqu'à ce que l'Acteur enfile le masque à motif cachemire que Dee lui avait offert. Le moteur démarra, ferme, puissant, obéissant, un adieu américain. Ils roulèrent jusqu'à la Maison sur la Colline en silence, traversèrent tranquillement la pelouse. L'Acteur ne regarda pas le conducteur en sortant de voiture. C'eût été offensant, vu leur silence. Mais le conducteur alluma le plafonnier et parla finalement dans le vide devant lui, sa voix éraillée par la cigarette, son corps penché sur le volant, abîmé par les rhumatismes. « C'est pas moi qui t'ai filmé l'autre soir avec ta copine, dit-il. C'est un gars qui habite de l'autre côté du fleuve qui fait ça.

– Tant mieux si c'était pas vous », dit l'Acteur.

Le conducteur regarda droit devant, de ses yeux d'insomniaque aux paupières mi-closes. Il s'exprimait avec lenteur, comme s'il parlait une langue étrangère devant le miroir, mettant parfois l'accent sur la mauvaise syllabe. « Les films du début, c'est ce que je préfère, dit-il. Quand tu en voulais encore. Quand tu étais jeune. La joie sur ton visage. C'était une bénédiction. Tu étais béni. L'univers célébrait ta révélation, ton talent, ta faim, ton sourire. Ta façon de nous faire comprendre que tu souffrais. Ta franchise et ta grâce. Tu peux tenter de trouver mieux en dehors de ça, mais tu n'y arriveras pas. Quand quelque chose d'extraordinaire se produit, on s'accroche. Pas pour quelqu'un d'autre, pour rien au monde. Pourtant, c'est ce que font les gens. Ils oublient. Ils lâchent prise. »

L'Acteur hocha la tête. Il vit les lumières s'allumer dans la maison et les bungalows. Avant de refermer sa portière, il s'inclina légèrement, avec raideur, comme les Japonais de l'émission de télé-réalité. Une fois, deux fois. Merci, bonne nuit.

Les colons assistaient à deux événements distincts. Le premier, le retour de l'Acteur après une nouvelle longue absence. Il était là, sous leurs yeux, au bout de l'allée, sa barbe illuminée dans des proportions religieuses, le sac du vignoble californien méprisé par Ed à ses pieds.

L'autre événement était que le pick-up noir fonçait sur l'herbe pour retourner sur la route, ses phares écrivant déjà le chapitre suivant de son odyssée. La vue perçante de Nat discerna le mot SUPERDUTY au pochoir à l'arrière.

« Mets ton masque sur le nez ! cria Macha à l'Acteur. Ne t'approche pas ! »

L'Acteur ajusta son masque, son regard continuant d'éviter le gravier. Il observa le public présent et aperçut Dee, qui portait une combinaison de satin bleu qu'Ed lui avait achetée parce qu'elle était de la même couleur que son masque. Éclairés par les halogènes extérieurs, ses cheveux formaient un halo, son corps mince tremblait, le fait de la voir aurait dû être intolérable pour l'Acteur. Mais il se contenta de lui sourire, le couvert de la quasi-obscurité empêchant les colons de profiter de ses rides du sourire, cette belle érosion du visage. « Dee, je n'éprouve rien ! cria-t-il. Dee, j'ai fait un travail sur moi-même. »

Nat se pencha à sa fenêtre pour mieux entendre l'Acteur présenter ses excuses. Elle aurait voulu descendre en courant et se jeter dans ses bras.

« C'était qui, dans le pick-up noir ? cria Senderovski. Celui qui nous épie ?

– C'est un bon gars, cria l'Acteur. Il m'a filé un coup de main. Il n'est pas méchant.

– Comment veux-tu qu'on te fasse confiance ? » cria Ed.

Ils restèrent tous plantés là, figés, dans l'impasse. L'Acteur voulait s'approcher. C'étaient ses amis, après tout. Ils avaient passé la majeure partie de la quarantaine ensemble. « Je suis venu me racheter, cria-t-il. Auprès de chacun d'entre vous. » Il compta de tête. « Où est Vinod ? »

Le silence se poursuivit, l'immobilité, suivis par le crissement d'une paire de baskets sur le gravier. Karen courait exactement comme son coach de la côte Ouest le lui avait appris, en foulées nettes et élégantes, mains le long du corps, puis elle forma un crochet de sa main droite, qu'elle connecta, au terme d'un mouvement de balancier, avec la mâchoire de l'Acteur.

Il avait reçu des simulacres de coups de poing devant la caméra, et c'est ainsi qu'il perçut joyeusement celui-là, dans un premier temps, comme un canular, un simulacre entre copains, entre égaux, même, vu la noble réussite de Karen dans le monde. Mais soudain sa tête se retrouva à un angle inhabituel par rapport à son cou et au reste du corps, et ses pieds se livrèrent à un numéro de claquettes dans l'allée jusqu'à leur immobilisation, en un renversement de l'univers connu, quand sa tête rejoignit ses pieds par terre.

En reprenant ses esprits, il entendit la petite fille courir vers lui, pleurant, à seulement quelques centimètres de lui, et sa mère l'attraper, la faire pivoter, son cri assourdissant s'élevant parmi les murmures ébahis du public limité mais ravi : « Natacha ! NON ! »

Et il se dit : *On m'aime encore.*

Plusieurs jours après la deuxième (et dernière) réapparition de l'Acteur et son reconfinement à l'intérieur du bungalow Péters-bourg, Karen servit à Vinod son repas et quelques potins. Ed affir-mait qu'il ne savait pas préparer un vrai dahl ni rien du Gujarat ou d'Inde du Sud, mais il avait rehaussé d'épices un biryani de légumes absolument merveilleux selon les standards de Vinod (il l'avait fait avec du yaourt et du lait comme à Lucknow), et maintenant ses papilles le réclamaient à chaque repas, puisqu'il n'avait, heureusement, jamais perdu le goût ni l'odorat. Mais que n'aurait-il donné pour du paratha et des pickles. Pour Karen, son appétit signifiait qu'il était « à un tournant », même s'il toussait avec régularité et arborait une pâleur bleutée pareille à l'empreinte du pouce que l'on prélevait pour empêcher quelqu'un de voter deux fois dans un pays pauvre. Il avait aussi la courante après un repas sur deux et opposait au regard amoureux de Karen des yeux fatigués et vitreux. Une fois, en essuyant la lunette des toilettes après l'avoir souillée, il était tombé, s'était cogné le dos contre le mur de la salle de bains, et avait passé la journée par terre, assis dans un état d'hébétude. Depuis, Macha et Karen faisaient en sorte qu'il reste alité, malgré son appétit naissant, et Karen l'accompagnait quand il courait aux toilettes.

« Dee m'a raconté qu'elle et Ed ont de sacrées parties de jambes en l'air, y alla Karen de son petit commérage. Genre, en costume. Elle porte un masque de gaze.

– Ah.

– On s'y remettra, nous aussi. Bientôt, tu iras mieux. »

Il sourit. « Pas de masque, dit-il. Je veux voir ton cher visage. » Elle remarqua la rougeur de ses gencives, et que ses yeux donnaient l'impression d'être enfoncés dans leurs orbites. C'était dur de le regarder sans vouloir le serrer dans ses bras, ces jours-ci. Encore plus dur de l'imaginer en adulte autonome. Le garçon qu'elle avait réprimandé et traité comme un fils (ou un frère) trente ans plus tôt était revenu. Au lieu de lui appliquer de la crème contour des yeux, elle enduisit ses pauvres lèvres gercées de vaseline. Mais il n'était pas complètement abattu ; il y avait encore quelque chose de masculin dans son regard. Une fois, elle était sortie nue de la salle de bains et s'était assise sur le lit pour enfiler sa culotte, et elle avait remarqué qu'il observait son corps, examinant chaque repli de peau. Ceux qu'elle avait au-dessus des hanches, chaque jour, ceux qui avaient une raison d'être biologique qu'elle n'avait encore jamais mise en pratique, lui donnaient une raison de continuer à respirer. Elle s'était levée, avait détourné timidement le regard (elle gardait secret, il s'en rendit compte, le fait d'être, malgré toutes ses aventures passées, d'une timidité maladive), posa les mains sur les hanches et entrouvrit les lèvres pour lui.

« Chérie, souffla-t-il une autre fois. Je fais d'horribles cauchemars. Ça n'arrête pas. Il faut que je trouve un moyen de me changer les idées. Je suis incapable de me concentrer sur un livre. » Ce qu'il ne dit pas, c'est qu'il trouvait dur de lire des histoires de personnages encore dans leur prime jeunesse. « Quand je n'arrive pas à me rendormir, j'ai besoin de regarder quelque chose de stupide.

– Je vois », dit Karen.

Ce printemps et cet été-là, il devint impossible de regarder par la fenêtre sans s'interroger sur la physique, les multivers qui s'effondrent les uns dans les autres, les frises chronologiques qui se brisent comme les barrières de glace de l'Antarctique. Tout cela était-il vraiment en train d'arriver ? Les masques et les tyrans, les aérosols et les clowns armés ? Senderovski, sa famille et ses invités s'étaient barricadés dans leur biosphère pendant quatre mois pour se mettre à l'abri, jusqu'à ce que le retour de l'Acteur batte en brèche leur fortification, mais d'autres avaient développé diverses façons de vivre avec. L'une d'elles consistait à se replonger dans les années 1980.

Karen trouva des compilations de pubs de cette époque sur son ordinateur. La toux glaireuse qui résonnait dans la chambre du bungalow s'accompagnait désormais de musique instrumentale

guillerette, de chiens aboyant pour réclamer de meilleures cro-
quettes, et de la satisfaction de consommer du chewing-gum et
des voitures « fabriquées avec fierté » ici même, aux États-Unis.
Vinod n'arrivait plus depuis longtemps à dormir sur le dos ou le
côté, la fichue moiteur, le mucus, lui obstruaient la poitrine et la
trachée, mais maintenant, au moins, il pouvait piquer du nez en
position assise. Comme les pubs le plongeaient dans un état de
semi-inconscience, l'ascenseur de Washington Street avait perdu
son lent pouvoir d'anéantissement pur et simple.

Lève la main, tu sais, lève la main, voilàààà, lève la main si tu es Sure.
Lève la main, sensation de fraîcheur, lève la main, tu comprends
maintenant, lève la main si tu es Sure !
Confiant, confiant, sensation de fraîcheur, lève la main, lève
la main
Si tu es Sure.

Il avait chanté ces paroles avec Senderovski quand ils étaient au
lycée (« Sure, Sure, sensation de fraîcheur assurée ! »), parce que
leur institutrice leur avait reproché, à l'école primaire, d'être de
petits immigrés qui ne sentaient pas aussi bon que des Américains.
(Karen riait toujours de leurs malheurs d'Indo-Russes.) La pub
restait fascinante. Cow-boys, policières, cadets de la marine, futurs
soutiens du président actuel, tous levaient la main, montrant leur
aisselle désodorisée avec confiance, tous « sûrs » que leur odeur
n'était pas seulement anodine mais qu'elle avait disparu, comme
celle d'un objet en plastique voire, pire, qu'elle était teintée d'un
goût de sucre transformé tel l'emballage d'une barre de céréales
caoutchouteuse Quaker Oats de l'époque. Et dans le plan final, la
statue de la Liberté elle-même offrait son aisselle presque dénudée
au nouveau migrant et à l'Américain d'origine pour la leur faire
sentir, car, bien que née française, elle était américaine désormais,
au sec et en sécurité, confiante au-delà du raisonnable.

« Je crois que Jim est le plus beau mec du monde. »

« Son sourire me réchauffe à l'intérieur. »

« Ses dents sont vraiment belles. »

« J'adore un beau, grand sourire. »

« J'aime le fluor. J'aime les dents blanches, et la fraîcheur ne gâche rien. »

« Grâce à Close-Up, je me sens toute fraîche, surtout quand j'embrasse Jim. »

« Grâce à Close-Up, je me rapproche de Lisa. »

Lisa et Jim, avec leurs magnifiques chevelures qui se touchaient et leurs magnifiques dentures qui se touchaient, s'embrassaient. Ils s'embrassaient avec toute la concentration que mettait sa mère à couper du yam pour l'*undhiyu* de l'hiver ou que mettait son père à tenter de vendre un ordinateur Apple Lisa à un Américain crédule. (« Ce n'est pas pour vous presser, monsieur, mais je ferme dans dix minutes. ») Tandis qu'ils s'embrassent, Vinod sent ses parents en train de regarder la pub par-dessus son épaule, scandalisés, pensant tous les deux, Est-ce que ces deux-là sont mariés, *baka* ? Et le jeune Vinod se dit : *Pourquoi Jim a-t-il besoin de Close-Up pour s'approcher de Lisa ?* À la place de Jim, il embrasserait Lisa sur la bouche même si elle avait la langue en feu (un peu comme l'était la sienne depuis deux semaines).

« C'est pas ma faute, maman. Les baskets, ça pue.

– Sa mère l'adore. Comment est-elle au courant ? Parce que son Skippy le lui dit. » Et voilà qu'il les sent au fond de la gorge, ces larmes attisant la moiteur qui l'étouffe, les larmes pour la mère américaine disparue qu'ils n'avaient jamais eue, peut-être une mère que personne n'avait jamais connue. Ces pubs l'avaient tant marqué quand il était petit, qu'il les avait regardées bouche bée, déprimé, même pendant que ses frères se battaient sur le tapis épais, devant leur frégate en similicuir, se traitant d'« enfoiré de *chutiya* » comme les enfants hybrides du Queens qu'ils étaient.

« Bain de soleil pour un bronzage façon Saint-Tropez. »

« Le président Reagan a décidé de participer à Hands Across America ce dimanche. »

« Appelez le 1-800-453-4000 pour savoir si vous êtes éligible aux bons alimentaires. Alimentation ne rime pas forcément avec privation. »

« Vous allez aussi vite que le Commodore ? Parce que le Commodore va aussi vite que vous. »

« Ce soir, à vingt-trois heures, une grande victoire pour la communauté homosexuelle. »

« Je m'appelle Tio Sancho, et je prépare un taco qui ne se défait pas. »

Tio Sancho n'était visiblement pas indien mais, question couleur de peau, il était ce qui s'en rapprochait le plus à la télé. Vinod se souvient qu'il tentait d'apercevoir des têtes comme la sienne sur le poste RCA de ses parents, pour savoir si un de ses semblables mangeait des barres de céréales caoutchouteuses Quaker Oats, si sa mère lui préparait des sandwichs au beurre de cacahuète secs et dégoûtants, et tenait à l'œil sa seule paire d'Adidas et l'odeur de faisan qui s'en dégageait. À l'occasion, des Noirs avaient le droit de faire une apparition dans une pub, surtout pour un fast-food, ou dans une émission qui faisait de l'audimat parmi les Noirs. Et de temps à autre, il repérait une fille. C'était la seule Asiatique, sage comme une image, qui apparaissait toujours après une brochette de petits Blancs turbulents qui mangeaient avec une grâce peu commune les cochonneries qu'on leur offrait. Du fromage industriel lui dégoulinait du coin de la bouche, ce qui s'expliquait plus par sa jeunesse que par son espièglerie.

Même à l'époque, avant qu'il rencontre Karen, Vinod guettait ces apparitions, ces filles différentes qui n'étaient pas blanches mais qui, contrairement à lui, n'étaient pas honnies par les publicitaires. Et chaque fois qu'il voyait un visage pareil, il se demandait ce que ça devait faire d'être l'ami de cette fille dont le père vendait sans doute aussi des ordinateurs Texas Instruments à la criée et dont la mère cuisinait des plats qui n'allaient pas bien avec la mayonnaise Hellmann's (hormis la salade de pommes de terre coréenne avec la mayo Kewpie) et sentaient trop fort pour qu'elle les emporte à l'école dans un *thali* ou un *dosirak*, voire une gamelle *T'as l'bonjour d'Albert*. Mais maintenant il se demandait si la petite Asiatique qui apparaissait à la fin des pubs était là non pour vendre les pâtisseries Hostess et leur garniture qui gicle, mais plutôt pour vendre l'Amérique. Comme la statue de la Liberté qui exhibait ses dessous de bras à la fin des pubs pour déodorant Sure, la fille représentait davantage un idéal de l'Amérique à l'époque de la guerre froide – regardez qui nous accueillons ! Des Asiatiques travailleurs ! Alors que la présence d'un Vinod dans un de ses pulls blancs à col en V (les trois frères les portaient toujours lors des grandes occasions, mignons comme des agneaux) aurait pu semer la confusion dans l'esprit des téléspectateurs. Pourquoi ce gamin à peau sombre ne nous vend-il pas plutôt des tacos qui ne se défont pas ?

En repensant à la petite Asiatique, Vinod succomba à un bon gros chagrin. Il ne voulait pas revivre le passé, ni le commémorer, mais chacune de ses respirations sifflantes le rapprochait de la fin, et qui disait fin, disait qu'il ne pourrait jamais comprendre. C'était ça, le cadeau que lui avait fait Senderovski, celui de se poser pour prendre le temps de comprendre qui il était. Ce *bhenchod* de brahmane ne méritait-il pas une chose pareille ?

Mais voilà qu'il s'apitoyait de nouveau sur son sort, ce qui était la seule chose qu'il voulait éviter avec le *swoush-clic, swoush-clic* du respirateur. Une fois de plus, il se chuchota dans sa tête : *J'ai vu Berlin, Bologne et Bombay, la merveilleuse Bombay aux mille parfums, et ma bien-aimée sans pantalon.*

Ah, la Karen mythique des pages de pub sur CBS, avec son sourire parfait et ses boucles noires soyeuses, son joli petit nez en trompette, ses fossettes en Technicolor, son rire en Dolby et sa mère en arrière-plan, loin derrière la caméra, qui observait son enfant star avec lassitude en feuilletant un numéro de *Golf Mag*, et devait rentrer à dix-huit heures chez elle, où *yobo* attendait qu'on lui serve son repas.

Il ouvrit la bouche mais fut incapable de prononcer son nom. C'était la fille sur l'écran, du fromage dégoulinant au coin de la bouche, et tout ce qu'il pouvait faire, c'était remuer les lèvres en espérant qu'elle l'entende à travers le temps.

8

Vinod était assis sur la véranda, lunettes à oxygène dans le nez. Karen était à ses côtés, sur le canapé d'extérieur, et lui tenait la main ou tripotait la bouteille d'oxygène. Les contours d'une « scène » avaient été délimités au moyen de cônes de signalisation orange sur la terrasse naturelle en contrebas, d'un côté de laquelle des sièges disposés à intervalles réguliers dans le respect des consignes sanitaires étaient occupés par les étudiants de la fac à pédagogie alternative du coin et des membres de l'équipe de l'Acteur venus de Los Angeles dans l'avion « fractal ». L'agente de Senderovski avait une cigarette électronique suspendue aux lèvres et semblait régénérée par les mois d'isolement qu'elle avait passés dans son nid d'aigle de Bel Air. Une équipe de tournage filmait les préparatifs et des enceintes étaient disposées derrière le public pour que l'on entende les acteurs parler dans leur micro-cravate.

La pelouse verte était infestée de voitures de location marron clair et de voitures à hayon du coin, et un pick-up noir était garé plus loin au bord de la route, son occupant adossé contre son siège avec une paire de jumelles, sa respiration sous contrôle, son âme attentive, prêt à tomber amoureux de l'art.

Vinod s'imprégnait de cette scène mémorable par bribes, ses yeux, son cerveau et son système digestif refusant de s'accorder sur l'importance du moment. « Tu devras peut-être m'accompagner aux toilettes », chuchota-t-il à Karen.

L'Acteur apparut sous les applaudissements. Il semblait avoir retrouvé la splendide ambivalence que Vinod avait constatée chez lui au printemps, avant Tröö Emotions. Il portait un long pantalon et une chemise bouffante qui rappelaient un paysan russe des steppes. « Cette représentation d'*Oncle Vania* de Tchekhov, dit l'Acteur, est dédiée à Vinod Mehta, qui est assis là-haut à la place d'honneur. Vinod, tu nous entends ? »

Karen se pencha vers lui. « Tu entends bien ? Tout va bien ? Je sais que c'est une surprise. »

Vinod soupira dans son oreille et Karen cria : « C'est bon pour nous ! »

« J'ai habité avec Vinod et ses mémorables amis pendant presque toute la période de confinement, raconta l'Acteur. Comme certains d'entre vous l'ont appris sur les réseaux sociaux, je suis tombé amoureux de l'un d'eux. » Il y eut des rires dans le public. « Cela... ne s'est pas très bien terminé. Mais je vais bien. C'est bon pour nous, comme Karen vient de le dire. Ah, je dois aussi dire que Vinod est l'une des plus belles personnes que j'aie jamais rencontrées. Il y a des dizaines d'années de cela, sans s'arroger les prérogatives du statut d'auteur, il a écrit un roman incroyable sur la jeunesse d'un immigré indien en Amérique. Je suis sûr qu'il sera bientôt disponible en librairie près de chez vous.

– C'est pas un livre sur un immigré indien en Amérique, chuchota Vinod.

– En dehors de moi, la représentation de la pièce préférée de Vinod que vous allez voir ce soir sera jouée par des comédiens amateurs, mes colocataires, des habitants du coin, et des étudiants. Le rôle d'Alexandre Sérébriakov, professeur à la retraite, sera joué par Ed Kim. Le rôle d'Éléna, son épouse de vingt-sept ans, sera joué par Dee Cameron...

– C'est pas possible, murmura Vinod pendant que Karen ajustait les lunettes à oxygène dans son nez. Je suis intubé ? Je suis mort ?

– Ça fait deux semaines qu'ils répètent, dit-elle. C'était son idée à lui. Il regrette vraiment que tu sois tombé malade à cause de lui. Si tu es fatigué, on peut rentrer à la maison. Une équipe tourne un documentaire. Sacha dit que ça favorisera les ventes de ton roman. Il faut que tu signes une décharge.

– Le rôle d'Ilia Téléguine, dit "La Gaufre", propriétaire ruiné, sera joué par Sacha Senderovski. Le rôle de Marina, vieille nourrice, sera joué par Macha Lévine-Senderovski. Comme nous n'avons pas de vraie scène, les didascalies seront lues par Natacha Lévine-Senderovski. Pour finir, le rôle d'Ivan Voïnistki, plus connu sous le nom d'oncle Vania, sera joué par moi-même. J'ai aussi assuré la mise en scène. Avant de commencer, permettez-moi de lire le nom des dernières victimes de violences policières. »

Après sa lecture d'une dizaine de noms entrecoupés de pauses théâtrales, Nat entra en scène vêtue d'un caftan aux allures de sac que Macha avait cousu pour elle. Comme tous les acteurs, elle ne faisait pas face aux caméras mais regardait oncle Vania. Il souriait, l'air absent, mais avec sentiment, à la petite fille qui lisait les mêmes mots qu'il avait lus dans la prairie sur son tapis il n'y avait pas si longtemps : « *Un jardin. On aperçoit une maison de campagne avec terrasse. Dans une allée plantée d'arbres, sous un vieux peuplier, une table préparée pour le thé. [...] Il est trois heures de l'après-midi et le temps est nuageux.* »

Les nuages ne coopéraient pas avec les indications scénographiques. Le soleil les frappait avec une *razgar leta* sans merci. Malgré leur maquillage professionnel, les acteurs se mettraient bientôt à transpirer sous leur blouse de cosaque.

Une Macha voûtée entra sur scène coiffée d'une perruque grise. Elle s'assit sur une chaise et tricota un chandail imaginaire. Elle se mit à parler avec ce que Vinod prit pour un faux accent russe. Pourquoi faisait-elle ça puisqu'elle parlait cette langue à la perfection ? Vinod ferma les yeux, et quand il les rouvrit, l'Acteur s'était matérialisé sur scène sous la forme d'oncle Vania ; il était ébouriffé et portait une chemise débraillée. C'était censé exprimer les tourments de son âme, mais Vinod se sentit mal pour l'Acteur. Il était toujours beau dans les rôles qui lui tenaient vraiment à cœur (pas étonnant qu'il ait personnifié la cerisaie dans la version berlinoise de la pièce), et les critiques le punissaient pour sa beauté. Il cherchait désespérément à se transformer en une chose sifflante et disgracieuse comme la voiture qu'il conduisait, mais ses traits de visage jouaient spectaculairement contre lui.

Senderovski apparut à son tour dans le rôle de Téléguine, dit La Gaufre, propriétaire ruiné, visage grêlé comme l'indiquait son surnom.

TÉLÉGUINE (Senderovski)
Ma femme s'est sauvée de chez moi le jour de notre mariage avec celui qu'elle aimait, à cause de mon physique ingrat.

Senderovski était né pour dire cette réplique, et pourtant elle parut surjouée, comique, incapable de faire partager la tragédie de La Gaufre en regard de la non-tragédie du propriétaire moderne et ruiné avec son épouse aimante, son enfant curieuse et sa réputation intacte. La seule chose qui donnait du crédit à son personnage était la toux persistante et sonore de Senderovski, l'enfant malade et angoissé qui prenait le pas sur le corps entretenu de l'adulte.

La représentation se passa bien. L'Acteur avait porté la casquette de metteur en scène avec aplomb et obtenu de tout le monde une bonne performance. Mais Vinod piqua du nez et tenta de porter son attention sur les conversations entre les amants et ceux qui espéraient l'amour. Il fut particulièrement attiré par Ed dans le rôle du professeur égocentrique Sérébriakov et par Dee dans celui d'Éléna, sa jeune épouse. Ed s'exprimait avec l'accent distingué qu'il avait depuis sa naissance, et elle parla de sa voix traînante la plus profonde sans tomber dans la caricature. Ce fut comme s'ils parlaient deux langues différentes, qui s'opposaient frontalement.

ÉLÉNA (Dee)
Tu parles de ta vieillesse comme si nous en étions la cause.

SÉRÉBRIAKOV (Ed)
Je te dégoûte, toi la première.

(Plus tard.)

ÉLÉNA
Attends, sois patient ; dans cinq ou six ans, je serai vieille,
moi aussi.

Vinod prit note de la façon qu'avait Dee de sourire en coin, du
mécontentement qu'elle éprouvait chaque jour contre elle-même.
Plus tard, l'Acteur se jeta aux pieds de Dee, et se fit rabrouer
encore et encore (le public s'agita à la vue des deux célèbres amants
des réseaux sociaux).

ONCLE VANIA (L'Acteur)
Plus de passé, je l'ai bêtement gaspillé en fadaises, et le
présent est si absurde qu'il en devient horrible. Voilà ma vie
et mon amour : où puis-je les mettre, que puis-je en faire ?
Mes sentiments se perdent vainement, comme un rayon de
soleil dans un trou, et moi aussi, je me perds.

ÉLÉNA (Dee)
Quand vous me parlez de votre amour je me sens bête, et ne
sais que dire. Pardon, je ne peux rien vous répondre. Bonne
nuit.

Vinod aurait souhaité que Tchekhov donne plus de répliques à
Dee, ici, parce que son rejet de l'Acteur exigeait beaucoup plus de
sa part. Mais la douleur de l'Acteur fut visible. Comme la *Neue
Zürcher Zeitung* le fit remarquer le jour où la pièce fut diffusée

en streaming (pardon pour la mauvaise traduction d'ordinateur) :
« Il apparaît brisé en deux ; la technologie a fait de lui son amant
avant qu'il fasse tout son possible pour oublier cet amour. Mais
une fois de plus, il s'est exposé aux piqûres de l'amour et du rejet,
et doit agir en professionnel. Il n'est pas plaisant mais instructif
de regarder ce comédien exquis se débattre et tergiverser. Il est
comme le passager de la dernière voiture prise dans un bouchon
à l'intérieur du tunnel de Gubrist, ses yeux rêvent de revoir la
lumière, mais il demeure immobile, indécis. »

Et là, malgré tous ses efforts, Vinod lâcha prise, bien que la
caméra installée sur la véranda fût en train de le filmer, ses paupières se rapprochèrent l'une de l'autre, sa tête pencha vers la
chevelure de Karen, pendant qu'elle ajustait les jumelles devant lui.
Mais il ne perdit pas entièrement conscience. Une vieille mouche
qui prenait le soleil se posa sur sa cuisse. Elle ne volait pas, ne
bourdonnait pas, resta immobile contente d'elle, vivante et présente dans l'univers. Vinod ne voulait pas faire son jaïn, mais
refusa de l'écraser, même si elle bougeait si lentement qu'il aurait
pu lui ôter la vie. Il appréciait cette mouche, vieille et peut-être
aveugle, bien que le deuxième acte soit fini et que le troisième
ait déjà commencé. Il entendit un généreux gazouillis, tourna la
tête, lentement, péniblement, et vit un oiseau au plumage blanc
sur le ventre l'observer comme un petit commerçant. Un geai
bleu heurta légèrement une moustiquaire, perdant un peu de son
innocence. Aucune pièce ne rivalisait avec la vue d'un long écureuil
gris assis sur une branche haute, lancé dans un monologue angoissé
qu'il ne destinait à personne en particulier. Le monde était si plein
de plaisirs qu'il était impossible de considérer les programmeurs
de Bangalore l'interstellaire autrement que comme des esthètes.
Il voulut se lever, monter sur la scène et prendre les acteurs dans
ses bras, les remercier pour leur performance, les encourager à
rejoindre leurs amoureux et leurs enfants, le cas échéant, pour
le laisser au bourdonnement des mouches et à l'observation du
monde aviaire.

« Tu ne veux pas cesser de regarder dans tes jumelles, chéri ? lui demanda Karen.

– Un instant, dit-il. J'en profite. » Mais il ne parlait pas de la pièce. Il fut pris d'une toux grasse une minute ou deux, son corps convulsa dans la chaleur de l'été, mais quand il baissa les yeux, il vit que la vieille mouche grise était toujours sur son pantalon. Elle s'accrochait à lui de toute la colle de ses pattes, même si la toux avait dû lui faire l'effet d'un tremblement de terre. *Comme le monde serait appauvri*, se prit-il à penser, *s'il n'y avait plus de mouches.*

Après la représentation, l'Acteur vint voir Vinod sur la véranda, suivi de Macha et l'équipe de tournage munis d'une visière de protection et de sacs-poubelle. Il posa un genou à terre devant Vinod comme s'il voulait le demander en mariage. Il était sur le point de lui faire un discours, mais la violence qu'il avait imposée à l'homme entre deux âges, qui avait la poitrine creusée et la respiration sifflante, une bouteille d'oxygène à ses côtés et des lunettes à oxygène dans le nez, le prit de court dans l'environnement familier de la véranda, ce dôme du plaisir bourgeois de leurs repas sophistiqués. Épuisé par sa performance (qu'il jugeait insuffisante), il prononça les répliques qu'il avait répétées : « Vinod, pour ce que je t'ai fait… » Mais dès qu'il dit les mots « ce que je t'ai fait », il prit conscience du ridicule de sa position, et eut à peine le temps de demander à l'équipe de tournage d'éteindre la caméra avant de se mettre à pleurer. Ce n'étaient pas des pleurs comme on en voyait à l'écran ou dans le West End, mais une lamentation postillonnante, ponctuée d'horribles quasi-vagissements, la prise de conscience presque accidentelle qu'ils ne retrouveraient jamais leur bien-aimée quoi qu'en disent les livres sacrés, et que leur solitude améliorée commençait à partir de maintenant. L'Acteur n'avait échappé aux griffes de Tröö Emotions que pour tomber dans cette humanité nauséabonde. Il avait enfin trouvé ce qu'il cherchait.

L'homme devant lui était immobile, immunisé contre son chagrin. Il baissait les yeux sur son pantalon. Que regardait-il ? Peut-être avait-il fait une attaque. « C'est vrai, demanda l'Acteur à Vinod, que c'est toi qui as demandé à Karen de me réparer ? Que c'est à cause de toi qu'elle l'a fait ?

— Oh la ferme, dit Karen. Ne cherche pas à rejeter la faute sur quelqu'un d'autre.

— Tu n'aurais pas dû revenir », dit Vinod. Il continuait de regarder la mouche sur sa jambe, se demandait si elle était morte. Il approcha la main, et toucha son corps étonnamment doux. Les ailes se déployèrent. Vinod sourit. « Tu m'as dit un jour que tu voulais jouer ce prétentieux de Sérébriakov, dit-il à l'Acteur. Mais finalement, tu as joué Vania.

— J'ai cessé de me croire tout permis, dit l'Acteur. Je croyais être prêt pour ce défi. Je l'ai appris en t'observant. En comprenant ton humilité. Comment tu m'as trouvé ?

— Tu es Sérébriakov, dit Vinod. Tu n'es pas ruiné ni impuissant. Tu es bon dans ce que tu fais.

— Mais qu'est-ce que je fais ?

— Il vaut peut-être mieux que tu ne le découvres pas. »

L'Acteur leva les yeux sur lui. Se retourna pour être sûr que les caméras ne filmaient pas. Il se leva, oubliant d'essuyer la poussière qu'il n'y avait pas sur son genou. « Tu ferais mieux de partir, lui dit Karen. Pour de bon. L'été est presque fini. L'hôtel ferme. » L'Acteur eut envie de lui en coller une, d'un revers de main ou d'un crochet du gauche. Parce que tout avait commencé à cause d'elle, non ? Une simple petite photo sur un téléphone. Mais il quitta la véranda, et la caméra et le micro reprirent vie, attirés dans sa direction.

Sur les marches de cèdre, il courut vers Dee et Ed, qui portaient toujours leur costume russe, et se tenaient par le bras. « Joel, l'appela Dee. Tu veux rentrer à New York ? »

Il la regarda, pris au dépourvu, comme si elle n'avait encore jamais prononcé son prénom. « Oui, dit-il. Carrément. Ce serait super. Ma voiture est tombée en panne.

– Tu peux monter avec nous, dit Ed. On a de la place pour toi et peut-être un bagage.

– D'accord », répondit-il. Il regarda les deux amoureux, les observa d'un œil nouveau, se demanda, sans méchanceté, si leur couple survivrait aux années difficiles qui s'annonçaient, à New York, sous leur masque. « Proposé comme ça », ajouta-t-il.

« Tu peux nous laisser, toi aussi ? demanda Vinod à Karen. Je veux parler à Macha. »

Macha était assise sur le rocking-chair blanc, un siège pour adulte mais spécialement acheté pour divertir Nat, sa bascule incontrôlable censée compenser l'absence de cavalcades avec des frères et sœurs ou des amis. « Comment te sens-tu ? demanda Macha. C'était pas trop fatigant ?

– C'était bien, dit Vinod. Mais ça finira mal.

– Pardon, je n'ai pas entendu », dit Macha, ajustant sa visière et son masque. Elle avait retiré sa perruque grise, mais portait encore son caftan, et elle était voûtée comme si elle n'arrivait pas à sortir de son rôle de vieille nourrice.

« Ça finira mal pour moi », dit-il plus fort. Sur la pelouse, Senderovski avait endossé le rôle d'agent de la circulation et guidait une file de Subaru vers l'allée de gravier. Le pick-up noir était parti depuis longtemps. « Il faudra que tu leur tiennes tête le moment venu, dit-il.

– Comment ça ?

– Sacha et Karen.

– Je ne peux pas leur tenir tête. Quand est-ce que j'ai déjà été capable de leur tenir tête ? D'ailleurs, il y a tes directives anticipées.

– Karen trouvera un truc. Et Sacha la soutiendra. » Il prit une profonde respiration. « Il y a un type, on l'a amputé des deux jambes, du bras droit, du doigt de sa main gauche…

– Ça ne t'arrivera pas. Les chances que ça se…

– Il est mort de toute façon. Deux mois sous respirateur.

– Karen veut faire venir les meilleurs spécialistes.

– Ils m'enverront tout de suite à l'hosto.

– Certains jours, tu vas mieux.

– Ça ne mène à rien. Ça traîne. » Il prit une grande respiration, mais n'inspira qu'une faible quantité d'air. « Mon taux d'oxygène peut s'effondrer à tout instant. Mon rythme cardiaque peut s'emballer.

– Raison de plus pour recevoir le meilleur traitement possible.

– Machen'ka. Écoute-moi. J'ai rêvé de toi. Tu m'aidais à monter un escalier.

– Tu t'enflammes. Il faut que tu rentres te reposer. C'était ridicule, tout ça. J'arrive pas à croire qu'on m'ait forcée à jouer.

– Tu t'en es bien sortie.

– Pas du tout.

– Si tu le dis. Mais tu n'es pas actrice. Tu es Machen'ka. Il faut que tu m'aides. Il faut que tu le promettes. Dis-le. "Je me battrai contre eux."

– Vinod, arrête. » Le désespoir de Vinod lui donna l'impression d'avoir de nouveau onze ans. Atterrir dans cet asile de fous qu'était l'aéroport, le superbe *bant* de son pays dans les cheveux, les jolis chariots à bagages, les publicités pour des produits qui ne pouvaient raisonnablement pas exister, l'absence de casquettes à insignes socialistes au-dessus de la moustache des agents de l'immigration. Elle redevenait si petite. Aussi petite que lui. Vinod, l'ancien vacataire et cuistot. Quand on tournait d'un peu trop près autour des parias d'un pays, ils vous tuaient. Par association. Voilà ce que ses vieilles patientes soviétiques, les Lara, comprenaient intrinsèquement : ce pays était un champ de la mort. En s'associant avec les assassins, ils espéraient être épargnés. « Je ferai de mon mieux », dit-elle, se demandant comment faire pour empêcher ce sentiment de rester à l'état de paroles, de « phrases officielles », comme on les appelait en russe. C'est aussi ce que disaient les colocs de l'émission de télé-réalité japonaise. *Je ferai de mon mieux.* En tant que travailleur, petit ami, influenceur. Et ils échouaient, invariablement.

Karen et elle lui firent descendre les marches de cèdre et le raccompagnèrent au bungalow, et il sentit leur chaleur se réverbérer dans la chaleur de la soirée. Il repensa aux paroles d'oncle Vania, « Mes sentiments se perdent vainement, comme un rayon de soleil dans un trou », et se dit : *Non, pas pour moi. Pour moi, ils ne sont pas encore perdus.*

9

Le faisceau du projecteur tomba sur Dee, la modératrice, en robe à bretelles et frange courte. Elle découvrait plus les dents qu'elle ne souriait, mais il s'en contenta. « C'est un plaisir de vous accueillir à la série de lectures *Autres voix/Autres rivages*, dit-elle. Ce soir, nous avons deux des principales voix immigrées du pays, Sacha Senderovski, auteur de *Terrace House : La datcha de la mort*, et le nouveau venu Vinod Mehta, qui nous présente son premier roman, *Aimer, c'est oublier sa peur*. Nous commencerons par une lecture de M. Mehta. »

La lumière du projecteur tomba sur Vinod. Il leva la main devant son visage pour se protéger de l'éclairage. « S'il vous plaît, est-ce que quelqu'un pourrait éteindre ce projecteur ? » La lumière refusa de disparaître. Vinod se leva, dans un craquement audible du corps, ce qui fit rire une partie du public. « Je…, dit-il. Je n'ai rien préparé, je regrette. Je ne suis pas prêt. » De nouveaux rires montèrent de l'auditorium aux trois quarts vide, du genre sans pitié, comme souvent à New York.

Le faisceau du projecteur passa soudain de lui à Senderovski, qui bondit allègrement, un tas de feuilles à la main. « Merci, Vinod, dit Senderovski, tirant sur son col roulé d'auteur. Si personne n'y voit d'inconvénient, je vais lire un long extrait de *Terrace House*. »

Et pendant que l'écrivain russe s'exécutait, pendant qu'il entrait dans l'espace performatif d'où il déclamait tous ses écrits (accents exagérés, pauses comiques surjouées), Vinod soupira de douleur et de soulagement. Les feux de la rampe l'avaient quitté. Il se sentit à l'abri en leur absence. Et pourtant, il fallait aussi tenir compte du fait suivant : les feux de la rampe l'avaient quitté. Il sentait leur absence.

« Pardon de t'interrompre, fit Dee à Senderovski, mais nous voulions que vous ayez le temps d'engager la conversation.

– Ah, dit Senderovski. Est-ce que je pourrais au moins finir la lecture du premier acte ? Je ne sais pas si Vinod a beaucoup de choses à dire. » Il se rassit, abattu.

« Vinod, tu as écrit ce livre à l'approche de la trentaine, remarqua Dee. Pourquoi cela a-t-il été si long avant que tu sois publié ?

– Je peux répondre à ça ! intervint Senderovski. En Union soviétique, certains écrivains ne publiaient pas leurs livres, mais écrivaient "à l'intérieur de leur bureau", comme on dit en russe. C'est aussi le cas de Vinod. Il a écrit à l'intérieur de son bureau.

– Donc c'est un dissident ? demanda Dee.

– Oui ! fit Senderovski. Un dissident du monde du divertissement et de la littérature américaine. Un dissident du turbo-capitalisme qui change les mots en dollars.

– On pourrait peut-être laisser Vinod nous expliquer ça lui-même ?

– Très bien, dit Senderovski. C'est un grand *bhenchod*, maintenant. Il a même fait *ouka-ouka* avec notre amie commune. » Il fit une visière de sa main pour se protéger de l'éclairage du projecteur et chercha quelqu'un dans le public. « Est-ce qu'elle est là, ce soir ?

– Vinod, fit Dee, tu as quelque chose à dire ? »

Le faisceau du projecteur retomba sur lui. Il vit ses frères au premier rang, les deux *crorepatis* et leurs vestes de financiers, leurs phalanges poilues, leurs montres inutilement sophistiquées, l'éclat de leurs yeux intelligents qui signifiait que toute vie est synonyme de commerce et tout commerce synonyme de vie. Une pensée lui vint soudain : *vu l'état du monde, viendront-ils de Londres et San Francisco pour assister à mes funérailles ?*

21 mai 2017.

3 octobre 2018.

Le jour où son père et sa mère étaient morts, respectivement.

Et seulement quatre jours après la mort de sa mère, celle de Karen était morte, elle aussi. Un orphelin et une presque orpheline, tous deux presque livrés à eux-mêmes, désormais. Senderovski, lui, malgré tous ses livres sur la famille et toutes ses protestations, serait-il un jour autre chose que le fils de ses parents ?

« Vinod », l'encouragea Dee de son regard enflammé d'Aryenne.

Vinod se tourna vers Senderovski : « J'ai vu la vie que tu menais et je n'en ai pas voulu.

– Tu n'en as pas voulu ? fit Senderovski. Qu'y avait-il à ne pas vouloir ? Je n'ai cessé d'enchaîner les succès pendant vingt ans. Rien ne pouvait m'arrêter. On vient du Queens. On est censés attendre que le monde décide à notre place ?

– N'empêche, je n'en ai pas voulu.

– Et regarde-toi, aujourd'hui, dit Senderovski.

– *Aimer, c'est oublier sa peur* raconte la période où tes parents se sont fréquentés en Inde avant leur mariage, fit Dee, mais il pose la même question que le livre de Senderovski à propos de ses parents. Comment sont-ils devenus ce qu'ils sont devenus ? Qu'est-ce qui tient à l'Histoire, et qu'est-ce qui tient à eux ? »

Vinod vit ce qu'il y avait dans le verre posé devant lui sur la table, à côté de la carafe d'eau et du vase de fleurs artificielles. Il ouvrit la boîte Teva. À l'intérieur, il vit le manuscrit. *Hôtel solitaire* de Vinod Mehta. Il prit les premières pages et se leva, puis s'approcha de l'estrade. « Attendez, attendez, fit Senderovski. On est censés avoir une conversation, là. Il ne peut pas simplement lire des pages de sa boîte à chaussures ! Attendez. »

Mais Vinod se mit à lire, et pour chaque mot prononcé avec solennité, pour chaque description de l'époque et du lieu, il sentait l'absence de ses parents à ses côtés, la télé qui vociférait devant lui avec ses couleurs des années 1980, le similicuir qui lui collait aux mollets, mais n'entendait plus leurs voix fatiguées dans la cuisine derrière lui, leur angoisse vibrer comme un nerf sectionné. Le sujet de son roman n'était pas l'Histoire, en fin de compte, mais leur façon de s'accrocher l'un à l'autre quand le raz-de-marée du temps avait déferlé puis s'était lentement retiré. Son sujet, c'était le bouillonnement élégant de la vague sur le sable quand elle repartait d'où elle venait.

« Pardon », lui dit Karen, assise sur le siège que Dee occupait un instant plus tôt. Elle portait un pull imprimé du mot MÉDITER et donnait l'impression de ne faire que passer, en chemin pour la laverie automatique. « Pardon de t'interrompre, chéri. Mais on n'a plus le temps. » Elle se tourna vers le public. « Si vous voulez bien applaudir ces deux vieux amis ? »

L'éclairage se ralluma avec un claquement de vieux disjoncteur ; ils se levèrent dans une ambiance surchauffée et rassemblèrent leurs affaires devant eux, avant qu'une lumière d'apocalypse nucléaire de film des années 1980 (*Le Jour d'après*, *Threads*, *Le Dernier Testament*) ne les enveloppe. Vinod entendit comme le bruit de rotation, de secousse, des pales d'un rotor, et vit ses feuilles s'envoler de la table et retomber dans le public. Que devait-il faire ? Quelles étaient les consignes ? Depuis le CP, il avait toujours suivi les consignes. Il ne pouvait rester planté là, enveloppé dans la lumière. Ce n'était pas pour cela que ses parents l'avaient emmené dans ce pays, pas pour qu'il baigne dans les lumens. Et là le public, la scène et la lumière elle-même disparurent et Vinod se retrouva…

Allongé au lit à côté d'elle. Le lit était trempé de leur sueur et Karen épongeait une giclée de sperme de sa cuisse avec l'une des serviettes élimées que la mère de Senderovski avait achetées à un Ukrainien désœuvré dans un combi. « Merde, dit Karen. Il faudrait vraiment que tu fasses installer la clim. »

Il savait quoi répondre à ça. « Dès qu'elles seront en solde au mois de septembre.

– Je ne sais jamais lequel des deux est le plus radin, toi ou

Sacha. À propos, je crois qu'il attend dehors qu'on ait fini. Comme un bon chien. »

Vinod lui prit le sein au creux de la main, l'observa dans la lumière grise du New York des années 1990. Pollution jaune, ciel portuaire, et, au creux de sa main, ces veines bleues fines et lumineuses filant jusqu'au terminus violet de son téton velouté creusé d'un profond sillon aux allures de fossette. « Attends, souffla-t-il. Restons encore un petit moment ensemble.

– On ne veut pas d'un Russe en pétard sur le dos. Et c'est pas tous les jours que Florent nous sert un repas sur la jetée.

– Quoi ? Qu'est-ce qui se passe ? » Elle mit le T-shirt fluo qu'elle avait rapporté du concert de Stereolab, enfila un des caleçons de Vinod et une minijupe en velours. Vinod se leva. À la fenêtre, le pont ferroviaire à tréteaux, qui deviendrait un jour un parc à touristes, pourrissait au soleil comme une version clairement américaine des ruines romaines, et la puanteur du sang et du suif qui montait des entrepôts de conditionnement de viande lui chatouillait les narines. Une lampe d'architecte était posée comme une mante religieuse sur le bureau qu'il partageait avec Senderovski, à côté de deux tas de feuilles qui étaient les manuscrits de leur premier roman (et dans le cas de Vinod, son dernier). L'écran rectangulaire d'un Macintosh Colour Classic Pro destiné au marché australien bourdonnait industrieusement, et son lecteur de disquette ronflait à mort. Vinod se souvint que son père et la mère de Senderovski s'étaient disputés jusque tard dans la nuit à cause de son prix – « Gujarati ou Juif, qui gagnera ? » avait chuchoté Vinod à son ami tout en buvant avec nervosité des bières dans la pièce du fond, espérant tous deux que leurs parents concluraient avec courtoisie, et lâcheraient les derniers cinquante dollars qui avaient creusé un sillon de sang entre eux. Au bout du compte, à trois heures du matin, M. Mehta s'était dressé comme un python et avait crié à la Russe : « C'est à cause de votre fils que Vinod reste à New York ! Si vous saviez dans quelles universités il a été pris. Et il va gâcher tout ça pour aller au City College. »

Et la mère de Senderovski s'était contentée de répondre : « *Pffiou*. Ne soyez pas si hystérique. Ce n'est pas à cause de mon fils. Il est amoureux de cette Asiate. »

Karen ouvrit la porte d'entrée – la seule porte de l'appartement – et tomba sur Senderovski. Il les attendait avec son air de chiot, un collier tahitien autour du cou. « Combien de temps il vous faut pour atteindre l'orgasme ? s'était-il plaint. Tout l'immeuble vous a entendus.

– N'oublie pas de prendre la poubelle dans le frigo et de la descendre », dit Karen.

Sacha soupira et ouvrit le frigo, où un sac Hefty plein d'emballages de nourriture chinoise à emporter occupait la seule étagère, le contour des boîtes en carton et de leurs poignées métalliques bien visible sous le plastique du sac.

Ils sortirent sur l'asphalte brûlant et se dirigèrent vers la jetée, passant devant des files de breaks remplis de Juifs hassidiques à qui des déesses transgenres donnaient du plaisir. « Le vrai travail, c'est ça. » Vinod se souvint que Senderovski avait dit cela un jour qu'ils étaient chez Florent à une table avec vue sur la rue, « C'est tailler une pipe à quelqu'un qui pense qu'on n'a pas le droit d'exister. »

Vinod remarqua que Karen et lui marchaient main moite dans la main moite, et que Senderovski les suivait, comme s'il était leur enfant ou qu'il était sous leur responsabilité. Tous les quelques mètres, Vinod se retournait vers son ami qui marchait à sa façon étrange, comme s'il donnait des coups de pied dans le vide, que ses pieds ne faisaient que se projeter, et qu'il voulait s'en débarrasser à l'instar d'une paire de chaussures. Vinod se sentait coupable que Senderovski ne connaisse pas l'amour dans cette nouvelle configuration à trois, et que cette version de Karen veuille sortir avec lui et non l'un de ces petits Blancs en chemise filet qui la draguaient le soir au Cooler, dans la 14ᵉ. Le fait que Senderovski et lui aient été célibataires si longtemps constituait leur lien le plus fort. Il se demanda comment leur amitié allait survivre dans cet univers.

Ils traversèrent le chaos et l'asphalte granuleux de la voie rapide, avec ses voitures américaines surdimensionnées, et arrivèrent sur la jetée, située à portée de vent d'une déchetterie, qui puait comme le cul glorieux de New York. De jeunes transgenres, même si on ne les appelait pas ainsi à l'époque, se réunissaient en meutes timides et honteuses autour de la jetée, où quelques étudiantes égarées lisaient *Amour monstre*. « Regardez », dit Karen. Il comprit alors ce qui les attendait au bout de la jetée – une table couverte d'une nappe en lin, devant laquelle attendaient trois beaux serveurs de chez Florent, en pantalon plissé et cravate ficelle pour l'occasion. « J'y crois pas, dit Vinod. Comment vous avez fait ?

– C'est toi qui l'as fait, dit Senderovski, maussade. Ça a toujours été toi. » Une longue traînée dorée de mégots et les capotes de la veille, certaines portant encore des traces de rouge à lèvres, jalonnaient le chemin jusqu'à la table et aux serveurs. Dès qu'ils s'assirent, le soleil tomba du ciel, instantanément remplacé par la nuit, l'air autour d'eux étouffant et chargé d'effluves impossibles à identifier, souvenirs de sa Bombay bien-aimée. Le damier des tours jumelles partiellement éclairées scintillait au crépuscule comme un tour de magie élémentaire sur un ordinateur Texas Instruments.

Les serveurs étaient généralement impertinents et loquaces, comme Florent Morellet, ce cinglé travesti et débonnaire qui paradait pour le 14 Juillet. Un serveur – Miguel, c'est ça ? – flirtait toujours avec Vinod, lui prodiguait des massages du dos non sollicités que Vinod appréciait non sans nervosité, le surnommait affectueusement *Short Circuit 2* (c'était une autre époque). Mais ce soir, les serveurs étaient taciturnes et dociles, comme le prolétariat est-européen. Ils soulevèrent en même temps la cloche d'argent posée sur les assiettes et dévoilèrent leurs plats préférés : « Moules à la provençale d'Alex » accompagnées de frites, « Salade de chèvre d'Evelyne » et rillettes. Des carafes de beaujolais légèrement frais apparurent comme par magie. Les jeunes au bout du quai, qui écoutaient « Groove Is in the Heart » sur un ghetto blaster, les zieutaient comme s'ils étaient des stars de cinéma, les aveuglaient avec le flash de leurs appareils photo. Karen et Senderovski se mirent à manger de façon compulsive, les frites vite noyées dans des flaques d'aïoli, les moules ouvertes avec leurs doigts pleins d'huile et aspirées avec délice. Quand ils s'offraient ce repas-là, ils se disaient toujours : *Fromage de chèvre ! Aïoli ! Moules ! Rillettes ! On n'est pas sophistiqués, putain ? On n'en a pas fait, du chemin, depuis le Queens ?* Mais ce soir-là Vinod ne pensait à rien d'autre qu'à l'odeur du sexe sur ses doigts.

« Les copains, dit Vinod, on peut porter un toast ? Les copains ? »

Mais ils ne lui prêtaient pas attention, ils aspiraient leurs moules, croquaient leurs tranches de pain chaud parsemées de morceaux de chèvre et de rillettes soyeuses, buvaient comme de l'eau leur beaujolais hors de saison et demandaient illico aux serveurs de faire le plein.

Un camion-poubelle du dépôt voisin prit la direction du sud par la voie rapide et fit trembler la jetée. Vinod sentit une moule se coincer dans sa gorge, sauf qu'il n'en avait mangé aucune. « Les copains, siffla-t-il, et notre toast, alors ? Vous ne voulez pas trinquer avec moi ? » Karen fouilla son sac vintage de la Japan Airlines et en sortit un tas de photos dans une enveloppe imprimée du logo Kodachrome. « Non ! Je ne veux pas regarder de photos ! dit Vinod. On passe un bon moment, ici et maintenant. Pourquoi cette obsession morbide du passé ? Pourquoi ? »

Sans un mot, Karen lui tendit une photo au moment où un autre camion-poubelle dévalait la voie rapide, faisant trembler la totalité de la jetée, les mouettes prenant leur envol autour d'eux. Les serveurs les saluèrent en s'inclinant et allèrent se mettre à l'abri sous la voie rapide couverte de traînées d'huile, sagement tout d'abord, puis au pas de course. Mais Senderovski et Karen ne bougèrent pas, regardant les photos qu'ils tenaient d'une main, ouvrant la coquille des moules de l'autre, comme des automates.

« Les copains, il faut qu'on file », dit Vinod. Il baissa les yeux sur la photo. Elle avait été prise lors de la soirée chez Suj. Lui, Senderovski et Karen se tenaient par le bras, et Vinod brandissait la page où figurait la critique sous une photo de son meilleur ami. « Ce n'est même pas encore arrivé ! » cria Vinod à ses amis. « Karen, c'est impossible que tu aies cette photo. Karen, chaque chose en son temps, tu veux bien ? Karen, je t'aime ! S'il te plaît, tu peux faire quelque chose, s'il te plaît ? » Le quai oscillait désormais d'un côté à l'autre par grandes secousses fracassantes, et une tempête d'échardes se leva autour d'eux, alors même que ses amis ne bougeaient toujours pas, retirant les mollusques de leur coquille et revisitant le passé.

Très bien, se dit Vinod. *Très bien, on mourra tous ensemble. Si ça doit finir comme ça...* Les lattes en bois s'écartèrent sous ses pieds, et il vit les eaux sombres du fleuve baigner dans une source de lumière qu'il n'identifia pas, trop brillante pour être celle de la lune, mais pas assez ténébreuse pour être celle de l'éternité. Les bouteilles de vin glissèrent dans le maelström, puis la table bascula et disparut. Il tentait d'attraper la main de Karen, mais n'y arrivait jamais, récupérait seulement des photos de leur avenir, tous ces visages familiers, tous ces sourires sinistres.

On entendit un craquement. Puis : l'apesanteur. Et ainsi, il ne se fit jamais engloutir par le fleuve.

« Tu dois être le fameux Vinod. » Il était debout en haut de l'escalier. Son ascension avait fini par porter ses fruits. Il observait d'en haut ce qui se passait au salon. Suj se présentait et présentait Genre (pantalon de survêt, pull de survêt et bandeau de transpiration) à Macha, qui était collée à ses amis de la fac de médecine, qui avaient des têtes de premiers de la classe. Mais où était Senderovski ? Vinod se retourna. Le jeune Ed lui sourit. « Je m'appelle Ed, dit-il. Je suis comme un cousin très, très éloigné de Karen qui viendrait d'Europe. C'est pas non plus la lune, évidemment. »

Il lui signala qu'ils feraient mieux d'aller dans la pièce que Suj avait réaménagée pour en faire la bibliothèque de Senderovski. Le lambris de noyer était un peu excessif et les étagères contenaient beaucoup de livres écrits par des hommes. L'employé municipal que tout le monde appelait maire adjoint était par terre où il avait visiblement perdu connaissance, et serrait dans ses bras le pied du bureau Chippendale (une vraie faute de goût d'immigré) au centre de la pièce, pendant qu'Evelyn, la petite sœur de Karen, coupait des lignes de cocaïne sur la table basse tout aussi gargantuesque.

« Où est Karen ? » leur demanda Vinod.

Evelyn tira sur la bretelle de son soutien-gorge qui avait glissé de sous sa robe d'été et Ed ajusta solennellement sa lavallière. « Qui sait ? dit-il. Un esprit libre, ma cousine.

– Elle est avec un des Irlandais ? »

Evelyn leva les yeux sur lui. Elle était plus jolie que sa sœur ; ses yeux brillaient toujours d'un éclat équitablement partagé entre colère et innocence. « Je suis toujours vivante, tu sais, dit-elle. Non que ça intéresse Karen. Quand j'ai pris un peu de poids en deuxième année, elle m'a surnommée Pinot. Parce que j'avais une certaine rondeur.

– Bien sûr que ça l'intéresse. » Vinod mit un genou à terre et prit sa petite main sèche. « Elle t'aime. Elle te cherche. Ton père est en sécurité en Floride. Et tous tes frères passent leur temps à s'envoyer des piques. Moi aussi je suis le plus jeune, et j'ai été constamment humilié. Mes frères aussi ont mieux réussi que moi. Ce sont des *crorepatis*, c'est-à-dire qu'ils ont épousé plusieurs crores. Une crore représente dix millions de roupies, soit environ cent quarante mille dollars. »

Evelyn lui tendit un billet de un dollar roulé. « Je ne fais pas ça, dit Vinod. Je veux rester maître de la situation.

– Grand jour pour Senderovski, déclara Ed. Il a sa trogne dans le journal, il retrouve Macha, il fait ma connaissance. Mais toi, qu'est-ce que tu comptes faire, Vinod ? »

Vinod se pencha sur le bureau, qui contenait plusieurs romans ouverts d'Evelyn Waugh, un essai universitaire intitulé *Épargner l'enfant*, et le manuscrit en cours d'écriture du second livre de Senderovski, celui qui avait pour sujet le fils de l'oligarque. « Je ne sais pas, dit-il. Je ne sais pas quoi faire. Sacha est en train d'accéder à une nouvelle classe sociale. Je ne veux pas seulement être l'ami qui le réconforte chaque fois qu'il essuie un échec.

– Dis-le-lui, fit Evelyn. Arrête de te conduire comme un bébé.

– Je ne sais pas où il est. Il n'est pas en bas. Il n'est pas en train de discuter avec Macha. C'est ce qu'il était censé faire.

– Il est dans la chambre d'amis, dit Ed. Il t'attend. C'est toi l'invité. »

Evelyn renifla fort la poudre sur la table, comme si elle aspirait des nouilles par le nez. « Aaah », fit-elle, sa figure une mappemonde de tristesse malgré le plaisir qui jaillissait de sa cloison nasale.

« Ça ne finira pas, dit Ed, tant que tu n'iras pas dans la chambre d'amis. Et il est grand temps que ça finisse, non ? »

Le couloir était vide, même si Vinod entendait quelqu'un pleurer dans la salle de bains, les larmes sonores d'une jeune femme. Il s'approcha de la chambre d'amis. Sur la porte, un écriteau accroché à la hâte : FRAPPER AVANT D'ENTRER. Il n'eut pas besoin de frapper. Le bouton de porte était tout chaud. Il faisait noir à l'intérieur, très noir. C'était avant que les téléphones mobiles éclairent nos nuits, avant que tout se mette à triller et luire dans nos mains. La chambre d'amis était vide en dehors du lit à baldaquin (encore une connerie d'arriviste). Dehors, Vinod entendit un bus s'arrêter lentement et bruyamment pour laisser passer une vieille dame qui se dirigeait vers Atlantic Avenue. Vinod connaissait bien ce bruit, puisqu'il avait dormi plusieurs fois dans la chambre d'amis, même s'il habitait à une dizaine de rues de là dans un studio bon marché. Le sol sous les pieds de Vinod vibrait du bruit que faisaient les fêtards. Genre avait dû mettre les Spice Girls, un moment toujours riche d'enseignements pour elle. Il n'eut pas d'autre choix que de s'approcher du lit.

Pas d'autre choix que de remarquer la façon dont Karen avait – même dans les affres de la passion, même avec la quantité de drogue qui coulait dans ses veines – enfilé son T-shirt Throwing Muses et sa jupe Juicy Couture comme si elle était une femme de ménage de l'Hôtel de l'Amitié entre les peuples de Senderovski.

Il se souvenait, maintenant. Les sons tonitruants que faisait son ami russe étaient des exclamations (*Aaah ! Naah !*) vieilles de cent ans, comme si les inspecteurs du tsar venaient de débouler dans son isba. Elle sauta sur lui avec légèreté comme pour remettre en place un bouton de porte déglingué. Elle ferma les yeux et progressa lentement, sans bruit, résignée à son dur labeur. Vinod était immobile, tel un fantôme, et au lieu d'enrager il se laissa submerger par un sentiment de paix comme des vagues de douce chaleur. Et alors ? Les gens se font souffrir, et rien ne faisait plus souffrir que la famille. C'étaient eux, sa vraie famille. Sans exagérer. Il était arrivé en haut de l'escalier ; avait vu ce qu'il y avait à voir. Il pouvait désormais monter jusqu'à un endroit encore plus beau. Il avait bouclé la boucle, et maintenant, tout ce qui lui restait, c'était l'air qui emplissait ses poumons, chaque inspiration claire, saine, n'appartenant qu'à lui. Et quand il ouvrit les yeux, il vit Karen, sa silhouette bleutée, éthérée, la sueur qui luisait sur le triangle entre son ventre et ses seins. « Tout va bien, chéri, lui dit-elle avec son haleine de dentifrice. Son stylo est plus puissant que son épée. » Et comme il ne répondait pas, elle se pencha et lui fit la bise, trois fois, à la slave. « Pardon, dit-elle, mais je fais tout ce que je peux pour te sauver. » Il baissa les yeux sur le lit. Son ami avait disparu. Et bien que sa main sente encore la chaleur de son toucher, elle aussi avait disparu.

Il marchait dans les rues de Manhattan. Les panneaux étaient familiers, les numéros de rues, les noms d'avenues, mais pas les bâtiments. Parfois il notait la présence d'immeubles d'antan, mais la plupart avaient été remplacés par des fermes, des maisons de style fédéral, d'imposantes demeures d'inspiration coloniale un peu désuète, de temps à autre du gothique charpentier. De superbes pelouses devant ces maisons donnaient sur des rues vides. *C'est impossible,* pensa Vinod. *Comment la ville peut-elle se permettre une si faible densité de population ? Qui habite ces maisons ?* Une maison de style néocolonial hollandais entièrement couverte de stuc pour résister aux éléments attira son attention. Elle ressemblait à la maison du domaine de son ami, sans la grande véranda. Pouvait-il faire intrusion et s'approcher des fenêtres pour jeter un œil ?

Vinod traversa la pelouse dans ses *chappals* et personne ne l'arrêta. L'air de ce New York reconfiguré était frais et sain comme si les tempêtes campagnardes avaient œuvré de nuit pour lui insuffler de la douceur. Vinod s'approcha du modeste portique de la maison. Il regarda à la fenêtre. La première chose qu'il vit fut son reflet. Il était jeune et beau, avait un *tilak* sur le front, qu'on lui avait apposé au temple. Dans le salon familier, des sadhus chauves en tenue orange et au visage peint étaient réunis autour du Steinway de Macha. Ils récitaient des slokas en sanskrit, et tapaient sur le couvercle fermé du piano pour battre le rythme. Vinod, fasciné, avait la bouche sèche. Les saints étaient perdus dans le *Mahabharata*, récitaient l'extrait où, si Vinod se souvenait correctement, les serpents du monde étaient condamnés au sacrifice, bien qu'à la fin ils continuent de vivre parmi nous – car l'univers est ainsi. Le fait qu'il partage une branche particulière de connaissance avec ces ascètes couleur safran émut Vinod. Il voulait se joindre à eux, ajouter sa voix hésitante à leur certitude (Lève la main si tu es Sure !). Il voulait apprendre quelques-uns des octosyllabes et se perdre dans leur rythme. En même temps, il redoutait que leurs corps malodorants fassent des taches sur le piano de Macha et donnent à cette dernière une mauvaise image des Indiens. À ce moment-là, un des fidèles, impossible de connaître son âge sous sa couleur, regarda Vinod de toute l'intensité de son regard strabique. Il ne sourit pas et ne hocha pas la tête, mais ses yeux dirent : *Entre.*

Vinod recula. Il rebroussa chemin. Devant lui, la grande pelouse jonchée de branches blanches de bois mort et flanquée d'une allée de gravier familière, et plus loin les rues de la ville désormais champêtre. De sa position sur la modeste colline, il voyait à présent des moulins à vent, comme ceux d'autrefois en Hollande, entre les quelques immeubles d'habitation qui restaient. Il pouvait partir. Mais s'il s'en allait dans ce monde, qui rencontrerait-il ? Qui connaissait-il, sinon les occupants de cette maison, la Maison sur la Colline ?

Vinod ouvrit la porte et entra. Il était dans le hall d'un vieil immeuble de Washington Street. ESCALIER HORS SERVICE, PRENDRE L'ASCENSEUR. Qui l'attendait au quatrième étage ? Lui ? Elle ? Les deux en tandem, englués dans la moiteur de l'été, forts de l'amour qu'ils avaient pour lui et de leur perfidie ? La porte de l'ascenseur s'ouvrit. Il entra, sentit l'odeur de cigarette et un effluve floral féminin. Les portes se refermèrent. « Retenez la porte ! entendit-il. S'il vous plaît, monsieur ! »

Et s'il ne la retenait pas ? S'il montait seul ? Sans le gros lard ? Sans vider ses poumons de leur air.

C'est ce qu'il fit. Il n'empêcha pas la fermeture de l'ascenseur.

« Entité responsable de cela, murmura Vinod. J'espère et je prie que tu me permettes d'atteindre le point final et la sortie de ce que tu as créé. »

La fermeture se poursuivait, mais lentement, comme pour mettre sa bonté à l'épreuve. « S'il vous plaît, monsieur, retenez la porte ! S'il vous plaît, il faut que je... »

Il garda la main le long de son corps. « Entité responsable de cela, psalmodia-t-il comme un sadhu, mais dans une langue entièrement profane. J'espère et je prie...

– S'il vous plaît, monsieur. Elle m'attend. Ma femme m'attend. Ma famille. »

Entité responsable. Sa main se leva pour bloquer la porte. La porte lui écrasa la main sur l'acier rugueux de l'encadrement. Il éprouva un frisson de douleur, inattendu. La porte repartit dans l'autre sens et revint lui écraser la main. Vinod cria de douleur. Oh, s'il vous plaît, s'il vous plaît. Un sloka final sonna à son oreille, tous les sadhus qui priaient avec lui, leurs voix safran à l'unisson. Pourquoi ? Pourquoi y avait-il tant de serpents dans le monde alors qu'ils avaient été condamnés à l'annihilation ? La porte de l'ascenseur lui coupa la main, la peau, jusqu'à l'os, au-delà, jusqu'au néant. Et il fut incapable de bouger, incapable de se sauver.

10

Karen et Senderovski quittèrent l'hôpital. Son portique lui donnait des airs de Hyatt bondé de province, et l'allée en demi-cercle était longée de Chevrolet Suburban noires. Des gens en blouse stérile violette passaient devant et donnaient l'impression enviable d'avoir un but, leur porte-badge claquant dans la brise de septembre.

Ils passèrent devant l'horrible immeuble orange du BUREAU MUNICIPAL DU MÉDECIN LÉGISTE. Karen s'arrêta près d'une poubelle et vomit. Il écarta les revers du blazer qu'elle portait sur sa robe en vichy, la tenue la plus élégante qu'il l'ait vue porter, et fit pareil avec ses cheveux.

Cela faisait un mois que la luciole de métal s'était posée sur la pelouse, tous feux allumés, les rotors soulevant des tourbillons de gravier, et que les brancardiers s'étaient dirigés vers le bungalow où Vinod était sous sédation, au mépris de ses directives anticipées. Et maintenant, c'était fini. Ils n'avaient pas eu le droit de le voir dans ses derniers moments, mais on leur avait remis un sac contenant ses effets personnels : un T-shirt du City College où Sacha et lui avaient étudié, un longhi à carreaux, un téléphone mobile qui débordait de messages désespérés de connaissances à travers le monde, une montre japonaise plaqué or. On leur avait conseillé de ne pas ouvrir le sac avant une semaine. Karen venait de se rendre compte qu'elle s'était mise sur son trente et un pour aller récupérer un sac.

374

Ils passèrent ensuite devant les pavillons médicaux vitrés, en silence, guidés par leurs pieds qui leur indiquaient : centre-ville. Ils passèrent devant un ensemble d'immeubles résidentiels en brique rouge qui ressemblaient à ceux où ils avaient grandi de l'autre côté du fleuve, puis traversèrent une grande rue moche qui les fit passer du quartier des cités et des hôpitaux à une avenue pleine de restaurants et de bars. Les tables en terrasses des restaus grecs et mexicains débordaient d'étudiants et de nouveaux diplômés qui beuglaient parmi des rangées de fougères et de guirlandes de fanions en plastique. Ils trouvèrent un pub-restaurant philippin près d'une voie cyclable fréquentée, où un panneau avertissait les cyclistes pressés : ATTENTION PASSAGE DE PHILIPPINS.

Cela faisait une semaine que les Lévine-Senderovski étaient repartis en ville pour que Nat prépare la rentrée à l'Académie de la Bonté. Senderovski avait été abasourdi par l'alignement de cartes de Saint-Valentin sur l'étagère de leur petit salon, dernier vestige de la normalité de février. « Tu veux bien être ma Valentine ? » disait une carte envoyée à Nat par son prof.

« Tu as faim, mon cher ? demanda Karen. On n'a rien mangé depuis hier soir. »

Senderovski fut touché par le terme d'affection. « Je ne sais pas pourquoi, dit-il, mais je crois que la seule vue de nourriture me fera pleurer.

– Alors autant commander quelque chose, dit-elle. Parce qu'il faut aller de l'avant. » Un serveur chauve et débordé apparut dans le carré extérieur dévolu à la terrasse, et Karen commanda tout ce qu'elle put sur le menu. Très vite, leur table croula sous un pancit de poisson fumé, un poulet adobo beurre noisette, un riz frit Aligue et des côtes de porc sauce banane-ketchup barbecue. Ils observèrent l'assemblage de plats, la vapeur s'élevant de cette abondance de nourriture, comme si on venait de les insulter parce qu'ils étaient en deuil.

« Tu as fait tout ce que tu pouvais, dit Senderovski. On a fait tout ce qu'on pouvait.

– Si on reste amis, je ne veux plus jamais t'entendre parler de ce que j'ai fait. »

Senderovski hocha la tête. « Comment pourrait-on cesser d'être amis ? dit-il. À quoi bon vivre ?

– Mange, mange.

– Pourquoi toi si grosse ? » ajouta-t-il en référence à la blague de sa mère. Ils rirent. Leur rire dissipa quelque chose. Ils mangèrent de bon cœur, le porc se détachant en douceur des côtes, les lumpias croustillants en forme de cigare fourrés de *beef Shanghai* croquant entre leurs dents. « Alors faisons-le, dit Senderovski. Signons les documents.

– Tout de suite ?

– Je ne veux pas que cette journée se termine sans prendre une décision. Je veux me rapprocher de toi.

– J'envoie un message à mon assistante.

– J'envoie un message à Macha.

– Est-ce qu'elle peut venir avec Nat ? Elle est déjà sortie de l'école, non ?

– Tu sais à qui on devrait aussi écrire ? Dee et Ed. Ed vient d'acheter un appartement à cinq rues d'ici.

– Dis-leur simplement qu'on ne fait pas de cérémonie aujourd'hui. Pas ce soir, d'accord ? On trinquera en sa mémoire, c'est tout. Promets-moi, Sacha. Et s'il te plaît, dis à Macha de ne pas être dure avec moi. »

À cette période de l'année, la chaleur de l'été venait de se dissoudre et deux rayons de lumière bleue formaient un arc dans le ciel de Manhattan. Macha aperçut son mari et Karen sur l'avenue, dans leur petit enclos aux faux airs de souccot. « Karen-*emo*, Karen-*emo* ! » cria Nat. Les cyclistes leur passaient devant à toute allure, gueulant à s'en déchirer le tympan à propos de contrats immobiliers et de monnaies synthétiques. Karen courut vers Nat, faillit se faire renverser par une jeune femme en fauteuil roulant qui fonçait vers le nord de Manhattan, son visage déterminé à moitié couvert d'un masque noir. Karen souleva l'enfant sans effort, malgré le poids qu'elle avait déjà pris en ville. C'était exactement ce qu'elle voulait faire : soulever Nat.

« À partir de maintenant, il faut agir dans notre propre intérêt », avait dit un soir Macha à son mari, une fois tous les invités partis de la Maison sur la Colline, une fois Vinod évacué par hélicoptère. Elle avait expliqué sa théorie sur le monde dans lequel Nat devait s'attendre à grandir, un monde de corruption, de fausseté et de déclin, même si la présidence changeait de mains. « Je ne dis pas qu'il faut partager sa garde ou je ne sais quoi. Mais permettons à Karen de faire partie de sa vie. »

Senderovski lui avait exposé son projet de vente du domaine à Karen pour le double de sa valeur, par un accord qui leur permettrait d'en garder l'usufruit comme maison secondaire, et donnait à Karen la possibilité de faire construire une autre « maison principale », en bois de pin et d'inspiration californienne, jouxtant la leur. Karen et Macha seraient coparents, et Senderovski, pensait Macha, contribuerait en tant que présence conversationnelle d'arrière-plan, sorte de manutentionnaire des mots. Dès que les documents seraient signés et l'argent de la maison versé, il se remettrait à l'écriture de romans « plus sérieux », s'était-il promis.

Nat était désormais assise sur les épaules de Karen, poussant des cris de ravissement suite au changement d'altitude, puis Karen entendit l'écho du ricanement de Dee dans l'avenue et vit la silhouette d'Ed désormais dépouillée de ses atours de dandy, un citadin parmi d'autres, insouciant, heureux, maigre comme un clou, passant le bras autour de sa belle moitié, menton dissimulé sous un masque.

« Karen-*emo*, pourquoi tu portes une tenue si élégante ? lui demanda Nat.

– On lui dit ? » chuchota Karen à Macha, qui secoua la tête : « Pas encore. » Mais Nat racontait déjà sa journée d'école. Karen avait engagé un conseiller pour lui apprendre à se faire des amis en étant « pro-active », même si c'était contraire aux principes de l'Académie de la Bonté (un cadeau non sollicité de Karen venait de doubler leur dotation), et maintenant que BTS devenait plus mainstream, Nat était devenue la gardienne de toutes les connaissances relatives au groupe.

« En fait, Ada Morelo-Schwartz est fan de BTS elle aussi, cria Nat, mais elle ne savait même pas que leur nom signifie *Bangtan Sonyeondan*, les Boy-Scouts pare-balles. Comment est-il possible de ne pas le savoir ?

– Sois gentille, *sladkaïa*, dit Macha. Souviens-toi de ce que t'a conseillé Mlle Franco pour te faire des amis. Donner et recevoir.

– Il faut savoir écouter, appuya Karen. Savoir échanger des informations. »

Dee et Ed avaient pris Senderovski à part et l'interrogèrent avec la maniaquerie propre aux nouveaux couples. Ed : « Est-ce qu'il a souffert ? » Dee : « Il est resté sous sédation jusqu'au bout ? » « Est-ce qu'il va être incinéré ? » Mais Senderovski ne fit que soupirer, hausser les épaules, et détacher la viande de ses côtelettes. Il ne savait pas quoi répondre. Il leur dit qu'ils recevraient un lien pour une cérémonie en ligne mardi, à la mi-journée, à une heure qui arrangeait ses deux frères à San Francisco et à Londres.

Ils s'assirent au milieu des fougères et de la voie cyclable fréquentée, firent tourner les plats, entourés de visages qui leur ressemblaient. Macha venait de s'apercevoir que depuis ce matin, son mari avait cessé de tousser. « J'éprouve un véritable sentiment de *hygge*, en ce moment, dit Ed.

– Arrête avec ce mot, s'il te plaît, s'agaça Dee, sur un ton de sévérité. Il n'y a rien de *hygge* dans ce qui nous est arrivé aujourd'hui. » *Nous*, pensa Senderovski. Même en ville, ils restaient membres de cette colonie de bungalows. L'été 2020, cette année de vision imparfaite, les maintiendrait unis pour toujours. Il tâcha de ne pas oublier qu'il voulait appeler son agent à propos d'*Hôtel solitaire*. Vinod avait refusé son aide pour trouver un éditeur, mais il passerait outre ses instructions, une fois de plus.

Nat chercha le sens du mot danois *hygge* sur le téléphone de

Karen. « Je sais ce que veut dire "confort", mais qu'est-ce que c'est, la "convivialité" ? »

Ils burent une boisson alcoolisée à base de melon, additionnée de sirop de pandan, et une margarita au miel de Calamansi. L'assistante de Karen les rejoignit. Elle et Dee (à qui elle ressemblait jusqu'aux hanches miniatures et au coccyx proéminent) avaient participé au même atelier d'écriture de troisième cycle, bien qu'elle n'ait jamais aimé le tutorat de cet ivrogne de Senderovski. L'assistante demanda à Karen, Macha et son mari de signer un tas de documents qui renforçaient un peu plus la fusion entre sa patronne et les Lévine-Senderovski. « Je suis notaire », dit-elle joyeusement, quand Macha demanda s'il ne fallait pas faire cela en présence d'un avocat.

Et voici à quoi ils portèrent un toast : L'avenir ensemble. La survie, à perpétuité, de la Maison sur la Colline, avec de l'espace pour chacun d'entre eux, et un jour, dit Karen, « peut-être même pour les meilleurs amis de Nat, et ses petits copains ou petites copines ».

La pluie tomba soudain d'un ciel chargé. Mais les habitants de la ville, masqués ou pas, n'acceptèrent pas cette intrusion. Partout dans le néo-souccot philippin à ciel ouvert, des parapluies s'ouvrirent comme par défi, et les clients continuèrent de manger, boire et rire même quand le déluge s'abattit sur le monde autour d'eux.

Quand il cessa, que la nuit fut parcourue d'un vrai frisson, et que l'heure du coucher de Nat approcha (un caprice était en vue), « Everyday People » de Sly retentit sur la terrasse du restaurant au moment où la sirène d'une ambulance tout gyrophare dehors passa devant les fougères et les guirlandes de fanions, en direction des hôpitaux dix rues plus au nord, et un air de reggae entra en compétition avec les enceintes du restaurant depuis la vitre ouverte d'une vieille voiture garée de l'autre côté de la rue. (« On se croirait revenus dans les années quatre-vingt-dix ! » dit Karen.)

Et, bien que ce fût interdit, ils se levèrent pour danser tous ensemble près de la voie cyclable et de ses livreurs électrisés qui fonçaient à trente kilomètres-heure. « *I am no better and neither are you / We are the same whatever we do* », chantaient les engageantes voix noires en stéréo, et les danseurs croyaient désormais que toutes ces déclarations étaient vraies, et qu'ils continueraient de fusionner avec leurs concitoyens et concitoyennes (Ed avait fini par demander sa naturalisation à la demande de Dee), et qu'ils seraient pardonnés, acceptés et envoyés dans le monde à visage découvert, de Bogota à Berlin en passant par Bombay, où d'autres qu'eux, pareillement heureux, danseraient avec eux.

Seule Macha resta à la table, les mains posées sur les documents notariés, les protégeant du retour de la pluie, regardant sa fille qui ne connaissait pas la soul de la fin des années 1960 danser convulsivement, tâchant de suivre le rythme des grands qui calquaient ce bonheur et ce plaisir improvisés sur leur gestuelle maladroite et leurs sourires apaisés, fac-similés de ce qu'ils avaient jadis été avant tout ça. Il y avait trop de miel dans sa margarita, et au lieu de la finir, elle leva son verre et dit son prénom tout haut, qui passa presque inaperçu dans l'air de septembre, mais confirma la réalité de son existence, comme si la sonorité de son nom contenait toute la vérité de son être. Elle compta six personnes, dont trois faisaient partie de sa famille, fit signe au serveur de venir, mit son masque, et demanda à payer la moitié de l'addition. Un petit appartement au plafond bas et blanc les attendait, mais il leur appartenait entièrement, ils l'avaient acheté grâce à leur travail, avaient lentement remboursé leur prêt, à l'américaine. Il était enfin temps de rentrer à la maison.

REMERCIEMENTS

Je suis heureux de retrouver mon éditeur, David Ebershoff, qui m'a guidé à travers beaucoup de grandes histoires d'amour super tristes et a biffé sa part de gros et petits ratés dans ma prose de bon à rien.

Random House est ma Maison depuis maintenant cinq livres et je voudrais remercier les nombreuses personnes à l'intérieur de cette grande tour accueillante qui ont lu et promu mon travail, à commencer par Andy Ward et Robin Desser, qui ont tous deux contribué à barrer ce navire lors de sa mise à l'eau. Et un immense merci à Gina Centrello, Avideh Bashirrad, Maria Braeckel, Denise Cronin, Barbara Fillon, Ruth Liebmann, Leigh Marchant, Carrie Neill, Darryl Oliver, Paolo Pepe et Melissa Sanford.

Denise Shannon est mon agente depuis plus de vingt ans et elle est toujours la première à lire mon travail d'un œil bienveillant mais critique. Je la remercie, ainsi que les autres lecteurs dévoués de ce livre : Doug Choi, Dr Jonathan Gross, Paul La Farge, Krys Lee, Suketu Mehta, Sarah Stern, Ming Loong Teo, et Alex Turner-Polish. James Baluyut m'a accompagné tout au long de la préparation du *vitello tonnato* d'Ed, que je recommande fortement.

RÉALISATION : NORD COMPO À VILLENEUVE-D'ASCQ
IMPRESSION : NORMANDIE ROTO IMPRESSION S.A.S. À LONRAI
DÉPÔT LÉGAL : JANVIER 2024 – N °1975-2 (2304650)
IMPRIMÉ EN FRANCE